Regine Kölpin

Das Haus am Deich

Fremde Ufer

Roman

W0283735

PIPER

Mehr über unsere Autorinnen, Autoren und Bücher:
www.piper.de

Wenn Ihnen dieser Roman gefallen hat, schreiben Sie uns unter Nennung des Titels »Das Haus am Deich – Fremde Ufer« an *empfehlungen@piper.de*, und wir empfehlen Ihnen gerne vergleichbare Bücher.

Von Regine Kölpin liegen im Piper Verlag vor:
Der Nordseehof:
Band 1: Der Nordseehof – Als wir träumen durften
Band 2: Der Nordseehof – Als wir der Freiheit nahe waren
Band 3: Der Nordseehof – Als wir den Himmel erobern konnten

Das Haus am Deich:
Band 1: Das Haus am Deich – Fremde Ufer
Band 2: Das Haus am Deich – Unruhige Wasser
Band 3: Das Haus am Deich – Sicherer Hafen

Unser Versprechen für mehr Nachhaltigkeit
• Klimaneutrales Produkt
• FSC®-zertifiziertes Papier
• Hergestellt in Europa

FSC www.fsc.org
MIX
Papier aus verantwortungsvollen Quellen
FSC® C083411

Originalausgabe
ISBN 978-3-492-31736-8
1. Auflage September 2021
3. Auflage Mai 2022
© Piper Verlag GmbH, München 2021
Lektorat: Gisela Klemt
Umschlaggestaltung und -abbildung:
Johannes Wiebel | punchdesign unter Verwendung von Motiven von shutterstock.com und Rekha Arcangel/arcangel.com
Satz: Uhl + Massopust, Aalen
Gesetzt aus der Stempel Garamond
Druck und Bindung: CPI books GmbH, Leck
Printed in the EU

Für die Familie meines Mannes

»Wir alle müssen das Leben meistern.
Aber die einzige Art, es zu tun,
besteht darin, es zu lieben.«

Georges Bernanos
(20.2.1888, † 5.7.1948)*

Personenverzeichnis

Die wichtigsten Personen

Margret und Ulrich Köhle – Fridas Eltern
Stine und Heinz von Geest – Ernas Eltern
Frida Köhle – Tochter der Köhles
Erna von Geest – Tochter der von Geests
Horst Hinrichs – Lebensmittelhändler
Focko Ewert – Fischer
Meike Hinrichs – Tochter von Frida
Sanne von Geest – Tochter von Erna

Weitere

Hero und Elsa-Maria Gerken mit Kalle – Bauernfamilie
Familie Donker mit Fenna – Bauernfamilie
Magda Frerichs – Mitarbeiterin in der Fischfabrik
Stefan Müller – Freund von Erna
Johann Habekost – Chef in der Fischfabrik
Dr. Fakt – Arzt
Valerie Klaafs – Bekannte von Stefan Müller

1947–1948

Kapitel 1

Dichter Nebel lag über dem Jadebusen und machte es Ulrich Köhle und Hero Gerken schwer, in Sichtweite der anderen vier Männer zu bleiben, die sich zu ihren Granatfangkörben und Stellnetzen ins Watt aufgemacht hatten. Schon früh am Morgen waren sie von Eckwardersiel links vom großen Priel losgezogen.

Gespenstisch hallten vereinzelte Rufe über die See, die sich langsam zurückzog und das Wattenmeer schon bald freigeben würde. Der Rückweg würde dann etwas leichter werden.

Ulrich schob den Schlickschlitten, auf dem der Granatfangkorb stand, mit gebeugtem Oberkörper durch die hüfthohe, braungraue Nordsee. Auch wenn sie mit der Tide gingen, bot das Wasser großen Widerstand, und jeder Schritt konnte zur Qual werden.

Die Arbeit forderte seine ganze Kraft. Schon bald war die Kleidung von Schweiß durchtränkt, sein Atem ging schwer. Der feuchte Nebel hemmte das Luftholen zusätzlich, man hatte den Eindruck, als setzten sich die winzigen Wassertröpfchen in seiner Lunge fest. Schritt für Schritt stampfte Ulrich vorwärts, Schritt für Schritt ein Kampf mit den Naturgewalten, denen sie etwas Nahrung abtrotzen wollten.

Ulrich war müde. Er schlief trotz der harten Arbeit schlecht und hatte sich auch heute aus dem Bett gequält. Es machte ihm Sorge, dass er mit seiner Frau Margret und der Tochter Frida noch immer auf dem Hof von Hero Gerken lebte und sie noch kein eigenes Zuhause hatten, aber jegliche Versuche, ein eigenes Häuschen oder eine Kate – und sei es auch nur zur Miete – zu finden, waren bislang gescheitert. Wie oft war Ulrich schon bei der Gemeinde gewesen, aber es schien momentan aussichtslos. Und so fristeten sie bereits viel zu lange ihr Dasein auf dem Hof der Gerkens, wo sie nach dem Krieg und nach der Flucht aus Stettin mehr schlecht als recht in einem kleinen Zimmer untergekommen waren. Eine Wahl hatten sie nicht gehabt.

Man hatte ihn, Ulrich, gegen Kriegsende zum Volkssturm verpflichtet, so wie alle Männer zwischen sechzehn und fünfundsechzig Jahren an die Waffen gerufen worden waren. Verteidigung des Heimatbodens hatten sie es genannt. Er und die anderen mit der schwarz-roten Armbinde und der weißen Aufschrift: Volkssturm.

Margret und Frida hatten Stettin derweil mit dem letzten Zug verlassen und waren in einer Odyssee Richtung Westen gefahren, bis sie in Nordenham strandeten. Von dort kamen sie mit der Kleinbahn nach Eckwarden, wo mehrere Bauern mit Pferdegespannen bereitstanden, um die Flüchtlinge aufzunehmen. Und so waren die beiden Frauen auf dem Hof der Gerkens gelandet. Ulrich war nach Kriegsende zu ihnen gekommen, nachdem er irgendwann die Panzerfaust einfach weggeworfen hatte und getürmt war. Er hatte sich als Bauernjunge verkleidet auf einem Milchwagen bis Eckwarden durchgeschlagen.

Gefunden hatte er seine Frau und seine Tochter mithilfe der Pappkarten, die Margret aus Kartons gebastelt und nach Stettin-Stolzenhagen an die alte Adresse geschickt hatte.

Nun musste Ulrich sich aber beeilen, denn obwohl Hero Gerken sonst ein umgänglicher Mann war, konnte er ziemlich grantig werden, wenn seine Helfer nicht spurten. Weil er eine Menge Körbe draußen im Watt hatte, ging ihm neben Ulrich auch Focko Ewert aus Fedderwardersiel zur Hand. Focko war ein kräftiger, rothaariger Mann, wortkarg, wie die Menschen der Region eben waren, und fleißig wie kein anderer. Da er aus einer alteingesessenen Fischerfamilie stammte, fiel ihm die Arbeit leicht, schließlich kannte er zeitlebens nichts anderes.

Bauer Gerken hatte sich heute die Schultertrage gegriffen und kam ebenfalls nur langsam voran, weil auch er bis zum Knöchel im Schlick einsackte. Das Joch der Trage, man nannte es einfach Jöck, hatte einen ausgefrästen Bogen, und an den Seiten hingen dünne Ketten mit Körben.

Die Fischerei war für Hero Gerken wie für viele zwar nur ein Nebenerwerb, den sie zusätzlich zur Landwirtschaft betrieben, aber in diesen Zeiten war man froh über jedes Einkommen.

Ulrich bohrte seine Augen in das undurchdringliche Weiß. Er mochte den Nebel nicht, obwohl er ihn auch aus seiner Heimat kannte. Hier aber, wohin es ihn mit seiner Familie verschlagen hatte, zeigte er ihm den Verlust, die Lähmung. Die Tristesse. Ein Leben ohne Musik, nur geprägt von harter Arbeit und ohne Ziel. Es gab kein gemütliches Zusammensein wie vor dem Krieg. Keine Stunden, in denen ihre Tochter Frida am Klavier saß und ihnen vorspielte, was sie im Konservatorium gelernt hatte. Und dann diese dunklen Gedanken, die ihn seit der Flucht immer mal wieder ohne Vorwarnung überfielen und ummantelten wie Pech, das er einfach nicht abkratzen konnte.

Ulrich kämpfte sich weiter durch die Nordseefluten, bis sie die Granatkörbe, mit denen sie die Garnelen fingen, erreicht hatten.

Diese speziellen Fanggeräte waren gegen den Ebbstrom im Watt waagerecht auf einer Holzstellage angebracht und mit Tauen gegen das Abtreiben gesichert. Es handelte sich um Körbe, die wie lange, runde Trichter gefertigt waren, deren Öffnungen vorn einen Durchmesser von einem Meter hatten. Der vorderste Korb verjüngte sich nach hinten, wo ein weiterer, schmalerer Korb von über einem Meter Länge angesteckt war. Er endete in einer kleinen Öffnung, die mit einem konischen Holzklotz verschlossen wurde.

Sie schoben den Schlitten auf die Rückseite der Körbe, und Ulrich wischte sich den Schweiß von der Stirn. Noch immer herrschte um sie herum diese dichte, undurchdringliche Brühe, die die Weite des Meeres in eine kleine Welt verwandelte. Ulrich konzentrierte sich wieder auf die Arbeit. Je schneller sie waren, desto eher konnten sie zurück an Land.

»Fang einholen!«, befahl Hero Gerken, der bei der Arbeit stets deutlich machte, wer das Sagen hatte. Er war, genau wie die anderen Fischer, in Ölzeug gekleidet, und hüfthohe Stiefel schützten ihn vor der Nässe. Auf dem Kopf trug er eine Schiebermütze.

Ulrich hatte in den letzten zwei Jahren Routine beim Leeren der Fangkörbe bekommen. Die Wattenfischerei war anders als die Binnenfischerei, die er von Stolzenhagen her kannte und an die er sich gern wehmütig erinnerte. Dort hatten sie vom Fischerdorf Glienken aus mit kleinen Holzbooten in der Oder und im Dammschen See

Aale gefischt. Im Sommer waren sie vorwiegend in der Nacht mit ihren sieben Meter langen Booten und leichten Schleppnetzen, die sie Zeesen nannten, rausgefahren. Da der Aal empfindlich war, durften sie den Motor nur nutzen, um in die Fanggebiete zu gelangen.

Im Herbst und Frühjahr waren sie tagsüber in die Odergewässer gefahren, hatten dort größere Schleppnetze ausgeworfen und mit dem Strom gezogen. Auch dort musste für das Bewegen der Boote die Muskelkraft der Fischer eingesetzt werden.

Teilweise fuhren sie bis zu fünfundzwanzig Kilometer weit hinaus. Damit sie in der Dunkelheit erkannt wurden, hatten sie kleine Petroleumlampen als Erkennungslichter auf die Boote gesetzt. Kam das erste Eis oder gefror die Oder gar zu, musste der Fischfang eingestellt werden. Damit es keine Schäden an den Booten gab, hatten sie die Rümpfe ständig mit der Eisaxt freigeschlagen.

Da der Fisch auch in Kriegszeiten nie rationiert worden war, hatte er direkt an den Bootsliegeplätzen verkauft werden können. Aber die Frauen fuhren auch mit den Booten nach Stettin zum Fischmarkt, wo die Tiere in der Regel lebendig an den Mann gebracht wurden.

Ulrich seufzte. Hier war eben alles anders, aber in diesen Zeiten durfte man weder nachdenken noch trauern. Es galt zu überleben und die Familie durchzubringen. Alles andere war ein Luxus, den sich keiner leisten konnte.

Er zog nun den Holzklotz mit einem gezielten Griff aus der Öffnung des hinteren Korbes und leerte den Fang in das Behältnis auf dem Schlitten.

Dann ging es weiter. Insgesamt hatte Hero Gerken sechs Granatkörbe aufgestellt.

Ulrich war froh, dass Focko mit ins Watt gegangen

war. Er lächelte ihm wortlos zu, und sie arbeiteten Hand in Hand. Er mochte den jungen Mann, der mit seinen zwanzig Jahren etwas älter als Frida war.

»Heute hat es sich gelohnt«, meinte Hero Gerken mit einem Blick zum Schlitten, wo der Behälter schon gut gefüllt war. »Zwei haben wir noch, die bekomme ich auch noch mit.«

Ulrich und Focko halfen ihm, auch diesen Fang einzubringen. Inzwischen war das Wasser so weit abgelaufen, dass es nur noch die Knie umspülte. Ulrich fand das wesentlich angenehmer, der Rückweg war noch weit und beschwerlich genug.

Auch die anderen Fischer hatten ihre Körbe geleert, und die, die zu den Stellnetzen wollten, liefen weiter. Sie mussten nur auf den noch niedrigeren Wasserstand warten, damit der Butt, der sich im Watt eingegraben hatte, aufgesammelt werden konnte.

Ulrich, Focko und Bauer Gerken aber machten kehrt. »Wir gehen zurück!«, rief Hero den anderen Fischern zu.

»Jo!«, hörte Ulrich, dann war wieder nur das Durchpflügen der Stiefel durchs Wasser zu vernehmen. Ganz regelmäßig, Schritt für Schritt ein leichtes Glucksen und Ziehen.

Ulrich konzentrierte sich darauf, den Schlitten mit dem wertvollen Fang sicher über den Schlick zu schieben, und war froh, als er das Festland im Dunst erkennen konnte. Hier war der Nebel nicht ganz so dicht wie eben noch auf See, und man konnte erahnen, dass sich die Sonne gleich durch die Schwaden kämpfen und sie später vertreiben würde.

Am Hafen angekommen, setzte Hero Gerken das Joch ab und lupfte die Schiebermütze. Er wischte sich den

Schweiß von der Stirn. »Das war ja mal ein erfolgreicher Morgen, was?«

Ulrich nickte und begutachtete zusammen mit Focko den Granat. »Ist nur wenig Beifang dabei, und die Garnelen sind recht groß.«

»Jo.« Hero setzte die Mütze wieder auf. »Die werden unsere Frauen schnell los. Dann lass uns mal sehen, dass wir fix zum Hof kommen. Focko muss ja auch nach Fedderwardersiel, die warten sicher schon auf dich, was?«

»Jo, immer sinnig«, antwortete Focko mit seinem gleichbleibend freundlichen Lächeln. Er strich sich über den kurzen Bart, der sein Kinn zierte.

»Ich geb dir Ende der Woche deinen Lohn. Auf jeden Fall danke, dass du wieder geholfen hast.«

»Da nich für. Ich helfe ja noch einmal, dann kannst du mich danach bezahlen.« Focko schob sich die Strickmütze, die er immer bis über die Ohren hochrollte, ein Stück in den Nacken. »Denn will ick mol.« Er nickte Ulrich zu und machte sich mit den Händen in den Hosentaschen auf den Weg zum Hof, wo er seinen Einspänner stehen hatte, mit dem er die knapp fünfzehn Kilometer nach Fedderwardersiel fahren würde.

Hero warf einen Blick zum Himmel. »Nu word dat ok tied för mi. Die Frauen haben bestimmt schon mit dem Melken begonnen. Und dann givt dat een moi Tass Tee!« Er angelte in der Tasche nach einem Priem und stopfte ihn in den Mund.

Ulrich lehnte ab, als Hero ihm auch einen anbot. Er mochte Kautabak nicht. Sie verstauten den Schlitten in einem Verhau und schlossen die Tür. Der Bauer nahm den Jöck wieder auf, Ulrich hob den Korb mit den Garnelen an den Griffen an und balancierte ihn vor seinem Bauch.

»Denn man tau!«, sagte Hero Gerken.

Der Korb war schwer und unhandlich zu schleppen. Ulrich war froh, dass der Bauer weiterhin keine Lust verspürte, sich zu unterhalten. Er zog es ohnehin vor, seinen Gedanken nachzuhängen – immerzu dachte er darüber nach, dass sich in ihrem Leben schon bald etwas ändern musste.

Kurz darauf erreichten sie den Hof. Es war ein typisches Gehöft aus rotem Klinker und mit Satteldach. Vorn das Wohnhaus, an das sich die Stallungen mit den Kühen anschlossen. Hinzu kamen Nebengebäude mit Pferdeboxen und Schweinekoben, eine Remise für die Fahrzeuge sowie eine Scheune.

Sowohl Hero als auch seine Frau Elsa-Maria machten keinen Hehl daraus, dass sie die Flüchtlingsfamilie aus Stettin nur duldeten, auch wenn sie nie unhöflich waren und nie ein böses Wort fiel. Trotzdem waren sie Eindringlinge in eine fest gefügte Familienstruktur.

Immerhin waren die Köhle-Frauen günstige Arbeitskräfte. Die Familie musste fünfundzwanzig Reichsmark Miete für das fünfzehn Quadratmeter große Zimmer zahlen. Ulrich verdingte sich als Tagelöhner. Mal arbeitete er als Zimmermann, zudem auf den Höfen im Stall oder auf den Feldern, oder er half wie heute beim Fischen. Stets zog er von Bauer zu Bauer, bot seine Tätigkeiten an und war dankbar über jede Arbeit, denn die sicherte seiner Familie das Überleben. Da jedoch noch immer viele Männer nicht aus dem Krieg zurückgekehrt waren, fehlte es an Fachkräften, sodass Ulrich ein gewisses Auskommen hatte, das aber meist in Naturalien gezahlt wurde.

Häufig durften sie alle am Mittagstisch der Bauernfamilie teilnehmen, vor allem, wenn er auch bei den Gerkens wieder etwas instand gesetzt hatte. Das wenige Geld, das ihnen zur Verfügung stand, ging für Lebensmittel und andere überlebenswichtige Dinge drauf. Die Lebensmittelkarten reichten nicht, und so war großes Geschick angesagt, wenn man wie die Köhles nichts zum Tauschen hatte.

Zwar besaßen sie noch die Sparbücher, die sie aus Stolzenhagen mitgenommen hatten und von denen sie bei der örtlichen Bank auch immer mal wieder ein paar Reichsmark abheben konnten, aber dieses Kapital wollte Ulrich nur dann ernsthaft anzapfen, wenn es unbedingt nötig war. Es war ihre Rücklage, um sich ein eigenes Zuhause herzurichten, sobald sich die Möglichkeit bot. Er beschloss, nächste Woche noch einmal zur Gemeinde zu gehen, auch wenn er es hasste, als Bittsteller aufzutreten. Doch Skrupel brachten ihn nicht weiter.

Ein eigenes Haus zu finden hatte für Ulrich höchste Priorität, vor allem, weil sich die neunzehnjährige Frida bei den Gerkens in der Landwirtschaft sehr unwohl fühlte.

Ulrich hatte ein schlechtes Gewissen. Er wollte sein Kind wieder lachen sehen. Doch dazu bedurfte es nicht der frischen Nordseeluft, nicht der Fischerei und schon gar nicht eines Kuhstalls. Dazu brauchte es ein Klavier. Noten. Und die Welt der Musik. Und Ulrich wusste nicht, woher er das hier bekommen sollte.

*

Es roch süßlich und nach Kuh. Die Ketten klirrten, nur selten gab eines der Tiere einen Laut von sich. Frida hörte das regelmäßige Kauen, ab und zu klatschte ein Schwanz die Fliegen von den Flanken.

Sie hatte manchmal das Gefühl, vom Heimweh aufgefressen zu werden. Es war die Wortkargheit der Menschen. Die Sprache, die sie oft nicht verstand, weil sich das Platt hier von dem in Stettin unterschied.

Sie war doch erst neunzehn und nun zu einem Leben gezwungen, das sie sich so anders vorgestellt hatte! Sie liebte das Klavierspiel, und nun saß sie neben einer Kuh und versuchte, ihr die Milch zu entlocken, was ihr ebenso wenig gelang wie viele andere Arbeiten auf dem Bauernhof. Aber sie sollte aufhören zu jammern.

Immerhin war es im Augenblick möglich, im Stall zu melken. Dazu trieben sie die Kühe von den nahen Weiden zum Hof und anschließend wieder zurück. Das war bequem, denn wenn die Tiere weiter entfernt weideten, war es notwendig, hinzulaufen und die Tiere dort an einen Melkbaum zu binden, der von Weide zu Weide geschleppt wurde. Das war echte Knochenarbeit. Frida seufzte.

Gegen ihren Widerwillen half nur eins. Sie schloss die Augen und hatte sofort Franz Schubert im Kopf. In Gedanken spielte sie das Allegro vivace durch, während sie am Euter der Kuh zerrte. Wieder einmal traf sie ein Schlag vom Kuhschwanz, und sie wich angeekelt zurück, als sie sah, dass ihr eine Kuhlaus über den Arm krabbelte. Das Allegro im Kopf verstummte, Frida sprang auf und stieß dabei den Eimer um. Der Melkschemel kippte hintenüber, und sie begann zu straucheln. Nur mit Mühe stürzte sie nicht gegen die nächste Kuh.

Die wenige Milch versickerte im Stroh. Zu allem Überfluss bekam Frida noch einen weiteren heftigen Schlag mit dem Kuhschwanz ins Gesicht. Es brannte, als hätte sie jemand mit der Peitsche malträtiert. Ihr kamen die Tränen.

»Mist«, fluchte Frida. »Verdammter, blöder Kuhmist!«

Hinter ihr tappten Schritte. Kalle Gerken, der Sohn des Bauern, tauchte bei ihr auf. »Zu blöd zum Melken!«, sagte er, rollte mit den Augen und stieß mit der Stiefelspitze ein Stück getrockneten Kuhfladen in Fridas Richtung. Er bückte sich, betastete das Euter der Kuh, die Frida eben gemolken hatte. »Sag mal, wie lange bist du schon dabei?«

Frida zuckte mit den Schultern.

»Das ist ja nix, was du da rausgepumpt hast. Nix!«

Kalle seufzte genervt und griff nach dem Schemel. Er setzte sich darauf und begann mit regelmäßigen Bewegungen an den Zitzen zu drücken und zu ziehen. Schon bald spritzte die Milch mit kräftigem Strahl in den Eimer. »So geiht dat!«, sagte er zufrieden.

Frida nickte. Sie würde es wohl nie lernen. Dazu hasste sie es zu sehr. Ihre Finger gehörten auf die Tasten eines Klaviers und nicht an das Euter einer schwarz-weiß gefleckten Kuh! »Da war eine Laus«, sagte sie entschuldigend.

»Das kommt vor«, gab Kalle ungerührt zurück. »Ich sag Vadder Bescheid, dann machen wir das Ungeziefer weg.« Er schaute Frida an. Sie konnte den Blick nicht deuten. Lag Schalk darin? Verachtung? Oder doch ein kleines bisschen Sympathie?

Nein, korrigierte sie sich. Es ist Mitleid. Kalle Gerken hatte Mitleid mit dem Flüchtlingsmädchen mit diesen schmalen langen Fingern, denen die Kraft fehlte, um Milch aus einem Euter zu bekommen. Er konnte schließlich nicht wissen, was diese Hände wirklich vermochten. Dass sie in der Lage waren, die Klavierversion von Mozart in d-Moll zu spielen. Oder von Beethoven das Klavierkonzert Nr. 1 in C-Dur. Das konnte Kalle nicht wissen, und so hatte er Mitleid mit ihr, die in seinen Augen unfähig zum Leben war. Weil sie nicht einmal eine Kuh melken konnte.

»Nu sieh zu, dass du vorankommst. Gibt gleich Frühstück. Mudder macht sicher schon Tee!«

Er verließ den Stall, nicht ohne sie noch einmal mit diesem eigenartigen Blick anzusehen. Dieses Mal machte er Frida Angst, denn sie erkannte noch etwas anderes darin, und das war – Verlangen.

Frida nahm schnell den Hocker und wischte den Gedanken beiseite. Eine Kuh musste noch gemolken werden, bei den anderen war ihre Mutter schon gewesen. Sie trug eben ihren letzten gefüllten Eimer aus dem Stall. Frida setzte sich erneut auf den Schemel, die Kuh drehte den Kopf zu ihr und sah sie mit den großen Kulleraugen an. Als Frida mit dem Melken begann, wandte sie sich wieder der Grasration zu.

»Ich muss das hinkriegen, damit ich schnell aus diesem Mief rauskomme!«, versuchte Frida murmelnd, sich selbst Mut zu machen.

Mit verbissenem Gesichtsausdruck umfasste sie die Zitzen und legte los. Genauso, wie Kalle es eben gemacht hatte. Kein lustloses Ziehen, das keinen Erfolg brachte. »Du brauchst Gefühl«, hatte ihre Mutter gesagt, die das Melken erstaunlicherweise sehr schnell gelernt hatte.

Frida bemühte sich nach Kräften, und tatsächlich schoss etwas Milch in den Eimer. Aber wieder versiegte der Strom schnell, sosehr sie auch drückte und zog. Sie konnte es nicht, wahrscheinlich, weil diese Arbeit sie so unglaublich abstieß.

Frida lehnte den Kopf an den Bauch der Kuh, zuckte aber sofort zurück, weil sie fürchtete, auch dieses Tier könnte Läuse haben.

Erneut vernahm sie Schritte und zerrte rasch wieder am Euter herum.

Es war ihre Mutter Margret. Sie erkannte das allmorgendliche Dilemma, und ihr Mund verzog sich zu einem Strich. »Komm, ich mach das«, sagte sie kopfschüttelnd und wie immer ein bisschen genervt, weil Frida sich so dumm anstellte.

Binnen kurzer Zeit war das Euter leer.

»Gut, dass wir fertig sind, ich habe großen Hunger, nun noch die Viecher raus«, sagte ihre Mutter. Doch Frida spürte, dass sie ihr am liebsten eine Ohrfeige verpasst hätte. Sie schaute ihr hinterher, als sie die Kühe rasch auf die Weide trieb.

Frida knurrte der Magen ebenfalls, zudem war sie müde, aber auf einem Bauernhof gab es keine Gnade, und sie mussten früh raus aus dem Bett. Frida wischte sich mit dem Unterarm übers Gesicht und stöhnte, als sie wahrnahm, dass sie aus jeder Pore nach Kuhstall roch.

Wie sie den Krieg hasste, der ihr all das eingebracht hatte! Wie sie Hitler und seine Gleichgesinnten hasste, die der Auslöser für ihr jetziges Leben waren!

Sie wollte, zum Teufel noch mal, keine Kühe melken, keine Ställe ausmisten und Kartoffeln hacken. Sie wollte nicht gleich losziehen und den Granat, den ihr Vater heute Morgen aus dem Meer gefischt hatte, sieben und kochen und schließlich an den Haustüren verkaufen. Nein, verdammt, das wollte sie alles nicht! In Stolzenhagen hatten das die Mütter getan, und sie durfte sich auf das Klavierspielen konzentrieren. Oder darauf, bei Kulescza mit ihren Freundinnen ein Eis zu essen.

Bei schönem Wetter waren sie hoch zur Göringstraße gelaufen, hatten sich an einen der vom Grün umrankten Tische gesetzt und es sich gut gehen lassen.

Nicht nur danach sehnte sich Frida, sondern vor allem auch nach ihrer Freundin Erna, mit der sie in Stettin das Löwe-Konservatorium besucht hatte. Sie hatten sich zum letzten Mal auf der Flucht im Zug gesehen, seitdem hatte Frida nichts mehr von ihrer Freundin gehört und wusste nicht einmal, ob sie noch lebte. Erna und sie, das war eine besondere Verbindung gewesen. Zwei junge Mädchen, die unterschiedlicher nicht hätten sein können. Ernas Vater war Anwalt und verkehrte in den angesehenen Kreisen Stettins, weshalb Erna das Löwe-Konservatorium besuchen durfte, obwohl sie nicht zu den talentiertesten Schülerinnen gehörte. Das war normalerweise vollkommen ausgeschlossen, denn die Aufnahmekriterien waren überaus streng, und man konnte dort nur mittels einer Empfehlung die Ausbildung genießen. Trotzdem machte Erna das Musizieren Spaß, und sie hatte irgendwann auch einen gewissen Ehrgeiz entwickelt, damit sie nicht die Schlechteste war. An Fridas außergewöhnliche Begabung kam sie zwar nie heran, aber das gelang auch den anderen Schülerinnen nicht.

Frida hatte eben ein besonderes Talent, auch wenn sie aus einer einfachen Fischerfamilie stammte. Sie lebte nicht wie Erna in der wunderschönen Altstadt Stettins, sondern im Stadtteil Stolzenhagen, genauer gesagt in dem kleinen Viertel Glienken direkt an der Oder. Ihre Familie besaß ein gemütliches Haus, in dem genügend Platz für alle gewesen war. Umgeben von einem Garten. Hinter ihrem Haus liefen die Bahnschienen entlang.

Erna hatte Frida nur selten zu Hause besuchen dürfen, weil ihre Eltern nicht wollten, dass sich ihr Kind in einer Fischersiedlung aufhielt, weshalb Frida meist bei Erna zu Besuch gewesen war. Ihre Freundin selbst hatte ihre einfache Herkunft nie gestört. Doch wenn sich ihre Eltern im Konservatorium oder beim Abholen begegnet waren, hatte Frida den von Geests stets angesehen, dass sie heimlich die Nase über sie, das Fischermädchen, rümpften.

Wie gern würde sie mit ihrer Freundin wieder durch Stettin streifen, mit ihrem Vater in Konzerte und Theater gehen und schöne Kleider tragen! Das alles hatte sie schon als Kind gedurft, weil ihr Vater den Drang seiner Tochter zur Musik und Kultur immer sehr unterstützt hatte.

Aber an all das war in Eckwarderhörne gar nicht zu denken. In Stettin auch nicht mehr, dachte Frida. Stettin liegt in Schutt und Asche. Und ich sollte mich glücklich schätzen, dass ich noch beide Eltern habe.

Dennoch wäre es hier leichter gewesen, wenn ihre Familie wenigstens einen kleinen Garten gehabt hätte, den sie zum Blühen hätte bringen können. Dazu ein Gemüsebeet, wo sie täglich etwas ernten konnten, um daraus ein schmackhaftes Essen zu bereiten. Das wäre ein winzig kleiner Lichtblick in der großen Finsternis gewesen. Denn im Garten zu arbeiten hatte sie in Glienken immer gemocht. Ihre Hände konnten nicht nur dem Klavier wunderbare Töne entlocken, sondern auch wahre Wunder an Pflanzen verbringen.

Aber nicht einmal das gab es hier für sie. Den Garten des Bauernhofs durfte sie nicht betreten, vermutlich weil die Gerkens befürchteten, sie könnte sie bestehlen.

Frida seufzte noch einmal leise auf und machte sich auf den Weg aus dem Stall. Sie hielt sich die Nase zu, als sie am Misthaufen vorbeikam und ein Schwarm Schmeißfliegen aufstob.

*

Focko war nicht gleich losgefahren, weil er hoffte, Frida noch zu sehen. Sie war für ihn mit ihrem goldblonden Haar und den einzigartigen grünen Augen das schönste

Mädchen, das ihm je begegnet war. Er kam nur deshalb gern zu Bauer Gerken, weil er so die Möglichkeit hatte, ihr zu begegnen. Doch leider schaute sie ihn gar nicht an. Jedenfalls nicht so, wie er es sich wünschte. Sie war nett und freundlich, wie sie zu jedem nett und freundlich war – aber sonst?

Focko seufzte, doch ein Lächeln glitt über sein Gesicht, als er sie sah. Sie wirkte frustriert, wahrscheinlich hatte es mal wieder mit dem Melken nicht geklappt.

»Moin«, begrüßte er sie.

Frida blieb stehen, und sofort wurden ihre Gesichtszüge weicher. »Seid ihr schon vom Fischen zurück?«

»Jo, guter Fang.« Focko nahm die Wollmütze vom Kopf und drehte sie verlegen. »Wird sicher ein freundlicher Tag. Die Sonne kommt durch.« Er scharrte mit der Schuhspitze über das grobe Pflaster des Hofs.

»Ich muss dann auch«, sagte Frida. »Sie warten mit dem Frühstück. Ich bin spät dran, weil …« Sie brach ab. Es schien ihr unangenehm zu sein, dass sie mit dem Melken Probleme hatte.

»Ist auch schwer. Ich kann es auch nicht«, sagte Focko, der sofort wusste, worum es ging.

»Nein?« Frida wirkte erstaunt. »Ich dachte, nur ich stelle mich so dumm an.«

»Nein, ich kann es wirklich nicht. Sieh nur!« Focko streckte seine Hände vor. Doch sogleich schämte er sich. Sie waren klobig, unter den Nägeln klebte das Watt, und auf der Oberfläche kringelten sich rote Haare. »Bin eher Fischer.«

Frida fing an zu kichern und zeigte ihm ihre Hände, die schmal und feingliedrig waren. Aber auch ihre Nägel waren von der harten Arbeit abgesplittert. »Ich bin Pianistin«, sagte sie und hielt die Hände noch näher an Fockos.

Er hätte sie mit einer Hand umfassen können. So aber berührten sich nur ihre Fingerspitzen. Sie standen eine Weile voreinander und tauchten in den Blick des anderen ein. Mit einem Mal glaubte Focko so etwas wie Magie zu spüren. Mochte sie ihn doch? Wenigstens ein ganz kleines bisschen? Ihm klopfte das Herz bis zum Hals. Es wäre zu schön gewesen, um wahr zu sein. Das scheue Mädchen aus Stettin und er, der muskulöse Fischer. Grün und Grau, Gold und Rot.

Frida hatte noch nicht aufgehört zu lächeln. Sie ließ aber ihre Hände wieder sinken. »Danke, Focko. Ganz doll danke, dass du mir Mut machst. Ist wirklich nicht einfach für mich. Das alles hier.«

Sie machte einen Schritt rückwärts. »Bis dann. Wir sehen uns!« Frida rannte zum Haus, als wäre der Teufel hinter ihr her.

Focko aber blieb noch eine ganze Weile stehen und sah ihr nach. Sie hatte sich mit ihm unterhalten, sich sogar bei ihm bedankt! Was hatte Frida für schöne Augen …

Diesen Blick würde er mitnehmen nach Fedderwardersiel. Und schon bald wollte er zurückkommen. Zu Frida. Auch wenn er sich besser keine Hoffnungen machte.

Kapitel 2

Erna von Geest schüttelte den Kopf. Dieses grün getupfte Kleid mit dem weißen Spitzenkragen war eine einzige Katastrophe. Das konnte sie unmöglich anziehen! Sie brauchte dringend neue und moderne Kleider, aber die zu bekommen war selbst für ihre Familie im Augenblick nicht so einfach. Sie waren nach dem Bombenangriff auf Stettin im August 1944, als sie ihr gesamtes Hab und Gut verloren hatten, zunächst aufs Land zu Freunden gezogen, und ihr Vater hatte für Nachschub gesorgt. Wie er auch immer an die Kleider und Hüte gekommen war. Erna wollte das gar nicht so genau wissen.

Das alles hatten sie auch auf der Flucht mitnehmen können, aber etliches Gepäck war im Güterwagen während der Fahrt gen Westen verloren gegangen, und dazu gehörte der gesamte Kleiderbestand von Erna. Ihr verbliebener Koffer war zuvor am Bahnhof in Stettin auch noch gestohlen worden.

Als sie nach der Flucht die Villa in Varel bezogen hatten, war Ernas Kleiderschrank leer gewesen. Wieder hatte ihr Vater dafür gesorgt, dass es nicht lange so blieb, aber es war einfach nichts dabei, was Erna wirklich gefiel. Dieses Fähnchen, das ihre Mutter jetzt angeschleppt hatte, passte überhaupt nicht zu ihr!

»Mutter!« Ernas Stimme klang schrill, das tat sie immer, wenn sie aufgebracht war.

»Was ist denn?«, fragte ihre Mutter mit strenger Stimme und steckte den Kopf zur Tür herein.

»Das Kleid ist unmodern und hässlich. Ich will so nicht rausgehen.« Erna zog es wieder aus und schleuderte es auf den Stuhl. »Der Krieg ist vorbei, und ich will wieder hübsch aussehen!« Sie warf sich aufs Bett wie ein trotziges Kind. Erna wusste selbst, dass ihr Verhalten für eine Neunzehnjährige überaus kindisch war und sich nichts änderte, wenn sie herumwütete, aber das schäbige Kleid, das einer Großmutter hätte dienlich sein können, hatte das Fass zum Überlaufen gebracht.

Erna ging das derzeitige Leben auf die Nerven, sie hatte unsägliches Heimweh nach Stettin. Und sie vermisste Frida. Sie vermisste das Lachen ihrer Freundin und die vielen Gespräche, die nur mit ihr möglich waren.

Ihre Mutter Stine stand starr im Türrahmen und wusste mit dem Wutanfall der Tochter nichts anzufangen. »Man hat dir auf der Flucht den Koffer gestohlen, der Rest ist verschollen, und derzeit bekommt man nicht viel, das weißt du. Die Marken reichen hinten und vorne nicht. Ich trage im Augenblick auch nur das, was da ist. Wir müssen geduldig sein. Es gibt nichts anderes. Aber das wird sich bald ändern, glaub mir. Ich habe munkeln gehört, dass es bald besser wird.« Sie wandte sich zum Gehen. Wie immer in kerzengerader Haltung, das Kinn ein Stück nach vorn gereckt. Die Illusion von Stolz und Unnahbarkeit. »Nun mach dich schon fertig. Assessor Braun und seine Gemahlin kommen gleich.«

Klack, war die Tür zu, und Erna hörte die zackigen Schritte auf der Treppe.

Was interessierte sie dieser blöde Assessor? Erna trommelte weiter mit den Fäusten auf dem Kissen herum. Es tat so gut, diese ohnmächtige Wut hinauszuschlagen! Sie war doch noch jung, hatte Träume und Ziele, und alles war in den letzten zwei Jahren völlig zerstört worden.

Erna wollte ihr altes Leben zurück. Sie wollte in Stettin am Manzelbrunnen vorbeiflanieren. Aber den gab es nicht mehr, genauso wenig wie das Stettiner Schloss, das wie vieles andere den Bombenangriffen zum Opfer gefallen war. Und wo lebte sie nun? In der provinziellen Kleinstadt Varel, die der Pracht Stettins nicht im Mindesten das Wasser reichen konnte.

Es war aber nicht nur das. Ihr ging es nicht gut, denn sie wachte nachts oft auf, weil sie die Grausamkeit der Träume nicht ertragen konnte. Mit Schaudern holten sie dann die Erinnerungen an den Krieg ein.

Diese ständige Angst, dass die Sirenen jaulten und die Flieger kamen. Die Panik, ob man es auch dieses Mal in den Bunker schaffen konnte, und dann, ob die Wände und Rohre dort hielten oder ob man bereits im vorgefertigten Grab saß.

Nicht einmal ihre Zeugnisse hatte Erna mitnehmen dürfen. Alles, was ihrer Mutter überflüssig erschienen war, musste zurückbleiben und wurde nicht in die Tasche gepackt, wenn sie in den Luftschutzkeller gingen. Ernas Einwände hatte sie ignoriert. »Zeugnisse braucht heutzutage kein Mensch!«

Damals nicht, da ging es ums Überleben, aber jetzt?

Mutters Satz hatte in ihren Ohren so endgültig und frustrierend geklungen. Jahrelang hatte sie gelernt, weil sie nicht wie ihre Mutter nur Hausfrau eines großen Hausstandes an der Seite des erfolgreichen Mannes sein wollte. Insgeheim träumte Erna von einem Studium der Medizin, auch wenn sie am Konservatorium ausgebildet wurde und die Musik durchaus mochte. Und dann durften die Beweise für ihr Geschick in Mathematik und Biologie nicht mitgenommen werden! Nach dem letzten Bombenangriff lagen die Zeugnisse ohnehin unter einem Berg von Schutt in Stettin begraben.

Dieser furchtbare Angriff, bei dem sie alles verloren hatten … Wieder drängten sich in Erna die Bilder hoch. Anfangs waren die Bomber über die Stadt nur hinweggeflogen, und es kam schnell Entwarnung, aber schon bald wurde der Luftschutzkeller zum zweiten Zuhause.

Erna biss sich auf die Unterlippe, um den Schmerz ertragen zu können. Dieser Schmerz, der seit dem einen Angriff 1942 in ihr wütete, denn es war der Anfang vom Ende gewesen. Sie würde dieses Bombardement nie vergessen. Diesen grausamen Vorboten auf das, was sie noch ertragen musste.

Gegen zehn Uhr hatten die Scheinwerferfinger ihre Strahlen in den Himmel gereckt und nach den Fliegern der Alliierten gesucht. Kaum saßen Erna und ihre Eltern im Luftschutzkeller, fielen die Bomben. Es ging die ganze Nacht, aber ihr Haus und ihr Viertel hatten alles schadlos überstanden.

Ihre Seelen jedoch nicht. Wer einmal in einem solchen Keller gehockt hatte, dem Tod auf Gedeih und Verderben ausgeliefert, würde das niemals vergessen können. Diese Angst, dass es wieder passieren konnte, und das langsame, innere Absterben mit jedem weiteren Angriff.

Zwei Jahre später erfolgte im August 1944 das große, furchtbare Inferno, als das Bomber Command der Royal Air Force kam und von Angriff zu Angriff die wunderschöne Altstadt Stettins mit den imposanten Gebäuden und dem Hafengebiet fast völlig zerstörte. Und nicht nur die Gebäude.

An dieser Stelle konnte Erna nicht weiterdenken, sonst hätte sie geschrien, so wie in den Träumen, wenn sie das Grausame wieder und wieder erlebte.

Ach, ihr schönes Stettin! Erna seufzte. Die Stadt, die sie mit Lachen und Lebensfreude verband. Die Stadt, in der die Leichtigkeit ihre Bewohner tanzen ließ. Da, wo der Himmel so blau war wie sonst nirgendwo.

Vorbei.

Stettin war zu einem Haufen Schutt geworden, aus dem die Mauern der zerstörten Gebäude wie Gerippe in den Himmel ragten.

Geblieben war ihr dieses schrecklich getupfte Omakleid mit dem leicht ausgestellten Rock, das ihre Mutter gestern irgendwo aufgetrieben hatte. Es wirkte wie ein Zeichen dafür, mit welcher Tristesse es weitergehen würde.

Die Tür klackte erneut, und ihre Mutter kam zurück. Sie wirkte aufgebracht. »Erna, nun reiß dich mal zusammen! Immerhin haben wir ein Dach über dem Kopf. Herold wird bald bestimmt aus der Gefangenschaft zurückkommen. Und genug zu essen haben wir auch, weil dein Vater Verbindungen hat«, hob sie an. »Der neue Staat braucht Menschen wie ihn. Sein Wissen als Jurist ist unverzichtbar. Nun zieh dich schon an, wir bekommen doch gleich Besuch.« Ihre Mutter klang verärgert und ungeduldig. Sie war eigentlich nie freundlich und entspannt. Jedenfalls nicht richtig. Nach außen, ja, da lächelte sie. Aber wann hatte sie ihre Tochter das letzte Mal in den Arm genommen? Erna konnte sich nicht erinnern. Ihre Mutter war kalt wie ein Fisch. Sie war noch nie eine herzliche Frau gewesen, aber seitdem ihr Sohn Herold eingezogen worden war und niemand wusste, wo er steckte, und dann der kleine Toni …

Nein, jetzt nicht Toni.

Erna hieb abermals mit der Faust aufs Kissen. Was war das für ein Gott, der ihnen den Kleinen unverhofft geschenkt und ihn dann gleich wieder zu sich genommen hatte? Kein Wunder, dass ihre Mutter wie von einem Eiskegel umgeben war. Vermutlich hätte sie die Welt sonst nicht ausgehalten.

»Ich gehe in die Küche und erwarte Gehorsam.« Ihre Mutter verschloss nachdrücklich die Tür. Sie würde niemals über ihre Gefühle reden oder darüber, was das alles mit ihr gemacht hatte. Und schon gar nicht, welche Schuld und Verantwortung im Krieg sich auch ihre Familie auf die Schultern geladen hatte. Erna setzte sich auf und stützte das Gesicht in ihre Hände. Die Verbindungen ihres Vaters kannte sie nicht im Detail, aber sie ahnte von Tag zu Tag mehr, in welchen Kreisen er sich bewegte und stets bewegt hatte.

Ihr Vater war einer von denen, die den Führer lautstark unterstützt hatten und jetzt keine Skrupel kannten, sich wieder ganz nach vorn durchzukämpfen – die Vergangenheit bewusst ignorierend.

Erna erinnerte sich gut an die Familie Salomon, die in der Wohnung nebenan gelebt und bei der sich ihre Mutter immer Mehl oder Eier geliehen hatte. Ihre Eltern sprachen stets mit vorgehaltener Hand über die Nachbarn, weil sie nicht wie die anderen eintausend in Stettin lebenden Juden nach Polen deportiert worden waren, da »der Führer« Wohnraum brauchte für jene Deutschen, die in seenahen Berufen arbeiteten.

»Da hat der Salomon Glück mit seiner Mischehe. Die haben sie noch verschont«, hatte ihr Vater einmal abfällig geäußert. »Ich betone: noch! Warum auch immer sich eine deutsche Frau mit einem Juden einlässt.«

*

Dr. Salomon war Arzt und viele Jahre lang auch abends zu den von Geests rübergekommen, wenn es nötig war. Auch als ihm schon nicht mehr erlaubt war zu praktizieren. In der Zeit litt Erna einmal unter Halsweh und Fieber, und so spät am Abend war kein Arzt mehr zu bekommen. Die Praxis von Dr. Salomon war schon lange geschlossen, Leute wie ihn, den Juden, durfte man nicht mehr aufsuchen. Erna aber ging es schlecht. Zwar hatte Vater verboten, dass sie mit Familie Salomon Kontakt hatten, aber er war an jenem Abend nicht da.

Ihre Mutter wusste sich keinen anderen Rat, als bei den Nachbarn zu klingeln. Erna stand in der Tür und schaute mit fiebrigen Augen auf die andere Seite des Hausflurs, wo Frau Salomon mit blassem Gesicht öffnete und sich Mutters Anliegen anhörte.

Sie sah zu Erna, nickte dann, und kurz darauf kam Dr. Salomon mit der Arzttasche in ihre Wohnung. Er untersuchte Erna schweigend. Seine Hände zitterten, als er etwas zum Spülen für den Hals und zum Senken des Fiebers aus der Tasche zog und mit wenigen Worten erklärte, wie sie alles einnehmen und anwenden sollte. Dann huschte er fast lautlos zur Wohnungstür.

Kaum stand er aber im Hausflur, stampfte Ernas Vater die Treppen herauf. Er verstellte Dr. Salomon kurz den Weg, musterte ihn und ließ ihn dann vorbei, woraufhin dieser augenblicklich in seiner Wohnung verschwand, als wäre er eine Maus, die vor der Katze Deckung sucht.

»Was hat der Jude hier gemacht?« Die eiskalte Stimme des Vaters machte Erna Angst. Sie war so anders als die, mit der er ihr eine gute Nacht wünschte oder sie für ihre ausgezeichneten Noten lobte. Das hier war die Stimme des Mannes, der alles zerschmetterte, was nicht in sein Weltbild passte.

Mutter zog ihn rasch in den Wohnungsflur und schloss die Tür. »Erna ist krank, und ich habe keinen anderen Arzt erreicht«, verteidigte sie sich. »Es geht ihr wirklich schlecht, Heinz!«

Erna stand mit zitternden Knien im Türrahmen ihres Zimmers, weil sie aufgestanden war, als sie die schneidende Stimme ihres Vaters vernommen hatte. Er musterte sie. »Geh zurück in dein Bett!« Dann drehte er sich zu seiner Frau um. »Das mit dem Arzt hätte bis morgen Zeit gehabt. Bevor du den Quacksalber bemühst. Er ist des deutschen Volkes Feind!«, knurrte ihr Vater. »Wir sprechen uns noch.«

Erna wollte eigentlich zurück ins Bett kriechen, denn sie fühlte sich wirklich sehr elend, aber sie sah, dass der Vater den Telefonhörer in die Hand nahm. Er hob nur kurz die Brauen, als er seine Tochter bemerkte, und Erna verschloss die Tür, bevor sie sich hinlegte und die Decke bis zur Nasenspitze hochzog.

Dann versuchte sie zu lauschen, was ihr Vater sagte. Leider verstand sie nichts.

Kurz darauf kam die Mutter zu ihr. Sie legte den Finger an die Lippen, schüttelte den Kopf und bedeutete Erna zu schweigen. Ihre Mutter versorgte sie mit der Medizin, die Dr. Salomon ihnen gegeben hatte, und verschwand genauso lautlos, wie sie gekommen war.

In der Nacht wurde es nebenan laut.

Erna hörte, wie Porzellan zerschellte, vernahm das Flehen von Frau Salomon. Ihr Weinen und Schluchzen. Dank der Medizin ging es Erna etwas besser, und sie quälte sich aus dem Bett zum Fenster. Vor dem Haus stand ein großer Transporter, der von Männern mit Maschinenpistolen bewacht wurde. Sie wusste, was das bedeutete. Ihre Nachbarn wurden abgeholt wie zuvor so viele Juden. Es hieß, sie würden umgesiedelt, und man sah sie nie wieder. Erna schluckte, denn jetzt war auch Jakob fort. Er hatte so wunderschöne braune Augen und als erster Junge ihre Hand gehalten.

Sie stürzte durch den Flur zum Schlafzimmer der Eltern. »Vati, hilf ihnen doch!«, rief sie.

Aber ihr Vater stand mit grimmigem Gesicht am Fenster und schaute sich die Deportation der Nachbarn seelenruhig an. »Das geht alles seinen rechten Weg, Erna. Der Staat muss aufräumen mit denen, die sich nicht an das halten, was für sie vorgesehen ist.«

Erna wusste damals nicht so genau, was er meinte. Sie war zu jener Zeit dreizehn Jahre alt, Mitglied im Jungmädelbund, und sie freute sich darauf, bald zum BDM, dem Bund deutscher Mädchen, gehen zu dürfen. Schon bei den Jüngeren lernte sie, dass Juden Menschen zweiter Klasse waren, aber das traf doch nicht auf die Salomons zu. Das waren schließlich ihre Nachbarn, und die Mutter war nicht einmal Jüdin.

»Hast du sie gemeldet?«, fragte Erna am nächsten Morgen ihren Vater. »Weil er mir geholfen hat, als ich krank war?«

Die Antwort blieb der Vater ihr schuldig.

*

Erna lachte hämisch auf. Jetzt, nach dem Krieg, als all die schlimmen Sachen langsam publik wurden, formten sich immer mehr Bilder einer verblendeten Zeit, die sie nicht sehen wollte, aber zur Kenntnis nehmen musste. Manchmal fiel es ihr schwer, ihren Eltern noch in die Augen zu blicken.

Erna stand auf und schaute in den ovalen Spiegel. Ihre

Augen waren rot unterlaufen, das Haar stand wirr in alle Richtungen ab.

»Du siehst schlimm aus«, sagte sie laut und streckte sich die Zunge heraus. Sie äffte die Stimme ihrer Mutter nach. »Mach dich zurecht, Erna! Assessor Braun und Gemahlin kommen gleich!«

Keine Frage dazu, warum ihr Kind so verzweifelt war. Welche Ängste sie quälten. Warum sie seit der Flucht extrem abgenommen hatte. Das Leben ging weiter. Immer geradeaus.

Im Hause von Geest bewahrte man Haltung. Gleichgültig, was passiert war. Ihre Eltern lebten noch in der alten Zeit. Sie hatten nur die Lebensumstände verändert, weil sie es mussten. Und trotzdem gab es schon wieder fast alles, was man benötigte, um weiterhin nach außen hin Eindruck zu schinden. Eine vollständig eingerichtete Villa.

Passendes Geschirr und Kristallgläser. Weiße Stoffservietten, die allerdings an den Kanten verschlissen waren und einige Löcher aufwiesen. Erneut drängte sich Erna die Frage auf, warum ihre Familie ein Haus und Dinge besaß, die andere nicht hatten. Und wie immer schob sie diese Gedanken beiseite, weil sie die Antwort in Wahrheit gar nicht kennen wollte.

Ihre Trauer hatten die von Geests in Stettin gelassen. Über Toni wurde nicht mehr gesprochen. Auch nicht über die schöne Altbauwohnung, in der sie gelebt hatten und die mit allem ausstaffiert gewesen war, was man sich wünschen konnte. Vergoldete Wasserhähne, flauschige Teppiche und viele Bücher in einem Regal, das bis zur Decke reichte. *Mein Kampf* immer schön in Sichtweite, weil es Vaters Lieblingsbuch war.

Ihre Eltern hatten das alles zurückgelassen, abgehakt,

und waren in Varel zwar in ein anderes Haus gezogen, doch sie hatten das privilegierte Denken mitgenommen und ignorierten einfach, dass es ihre Welt nicht mehr gab.

Und doch befürchtete Erna, es würde den Eltern und ihresgleichen gelingen, in der neuen Welt eine weitere aufzubauen, die der von vor dem Krieg ähnelte. Warum war ihr Vater nie belangt worden und hatte auch jetzt schon wieder einen hohen Posten, obwohl er in Stettin dicht an der Seite des stellvertretenden Gauleiters Paul Simon agierte hatte? Welche Verbindungen hatte sich ihr Vater schon wieder zunutze gemacht, dass sie so bevorzugt wohnen durften? Manchmal verglich Erna ihren Vater mit einem Aal, der sich durch finstere und dicht verwachsene Gewässer stets stromaufwärts schlängelte und immer am Ziel ankam.

Menschen wie ihr Vater würden auch in der neuen Demokratie ihren Platz finden und nach und nach die Fäden in die Hand nehmen, sie straffen und die Geschicke im Land am Ende lenken.

Seufzend wusch sich Erna das Gesicht, zupfte die Frisur zurecht und zog das verhasste Kleid an.

Es musste doch einen Weg aus diesem Gefängnis geben! Einen Weg zurück zum tiefen Blau des Himmels. Sie glaubte nicht, dass es den nur in Stettin gab.

Kapitel 3

Das Frühstück bei Bauer Gerken war wie immer üppig. Es gab frisch gebackenes und dick geschnittenes Bauernbrot, dessen süßlicher Duft den Raum flutete. Dazu selbst gemachte Butter neben eingekochter Marmelade, Schinken und Leberwurst vom Hausschwein. Heute konnten Frida und ihre Eltern wieder mal am Familienfrühstück in der großen rustikalen Bauernküche teilnehmen. An den anderen Tagen mussten sie warten, bis Familie Gerken fertig war. Danach durfte Fridas Mutter dort das eigene Essen vorbereiten, denn in ihrem winzigen Zimmer gab es dazu keine Möglichkeit.

Immerhin hatten sie dort einen kleinen Zentralheizkörper und brauchten im Winter nicht zu frieren. Zumindest nicht immer, denn wenn der Wind ungünstig stand, dann zog es durch jede Ritze, und egal, wie stark sie den Heizkörper auch aufdrehten: Es wurde einfach nicht richtig warm im Zimmer. Doch dagegen konnten sie sich anziehen, sodass Frida damit weniger haderte als mit der Enge und der Stallarbeit.

Das kleine Zimmer lag im unteren Stockwerk ganz hinten im Flur, wo es zu den Stallungen ging. Auf den fünfzehn Quadratmetern hatten gerade drei Betten, ein Schrank nebst Kommode und ein Tisch mit drei Stühlen

Platz. Mutter bemühte sich zwar, den Raum einigermaßen behaglich zu gestalten, doch wenn man nichts hatte, konnte man nur wenig ausrichten. Außerdem roch es dort immer muffig, und in den Ecken hatte sich schwarzer Schimmel angesammelt, der gnädig von den Möbeln verdeckt wurde.

Nun standen sie alle dicht gedrängt in der Küche des Bauernhauses, von wo aus man über den grob gepflasterten Hof bis zum Pferde- und Schweinestall sehen konnte. Alle Frauen trugen Kittelschürzen über den dunklen Kleidern, dazu derbe Wollsocken. Die Holzschuhe standen lehmverkrustet vor der Tür. Die Männer hatten Leinenhemden und kräftige Cordhosen an. Letztere wurden von breiten Hosenträgern gehalten.

Elsa-Maria Gerken wartete am weißen Kohlenherd darauf, dass das Wasser heiß genug war. Kurz bevor der Kessel summte, nahm sie ihn herunter und goss den Tee auf.

»Nehmen Sie Platz!«, forderte Hero Gerken Fridas Familie auf.

Sie drängten sich auf die Kücheneckbank, die den dreien gerade Platz genug bot.

Frau Gerken stellte die Teekanne aufs Stövchen und setzte sich ebenfalls.

»Und nun greifen Sie zu«, sagte Hero. »Aber erst dat Kluntjes in die Tassen.«

Sie kamen seiner Aufforderung nach, und Elsa-Maria schenkte allen ein. Der Kandis knackte, als der braune Tee darüberlief.

Am liebsten hätte sich Frida gleich drei Scheiben Brot auf einmal genommen, so hungrig war sie. Aber der warnende Blick ihrer Mutter hielt sie davon ab. Sie waren zu Gast und hatten sich deshalb zurückzuhalten.

Frida nahm also nur eine Scheibe, bestrich sie andächtig mit einer etwas dickeren Schicht Butter und griff nach der Leberwurst, die mit Kräutern versehen war und wunderbar duftete. Dann biss sie ab. Ihr Gaumen explodierte vor Wonne. Dieses Essen war so köstlich!

Langsam, mahnte sie sich. Iss ganz langsam, du darfst höchstens noch ein zweites Brot mit Marmelade essen. Und das muss bis zum Abend reichen. Gleich ging es an die Hofarbeit, Hero würde nach dem Frühstück einteilen, wer welche Aufgaben übernehmen sollte. Beim Essen herrschte jedoch andächtige Stille.

Immer wenn Frida die Augen hob, blieben sie an denen von Kalle hängen. Nicht weil sie ihn mochte, sondern weil er sie fast unverschämt angrinste. Das machte sie verlegen, und sie wusste nicht damit umzugehen. Deshalb senkte sie schnell den Blick. Er schaute sie so anders an als Focko vorhin. In dessen Augen war immer eine solche Wärme, dass man sich in der Nähe dieses kräftigen Mannes wohlfühlte.

Kalles Blick hingegen verschaffte ihr kein Wohlbehagen, sondern versetzte sie in große Unruhe. Frida nahm sich vor, ihm aus dem Weg zu gehen, wann immer das möglich war.

Von anderen Mädchen in Eckwarden, die sie beim Fischverkauf auf den Höfen getroffen hatte, war ihr zu Ohren gekommen, dass für ein paar die Begegnungen mit den Burschen nicht gut ausgegangen waren, weil sich einige junge Männer vor allem den Flüchtlingsfrauen gegenüber sehr viel herausnahmen.

Frida konzentrierte sich wieder auf das Essen. Sie wollte jeden Bissen genießen und sich dieses wunderbare Mahl nicht mit dunklen Gedanken verderben.

Als alle satt waren, räusperte sich Hero Gerken. Alle

sahen ihn aufmerksam an. Er war der Herr auf dem Hof und hatte das absolute Sagen.

»Ich werde gleich mit Herrn Köhle aufs Feld fahren, mien Fru und Kalle kümmern sich um die Tiere und das Misten. Und Sie beide«, er nickte Frida und ihrer Mutter zu, »machen sich an den Granat. Wenn der verarbeitet ist, ziehen Sie damit los und verkaufen ihn.« Er senkte das Kinn und schaute alle über den Rand der Brille hinweg an. »Heute Abend können Sie wieder bei uns essen. Es gibt Suppe, und die wärmen wir dann auf, wenn wir fertig sind.«

Für Fridas Familie würde es also kein Mittagessen geben, aber dafür am Abend die Erbsensuppe mit der fetten Pinkelwurst. Deren Duft hatte sich schon gestern auf dem Hof verbreitet und Frida das Wasser im Mund zusammenlaufen lassen.

»Wo sollen wir denn verkaufen?«, fragte ihre Mutter. »Auf den Höfen?«

Hero Gerken schüttelte den Kopf. »Wir haben viel gefangen. Nehmen Sie das Fuhrwerk. Dann können Sie erst nach Eckwarden und anschließend nach Stollhamm fahren. Wenn der Fang verkauft ist, kommen Sie zurück.«

Fridas Mutter nickte zustimmend. Das alles würde eine ganze Weile dauern, aber dafür würden sie heute Abend wieder gesättigt ins Bett sinken können. Das war viel in diesen Zeiten.

Nach dem Essen ging Frida mit ihrer Mutter auf den Hof zu den Körben, in denen sich der Granat befand. Es roch unangenehm fischig. Das lag allerdings nicht an den Garnelen, sondern an den Körben selbst, die ihren süßlich scharfen Geruch verströmten.

Mittlerweile hatte sich die Sonne endgültig durch den Nebel gekämpft, und es versprach, ein schöner Spätsommertag zu werden. Ganz wie Focko es vorhergesagt hatte. Frida lächelte bei dem Gedanken daran.

»Wovon träumst denn du?«, fragte ihre Mutter. »Nun komm mal wieder ins Hier und Jetzt und pack mit an, sonst werden wir nicht rechtzeitig fertig!«

Frida fuhr zusammen und konzentrierte sich auf die Arbeit. Für eine Liebschaft hatte sie ohnehin keine Zeit.

Frida und ihre Mutter siebten die Garnelen, sodass am Ende zwei Körbe übrig blieben. Einer mit dem Gammel, das waren die kleinen Garnelen, die sich nicht zum Verzehr eigneten. Darunter hatten sich winzige Muscheln und Fische gemogelt oder auch der eine oder andere Seestern.

Die beiden Frauen schleppten die Körbe in die Waschküche, wo zwei große Töpfe neben dem Holzherd standen. Sie heizten ordentlich ein, gaben Wasser und Garnelen in den einen Topf, den Gammel in den anderen. Margret holte noch Salz und tat zwei Handvoll dazu.

Dann wartete sie, bis der Granat die typische rotbraune Farbe angenommen hatte und ihnen zeigte, dass er gar war. Sie mussten allerdings achtgeben, dass er nicht zu weich wurde.

Vorsichtig schöpften sie die Garnelen ab und gaben sie in eine saubere Wanne. Den Gammel nahmen sie ebenfalls heraus und schütteten ihn zurück in den Korb. Frida schleppte ihn hinter die Stallungen, wo sie ihn auf dem Betonboden auskippte und mit einer Harke auseinanderzog. Nun konnte er trocknen und dabei mit seinen beißenden Ausdünstungen die Luft verpesten. Danach würde der Gammel verpackt und mit der Bahn ins Ruhrgebiet gebracht werden, wo er zu Tierfutter verarbeitet wurde.

Ihre Mutter hatte derweil den Braunen angeschirrt

und saß schon auf dem Kutschbock. Früher in Stettin war Margret jedem Pferd ausgewichen, weil sie höllische Angst vor den großen Tieren hatte. Doch wer wie sie Haus und Hof und seine Schiffe samt der Lebensgrundlage verloren hatte, dem machte ein friedliches Zugpferd keine Bange mehr.

Margret Köhle saß mit fast stolzem Blick auf dem Kutschbock. Frida entdeckte ein wenig Trotz in den Augen.

»Wir schauen, ob wir nicht schon in Eckwarden alles loswerden und uns den Weg nach Stollhamm schenken können«, sagte sie. »Der Granat ist so gut, da werden wir gewiss etliche Liter verkaufen.« Sie zeigte auf das Litermaß, das sie an die Wanne mit den Garnelen gehängt hatte. Bei besonders treuen Kunden strichen sie die Oberfläche nie ganz glatt, das bedeutete, sie bekamen immer einen kleinen Berg mehr auf den Liter. Die Garnelen auf diese Weise zu verkaufen war in der Region gang und gäbe.

Frida hätte es schade gefunden, wenn sie nicht bis Stollhamm fahren würden, weil sie gern mit der Kutsche unterwegs war. Es war eine wunderbare Abwechslung zum Alltag. Vor allem, wenn das Wetter so schön war wie heute und sie die klare Luft genießen konnte. Sie prüfte, ob alles gut befestigt war und ob die Plane nicht verrutschen konnte. Dann nahm sie neben ihrer Mutter Platz.

Die schnalzte kurz, und das Gefährt setzte sich in Bewegung. Sie steuerten den kleinen Landwirtschaftsweg am Deich an, genossen die Ruhe und den ruhigen Schlag der Pferdehufe. Auf den Wiesen grasten Schafe, über ihnen zogen Silbermöwen am blauen Himmel ihre Kreise.

»Schau nur«, sagte Fridas Mutter. »Wie wunderschön die vielen Spinnweben in der Sonne glitzern.«

Frida nickte. Ja, es war schön hier. Unter anderen

Umständen hätte sie sich in Butjadingen sicher wohlgefühlt.

»Ich vermisse es auch«, rutschte es ihrer Mutter unverhofft heraus. »Die Oder, die Störche, der Dammsche See und … Stettin.«

Überrascht sah Frida sie an. »Ja, so geht es mir auch. Aber wir haben ja noch immer uns. Das ist mehr, als andere haben. Ich weiß auch gar nicht, wie es Erna geht.« Frida tastete nach der Hand ihrer Mutter. »Aber du hast recht. Jammern bringt nichts.«

Margret zügelte den Braunen, weil sie eine Kurve meistern und achtgeben mussten, nicht vom Weg abzukommen.

»Mir fehlt die Musik«, flüsterte Frida. »Ich wünschte so sehr, ich hätte ein Klavier. Dann könnte ich alles besser ertragen, weißt du?«

Sofort verhärtete sich das Gesicht der Mutter. »Du weißt, dass das unmöglich ist. Wir haben nicht einmal ein eigenes Dach über dem Kopf. Es wäre besser, wenn du diese Flausen vergisst. Das Leben ist jetzt ein anderes, und daran wird sich so schnell nichts ändern.« Sie trieb das Pferd zur Eile, indem sie die Zügel einmal kräftig auf den Rücken schlug. »Kein Wort mehr übers Klavier. Kein Wort!«

So ruckelten sie weiter von Eckwarderhörne bis Eckwardersiel, wo sie links in den Spieker Weg Richtung Eckwarden abbogen.

An der Ecke stand eine heruntergekommene, graue Fischerkate, deren Reetdach und Wände vom Moos grünlich schimmerten. Auch sonst wirkte sie ziemlich verfallen. Das Dach war das Einzige, was dieses Häuschen noch zusammenzuhalten schien, auch wenn es an einigen Stellen schon recht dünn wirkte.

»Könnten wir da nicht einziehen?«, fragte Frida hoffnungsvoll. »Dann sind wir weg vom Hof, den Kühen, Schweinen und Pferden.« Und von Kalle, fügte sie in Gedanken hinzu. »Da wohnt doch keiner mehr.«

Ihre Mutter lachte auf. »In dieser Ruine sollen wir wohnen? Die ist doch kaum instand zu setzen. Für eine solche Bruchbude geben wir unser Sparguthaben gewiss nicht aus.«

Frida zuckte mit den Schultern. »Der Schuppen da wäre trotzdem immer noch besser als das kleine, schimmelige Zimmer, in dem wir jetzt hausen.«

Ihre Mutter schwieg dazu. Nun, eigentlich war es gleichgültig, wo sie wohnten. Auch in einem eigenen Haus hätte sie kein Klavier. Und Stettin konnten sie ebenfalls nicht in diese Einöde zaubern.

Wenn Frida es recht betrachtete, war ihr derzeitiger Lichtblick Focko. Er war der einzige Mensch, auf den sie sich vorbehaltlos freute. Und doch war genau dieser Mann derjenige, der sie auf ewig an Butjadingen fesseln würde, sollten sie sich je näherkommen.

Schlag ihn dir aus dem Kopf, ratterte es im Takt des Hufschlags durch Fridas Gedanken. Du würdest ihn unglücklich machen und dich auch. Du musst hier weg. Und Focko wird bleiben. Immer.

Kapitel 4

Der September gab noch einmal alles und sprühte nicht nur sein Sonnenlicht über die Marsch, sondern begann auch damit, die Blätter der Bäume zu vergolden. Die Sonne hatte zudem noch Kraft und wärmte nicht nur die Haut, sondern auch die Gemüter und schenkte vor dem Einzug des tristen Herbstes noch etwas Hoffnung.

Kalle stand rauchend in der Abendsonne neben der Scheune und hielt Ausschau nach Frida. Er aschte die Kippe auf dem roten Pflaster ab und nahm einen weiteren tiefen Zug. Es war ein gutes Gefühl, eine schöne junge Frau auf dem Hof zu wissen. Als sie vor zwei Jahren gekommen war, hatte sie nur wenig Glanz gehabt, nach Schweiß gestunken und so trübe Augen, dass er kein Interesse an ihr gehabt hatte. Aber inzwischen gefiel Frida ihm ausnehmend gut. Sie war schlank, hatte aber an den richtigen Stellen Rundungen, und am süßesten fand er ihre kleine Nase, die nicht zu spitz, sondern für seinen Geschmack genau richtig war.

Als Bäuerin war Frida Köhle zwar vollkommen ungeeignet, aber er wollte sie schließlich nicht heiraten. Nur ein wenig Spaß haben. Die Apfelbrüste berühren, den knackigen Po anfassen und so. Wie verschämt sie seinem Blick auswich! Das gefiel ihm.

Kalle wurde die Zeit lang. Frida war noch gegenüber im Stall und ging ihrer Arbeit nach. Auch wenn sie sich dort und im Umgang mit den Tieren ungeschickt anstellte, so war sie doch fleißig und tat, was man ihr auftrug.

Kalles Zigarette war aufgeraucht, und er trat sie mit dem Schuhballen aus. Hoffentlich kam Frida endlich raus, sodass er sie in ein Gespräch verwickeln konnte.

Es gab nur wenig Zeitvertreib, deshalb war der Anblick eines Flüchtlingsmädchens eine willkommene Abwechslung. Seine Kumpel hatte da schon mehr Erfahrung als er, und er wollte wenigstens mal mitreden können.

Von Tamme, einem Nachbarbauernsohn, hatte er gehört, dass die neuen Frauen manchmal recht willig waren, und Tamme hatte sich damit gebrüstet, wie er mit ihnen Spaß gehabt hatte. Was der konnte, das ging bei ihm, Kalle, sicher auch.

Schon gestern Abend hatte er Frida aufgelauert, in der Hoffnung, sie in die Scheune ziehen zu können, aber leider war zuvor ihr Vater aufgetaucht und hatte seine Pläne zunichtegemacht.

Vorhin hatte sie die Kühe von der nahen Weide in den Kuhstall getrieben, und ihre Aufgabe war es nun, die frisch abgemolkene Milch zu sieben und in die 15-Liter-Kannen zu gießen, damit sie morgen früh von einem Nebenerwerbslandwirt mit einem gummibereiften Zweispänner zur Molkerei abgeholt werden konnte. Sollte Kalle Frida also heute Abend doch nicht antreffen, weil seine Eltern ihn zu einer anderen Arbeit abkommandierten, hätte er morgen die nächste Chance, sie zu sehen, denn die Milch musste zu einem vorgeschriebenen Platz an der Straße gebracht werden. Auch das war Fridas Aufgabe. Unterwegs würde sie an einem dichten Gebüsch vorbeikommen, hinter das er sie ziehen konnte.

Aber die Scheune würde gemütlicher sein für das, was er vorhatte. So oft war Kalle schon durch den Kopf gegangen, wie sich Frida wohl anfühlte. Wie sie aussah, wenn er ihr das Zopfband aus dem leicht golden wirkenden Haar riss und sich die Strähnen um ihren Kopf herum ausbreiteten.

Wie sie schmeckte, wenn er sie küsste. Und ob sie sich ihm freiwillig hingab oder vor Angst wimmern würde. Es war ihm egal. Frida war eine Fremde, und ihresgleichen mussten sich ihnen fügen. Immerhin lebten sie für ein paar Reichsmark auf ihrem Hof und aßen bei ihnen in der Küche.

Kalle hörte die Milchkannen klappern.

Kurz darauf kam Frida aus dem Stall. Um ihr Haar hatte sie ein Kopftuch gebunden, über dem schlichten Leinenkleid trug sie eine Schürze.

Sie lief etwas schief, denn die Kanne war schwer. Mit beiden Händen wuchtete sie sie auf den Karren und holte dann die nächste. Kalle sah sich um. Alle waren in den Ställen, auf dem Hof war es ruhig.

Frida schaute hoch zum Himmel, wo sich die Sonne langsam senkte und schon bald der Dämmerung Platz machen würde, und atmete einmal tief durch. Sie wollte gerade zurück in die Stallung gehen, als Kalle sich ihr in den Weg stellte. Er legte den Kopf schief und stemmte die Hände in die Seiten.

»Ich muss heute nicht melken«, sagte Frida rasch. »Ich hole jetzt die letzte Milchkanne, und dann gehe ich in unsere Bleibe, um mit meinen Eltern zu essen – du brauchst mir heute folglich nicht zu helfen.« Ihre Stimme zitterte, und ihre Augen flackerten.

Kalle feixte. Er mochte es, dass sie sich vor ihm fürchtete. Er strich sich das blonde Haar zurück, obwohl es gar nichts zum Zurückstreichen gab, weil er es mit Pomade fest angekleistert hatte.

»Ihr habt den Granat gut verkauft beim letzten Mal«, sagte er.

»Ja, wir sind sämtliche Liter schon in Eckwarden losgeworden. Nach Stollhamm mussten wir nicht mehr. Es war ein guter Fang.«

Frida wollte sich an ihm vorbeischieben, doch Kalle griff nach ihrer Hand. Sie versuchte sie ihm sofort wieder zu entziehen, aber er hielt sie fest. Fridas Hand war zart, aber dennoch schwielig, denn auch an solchen Händen ging die harte Arbeit nicht spurlos vorüber. Er näherte sich kurz ihrer Wange und schnupperte daran. Frida roch nach Kernseife und ein bisschen nach Kuh, was sich auf einem Hof nicht vermeiden ließ. »Komm mit!«

»Ich habe noch zu tun. Bitte lass mich. Sonst bekomme ich Ärger, das weißt du doch.«

»Ich pass schon auf, dass keiner mit dir schimpft«, schmeichelte Kalle ihr. Sie konnte ihm ohnehin nicht entwischen, denn er war um einiges größer und stärker als sie. »Ich bestimme, wo es langgeht«, sagte er mit weicher Stimme, die er dennoch unterschwellig drohend klingen ließ. Frida hatte zu gehorchen. Punkt.

»Ich muss die nächste Milch sieben. Mutter hat schon fertig gemolken, und sie wird auf mich im Zimmer warten. Ich habe jetzt genug Zeit vertrödelt.«

Kalle lachte nur boshaft auf. Es erregte ihn, sie so hilflos zu sehen, und er ertappte sich bei dem Gedanken, dass es genau das war, was ihn die ganze Zeit an Frida gereizt hatte.

Es war das Unbeholfene, das Schüchterne und Verträumte. Für Kalle war Frida eine ungewöhnliche Frau, die wie von einem anderen Stern nach Eckwarderhörne katapultiert worden war. Bloß, damit er von ihr naschen konnte.

Hinter dem Pfeiler stieß er sie rücklings ins Heu, fixierte ihre Arme mit seinen Händen und kniete sich über sie, ein Knie links, ein Knie rechts.

Frida begann sich heftig zu wehren, was Kalle kurzfristig aus dem Konzept brachte. Aber dann genoss er ihre Gegenwehr. Sie stachelte ihn noch mehr an, und er konnte es kaum erwarten, seinen Besitz endlich auszupacken. Doch da zog Frida ruckartig das rechte Knie an, und ein furchtbarer Schmerz zwischen den Beinen ließ ihn zusammenfahren. Kalle sah Sterne, einen Moment lang wurde ihm schwarz vor Augen. Kurz ließ er locker und richtete sich leicht auf. Frida nutzte den Augenblick seiner Schwäche und stieß ihn heftig zurück. Dabei knallte er mit Kopf und Schultern gegen den Pfeiler und blieb benommen liegen.

Frida aber sprang auf, trat ihm einmal heftig in die Seite und spuckte ihm ins Gesicht.

»Das wirst du bereuen!«, rief sie. »Und wie du das bereuen wirst! Ich bin zwar ein Flüchtlingsmädchen, aber ganz sicher keine Leibeigene. Du widerst mich an!« Sie ordnete ihr Haar, lupfte den Rock und spazierte mit erhobenem Kopf aus der Scheune.

Kalle sah ihr wie durch einen Nebelschleier hinterher.

*

Varel war für Erna der Inbegriff an Tristesse, auch wenn es hier, im Gegensatz zu Stettin, keine Bombenschäden gab.

Als sie durch die Stadt schlenderte, waren zwar wie immer ein paar Cafés geöffnet, doch sie musste feststellen, dass die Auslagen in den Geschäften weiterhin dürftig bis gar nicht vorhanden waren.

Vorhin hatte sie zu Hause wieder diesen widerlichen Muckefuck getrunken. Ekelhaft! Nicht zu vergleichen mit richtig gebrühtem Bohnenkaffee. Den hatte sie in Stettin genossen, wenn sie mit ihrer Mutter unterwegs gewesen war.

Aus einem Café duftete es nun verführerisch nach echtem Bohnenkaffee. Erna war froh, genug Geld eingesteckt zu haben. Daran herrschte im Hause von Geest glücklicherweise kein Mangel. Sie konnte der Versuchung einfach nicht widerstehen, hineinzugehen und sich etwas zu bestellen. So zu tun, als wäre die Welt in Ordnung, als hätte es keinen Krieg gegeben und sie befände sich wieder in Stettin und würde mit ihrer Mutter einkehren.

Erna öffnete die Tür, und ihr schlug die warme und abgestandene, aber von Kaffee und anderen Köstlichkeiten geschwängerte Luft entgegen. Sie schaute sich suchend um. In der Ecke war ein Tisch frei. Erna hängte ihren Mantel an die Garderobe und setzte sich. Das also war nun der Sinn ihres Daseins. Allein in einem Café zu sitzen und sich auf einen Kaffee zu freuen. Aber sie wollte doch studieren! Wenn nicht Medizin, dann eine andere Naturwissenschaft. Nur wagte sie nicht, ihre Eltern darauf anzusprechen, denn sie hatten sicher andere Pläne mit ihr. Bestimmt sollte sie sich bald einen Mann suchen, heiraten und Kinder bekommen. Vater war in den letzten Tagen ohnehin schlecht gelaunt. Er hatte zwar den Freibrief erhalten, dass er keine Kriegsverbrechen begangen hatte, weil ihm in dieser Richtung nichts nachgewiesen werden konnte, aber er hatte Post von der Tochter der Salomons bekommen, die das Konzentrationslager überlebt hatte und offenbar unangenehme Fragen stellte. Die kleine Judith hatte ihn über den Suchdienst vom Roten Kreuz aufgespürt. Jetzt wollte sie von Ernas Vater wissen, warum ihnen keiner der Nachbarn geholfen hatte, aber ihr Vater hatte den Brief einfach zerrissen und verbrannt. Erna hatte davon nichts mitbekommen sollen, aber ihre Eltern sprachen stets so laut, dass es unmöglich war, nicht zu lauschen.

Sie schluckte. Jakob war also tot. Von wegen Umsiedlung. Ermordet hatte man die jüdischen Nachbarn. Erna fragte sich immer öfter, was ihr Vater gewusst und ob er die Familie sogar verraten hatte. Sie dachte wieder daran, wie er den Telefonhörer in der Hand gehalten hatte.

War er als Jurist immer fair und gerecht gewesen?

Man konnte ihm nichts nachweisen, versuchte sie sich selbst zu beruhigen. Wäre er ein Kriegsverbrecher gewesen, dann wäre es herausgekommen. Schließlich waren doch alle an Aufklärung interessiert, weil sie einen neuen und gerechten Staat aufbauen wollten. Oder etwa nicht?

Erna schob die finsteren Gedanken fort. Jetzt galt es, den Moment zu genießen. »Mir soll es gut gehen«, sagte sie leise, aber bestimmt zu sich selbst. »Und wenn ich später nach Hause zurückkehre, dann werde ich beginnen, Frida zu suchen. Judith hat uns doch mit diesem Suchdienst auch gefunden! Ich hoffe, meine Freundin lebt noch und hat die Flucht gut überstanden.«

In Momenten wie diesen fehlte ihr Frida besonders. Nie würde sie vergessen, was sie für sie getan hatte. Doch sie hatten sich kurz vor Bremen an einem kleinen Bahnhof verloren. Der Zug sollte umgeleitet werden, sie waren ausgestiegen und mit einer kleinen Bahn weitergefahren. Erna wusste nicht, wohin es die Familie ihrer Freundin verschlagen hatte. Es war alles ein solches Durcheinander gewesen, und nachdem das Davonkommen gelungen war, kehrte erst jetzt langsam die Kraft zurück, sich wieder um das Leben zu kümmern.

Die Kellnerin servierte den Kaffee und stellte ein Kännchen Kondensmilch dazu. Zwei Zuckerstücke lagen auf dem Unterteller.

Wie gut tat es, vor dem dampfenden Getränk zu sitzen! Erna inhalierte den herben Duft, in den sich eine leicht nussige Variante geschlichen hatte. Sie nippte daran und genoss den ersten Schluck. Das war Leben!

Wie albern du bist, schalt sie sich dann selbst. Du tust so, als wärst du in Stettin ständig allein ins Kaffeehaus gegangen! Sie war dafür viel zu jung gewesen. Nur wenn sie Frida heimlich in Glienken besucht hatte, durften sie zum Eisverkäufer gehen, sich dort nach draußen setzen und auf die Oder blicken. Wie erwachsen waren sie sich dabei vorgekommen!

Erna nahm noch einen Schluck und ließ die Augen durchs Café schweifen. Es unterschied sich, obwohl sie nun in der Provinz lebte, kaum von denen, die sie aus Stettin kannte. Dunkle Möbel, helle Rüschengardinen vor den Fenstern und Zeitungen an den Garderobenständern.

Am Nebentisch saß ein Soldat der britischen Armee, was sie sofort an seinem Abzeichen erkannte. Er lächelte zu ihr herüber, und Erna strich sich frech eine blonde Locke aus dem Gesicht. Gestern war sie beim Friseur gewesen. Als Ausgleich dafür, dass sie momentan keine schönen Kleider hatte.

Nun trug sie eine Marlene-Dietrich-Frisur. Das blonde Haar war unten leicht lockig, auf der linken Kopfseite gescheitelt, und darauf thronte ein keckes, rundes Hütchen mit einem Knopf in der Mitte, das sie wie die Schauspielerin leicht schief aufgesetzt hatte. Erna war glücklich, es zu besitzen. Eine Freundin der Mutter, die Frau des

Kriminalkommissars Andres, hatte es ihr geschenkt, weil sie es für sich als zu modern empfand.

Erna kramte nach ihrem Etui und nahm mit spitzen Fingern eine Zigarette heraus. Sie suchte nach Streichhölzern, was der Soldat bemerkte, daraufhin aufstand und ihr sofort Feuer gab.

»Good morning, I am Jake.« Er zwinkerte Erna zu.

Sie lächelte gekonnt und genoss diesen Augenblick. Jake hatte wie sie blondes Haar, das aber unter der Kappe fast verborgen war, und er besaß wunderschöne blaue Augen, die leichte Sprenkel hatten und Erna gefielen. Für Blau hatte sie eben ein Faible.

Mühsam versuchte sie, ihr Englisch hervorzukramen, das nur aus bruchstückhaften Kenntnissen bestand.

»I am Erna from Stettin.«

»I come from England«, erwiderte Jake.

Als er das sagte, gefror ihr Lächeln. Was tat sie da? Flirtete sie tatsächlich mit dem Feind?

Diese Männer hatten ihre Stadt in Schutt und Asche gelegt. Ihretwegen trug sie dieses Bauerntrampelkleid und saß nicht in der Stettiner Innenstadt in einem Café, sondern in dieser Provinz.

Erna wusste, dass sie ungerecht war. Begonnen hatten nicht die Briten … Ihr Bombardement war eine Reaktion auf viele Angriffe der Deutschen gewesen. Aber das wollte sie jetzt nicht wahrhaben. Der Mann brauchte gar nicht so freundlich tun! Die Briten waren ihre Besatzungsmacht.

Und sie hatten Toni …

Der Soldat sagte noch etwas, aber Erna hatte sich schon abgewandt. Sie würde bestimmt nicht zu einem Besatzungsflittchen werden. Sie hob das Kinn und schaute mit betont gelangweiltem Gesicht aus dem Fenster, doch die

Fassade brach schon bald ein. Immer wenn sie an ihren kleinen Bruder dachte, konnte sie die innere Mauer nicht lange aufrechterhalten. Sie bröckelte erst oben, aber nach und nach stürzte ein Stein nach dem anderen heraus, und am Ende wurde sie von den Erinnerungen überrollt und darunter begraben.

Erna presste ihre ohnehin schon schmalen Lippen zu einem Strich zusammen. Sie hörte noch, wie Jake mit der Bedienung flirtete, und schloss die Augen, weil ihr schwindelig wurde. Und dann sah sie wieder diese Bilder, die sie nicht sehen wollte. Erna atmete schwer, aber sie konnte sich nicht befreien, musste den inneren Film zulassen. Sie war gefangen in ihren eigenen Erinnerungen und Ängsten, die sie nicht aus dem Kopf bekam.

Die Bilder jener Nacht, als Vater nicht da war, sie mit Mutter und Toni alleingelassen hatte, und als es wieder losging.

*

Alles war verdunkelt in der Stadt. Dicke Rollos vor den Fenstern ließen kein Licht auf die Straße. Sogar die Scheinwerfer von Autos und Motorrädern waren bis auf einen schmalen Schlitz zugeklebt.

Kurz darauf folgte am späten Abend der Fliegeralarm. Laut, an- und abschwellend. Schweißattacken, weil sie sich fragten, ob sie es auch dieses Mal schaffen würden, rechtzeitig in den Luftschutzkeller zu kommen. Erna fühlte den harten Griff der gepackten Tasche mit den wichtigen Dokumenten, vor ihr die angsterfüllten Blicke der Mutter. Die Tür rastete hinter ihnen klackend ein. Ein kalter Abschiedsgruß ohne das Wissen, ob sie zurückkehren würden. Dann das Klappern und Schlurfen der

Sohlen, wenn sie durchs Treppenhaus nach unten auf die Straße hasteten und dort für kurze Zeit vollkommen schutzlos waren. Über ihnen schwebten die »Tannenbäume«. Das waren Leuchtbomben, die an Fallschirme gehängt waren und langsam zur Erde glitten, während sie die einzelnen Ziele erhellten, die später bombardiert werden sollten.

Sie sah die Furcht in den Augen der Menschen bei der Flucht in die Luftschutzbunker. Keiner gab einen Laut von sich. Aber die stummen Gesten, die gebeugte Haltung, das leise Schnaufen: Alles sagte mehr aus als jedes Wort.

Heute war die Zeit besonders knapp, sie hörten schon das unheilvolle Brummen der Flieger. Dieses leise Knurren, das mit jedem Schritt lauter und bedrohlicher wurde.

Der kleine Toni hing an Mutters Hand, in der anderen hielt er Teddy. Ein zerrupftes Stofftier, mit dem schon Erna gespielt und das sie dem kleinen Bruder geschenkt hatte, weil ihm ein Auge fehlte. Teddy trug eine karierte Hose zu einem roten Hemd. Ihre Mutter atmete kurz und schwer, bemüht, ihre Angst nicht zu zeigen, als die Flugzeuge unüberhörbar waren und sie die lange Schlange vor dem Keller entdeckte.

»Wir müssen uns beeilen«, stieß sie hervor. »Sonst passen wir nachher nicht mehr rein!«

Die Menschen verschwanden im Eingang wie Ameisen in ihrem Loch. Einer nach dem anderen wurde davon aufgesaugt. Als die erste Bombe ein ganzes Stück entfernt fiel und es laut knallte, begann die Masse von hinten zu drängeln. Sie wollten, dass es schneller ging, und schubsten die vor ihnen stehenden Leute. Dabei geriet Toni ins Straucheln und verlor den Teddy. Doch sie wurden gnadenlos weiter zum Eingang geschoben.

Klobige Schuhe stampften Teddy in den Dreck. Erna wollte ihn noch aufheben, aber das Gedrängel war so groß, dass ihre Mühe vergebens war. Schritt für Schritt ging es auf das Loch zu, während das unheimliche Brummen lauter wurde und sie weitere Einschläge hörten.

»Teddy!«, hörte Erna den spitzen Schrei ihres kleinen Bruders. Er riss sich von seiner Mutter los, Erna versuchte ihn an der Jacke zu packen, aber er schlängelte sich an den Beinen der anderen Menschen vorbei, weg vom Keller.

»Toni, komm zurück!«, schrie ihre Mutter und wollte ihm folgen. Doch hinter ihnen brach Panik aus, weil die letzte Detonation schon ziemlich in der Nähe zu hören gewesen war.

Erna und ihre Mutter hatten keine Chance, dem Sog der Menschen zu entkommen. Kaum war der letzte verschluckt, knallte der Luftschutzwart die Tür hinter ihnen zu.

»Wurde auch Zeit, verdammt.«

Toni aber blieb draußen.

Erna atmete schwer und wollte aufwachen aus diesem Albtraum, doch sie hatte nur die Schreie der Mutter im Ohr. Sie waren schrill, glichen dem eines verwundeten Tieres, das sich der Ausweglosigkeit der Situation bewusst war.

»Ich muss da raus!«, kreischte ihre Mutter und baute sich vor dem Luftschutzwart auf, doch in dem Augenblick begann draußen die Hölle zu toben. Erst fielen die Brandbomben, die den Qualm auch in den Keller trieben und das Atmen erschwerten.

»Toni!«, hörte Erna immer wieder. »Toni!«

Nach und nach wurden die Rufe der Mutter schwächer – sie gab auf. Ihr Kind war da draußen ohne ihren

Schutz, und was auch immer sie nun versuchen würde: Sie konnte nichts für Toni tun. Nichts.

Erna hielt sich die Ohren zu. Schaute zu den Leitungen. Gas und Wasser. Wenn die platzten, weil sie den Bomben nicht standhielten, was dann? Sie hatte schlimme Geschichten gehört, aber zu der Zeit gab es einfach nie etwas Gutes zu berichten. Es ging nur um Tod und Zerstörung. Um letzte Briefe von der Front und um den Endsieg, von dem alle sprachen, an den aber die wenigsten glaubten. Nur sagen durfte das keiner.

Das Licht im Keller flackerte, ein greller Pfeifton zerschnitt die Luft. Der Gestank von Angstschweiß und Urin flutete den engen, stickigen Raum, weil es jemand nicht verhindern konnte, sich vor Furcht in die Hose zu machen. Hier waren sie alle gleich, auch die Freunde des stellvertretenden Gauleiters. Hier starben sie alle denselben Tod, wenn das Schicksal es wollte.

Kurz darauf detonierte etwas so heftig, dass die Wände des Kellers erst wackelten, dann knirschten. Überall war Staub und vernebelte die Luft. Die Eingeschlossenen pressten sich Tücher vor den Mund, die ersten begannen furchtbar zu husten und nach Luft zu ringen. Ein älterer Mann warf den Kopf in den Nacken und röchelte nur noch.

Um ihn kümmerte sich keiner, auch nicht, als er vornübersackte und mit dem Kopf auf den Beton des Bodens knallte. Alle waren mit sich selbst beschäftigt und damit, zu überleben.

Erna wollte dieses Sterben auf Raten nicht mehr sehen, sie wollte zu ihrem Bruder. Ihn aus der Hölle befreien und dann nur noch weg. Doch war sie, wie alle anderen auch, in diesem Loch gefangen und musste ausharren und ihr Schicksal annehmen, ob sie wollte oder nicht.

Die Sprengbomber taten derweil, was sie tun mussten, und zerstörten Häuser, Leben und alles, was die Menschen hier liebten. Ihr Stettin als Racheopfer für das, was zuvor bei ihnen selbst geschehen war.

Ihre Mutter drehte endgültig durch, als eine Bombe offenbar direkt neben dem Bunker einschlug. »Toni! Toniiiii!« Sie sprang auf, wurde aber sofort wieder auf ihren Platz zurückgedrückt und erhielt anstelle von Mitleid eine Ohrfeige. »Ruhe, verdammt!«, herrschte der Blockwart sie an. »Hysterie können wir weiß Gott jetzt nicht brauchen.«

Mutter verstummte, wurde steif wie eine Statue und starrte mit leerem Blick gegen die Wand. Das Licht flackerte erneut, als begehre es gegen das Unvermeidliche auf und wolle sich nicht dem Schicksal fügen.

Dann knallte es abermals. Wieder rieselte Staub von den Wänden und legte sich auf Brauen, Haare und Lunge. Husten kam jetzt von allen Seiten. Jemand betete, ein Kind weinte. Der alte Mann lag am Boden wie ein Vorzeichen für das kommende Schicksal aller.

Und wieder Knallen, Brummen, Donnern, Zischen, Pfeifen. Von jedem ein bisschen. Von jedem zu viel. Eine wilde Komposition der Zerstörung, die sich in Ernas Gehörgang schraubte, sich dort festsetzte und sie vermutlich nie wieder verlassen würde.

Dann herrschte plötzlich Stille. Kaum einer bewegte sich. Nur immer wieder dieses Husten. Alle spürten, dass es noch nicht vorbei war. Dass sie später, wenn die Tür geöffnet wurde, dem Tod ins Auge blicken mussten, selbst wenn es ihnen selbst dieses Mal gelungen war zu entkommen.

Es dauerte, bis die Entwarnung kam.

Doch die Tür war verklemmt, und sie mussten stundenlang ausharren, ehe sie geöffnet werden konnte. Dabei gab sie ein lautes Ächzen von sich. Ihnen strömte eine dichte Wolke aus Staub und Qualm entgegen, aber auch Licht, denn der Morgen war bereits angebrochen.

Erna sah alle hinauskrabbeln wie Käfer aus der Falle. Die Angst beugte ihren Rücken, und zugleich war da dieser unbändige Wunsch, dass das eigene Haus verschont geblieben war. Und wie so oft würden viele enttäuscht werden.

Erna fasste nach Mutters Hand. Sie war eiskalt, so als wäre sämtliches Leben aus ihr gewichen.

»Komm, Mutti, wir dürfen raus«, sagte sie.

Ihre Mutter erwachte aus der Starre. Sie sprang hoch, stieß nicht nur Erna, sondern auch die anderen mit Gewalt beiseite und stürzte ins Freie. Erna folgte ihr, kam aber nicht so schnell an den anderen vorbei, die sich eher träge und fast staunend aus dem Keller ans Licht bewegten, beim Hinaustreten die Hand vor Augen hielten, als könnten sie nicht glauben, welcher Anblick von Zerstörung sich ihnen bot.

Auch Erna musste stehen bleiben.

Wieder so viele neue Gerippe von Häusern, in denen zuvor Menschen gelebt hatten. Wieder ein Bild, das keiner sehen wollte, weil er den Schmerz nicht ertrug und es am Ende doch mit stoischem Gleichmut hinnahm, weil es unabänderlich war.

Hauptsache, man hatte überlebt. Dieses eine Mal.

Erna drängte sich an den Menschen vorbei und suchte nach ihrer Mutter. Sie fand sie auf der anderen Straßenseite neben einem Gebäude, das einmal ein wunderschönes Haus gewesen war und ihre Wohnung beherbergt hatte. Erna näherte sich. Jeder Schritt war zu laut, weil sie mit den Schuhsohlen beim Auftreten weiteres Geröll zerstörte.

Die Brüstung des Balkons lag in groben Stücken vor den Füßen ihrer Mutter. Es gab keine Häuserwand mehr, lediglich einen großen Berg Schutt, aus dem der Kopf von Teddy hervorlugte. Nun war auch das andere Auge verschwunden. Die karierte Hose war zerfetzt, das Hemd aber heil geblieben. Es war nur so schmutzig…

Mutter bückte sich, nahm den Teddy auf und pulte kleine Geröllbröckchen aus den runden Ohren. Sie stand mit gesenktem Kopf und nach vorn hängenden Schultern da. Immer wieder strich sie Teddy über den Kopf. Der einzige Halt inmitten einer Verwüstung, die nicht nur die Häuser betraf, sondern das ganze Leben.

Erna sah sich nach Toni um, wollte ihn rufen, aber ihre Stimme versagte, und sie gab nur ein Krächzen von sich.

Dann hatte sie ihre Mutter erreicht. Sie nahm sie von hinten in den Arm. Beide schauten stumm auf den Schutthaufen vor sich, als könnten sie selbst nicht glauben, was sie dort sahen.

»Warum ist Vater nicht hier und hat uns beschützt? Warum hat er uns nicht vorher schon aus Stettin weggebracht?«, fragte Erna leise, aber ihre Mutter antwortete nicht.

Auf einem verkohlten Baum begann eine Amsel zu singen.

*

Erna fuhr zusammen, als sich eine Hand auf ihre Schulter legte. *»Are you okay?«*

Sie riss die Augen auf und schaute in Jakes Gesicht. Abrupt stand sie auf. *»Yes, I'm alright«*, stammelte sie. *»Thank you.«*

Sie legte etwas Geld auf den Tisch, riss den Mantel

vom Bügel und taumelte vor die Tür. Die frische Luft tat gut, füllte ihre Lunge und bewirkte, dass ihr Zittern nachließ.

Erna war nur wenige Schritte gelaufen, ehe sie nach Luft ringen musste. Dann merkte sie, wie viele stumme Tränen über ihre Wangen rannen. Erst ließ sie es zu, dann aber wischte sie sich mit dem Unterarm übers Gesicht und reckte das Kinn. So wie es die Mutter immer tat, wenn sie sich dem Schicksal nicht beugen wollte. »Ich komme klar«, sagte sie laut. »*Ich* komme klar.«

Sie stolperte nach Hause, wich einem Pferdegespann aus, das sie beinahe gerammt hätte. Mit jedem Schritt, der sie der Villa, die ihr noch immer fremd war und kühl erschien, näher brachte, wurde ihr deutlicher, dass es so nicht weitergehen konnte.

Sie musste weg aus Varel. Weg von den Erinnerungen, weg von der Mutter, die nach Tonis Tod und der Flucht mit allen schlimmen Erlebnissen wie eingefroren war und offenbar fast vergessen hatte, dass es Erna noch gab. Weg von ihrem Vater, der sie damals im Stich gelassen und sich selbst in Sicherheit gebracht hatte, obwohl der Gauleiter verlangte, durchzuhalten und zu bleiben. Ihr Vater, der noch immer daran glaubte, dass das Land einen Führer mit Macht und Einfluss brauchte, und alles daransetzte, seine Schäfchen im Trockenen zu halten.

»Ich suche Frida jetzt wirklich«, flüsterte Erna. »Und ich werde sie mithilfe dieses Suchdienstes finden. Mit ihr schaffe ich das alles. Mit ihr wird es gehen.«

Ihre Freundin war der einzige Mensch, der ihr jetzt Halt geben konnte.

Kapitel 5

Mitte September war die Kartoffelernte in vollem Gang und jede Hand gefragt. Selbst die Schüler hatten freibekommen und mussten helfen. Kartoffeln waren ein wichtiges Nahrungsmittel, und eine gute Ernte sicherte das Überleben im Winter. Die Erdäpfel aus dem Kleiboden galten als echte Delikatesse. Sie waren nicht zu fest und nicht zu mehlig und von einer angenehmen Süße.

Jeden Morgen ging es früh los. Raus auf das Feld, das erst am Horizont zu enden schien und doch seine Grenze am nächsten Graben hatte, um dahinter wieder neu zu beginnen. Reihe für Reihe musste abgeerntet werden. Hacken und aufsammeln. Hacken und aufsammeln. Die Kartoffeln in Körbe füllen, zum Leiterwagen schaffen und wieder weiter. Meter für Meter.

Bauer Gerken verfügte nur über einen Einscharpflug, der von ihm selbst auf dem Nachbarfeld eingesetzt wurde. Auch hier mussten die Kartoffeln Stück für Stück aufgelesen werden.

Um zehn kam Elsa-Maria Gerken mit einer Kanne Milch und einem Korb voller Stullen. Sie waren dick belegt mit Leber- und Blutwurst, Butter und Schinken.

Frida war erleichtert, einen Augenblick durchschnaufen zu können. Sie lehnte sich gegen das Rad des Leiterwagens, glücklich, nicht reden zu müssen. Genüsslich biss sie in das Brot, sie hatte sich für den Schinken entschieden, und kaute langsam. Dazwischen trank sie von der Milch.

Nach einer halben Stunde ging es weiter, und sie arbeiteten bis fünf. Dann lief Frida mit ihrer Mutter zum Hof zurück, weil die Kühe gemolken werden mussten. Sie richteten sich nach dem Glockenschlag der Eckwarder Kirche, die jede Stunde wie eine Mahnung ihren Ton übers Land schallen ließ.

Frida spürte jeden Knochen, denn die Arbeit im Bücken fiel ihr sehr schwer. Ihre Hände, die früher so sinnlich über die Klaviertasten getanzt waren, zeigten nun Risse und Schrunden. Das Nagelbett blutete leicht, die Nägel selbst waren abgebrochen und schmutzig. Doch Frida blieb keine Zeit, sich darüber Gedanken zu machen. Die Arbeit erforderte ihre ganze Kraft, und sie würde doch nichts ändern können. Ob sie nun aufbegehrte oder nicht.

Als sie ihrer Mutter in den Stall folgte, trat Elsa-Maria aus dem Haus. »Fräulein Köhle, Sie haben Post.«

Frida sah die Bäuerin ungläubig an. »Ich?«

»Ja, aber waschen Sie sich die Hände, bevor Sie reinkommen. Der Brief liegt in der Küche.«

Frida rannte in die Waschküche und wusch sich die Hände so lange, bis nur noch der schwarze Rand unter den Nägeln zu sehen war. Den bekam sie auch mit der Wurzelbürste nicht weg.

Sie ordnete das Haar, schlug das Tuch wieder ordentlich darum und ging dann in die Küche im Haupthaus.

Elsa-Maria Gerken saß am Tisch und strickte ein Paar Socken aus Wollresten. Ihr Gesicht wirkte verhärmt, auf der Stirn zeigten sich tiefe Falten. Sie schaute nicht einmal auf, sondern deutete mit dem Kopf nach links zum

Büfett. »Der Brief ist dort. Ich hoffe für Sie, dass er keine schlechten Nachrichten enthält.«

Frida griff nach dem Kuvert und drehte es um, doch es war kein Absender zu finden. Dann aber erkannte sie die Schrift, und ihr Herz schlug augenblicklich schneller.

»Er ist von Erna!«, rief sie. »Danke!« Ihre Freundin hatte ihr geschrieben! Woher wusste sie, wo Frida lebte? Und wo war sie selbst? Unzählige Gedanken schossen ihr durch den Kopf. Sie knickste und wollte die Küche schnell verlassen, damit sie lesen konnte, was ihre Freundin schrieb. Aber Elsa-Maria Gerken hob nun doch den Kopf und schaute sie fragend an. »Wer ist Erna?«

»Meine Freundin aus Stettin.«

»Auch so ein Flüchtling.« Die Bäuerin sagte es abwertend. Fridas kurze Freude verendete wie eine Flamme, die vom Wind niedergedrückt wurde.

Aber dann regte sich Widerstand. Was bildete sich die Bäuerin eigentlich ein, derart über sie und ihre Freundin zu urteilen? Sie hatten alles verloren und schufteten sich für die Gerkens den Rücken krumm. Für ein Zimmer, das nicht viel besser war als der Kuhstall.

»Wir sind hierher vertrieben worden, Frau Gerken. Und das nicht freiwillig. Meine Freundin kenne ich vom Konservatorium in Stettin. Wir haben dort gemeinsam Geige und Klavier gespielt, bis wir fortgehen mussten.«

Elsa-Maria senkte das Strickzeug, ihr Mund klappte auf und zu. Sie rang nach Worten, die ihr aber nicht so recht über die Lippen kommen wollten. »Klavier?«, fragte sie nur. »Geige? Das können Sie?«

»Ja, Frau Gerken, das kann ich.«

Nun lebten sie schon so lange auf diesem Hof, und die Bäuerin wusste gar nichts über sie, weil sie sich so sehr mit ihren Vorurteilen ummantelt hatte, dass es ihr egal war, wen sie wirklich vor sich hatte. Frida war sicher, dass Frau Gerken keine einzige Note kannte, geschweige denn ein Klavierkonzert spielen konnte. Sie knickste noch einmal und verließ die Küche.

Im Flur drückte sie den Brief an ihr Herz und rannte damit in den Pferdestall. Dort prüfte sie kurz, ob Kalle in der Nähe war, denn sie versuchte ihm möglichst aus dem Weg zu gehen. Frida sah ihn nicht und verkroch sich in der Sattelkammer. Hier war sie um diese Zeit ungestört. Auch wenn sie das spärliche Licht der kahlen Glühbirne anknipste, würde es keiner sehen.

Es roch nach Leder und Sattelfett und ein bisschen nach Pferd. Das Geschirr hing ordentlich, sauber und frisch gefettet an den Halterungen, die Sättel lagen auf den Böcken. Jede Trense hatte einen eigenen Haken. Alles war säuberlich mit den Namen der zehn Pferde, die zum Hof gehörten, beschriftet. Für den Stallknecht war eine Pritsche aufgebaut, die aber nicht mehr benutzt wurde, weil sich nach dem Krieg kein Mann gefunden hatte, der hier nächtigen und sich um die Pferde kümmern konnte. Frida wusste, dass der Bauer selbst manchmal hier schlief, wenn eine Stute fohlte oder er zu viel getrunken hatte.

Sie setzte sich auf die Pritsche und riss den Falz des Briefes auf. Wie lange hatte sie nichts mehr von Erna gehört!

Ihre Augen mussten sich erst an das schlechte Licht in der Sattelkammer gewöhnen, aber dann konnte sie endlich lesen, was ihre Freundin ihr nach all den Jahren schrieb.

Liebe Frida,
ich vermisse dich so! Weil ich es gar nicht mehr ausgehalten habe, hab ich mich schließlich an den Suchdienst vom Roten Kreuz gewandt, um endlich deine

Adresse herauszufinden. Ich hätte es schon viel früher tun und nicht zwei lange Jahre warten sollen, aber wir waren damit beschäftigt, in unserem neuen Zuhause anzukommen. Ich muss dir sicher nicht erklären, wie schwierig das ist.
Wir leben derweil in Varel und haben dort eine Villa mit Garten, aber du glaubst gar nicht, wie anders es in dieser kleinen Stadt ist als in Stettin. Ich habe nicht einmal ein vernünftiges Kleid, in dem ich ausgehen kann! Na ja, wenn man so ungeschickt ist und sich den schweren Koffer auf dem Bahnsteig klauen lässt… Mir tut bei dem Gedanken an den Ruck, mit dem der Mann ihn mir entrissen hat, noch immer die Hand weh. Meine schönsten Kleider waren darin. Und das kleine grüne Hütchen, das mir mein Vater geschenkt hat, nachdem wir ausgebombt wurden. Du weißt, wie sehr ich es geliebt habe. Und du glaubst gar nicht, was noch verloren gegangen ist. Zwei Zuckersäcke, unsere Decken… Ein Graus! Nun muss ich mit Sachen auskommen, die meine Mutter auftreiben konnte. Scheußlich, sage ich dir. Dafür steht in der Villa ein Klavier. Das Ding ist völlig verstimmt, und wir haben noch keinen gefunden, der es in Ordnung bringt. So kann ich unmöglich darauf spielen. Ich wäre gern immer so gut wie du gewesen, aber das war ausgeschlossen, obwohl ich mir wirklich Mühe gegeben habe. Ohne meinen Vater wäre ich vermutlich nie aufs Konservatorium gegangen.

Frida ließ den Brief sinken, denn sie erinnerte sich mit einem Schmunzeln, wie oft die Klavierlehrerin mit ihren hohen Ansprüchen an Ernas Mittelmäßigkeit verzweifelt war und allen deutlich gemacht hatte, dass sie ihre Existenz am Konservatorium nur dem Einfluss ihres Vaters zu verdanken hatte. Aber nun besaß Erna ein Klavier, wenn auch ein verstimmtes. Und sie lebte in einer Villa! Wie sehr beneidete Frida ihre Freundin! Sie las weiter.

Weißt du noch, wie viel lieber ich als Unterrichtsfächer Harmonielehre und Musikgeschichte hatte, weil ich dort wesentlich erfolgreicher war? Und wie oft ich am Nachmittag nach dem normalen Schulunterricht so müde war und fast eingeschlafen bin, wenn es am Konservatorium weiterging? Mein Kopf war einfach schon voll mit sämtlichen mathematischen Formeln gewesen. Aber du? Du warst trotzdem immer mit Feuereifer dabei, obwohl du auch noch den langen und beschwerlichen Weg aus Stolzenhagen hattest.
Ach, Frida! Es wird nie wieder sein, wie es war. Jetzt klinge ich schon wie eine alte Oma.
Denkst du auch so oft an Stettin wie ich? An das Blau des Himmels, die Oder, die sich mal rasant, mal träge an uns vorbeigeschoben hat? An den Duft der Stadt? Was haben wir dort alles erlebt!
Mir fehlt Toni. Aber wir sprechen nicht über ihn. Für Mutter ist es wohl zu schmerzhaft.
Du fehlst mir auch so sehr. Und ich weiß, dass ich ohne dich gar nicht mehr da wäre. Es war nicht nur die Tatsache, dass du mir diesen pampigen Haferschleim besorgt hast. Es war das Wissen, dass du mich so sehr magst, um für mich sogar dein Leben zu riskieren.
Und ich warte zwei Jahre mit diesem Brief! Unverzeihlich!

Wie geht es dir in diesem Eckwarden? Ich habe auf der Landkarte nachgeschaut. Es liegt in der Nähe vom Wasser, oder wohnst du gar direkt am Deich? Auf jeden Fall erscheint mir das Dorf ein winziges Kaff zu sein.
Ich hoffe, ihr habt es gut getroffen und genauso ein schönes kleines Haus wie in Glienken. Ich werde dich, wenn du möchtest, gern einmal besuchen kommen.
Meine Adresse findest du unten. Bitte melde dich.
Deine Erna

Frida ließ den Brief sinken und begann zu weinen. Sie weinte all die angestauten Tränen, die seit ihrer Flucht in dem riesigen See aus Trauer und Enttäuschung darauf warteten, endlich geweint zu werden, damit dieser Druck nachließ und Frida wieder frei atmen konnte. Jede einzelne Träne nahm ein bisschen den Schmerz, der in ihr gewütet und den sie so tapfer zurückgehalten hatte. Der Schmerz, den Menschen empfinden, wenn ihnen die Wurzeln gekappt werden und sie verzweifelt versuchen, irgendwo anders neu zu verwachsen. Es tat so gut, die Worte von Erna zu lesen! Erna, die sich um Kleider und Hüte sorgte und das Wort Kuhlaus sicher nicht einmal buchstabieren konnte. Und doch war es ihre Freundin. Der Mensch, der ihr mit am nächsten war.

Immer wieder tobten die vier Worte durch Fridas Kopf: Erna hat sich gemeldet! Sie hatte sie gesucht! Fridas Herz klopfte nach wie vor schnell. Sie küsste den Brief. »Ich habe dich so sehr vermisst, Erna!«, flüsterte sie. »Und ich habe das Risiko während der Flucht gern auf mich genommen. Ich wollte, dass du lebst! Und ich habe mir so gewünscht, dass wir uns wiedersehen!«

Im Zug waren sie sich zum letzten Mal zufällig begegnet. Es war kurz hinter Dömitz gewesen, als sie auf der großen Eisenbahnbrücke die Elbe überquerten.

*

Seit Januar schon war das Herannahen der russischen Front unüberhörbar gewesen. Die Stadt lag vermehrt unter russischem Artilleriefeuer, und so hatte man vor ein paar Wochen begonnen, die Zivilbevölkerung doch zu evakuieren. Dieser Zug war der letzte, der Stettin gen Westen verließ, und Frida hatte nicht gewusst, dass sie im selben Zug wie Erna saß.

Ein paar Tage zuvor war ein Schreiben mit dem letzten Evakuierungstermin bei ihnen eingegangen, nachdem zuvor monatelang nur Durchhalteparolen zu hören gewesen waren und jegliche Flucht verboten war und verhindert wurde. Doch dann mussten sie Stettin verlassen. Der 8. März 1945 würde für immer in Fridas Gedächtnis eingebrannt bleiben.

Mit dem Brief waren sie aufgefordert worden, die Sachen zu packen, die Gepäckstücke bis acht Uhr morgens zum Bahnhof zu bringen und auch selbst zugegen zu sein.

Sie hatten alles zusammengesucht, was ihnen wichtig erschienen war. Einen großen Reisewäschekorb mit einer Klappe, allein der war einen Meter lang. Große Zuckersäcke, Koffer, Rucksäcke, Tornister und Taschen. Alles gefüllt mit den wichtigsten Dingen wie Lebensmittel, Kleidung, Decken. Und natürlich wurden Wertgegenstände mitgenommen. Sparbücher, Schmuck, Ausweise und Ähnliches. Das alles erfolgte in einer merkwürdigen Stimmung, denn der Vater würde sie nicht begleiten. Er musste mit seiner Panzerfaust beim Volkssturm bleiben. Schon früh am Morgen hatten er und Mutter das sperrige Gepäck mit Handwagen zum Bahnhof gebracht, und es wurde im Güterwagen verladen.

Am Ende hatte Mutter einen kleinen Koffer in der Hand. Frida trug einen Rucksack auf dem Rücken, dazu eine weitere Tasche mit Proviant. Vater hatte ihnen noch einen Henkelmann zum Verschließen und zwei Feldflaschen besorgt. Dass sich außerdem Fridas Notenheft in dem Rucksack befand, war ihr kleines Geheimnis, und sie war froh, dass ihre Mutter es zwischen den Strickjacken nicht entdeckt hatte.

Keiner konnte sagen, wie lange sie unterwegs sein würden, sie wussten ja nicht einmal, wohin die Reise gehen sollte. Nur nach Westen, fort von der herannahenden russischen Front, die Stettin bald erreichen würde, was die Einnahme der Stadt durch die Russen zur Folge hätte. Alle wollten nur noch weg. Auch vor den Bombenangriffen der Alliierten, die schon so viele Menschenleben gekostet hatten, von der Zerstörung der Stadt ganz zu schweigen.

Auf dem Bahnsteig herrschte ein unglaubliches Gedränge. Frauen, Männer, Kinder stolperten und schoben sich vor dem Zug herum.

Die Menschen wirkten angespannt, in einigen Gesichtern war bloße Angst zu erkennen. Es ging das Gerücht um, dass es unterwegs immer wieder zu Fliegerangriffen kam und die Züge umgeleitet werden mussten, was die Reise nicht nur schwierig, sondern auch unvorhersehbar machte.

Der Zug war unglaublich lang, und weil der Bahnsteig so voll war, musste Frida achtgeben, ihre Eltern nicht aus den Augen zu verlieren. Frida versuchte Schritt zu halten und war froh, dass Vater ihnen den Weg bahnte.

Ein Mann stieß heftig gegen ihre Seite, und Frida ließ die Proviantasche kurz los. Nur mit Mühe gelang es ihr, den Griff erneut zu umfassen. Ihre Eltern hatten schon die Tür zum Zug erreicht und winkten.

»Nun komm, Frida! Was trödelst du so!«, rief ihre Mutter. Sie war heute herrischer als sonst, wahrscheinlich versuchte sie auf diese Weise, ihre Furcht und den Kummer zu überspielen. Wer wusste schon, ob man die Reise überlebte und ob die Familie sich je wiedersehen würde?

Als Frida den Waggon erreicht hatte, verabschiedeten sie sich vom Vater. Mutter drückte ihn kurz, so wie es ihre barsche Art war. Frida aber fiel ihm um den Hals und konnte die vielen Schluchzer nicht vermeiden. Schließlich schob Vater sie fort. »Nun geh, Frida. Ich winke euch, wenn der Zug an unserem Haus vorbeifährt. Und ich komme nach. Versprochen.«

Frida wusste, dass er log, denn er konnte es nicht versprechen. Niemand wusste, was morgen war, keiner hatte eine Ahnung, ob dieser Krieg jemals zu Ende gehen würde.

Vater verschwand jetzt schnell mit gesenktem Kopf in der Menge, die Hände in den Hosentaschen. Er drehte sich kein einziges Mal mehr um.

Er war erst im Januar zum Volkssturm einberufen worden, gehörte er doch zum Aufgebot II, weil sein Beruf als Fischer bislang als kriegswichtig und er deshalb als uk – unabkömmlich – eingestuft worden war. Nun war er seit einiger Zeit mit einem sogenannten Beutegewehr, das die Wehrmacht bei Überfällen an sich genommen hatte, das aber nicht ausreichend funktionierte, und einer Panzerfaust ausgerüstet und sollte die Oder-Linie sichern. Immerhin durfte er in der Gegend von Stettin bleiben. Fridas Vater hatte von seiner Arbeit immer in lockerem

Tonfall erzählt, aber die Hände dabei geknetet. Er hatte Angst, da war Frida sich ganz sicher.

Sie beeilte sich, der Mutter zu folgen. Sie quälten sich mit ihrem Gepäck durch den engen Gang des Zuges und hielten Ausschau nach zwei freien Plätzen. Notfalls würden sie sich auf den Gang setzen müssen.

Diese Vorstellung war Frida ein Graus. Obwohl der Zug eben erst von den vielen Menschen betreten worden war, roch es im Waggon schon jetzt unangenehm nach Schweiß und anderen Ausdünstungen, die Frida nicht eindeutig zuordnen konnte. Es war Milchgeruch dabei, Ei und andere Gewürze. Ein bisschen Parfüm und ein bisschen Fisch. Eine eigenartige Melange, an die sie sich in den nächsten Tagen wohl oder übel würde gewöhnen müssen.

Mit gesenktem Kopf versuchte Frida, die Eindrücke auszublenden. Sie hasste den Krieg und alles, was damit zusammenhing. Sie vermisste ihre Freundin Erna und hoffte, dass sie die Stadt längst verlassen hatte. Hauptsache, ihr und der Familie war in dem schrecklichen Bombenhagel, der die Altstadt Stettins im August 1944 schwer getroffen hatte, nichts zugestoßen. Ihre Wohnung lag im Zentrum der damaligen Angriffe. Aber keiner wusste, was aus den Menschen geworden war. Niemand hatte ihr damals etwas über den Verbleib der Familie von Geest sagen können.

»Frida! Da sind zwei Plätze!« Die Stimme ihrer Mutter klang grell. Sie fürchtete sich mehr, als sie zugeben wollte. Margret warf ihren Handkoffer auf den freien Platz und hechtete hinterher, weil eine andere Frau mit Kind ebenfalls Anspruch erhob. Aber da ließ sie nicht mit sich reden. »Wir waren schneller, da sitzen meine Tochter und ich«, sagte sie kurz angebunden.

Frida schob sich an den anderen Fahrgästen vorbei, bis sie sich neben ihre Mutter setzen konnte. Die junge Frau kämpfte sich verbissen weiter und versuchte dabei, ihr Kind zu beruhigen, denn es schrie jetzt wie am Spieß. Frida tat sie zwar leid, aber sie konnte an alldem nichts ändern. Jeder war sich selbst der Nächste, jeder stritt um das, von dem er glaubte, dass es ihm zustand – und sie war keine Ausnahme. Sonst hätte hier die Frau mit dem kleinen Kind gesessen, dessen Schreien jetzt leiser wurde, weil sie in den nächsten Waggon gegangen war.

Frida sah sich um. Bis auf einen älteren Mann, dem vorne sämtliche Zähne fehlten, hockten nur Frauen mit Kindern oder Heranwachsende auf den Bänken. Alle stierten teilnahmslos und vom Kummer gezeichnet vor sich hin. Die meisten Frauen trugen mehrere Röcke übereinander und hatten ihr Haar unter Kopftüchern verborgen. Es war unmöglich, ihr Alter zu schätzen. Eigentlich wirkten alle unglaublich alt und verhärmt.

Um Punkt zehn Uhr ruckelte der Zug los. Brachte sie fort aus der Heimat, die sie vermutlich nie wiedersehen würden, auch wenn ihre Mutter ständig etwas von einer Rückkehr erzählt hatte. Frida glaubte nicht daran.

Der Zug passierte ihr am Gleis gelegenes Grundstück, und Frida sah ihren Vater. Hager, aber stolz aufgerichtet stand er da und winkte. Sein trauriges Gesicht würde sich in Fridas Erinnerung genauso einbrennen wie seine gebeugte Haltung zuvor am Bahnhof, die ein Sinnbild für seine Resignation darstellte. Frida fühlte förmlich, wie schlecht es ihrem Vater ging, als er dort allein am Gleis stand und die Hand hob. Er konnte sie nicht sehen, aber er winkte dem Zug mit den vielen Menschen zu, weil darin zwei derer waren, für die er sein Leben gegeben hätte. Es war schlimm für Frida, ihn in Stettin zurückzulassen, war sie doch keinen einzigen Tag in ihrem Leben je ohne Vater gewesen.

Und jetzt fuhr seine Familie fort. Mit unbekanntem Ziel, und er konnte nichts dagegen tun.

Frida hatte kaum Appetit, trank nur ab und zu einen Schluck Wasser und hing sonst ihren Gedanken nach. Im Kopf machte sie ein paar Klavierübungen, dabei bewegte sie die Finger, als würden sie über die Klaviatur gleiten, und sang im Stillen die Melodie, die sie spielte.

Während der Fahrt verlor sie jegliches Zeitgefühl und lauschte nur dem monotonen Rattern der Räder über Schienen und Weichen. Ab und zu hupte der Zug, dann stoppte er abrupt, nur um bald darauf ächzend weiterzufahren. Immer gen Westen. In die vermeintliche Sicherheit, aber auch dort wurden die Städte bombardiert.

Immer mal wieder gab es stundenlangen Stillstand. Entweder wurde gemunkelt, dass die Lok wegen technischer Pannen ausgewechselt werden musste, oder es war zu hören, dass die Gleise zerstört waren und der Zug umgeleitet wurde. Manchmal handelte es sich auch um angekündigte Bombenangriffe.

Wenn es weiterging, ratterte der Zug durch viele unbewohnte Gegenden und Wälder. Sie passierten Löcknitz und Pasewalk, Neubrandenburg und Dömitz. Dort überquerten sie die mächtige Elbe, die unbeeindruckt von Krieg und Bomben ihr Wasser in Richtung Nordsee schob.

Ein Stück weiter gab es an einem Rotkreuzpunkt einen Halt, und die Reisenden konnten etwas zu essen und zu trinken bekommen. Alle waren erleichtert, denn der Zug war schon lange unterwegs, und sie lechzten nach frischem Wasser und einer Mahlzeit. Die Vorräte waren fast aufgebraucht, und etwas Warmes im Bauch tat immer gut.

»Da wird doch wohl kein Angriff kommen?«, hörte Frida. »Wenn wir aussteigen und die Tiefflieger …«

Frida war unsicher, ob sie sich fürchten sollte. Allein die Vorstellung, den Geschossen schutzlos ausgeliefert zu sein, verursachte ihr Schluckbeschwerden.

Fridas Mutter aber sah sie auffordernd an. »Bitte hol uns was zu essen, dann reicht das, was wir noch in der Tasche haben, etwas länger. Und besorge heißes Wasser aus dem Kessel der Lok. Wir können nicht beide gehen, einer muss den Platz verteidigen und auf die Sachen aufpassen.« Sie reichte Frida die Feldflaschen und den Henkelmann.

Frida fügte sich in das Unvermeidliche, denn ihre Mutter hatte recht. Es würden schon keine Tiefflieger kommen. Sie nahm sich allerdings vor, auf die drohenden Geräusche dieser Flugzeuge zu achten.

Frida ergriff die drei Sachen und hängte sie sich über die Schulter, denn auch der Henkelmann verfügte über einen kleinen Gurt, sodass sie die Hände frei hatte. Dann machte sie sich auf den Weg zu einer Tür. Dieses Mal ging sie in die andere Richtung, weil ihr der Weg kürzer vorkam als der, den sie nach dem Einstieg gegangen waren. Er führte sie auch an den geschlossenen Abteilen vorbei.

Als sie das letzte passierte, fiel ihr Blick durch die Scheibe. Sie blieb erstaunt stehen, glaubte sie doch zunächst an eine Täuschung. Doch dann hüpfte Fridas Herz vor Freude, und sie riss enthusiastisch die Abteiltür auf. Da saßen Erna und ihre Mutter! Sie stutzte allerdings, denn ihre Freundin hockte zusammengekauert in der Ecke. Die Knie zitterten nicht, sie bebten. Sie schaute nur kurz auf, hob leicht die Hand und sackte wieder in dieser Kauerstellung zusammen. Frau von Geest wirkte ebenfalls wie versteinert.

Frida wandte sich ihr zu. »Wie schön, dass ich Sie hier antreffe«, sagte sie höflich und machte einen Knicks.

Ernas Mutter wandte langsam den Blick. Frida war erst nicht sicher, ob sie sie überhaupt erkannt hatte. Dann reagierte sie aber doch mit einem verunglückten Lächeln, das die Augen nicht erreichte. »Ach, hallo, Frida.« Ihre Stimme zitterte. Frau von Geest war vollkommen verändert.

Frida stand unschlüssig in der Abteiltür. »Wo ist denn Ihr Mann? Und Toni?«, fragte sie, um überhaupt etwas zu sagen.

Ihr schlug eisiges Schweigen entgegen. Fridas Mund wurde trocken, und sie musste mehrfach schlucken. Die Bombenangriffe ... Der Artilleriebeschuss ... Ernas Verhalten ... Der eiskalte Blick der Mutter ...

»Tut mir leid«, flüsterte Frida.

Keine der beiden reagierte.

»Möchten Sie auch Wasser? Dann bringe ich etwas mit. Ich will für uns etwas holen.«

Ernas Mutter erwachte kurzfristig aus ihrer Starre. »Die anderen aus dem Abteil sind auch schon los. Deshalb sind nur wir noch da.« Sie kramte in ihrer Tasche und reichte Frida einen Emaillebecher. »Bring bitte etwas mit. Es geht uns nicht gut. Mein Mann ist schon im Westen, und Toni ...« Sie brach ab, aber ihr Blick sagte alles. Toni war also tot. So gebrochen hatte Frida Ernas Mutter noch nie erlebt und auch nicht erwartet, sie einmal so zu sehen. Frau von Geest, die starke und arrogante Frau, der man niemals das Wasser reichen konnte, saß nun, wenn auch in einem richtigen Abteil, mit anderen Flüchtlingen in einem Zug, der sie aus der Heimat fortbrachte, und sie bat ausgerechnet Frida, ihr Wasser zu bringen.

»Erna geht es nicht gut.« Frida nahm den Becher entgegen. »Soll ich …?«

»Sie sollen gar nichts weiter, Fräulein Köhle«, sagte Frau von Geest müde. »Nur etwas Wasser, bitte. Mein Kopf schmerzt, und Erna wird schon wieder gesund, wenn wir erst hier raus sind. Diese Enge erschlägt uns förmlich.« Dann schoss sie in altbekannter Manier hinterher: »Es ist schlimm genug, dass wir in diesem verlausten Waggon mitfahren müssen und nicht erster Klasse reisen können. Ich hoffe, mein Mann wird sich im Westen um eine angemessene Unterkunft kümmern, was dieses Desaster hier wettmacht. Ungeheuerlich ist das! Ungeheuerlich! Da ist etwas gewaltig schiefgelaufen.«

Frida rührte sich nicht von der Stelle, reagierte aber auch nicht auf diese Schimpftirade. »Erna sollte etwas essen.«

Frau von Geest zuckte nur mit den Schultern. Ihr Blick war hart und unnachgiebig, als sie sagte: »Sie ist alt genug und wird schon nicht verhungern – aber Toni … Er war noch so klein …«

Plötzlich begann sie zu schluchzen und fingerte nach einem Spitzentaschentuch, das sie aus dem Ärmel zog. Kurz darauf wirkte sie vollkommen apathisch.

Frida aber ließ nicht locker. Sie tippte Erna an, die den Blick kurz hob und ihre Freundin mit fiebrigem Blick ansah. Frida schlug abgestandener Atem entgegen. Erna sah zum Fürchten aus. Die Augen lagen in dunklen Höhlen, die Lippen waren aufgesprungen, während ihre Hautfarbe ungesund fahl war. Sie hatte bestimmt schon länger nichts mehr zu sich genommen. »Erna, was ist passiert?«

Sie zuckte nur mit den Schultern und starrte dann wieder stumpf auf den Boden.

Frida machte einen Schritt zurück auf den Gang und

sagte: »Ich hole Wasser und etwas zu essen! So geht das nicht.« Sie stürzte zur Waggontür und drängelte sich an einer Frau vorbei, die einen Topf mit Urin auf die Gleise kippte. Weil Frida sich viel zu lange bei Ernas Familie aufgehalten hatte, war die Schlange bei der Essensausgabe endlos lang.

Frida beschloss, sich erst für das heiße Wasser anzustellen, dort würde sie schneller drankommen. Sie ließ die Flaschen und den Becher auffüllen und hastete, das Gefäß ausbalancierend, um bloß keinen Tropfen von diesem wertvollen Nass zu verschütten, zurück in den Waggon. Zuerst brachte sie die Flaschen zu ihrer Mutter.

»Beeil dich, Mädchen! Der Zug wird nicht ewig stehen! Wo warst du nur so lange? Sieh, der Waggon füllt sich schon wieder!«

»Bin gleich zurück, Mutter. Die Schlangen draußen sind lang.«

Sie stürmte zu Ernas Abteil und reichte Frau von Geest den Becher. »Nun erst einmal etwas trinken. Das Wasser kommt aus der Lok und ist heiß. Ich besorge noch was zu essen!« Entschlossen durchquerte Frida den Wagen, bis sie erneut an der Tür stand und aus dem Zug sprang. Sie würde nicht zusehen, wie ihre Freundin vor den Augen der eigenen Mutter vor sich hin siechte. Was mussten die beiden Schlimmes erlebt haben! Doch jetzt war keine Zeit, sich darüber Gedanken zu machen.

Ihr stellte sich eine dicke Frau in den Weg, die einen riesigen Topf mit Haferschleim vor sich hertrug.

»Ich würde nicht hier draußen bleiben. Es gibt nix mehr, und der Zug fährt gleich weiter«, sagte sie kopfschüttelnd, doch Frida schob sie beiseite und rannte zum Zelt vom Roten Kreuz.

Die Vorräte waren tatsächlich schon arg geschrumpft,

aber einen letzten Rest kratzte die Schwester noch zusammen. »Mehr ist nicht da, du bist zu spät!«, sagte sie und schwang den Löffel noch einmal über den Boden des großen Topfes, um wirklich alles aufzunehmen. Fridas Henkelmann war gerade zu einem Drittel gefüllt. Sie verschloss den Deckel und schaute erschrocken auf, weil der Zug hupte.

»Mensch, Mädchen, du musst rennen!«, rief die Schwester. »Der fährt sonst ohne dich ab!«

Entsetzt wandte Frida sich um und sah, wie sich die Lok langsam in Bewegung setzte. »Nein!«, schrie sie auf. Sie konnte und durfte auf keinen Fall hier zurückbleiben.

Frida hängte sich den Henkelmann um und rannte los. Sie sah, wie ein paar Jungs neben den Waggons herliefen und von helfenden Händen hineingezogen wurden.

Vor lauter Panik wusste Frida nicht mehr, in welchem Wagen ihre Mutter saß. Sie legte noch an Tempo zu. Und noch mehr. Die Luft brannte in ihrer Lunge.

Frida musste es irgendwie schaffen, einen der hinteren Viehwaggons zu erreichen und aufzuspringen. Zwar war es unmöglich, von dort zu ihrer Mutter zu gelangen, aber irgendwann würde der Zug erneut anhalten, und sie konnte draußen entlanghuschen. Einmal glaubte Frida, ihre Mutter rufen zu hören, doch vielleicht bildete sie sich das auch nur ein.

Sie schaffte es gerade so, auf gleiche Höhe mit dem vorletzten Waggon zu kommen. Die Tür war noch offen, aber er war über und über mit Menschen gefüllt. Der Zug nahm von Sekunde zu Sekunde mehr Fahrt auf, aber Frida schaffte es, einen Haltegriff zuerst mit der rechten, dann auch mit der linken Hand zu umfassen.

Sie spürte, wie ihre Füße sich vom Boden hoben. Das Spiel war verloren. Ihre Hände drohten abzurutschen, sie hatte keine Kraft mehr, sich bei dem immer stärker werdenden Fahrtwind festzuhalten.

Frida schloss verzweifelt die Augen und hoffte, den Aufprall wenigstens zu überleben. Doch dann umklammerten kräftige Hände ihre Gelenke. Sie schoben sich bis zu den Unterarmen und zogen sie Stück für Stück in den Waggon hinein. Der Luftwiderstand ließ nach, und kurz darauf lag sie keuchend auf dem Bauch im Stroh.

Der Zug zog ratternd weiter.

»Mensch, Marjellchen, das war knapp«, sagte der Mann, der sie gerettet hatte. Er trug einen Rauschebart und einen alten Ledermantel, der roch, als hätte sich jemand darauf erleichtert.

»Marjellchen, Marjellchen«, wiederholte er. »Wir fliehen doch nicht aus der Heimat, damit wir auf der Flucht sterben. Grundgütiger!«

Frida lächelte ihn an. Als Mädchen hatte sie lange keiner mehr bezeichnet. Dann schaute sie sich neugierig um. Ihr Missgeschick hatte nur wenige Menschen aufgerüttelt. Die meisten starrten weiter auf ihre Füße und wirkten wie Schlachtvieh, das sich mit seinem unausweichlichen Schicksal abgefunden hatte.

In diesem Wagen waren sehr viele Menschen zusammengepfercht, hockten mit dem Rücken an die Verschläge und Holzwände gelehnt im Stroh. Es stank bestialisch. In den Ecken befanden sich Eimer mit dunklem Rand, in denen sich wohl zuvor Exkremente befunden hatten. Sie waren eben am Stützpunkt ausgeschüttet worden. Dennoch hing der Gestank von Fäkalien in der Luft. Frida musste würgen.

»Ganz ruhig, Marjellchen«, sagte der Mann und legte seine runzlige Hand auf ihre rechte Schulter. »Du musst dich nicht mehr aufregen, weil du es geschafft hast.« Er drehte sich um und reichte ihr eine Feldflasche. »Komm, trink was!«

Fridas Hals war so trocken, dass sie ihren Ekel überwand und beherzt einen Schluck nahm. Es schmeckte abgestanden und ein bisschen ölig. »Beim nächsten Haltepunkt kannst du zurück zu deiner Familie. Von hier aus gibt es leider keinen Weg zu den Waggons. Und nun iss was!« Er deutete auf den Henkelmann.

Frida schüttelte heftig den Kopf. »Nein, das kann ich nicht. Das ist für Erna. Meine Mutter hat noch ein Stück Dauerwurst und einen harten Brotkanten. Erna hat nichts. Sie soll das essen, weil sie sonst stirbt.«

»Wer ist Erna, Marjellchen?«, fragte der Mann.

»Meine beste Freundin. Ich glaube, sie hat tagelang nichts zu sich genommen«, erklärte Frida. »Was auch immer sie erlebt hat.«

Wider Erwarten akzeptierte der Mann das sofort. »Du bist offenbar sehr uneigennützig. Das findet man derzeit selten. Aber komm, nimm einen winzigen Happen, dann bleibt noch genug für Erna. Es hilft ihr doch nicht, wenn du es ihr nachher gar nicht mehr bringen kannst.«

Er reichte Frida einen Löffel, den er zuvor mit einem Tuch abgewischt hatte.

Sie tauchte ihn in die zähe Masse, die nach gar nichts schmeckte und doch ihren Magen ein kleines bisschen beruhigte.

»Nun schlaf, Marjellchen. Wenn der Zug wieder hält, sag ich Bescheid, damit du deiner Erna das Essen bringen kannst. Und sei beruhigt, ich gebe darauf acht.«

Frida nickte dankbar und merkte, wie müde sie plötzlich war. Schon bald darauf fiel sie in einen tiefen, traumlosen Schlaf, aus dem der Mann sie weckte, als es stockdunkel war.

»Ich glaube, es ist Fliegeralarm oder sonst was. Aber wir stehen. Es sind keine Patrouillen draußen. Lauf, so schnell du kannst! Es reicht, wenn du zwei Waggons weiterläufst. Da fangen die Personenwagen an. Von dort kommst du auch in den nächsten. Also spute dich!«

Frida war auf der Stelle hellwach. Der Mann öffnete die Tür und wurde sofort beschimpft, weil kalte Luft hereinströmte. Er reagierte darauf gar nicht, sondern flüsterte Frida zu: »Und wenn du mal beten tust, dann schließ den alten Heinz mit ein!«

»Das mach ich. Danke, und Gott schütze Sie!« Frida hüpfte hinaus und rannte los. Sie lief dicht an den Waggons entlang, denn ein Stück weiter vorne entdeckte sie Soldaten, von denen sie lieber nicht gesehen werden wollte. Sie öffnete die Tür des ersten Personenwagens und verschwand im Inneren des Zuges. Das war schon mal geschafft.

Auch hier war die Luft dick und fast unerträglich, aber wenigstens stank es nicht nach Fäkalien und Urin. Die meisten Leute schliefen und hatten vom Halt des Zuges nichts mitbekommen.

Ein Kind wimmerte, ein alter Mann schnarchte sein Schlaflied. Frida sah sich um und war sich sicher, dass sie nicht in diesem Waggon gereist war. Sie durchquerte ihn, bis sie den nächsten erreicht hatte. Hier kamen Frida ein paar Gesichter bekannt vor, und schließlich entdeckte sie ihre Mutter. Sie hatte Tränenspuren auf den Wangen, schlief aber tief und fest.

Frida kämpfte sich weiter durch den vollgestellten Gang zu Erna, die noch immer zitternd auf dem Sitz kauerte und die Augen blicklos geöffnet hatte. Ihr Zustand hatte sich kein bisschen verbessert.

Frida öffnete die Abteiltür. Ihr schlug das Schnarchen

von Frau von Geest und den anderen Mitfahrern entgegen.

»Frida?«, fragte Erna mit matter Stimme, als sie ihre Freundin wahrnahm. »Was machst du um diese Zeit hier?«

»Das erzähle ich dir, wenn du jetzt endlich was isst«, flüsterte Frida.

Sie suchte im Gepäck der Freundin nach einem Löffel. Dann begann sie, Erna zu füttern. Zwischendurch flößte sie ihr vom restlichen Wasser aus dem Emaillebecher ein, den Erna noch immer in der Hand hielt. Und mit jedem Bissen, der im Mund der Freundin verschwand, erzählte sie, was passiert war.

»Danke«, sagte Erna schließlich, und sie hatte Tränen in den Augen. »Ich habe gar keine Erinnerung daran, dass du noch einmal rauswolltest.« Sie schluckte. »Und dann riskierst du dein Leben für mich. Du bist eine echte Freundin!«

Frida drückte Erna ganz fest. »Ich muss jetzt zu meiner Mutter. Und gleichgültig, was passiert, Erna von Geest, ich will dich wiedersehen, und dazu musst du essen! Versprichst du mir das?«

Erna nickte. »Versprochen.« Sie wiederholte Fridas Worte, und es klang wie ein Mantra. »Egal, was passiert: Wir sehen uns wieder. Ich suche dich, wo immer du bist!«

Frida nahm den leeren Henkelmann, verschloss ihn und verließ das Abteil. Dann kämpfte sie sich zurück zu ihrer Mutter durch, kletterte erneut über die vielen Rucksäcke und Koffer, die den Gang versperrten, und war froh, als sie ihre Sitze erreicht hatte. Sie stupste ihre Mutter sacht an. »Ich bin wieder da!«

Margrets Kopf schoss hoch. Ungläubig sah sie ihre Tochter an. Dann nahm sie sie in den Arm und schluchzte auf. Frida war erschrocken, solche Ausbrüche kannte sie von ihrer Mutter nicht.

»Wo warst du nur?«

»Ich habe den Zug fast verpasst«, sagte Frida. Dass sie nur Essen für Erna geholt hatte, verschwieg sie. Zum Glück fragte ihre Mutter auch nicht danach. Sie würden auch ohne den Brei nicht verhungern.

Und so fuhren sie weiter, bis sie in Bremen nicht mehr vorankamen, am Ende in Eckwarderhörne bei Bauer Gerken strandeten und dort nach vielen Tagen endlich ein warmes Bad und ein anständiges Essen bekamen. Seitdem hausten sie in dem schimmeligen Zimmer.

*

Frida zuckte aus ihren Gedanken auf. Im Pferdestall war jemand. Schnell machte sie das Licht aus und hielt die Luft an.

Es war Bauer Gerken, der noch einmal nach dem Rechten sah, denn eine Stute hatte vorhin gelahmt. Frida war froh, als er den Stall verließ, ohne sie bemerkt zu haben. Sie steckte den Brief ein und strich über die Schürzentasche. Gleich morgen würde sie Erna antworten.

Und dann würden sie sich endlich wiedersehen.

Kapitel 6

Der Herbst kam erst mit einem Sturm übers Land, beruhigte sich dann aber und schmückte es weiter mit seinen bunten und tanzenden Blättern. Doch er beeindruckte Frida mit seinen Farben und der Fröhlichkeit nicht. Das Meer roch vor allem bei ablaufendem Wasser nach Schlick und Tang. Der Geruch biss sich in Fridas Nase fest. Sie musste lernen, ihn zu lieben und nicht daran zu zweifeln, dass sie hier ihr Glück würden finden können, sonst würde sie das hier nicht schadlos überstehen. Doch es war schwer. Sie hatte so furchtbares Heimweh.

Ab und zu musste sie deshalb allein sein, und so war sie gleich nach dem morgendlichen Melken und Milchabfüllen zum Deich gegangen. Sie schaute über den Jadebusen und ließ die Weite der Bucht auf sich wirken. Der rot-weiße Arngaster Leuchtturm ragte aus dem Meer, in südlicher Richtung konnte sie die Uferlinie nachverfolgen. Gegenüber lag Wilhelmshaven. Ein paar Möwen kreischten über ihr, andere schaukelten auf den seichten Wellen oder hockten auf der Mole von Eckwarderhörne. Frida seufzte. Warum konnte sie sich an alldem nicht immer erfreuen? Mal gab es Tage, an denen es ihr gelang, und dann wieder wurde sie von einer Sehnsucht gepackt, die alles hier düster wirken ließ.

Es tat ihr allerdings sehr gut, dass sie sich immer wieder mit Erna schreiben konnte, nur war es doch nicht so leicht, ein Treffen zu arrangieren. Sie selbst war weder mobil, noch hatte sie viel Zeit, sich von der Arbeit davonzustehlen. Sie konnte ohnehin nicht einfach mit dem Butjenter, wie die Bahn in Butjadingen hieß, bis Nordenham fahren und von dort nach Varel umsteigen. Das kostete Geld, welches Frida nicht hatte, und die Fahrt dauerte recht lange.

Ernas Vater fuhr zwar ein Automobil, was so gut wie kein anderer tat, nur hätte er Erna damit nach Eckwarderhörne bringen müssen, und das war schwierig, weil die von Geests die Freundschaft zwischen ihnen nicht schätzten. Daran hatte sich nichts geändert. Erna war trotzdem guten Mutes, ihren Vater doch noch überreden zu können.

Aber wie wunderbar war es, sich schriftlich auszutauschen und sich gegenseitig das Herz zu erleichtern! Frida fieberte jedem Brief ihrer Freundin entgegen.

Sie beschloss zurückzugehen, denn auch heute fand sie in dieser grenzenlos scheinenden Freiheit die ihre nicht. Es war, als hätte das Meer sie verschluckt. Auf Frida wirkte alles träge. Das einzig Gute, das es in den letzten Wochen neben dem Austausch mit Erna gab, war, dass Kalle sie in Ruhe ließ.

Sie hörte Schritte hinter sich und sah, dass Focko den Deich hochstapfte. Er stellte sich neben sie. »Moi hier«, sagte er und sah sie mit seinem scheuen Lächeln an, das ihr jedes Mal eine leichte Gänsehaut bescherte.

»Ich weiß nicht«, erwiderte Frida. »Es ist so … fremd.«

Focko nahm ihre Hand. Frida wollte sie erst zurückziehen, besann sich dann aber. Es war schließlich nichts dabei, wenn sie mit einem Freund hier stand und er sie hielt, weil er spürte, dass sie etwas belastete.

»Heimweh«, sagte er nur.

»Ja. Ich vermisse so viel.« Und dann begann Frida unvermittelt zu erzählen. Von Erna und dem Konservatorium. Von deren strengen Eltern und wie kühl sie stets waren.

Focko hörte nur zu und kommentierte nichts. Trotzdem hatte Frida das Gefühl, es war gut, ihm alles zu offenbaren, auch wie sie geweint hatte, als Ernas Brief kam.

»Wir haben gern in Stettin Zeit auf der Hakenterrasse verbracht«, fuhr sie fort. »Von dort aus hatten wir nach Norden den Blick auf den Getreidespeicher und den Dammscher See. Zur anderen Seite konnte man die Passagierdampfer sehen, und südlich lag die Baumbrücke. Mit ihren geschwungenen Eisenstreben und den Türmchen in der Mitte.« Frida hatte die imposante Brücke, die das Speicher- und Bürohausviertel von Stettin über die Westoder miteinander verband, deutlich vor Augen. »In Stolzenhagen, zu dem auch unser Fischerort Glienken gehörte, war es zwar auch ländlicher als im Stadtkern von Stettin, aber nicht so einsam und öde wie hier.«

Frida brach ab. Sie wollte Focko nicht beleidigen, weil sie seine Heimat nicht so schön fand wie ihre. Aber er lächelte sie weiterhin lieb an und sagte: »Ich würde es woanders auch nicht so gut finden wie in Butjadingen. Egal, wie bemerkenswert es wäre. Ich verstehe das. Hat mit Gefühlen zu tun. Und mit Loyalität und so.«

»Das stimmt wohl«, antwortete Frida. »In Stolzenhagen fand ich die auf der Oder schaukelnden Fischerboote wunderschön, aber hier in Eckwarderhörne kann ich keinem einzigen Schiffchen etwas abgewinnen. Ich fühle mich auf dem Hof der Gerkens einfach nicht zu Hause.« Frida spürte, wie verzweifelt ihre Stimme klang, und sie war froh, dass Focko sie einfach nur festhielt und ihren Kummer mit seiner stoischen Ruhe ertrug. »Vielleicht kommt es ja noch, vielleicht werde ich mich eines Tages auch an der Nordsee heimisch fühlen.«

»Das wirst du, Frida. Das wirst du«, sagte Focko. »Gib dir Zeit. Man kann doch nichts überstürzen.«

»Danke fürs Zuhören. Ich habe dich ja mächtig belagert.«

»Das hält ein Seebär wie ich wohl aus. Ich bin Fischer, dein Vater ist Fischer. Du solltest doch wissen, dass man den Beruf nur ausüben kann, wenn man eine gewisse Gelassenheit gegenüber vielen Dingen hat. Sonst verschreckt man den Fisch.« Er lachte auf, und Frida stimmte mit ein. Sie hielten sich noch immer an der Hand, und alles fühlte sich selbstverständlich an. Ihr wurde deutlich, von welcher Leichtigkeit sie getragen wurde, wenn sie mit Focko zusammen war. Aber es war trotzdem besser, ihre Gefühle nicht zu vertiefen und ihm auch keine Hoffnungen zu machen.

»Ich weiß nur eins, Focko«, sagte Frida und löste ihre Hand aus seiner. »Ich werde nicht hierbleiben, denn das Landleben ist nichts für mich. Ich wünsche mir die weite Welt, die Musik. Das Theater und am liebsten ein ganzes Orchester, um das ich mein Leben komponieren kann.«

Focko biss sich auf die Unterlippe. Sie hatte ihn mit ihren unbedachten Worten wohl verletzt. Das war nicht beabsichtigt gewesen, aber sie wollte ihn auch nicht anlügen.

Denn schon als sie es ausgesprochen hatte, war Frida klar gewesen, dass es sich genauso verhielt. Um nichts in der Welt würde sie in Eckwarderhörne bleiben. Ihre Bestimmung war eine andere.

»Gut, ich muss dann auch mal weiter«, sagte Focko.

»Bleib nicht so lange, es wird schnell kühl.« Er lief mit raschen Schritten den Deich hinab.

»Warte!«, rief Frida. »So warte doch!«

Focko blieb stehen. »Worauf?«

»Ich möchte mich bedanken. Dass du mir zugehört hast, Focko. Das war sehr … lieb.«

»Da nich für«, sagte er, winkte und lief zurück zum Hof der Gerkens.

Frida seufzte. Das war ja gründlich schiefgegangen. Da gab es endlich einen Menschen, der sie verstand, und sie hatte nichts Besseres zu tun, als ihn zu vergraulen.

Plötzlich zuckte sie zusammen, weil sie ein Motorengeräusch hörte. In dieser Gegend fuhr niemand Auto. Allenfalls Motorrad oder eben mit dem Pferdefuhrwerk. Frida stand auf und schaute den Landwirtschaftsweg hinunter. Da kam tatsächlich ein großer, schwarzer Wagen auf dem engen Weg angefahren. Er hielt am Deich.

Bekamen die Bauern höheren Besuch? Das konnte Frida sich kaum vorstellen. Sie lebten nicht auf großem Fuß, und sie kannten sicher niemanden, der ein Automobil fuhr.

Frida traute ihren Augen kaum, als sie Erna aus dem Wagen klettern sah. Es verschlug ihr für einen Augenblick die Sprache, und sie schaute ihre Freundin fassungslos an. Erna trug einen schlichten, grauen Rock mit weißer Bluse und hohe Schuhe. Über die Schultern hatte sie einen hellen Mantel gelegt, der aber nur auf den ersten Blick elegant wirkte. Ihr Haar war frisiert wie bei einem Filmstar. Frida überlegte kurz, wer eine solche Frisur hatte, aber sie kam nicht drauf. Es war zu lange her, dass sie im Kino gewesen war, und sie hatte alles, was damit zusammenhing, verdrängt.

Erna hatte Frida noch nicht entdeckt und schaute sich

neugierig um, bis ihr Blick auf der Deichkrone hängen blieb. Sofort begann sie hektisch mit beiden Armen zu rudern. »Frida!«

Es tat so gut, die Stimme ihrer Freundin zu hören! Plötzlich war die dunkle Stimmung von eben verflogen, plötzlich löste sich die Starre und machte einer großen Freude Platz. Freude über den Sonnenschein, über das Singen der Vögel, das Kreischen der Möwen. Erna war da! Ihre Erna!

Die sagte eben etwas zu ihrem Vater, der winkte kurz, wendete an einer Weidenzufahrt und knatterte davon.

Erna rannte mit weit ausgebreiteten Armen den Deich herauf. Dabei knickte sie mit ihren hohen Schuhen ständig um. Nun kam auch Leben in Frida, und sie lief ihr entgegen. Auf halber Höhe fielen sie sich in die Arme. Sie drückten sich, schoben sich gegenseitig ein Stück weg, musterten sich und kamen doch nicht drum herum, erneut die Nähe der anderen zu suchen.

»Erna, was machst du hier?«, fragte Frida schließlich ungläubig. »Es ist so schön, dich zu sehen! Ich kann gar nicht sagen, wie sehr es mich freut!« Doch dann stutzte sie, als sie erkannte, wie dünn und blass ihre Freundin war, obwohl es ihr in der Villa in Varel doch bestimmt gut ging.

»Du siehst krank aus«, sagte sie.

Erna nickte. »Mag sein. Mir fehlt der Appetit. Herold ist noch immer nicht aus der Gefangenschaft zurück, und diese Bilder von Toni … Nach all dem …« Sie musste es nicht aussprechen, denn Frida wusste, worum es ging.

Es war die Summe von Schmerzen und Erinnerungen, die sich zu einer ungesunden Masse verdichtet hatten und ihr den Schlund verstopften. Hinzu plagte Erna ganz bestimmt dasselbe Heimweh wie sie. Nein, ihre Freundin musste nichts sagen.

Eines Tages würde Erna ihr bestimmt erzählen, wie der kleine Bruder gestorben war. Und Frida hoffte, dass Herold eines Tages zurückkommen würde.

Sie umfasste die Hände ihrer Freundin, die fast zerbrechlich wirkten, und drückte sie sacht. So standen sie eine Weile und genossen es, dass die andere da war. Sie hatten sich beide verändert, viel mitgemacht, aber Frida spürte plötzlich wieder Zuversicht.

Erna löste eine Hand und strich Frida über die Wange, denn ihr war eine Träne aus dem Augenwinkel gerollt. »Immer die Erinnerungen«, sagte sie nur. »Sie gehen einfach nicht weg, sosehr man es auch wünscht. Sie wechseln sich ab mit der Hoffnung, dass doch noch alles gut wird, und dann wird sie wieder zerstört, weil sich nichts von diesem Sehnen erfüllt.«

Frida sah ihre Freundin erstaunt von der Seite an. So nachdenklich kannte sie Erna nicht. Erna, die immer lachte, nie etwas krumm- oder gar ernst nahm. Erna, die sich stets ausschließlich darum sorgte, dass ihre Frisur gut saß und sie das neueste Kleidermodell bekam.

Frida beschloss, sie auf andere Gedanken zu bringen, denn ändern konnten sie an der vertrackten Situation schließlich nichts.

»Komm, ich zeig dir, wo ich jetzt lebe. Aber bitte erschrick nicht. Unsere Wohnsituation ist…« Sie schluckte hinunter, was sie eigentlich hatte sagen wollen. Erna würde so oder so entsetzt sein.

Sie liefen Hand in Hand zurück auf den Weg und schlugen die Richtung zum Hof ein. Zwei Hühner nahmen gackernd Reißaus, als die beiden jungen Frauen auf das Haupthaus zuhielten. In den Koben grunzten die Schweine, und aus dem Kuhstall wehte der typisch süßliche Geruch herüber.

Von Focko war nichts mehr zu sehen. Wahrscheinlich war er schon auf dem Weg nach Fedderwardersiel. Er hatte nämlich seit Kurzem ein Fahrrad und kam deshalb nicht mehr mit dem Einspänner, den er sich immer hatte ausleihen müssen. Frida bewunderte es, wie lässig er die vielen Kilometer fast täglich fuhr.

Erna sah sich neugierig um. »Hier wohnt ihr?« Sie bemühte sich sichtlich darum, nicht betroffen zu wirken, aber Frida kannte ihre Freundin nur zu gut, als dass sie sie nicht durchschaute.

»Ja, leider. Bitte erschrick gleich nicht.« Frida zögerte. »Es ist hier etwas anders, als du es kennst.« Sie druckste herum. »Also, anders als in Stettin und sicher auch anders als in Varel.«

Sie durchquerten den Stall, weil Frida ihre Freundin nicht durchs Wohnhaus in ihr Zimmer mitnehmen wollte. Sie wusste nicht, wie die Bäuerin dazu stand, wenn sie Besuch bekam. So etwas war schließlich noch nie vorgekommen. Die Köhles blieben immer für sich, und das war den Gerkens wahrscheinlich auch lieber so.

Erna rümpfte ein wenig die Nase, als sie an den Kühen vorbeiliefen, die nach dem Melken noch aufgereiht in den Ständern untergebracht waren, weil der Zaun defekt war, und lässig mit den Schwänzen schlugen. Die Tiere würden gleich von Kalle zurück auf die Weide gebracht werden.

Erna schaute ein bisschen ängstlich von links nach rechts, und als eine Kuh ihren Fladen absetzte, hüpfte sie erschrocken zur Seite.

»Die tun nichts«, sagte Frida beruhigend, weil Erna stehen blieb und zögerte weiterzugehen. Frida zog sie durch den Gang. Sie verließen den Stall und erreichten so den hinteren Teil des Hausflures, von wo das Zimmer der Köhles abging. Das zweiteilige Türblatt war mit weißer Farbe gestrichen, die aber an den Ecken großflächig abbröckelte, und der angerostete Türgriff hing lose herunter.

»Könnt ihr gar nicht abschließen?«, frage Erna entgeistert.

Frida zuckte nur mit den Schultern. Weshalb sollten sie das auch tun? Es gab nichts, was man den Köhles hätte wegnehmen können. Das meiste in dem Raum gehörte ohnehin Familie Gerken.

»Hier wohnen wir«, sagte Frida und stieß die Tür auf.

Erst trat Erna wieder neugierig näher, aber dann prallte sie zurück und schlug sich die Hand entsetzt vor den Mund. »Da drin? Alle in dem einen Raum? Zusammen?«

Frida drängte sich an ihrer Freundin vorbei. »Ich sagte ja schon, es wird dich ein wenig schockieren. Und ja, es ist die Hölle. Immerhin haben wir einen Heizkörper, was im Winter von Vorteil ist.«

»Du hast dir schon immer alles schöngeredet«, erwiderte Erna. Sie stand ziemlich fassungslos in dem Zimmer. Mit spitzen Fingern lupfte sie den Vorhang und entdeckte den schwarzen Schimmel, der sich dahinter und auch hinter den Möbeln breitgemacht hatte und sich bereits Richtung der vergilbten Zimmerdecke fraß. Angewidert ließ sie den Stoff wieder fallen. »Puh!«, entfuhr es ihr.

Frida spürte förmlich, was in ihr vorging. Sie, die verwöhnte Erna von Geest, die bereits wieder in einer Villa lebte, in der die Fenster bestimmt mit Samtvorhängen geschmückt waren und wo genau wie in der Stettiner Wohnung kein Staubkorn herumflog, sah sich mit der Realität ihrer Freundin konfrontiert, die in Bezug auf die Wohnsituation genau das Gegenteil erlebte.

Zwar war auch Fridas Mutter bemüht, hier Ordnung zu halten, aber das Zimmer war für drei Personen einfach zu klein, sodass doch überall etwas herumlag. Die halb abgerissenen Tapeten mit dem braunen Muster trugen auch nicht dazu bei, dass es gemütlich wirkte.

Je länger sie stumm dastanden, desto deutlicher wurde Frida, wie schäbig sie wirklich wohnten und wie das auf Erna wirken musste.

»Immerhin habt ihr euch noch«, sagte ihre Freundin lahm.

Frida nickte nur. Immerhin. Dann lieber eine armselige Butze.

»Dass du das aushältst«, fuhr Erna jedoch naserümpfend fort. »Ich könnte das nicht. Wo wascht ihr euch denn? Ein Bad sehe ich nicht.«

»Weil es keins gibt. Es existiert nur die Waschküche. Sie liegt in dem Zwischenteil, der Stall und Wohnhaus miteinander verbindet. Wir sind eben daran vorbeigekommen. Sie ist gleich nebenan.«

»Ihr müsst euch in einer Waschküche zurechtmachen? Da, wo Wäsche gewaschen wird?« Inzwischen versuchte Erna gar nicht mehr, ihr Entsetzen zu verbergen.

»Man gewöhnt sich dran, wenn es keine Alternative gibt«, sagte Frida. Auch wenn Erna fassungslos erschien, hatte sie doch keinen Augenblick das Gefühl, sich verteidigen zu müssen. Erna würde ihre Freundschaft wegen solcher Äußerlichkeiten niemals infrage stellen.

»Dort ist ein Waschbecken mit kaltem Wasser, aber Frau Gerken legt immer ein Stück Kernseife hin. Und manchmal stellt sie eine Karaffe mit warmem Wasser und eine Waschschüssel bereit.«

»Das will ich sehen.« Erna schien froh darüber zu sein, aus dem muffigen Zimmer verschwinden zu können. Frida schloss die Tür und ging voraus.

»Als wir nach der Flucht hier ankamen, hatten die Gerkens sogar ein warmes Wannenbad vorbereitet«, erzählte sie. »Endlich konnten wir uns waschen.«

»Das ist ja nett«, sagte Erna in einem Ton, als wolle sie auch einmal etwas Freundliches sagen.

»Sie hatten sicher was dagegen, dass wir stinkend mit am Tisch sitzen«, sagte Frida. »Wir dürfen ab und zu mitessen oder eben die Küche nutzen.« Sie seufzte. »Trotzdem müssen wir dankbar sein, denn Bauer Gerken ist kein schlechter Mensch. Als wir damals so spät am Abend angekommen sind, hat er am nächsten Morgen ohne Murren das Pferd angeschirrt und unser Gepäck am Eckwarder Bahnhof abgeholt.«

»Ist ja wohl das Mindeste«, grummelte Erna und sah sich weiter um. Sie stieß links eine Metalltür auf, hinter der sich ein emailliertes Waschbecken befand.

Daneben waren Regalbretter angebracht, auf denen Desinfektionsmittel für die Stallungen und ein paar Seifen gelagert wurden. In der Ecke waren mehrere Blechwannen gestapelt, und an drei Haken hingen verschlissene, grau karierte Handtücher.

»Und wie oft darfst du baden?«

Frida lachte leise auf. »Seitdem gar nicht mehr. Wir waschen uns mit kaltem Wasser.«

Erna klappte den Mund auf und zu, bis sie schließlich sagte: »Ich fass es nicht! Was für ein Abstieg zu eurem Haus in Glienken.«

»Wem sagst du das? In Glienken hatten wir Platz und schöne Möbel. Ja, mein Vater war nur Fischer und musste hart arbeiten, aber arm waren wir nicht. Im Gegensatz zu dem, wie wir hier untergekommen sind, würde ich sagen, wir waren sogar reich.«

Erna lehnte sich mit dem Rücken gegen die Wand und schloss die Augen. »Und ich mache einen Aufstand, weil ich nur so ein blödes Tupfenkleid oder diesen schlichten Rock mit Bluse zum Anziehen habe.«

»Wir kommen ja zurecht«, versuchte Frida ihre Freundin zu beruhigen und griff nach deren Hand, die Erna ihr jedoch gleich wieder entzog. »Nun muss ich alles sehen! Wo geht ihr ... also, wenn ihr ...?«

»Du meinst unsere Toilette?«, vervollständigte Frida die dahingestammelten Sätze.

»Ja.«

»Wir haben ein Plumpsklo, und für den Rest schneiden wir alte Zeitungen zu Quadraten«, antwortete Frida. »Das willst du nicht anschauen. Außerdem stinkt es da furchtbar, die Latrine muss demnächst geleert und auf die Felder gebracht werden.«

»Igitt!«, kam es von Erna. Wieder ungläubiges Staunen.

»Du hast recht, das übergehen wir besser.« Sie trat in den Flur zurück. »Können wir an die frische Luft? Mich deprimiert das hier ein wenig.«

Frida nahm Ernas Hand erneut, und sie verließen das Gebäude wieder durch den Kuhstall. Dieses Mal rannte Erna förmlich hinaus. Draußen atmete sie einmal tief durch und reckte sich gen Himmel. »Es tut mir leid, Frida! Also, wie ich reagiert habe, aber es ist wirklich ... anders.«

Frida lächelte. »Das muss dir nicht leidtun«, antwortete sie schließlich. »Das ist eben unser Schicksal, auch wenn ich mich schwer damit tue, es zu akzeptieren. Das Konservatorium ist so weit weg, Erna. So weit, als müsste man dafür zum Mond fliegen.«

Erna kicherte albern. »Und so was wird nie möglich sein.«

»Ich vermisse es so sehr, Musik zu machen«, fuhr Frida

fort. »Vater hat nicht einmal ein Akkordeon. Wie schön war es, wenn wir früher gemeinsam Hausmusik gemacht haben.« Sie stand etwas hilflos da, unsicher, was sie nun tun sollten. »Ich würde dir gern etwas anbieten, Erna, aber es geht nicht.« Sie senkte den Blick und schabte mit der Schuhspitze über das Pflaster. »In der Küche sind die Bauern, und dann dürfen wir dort nicht rein. Einen eigenen Herd oder eine Brennhexe haben wir nicht, wie du eben gesehen hast. Und«, sie machte mit der Hand eine ausschweifende Bewegung, »Cafés sind auch nicht ganz so reich gesät.«

Erna schien Fridas Unbehagen zu spüren. »Ich hätte dich nicht so überfallen dürfen. Komm, lass uns ein Stück spazieren gehen.«

Frida nickte erleichtert und unterdrückte das Magenknurren, als sie am Küchenfenster vorbeiliefen und ihnen der unverkennbar süßliche Duft von Apfelkuchen um die Nase wehte. Davon würde sie ohnehin nichts abbekommen. Oder wenn, ein Stück Kante, das die Bäuerin auch den Schweinen nicht geben wollte.

Doch dann fiel ihr Blick auf Ernas Füße. »Kannst du mit den Schuhen denn überhaupt laufen?«

Erna schaute hilflos an sich hinunter. »Schwierig. Ich bin komplett verkehrt angezogen. Wie dumm von mir, mit Pumps an den Füßen aufs Land zu fahren! Aber die konnte ich aus Stettin noch retten. Manchmal denke ich zu wenig nach.« Sie lachte auf. »Du hast doch bestimmt eine Lösung, Frida! Die hast du immer!« Sie zwinkerte ihr zu. Es war alles ein kleines bisschen wie früher.

Frida boxte Erna sacht in die Seite. »Dann komm! Wir haben dieselbe Schuhgröße. Du könntest meine Stallstiefel anziehen. Sieht zwar blöd aus zu deinem Rock, aber die Wege sind matschig, und wenn du deine Schuhe nicht vollends ruinieren willst, dann solltest du mein Angebot annehmen.«

Kurz wirkte Erna, als wollte sie widersprechen, doch dann gab sie nach.

Frida holte die Stiefel, und so ausgestattet konnten sie auf der Deichkrone zum Strand von Eckwarderhörne laufen.

Was ist es doch für ein schöner Tag, dachte Frida. Die Morgensonne schüttete ihr gelblich warmes Licht über ihnen aus. Das Deichgras war noch immer von satter, grüner Farbe, der Jadebusen warf kleine, braungrüne Wellen an den Wattsaum, und über ihnen sangen Krähen und Möwen ihren Kanon.

Frida zeigte Erna, wo die Fischer ein Stück weiter südlich von Eckwardersiel aus ins Watt aufbrachen, um zu den Granatkörben und Stellnetzen zu gelangen, und sie erklärte ihr auch, wie sie arbeiteten.

Schließlich wagte Frida aber doch, Erna etwas zu fragen, was ihr schon lange auf der Seele brannte. Sie hatte bisher nur gezögert, weil sie nicht wusste, wie ihre Freundin reagieren würde. »Sag mal, damals im Zug… Wo war eigentlich *dein* Vater? Er war doch nicht beim Militär, und deine Mutter war sehr erbost darüber, wie ihr reisen musstet.«

Erna schien das Thema unangenehm zu sein, denn sie begann zögerlich und mit leiser Stimme: »Er war ja uk, unabkömmlich, und deshalb nicht beim Volkssturm oder zuvor an der Front. Dann musste er schon im Januar nach Berlin. Doch trotz seiner Verbindungen war es ihm nicht gelungen, uns eher zu evakuieren. Wir hatten auch Glück im Unglück, weil wir nach dem Bombardement in einem Vorort in einer Villa recht sicher gelebt haben.« Erna machte eine Pause, bevor sie hinzufügte: »Ich weiß allerdings nicht, ob das alles so stimmt. Er war ja auch fort, als der große Bombenangriff kam, der sicher vorhersehbar war. Mein Vater …« Sie stockte. »Also, mein Vater … Ich glaube, er …« Erna unterbrach sich selbst und winkte ab.

Frida reimte sich auch so zusammen, was ihre Freundin meinte. »Und deine Mutter? Sie war regelrecht apathisch. Sie hätte dich glatt verhungern und verdursten lassen und …« Frida stockte. »Ich ahne, was passiert ist«, entfuhr es ihr mit kaltem Entsetzen. »Ihr wart außerhalb von Stettin, und da waren die Russen recht nah, oder?«

Erna nickte stumm. Über diese Sache sprach man nicht, aber fast jeder hatte von den Vergewaltigungen der Roten Armee gehört. Sie schluckte. »Ich konnte mich verstecken, Mutter nicht. Es waren drei oder vier. So genau weiß ich das nicht.«

Frida sog die frische Meeresluft tief ein. »Verstehe. Und zuvor ist Toni gestorben. Magst du drüber reden?«

Erna nickte. Und schließlich erzählte sie von der schrecklichen Bombennacht.

Am Ende lagen sich Frida und Erna in den Armen, hielten sich fest wie zwei Ertrinkende auf dem Meer, die nur noch sich hatten und hofften, nicht gemeinsam unterzugehen.

Es dauerte, ehe sie weiterlaufen konnten.

Sie erreichten den Strand. Vor ihnen lag ein kleines Sanddreieck, und am Horn ragte eine Mole ins Wasser. Auf der Deichkrone stand eine kleine Holzbude, die früher mal als Kiosk für den Strand gedacht, nun aber völlig heruntergekommen war. Auch weil viele Flüchtlinge sich darangemacht hatten, Feuerholz herauszubrechen.

»Ich könnte hier nicht leben«, sagte Erna, als sie sich umblickte. »Diese Weite ohne alles außer ein paar zerstreuten Gehöften. Der Deich und der Jadebusen und danach nur noch das Meer. Im Leben nicht, Frida. Im Leben könnte ich hier nicht glücklich sein.«

Frida zuckte nur mit den Schultern.

»Vater will uns ein Haus suchen und schauen, ob er hier wieder eine eigene Fischerei aufbauen kann. Aber so einfach ist das nicht, und solange bleiben ihm nur die Gelegenheitsarbeiten. Hauptsache, wir kommen vom Hof weg. Diese Arbeit im Stall ist mir wirklich ein Graus.«

Und dann erzählte Frida ihrer Freundin auch noch von Kalle und seinem widerwärtigen Überfall. Nur über Focko und seine lieben Augen sprach sie nicht. Es war besser, das für sich zu behalten, weil Frida selbst nicht wusste, wie sie es einordnen sollte.

»Du musst da weg«, bestätigte Erna. »So bald wie möglich.«

Frida seufzte schwer. »Leichter gesagt als getan. Wir haben kaum Geld. Wir bekommen den Lohn meist in Naturalien. Ich fürchte, daran wird sich in naher Zukunft für uns nichts ändern.«

Sie hörten die Glocken der Eckwarder Kirche schlagen, und Erna zuckte erschrocken zusammen. »Oje, Vater kommt gleich und holt mich wieder ab. Er war in Stollhamm bei einem Klienten, und er kann verdammt wütend werden, wenn ich nicht spure. Womöglich darf ich nicht mehr zu dir kommen, weil er mich bestraft. Überhaupt ist es ein Wunder, dass er eingewilligt hat, mich herzubringen.«

Sie spazierten zurück, und kurz vor dem Hof begegnete ihnen Kalle. Er grinste wieder anzüglich, trollte sich aber schnell.

»Bauerntrampel. Und der bildet sich tatsächlich ein, er könnte dich erobern? Mit seinen Kühen?« Erna sah ihm verächtlich hinterher.

»Wir sind eben nur Flüchtlinge und haben nichts zu melden. Das ist eine einfache Rechnung.«

Plötzlich blieb Erna stehen und packte Frida am Ellenbogen. »Hast du heute noch Zeit?«

»Zum Melken muss ich zurück sein. Sonst gibt es echt Krach. Aber den Tag über habe ich heute freibekommen.«

Erna überlegte einen Moment. »Das schaffen wir! Kannst du deiner Mutter Bescheid geben, dass du mich bis dahin nach Varel begleitest?«

»Warum?« Frida sah Erna fragend an.

»Überraschung! Also los, sprich mit deiner Mutter!« Erna wirkte mächtig aufgeregt, aber Frida war unsicher, ob sie wirklich mitgehen sollte, so reizvoll die Aussicht auch war, nicht nur diesen Hof einmal verlassen, sondern auch Ernas neues Zuhause kennenlernen zu können.

»Das geht nicht«, wich sie noch immer zögerlich aus. »Außerdem glaube ich nicht, dass dein Vater mich mitnehmen wird. Er mochte mich schon in Stettin nicht und war immer gegen unsere Freundschaft.«

»Lass mich nur machen«, sagte Erna lachend. »Er hat mich schließlich auch zu dir gefahren, und er weiß, wie unglücklich ich in Varel bin.« Sie machte eine Pause, als überlegte sie, ob sie sagen durfte, was ihr auf der Zunge lag. »Ich finde, du brauchst ein Wannenbad. Danach kannst du hier gern wieder schuften.« Sie knuffte Frida scherzhaft in die Seite. »Ich will dir bei diesem ganzen Elend mal was Gutes tun!«

»Ein Wannenbad?«, sagte Frida mit einem langen Seufzen, und ihr Widerstand schmolz allein bei der Vorstellung daran zusammen. »Aber das geht doch nicht.«

Erna zog sie mit sich. »Und ob das geht. Du hast mir Haferschleim gebracht, bist deswegen beinahe im Niemandsland geblieben, und ich sorge jetzt dafür, dass du dich mal richtig waschen kannst und saubere Kleidung bekommst.«

»Ich denke, du hast selbst nur dieses Fähnchen«, widersprach Frida.

»Das stimmt, wenn man es unter dem Aspekt ›Ausgehen‹ betrachtet. Ich habe aber durchaus noch normale Kleidung. Nicht schick, aber zweckmäßig.«

Frida war immer stärker geneigt, der Verlockung nachzugeben. Allein die Aussicht, gleich in einer Wanne mit warmem Wasser zu liegen… Das juckende, fettige Haar richtig zu waschen und endlich aus der schmutzigen Unterwäsche herauszukommen.

Sie hörten das Brummen eines Automobils.

»Da kommt Vater! Ich muss noch rasch in meine Pumps schlüpfen, und du fährst mit. Versprochen?«

Frida überlegte nicht mehr lange. Sie hatte die letzten Wochen bis zum Umfallen geschuftet, und der Besuch versprach eine klitzekleine Abwechslung zum Alltag.

»Ich schreib Mutter und Vater nur rasch eine Notiz!«, rief sie, eilte kurz entschlossen in das kleine Zimmer und kritzelte ein paar Worte auf einen Zettel.

Bin mit Erna nach Varel gefahren, aber zum Melken zurück.

Frida schaute auf die Uhr.

Einen gestohlenen halben Tag für sie und Erna. Einen wunderbaren halben Tag!

Kapitel 7

Margret hielt Ausschau nach Frida. Ihr gefiel es nicht, dass sie mit zu Erna gefahren war. Die politische Gesinnung der von Geests war ihr zuwider, außerdem waren sie von einem anderen Stand und hatten schon immer von oben auf die Fischerfamilie Köhle herabgeschaut. Die für sie armen Leute, die es sich vom Mund hatten absparen müssen, dass ihr Kind aufs Löwe-Konservatorium gehen konnte, während es Erna in den Schoß gefallen war, weil ihr Vater die richtigen Verbindungen hatte. Margret war stets gegen die Freundschaft zwischen Frida und Erna gewesen, und sie hatte auch den Besuch des Konservatoriums nicht gutgeheißen. Das setzte dem Mädchen nur Flausen in den Kopf. Ideen, die für eine einfache Fischerfamilie nicht umsetzbar waren. Pianistin zu werden war doch ein unerreichbares Ziel!

Fridas Berechtigungsschein für die Musikhochschule hatte sie zerrissen, als sie die Heimat verlassen mussten. Den brauchte sie nicht mehr. Frida hätte lieber lernen sollen, wie man Krebse fing. Wie man sie sortierte und je einen Schock, das waren sechzig Tiere, in Spannkörbe verpackte. Sie hätte ihr helfen können, den Fisch auf dem Stettiner Markt zu verkaufen, ihn fachgerecht zu töten und auszunehmen.

Stattdessen war sie nach der Schule mit dem Zug oder dem Dampfer nach Stettin zum Konservatorium gefahren und hatte Klavier und Geige gespielt.

Und ihr Mann unterstützte Fridas Flausen auch noch. Bis heute war er davon überzeugt, seiner Tochter mit der Ausbildung auf dem Löwe-Konservatorium eine wunderbare Grundlage fürs Leben geschaffen zu haben.

Sie war in Fächern unterrichtet worden, die man im normalen Leben gar nicht benötigte. Ihr war dort nicht nur das Spielen von Klavier und Geige beigebracht worden, sondern auch Harmonielehre und Musikgeschichte. Und das alles nach der Schule, während sie, Margret, entweder die Krebse zum Stettiner Bahnhof schleppte, damit es von dort per Express nach Berlin zur Weiterverarbeitung ging, oder die lebendigen Fische auf dem Markt verkaufte. Die Fischerei von Krebsen, Aalen und anderen Fischen sicherte ihren Lebensunterhalt. Nicht das Spielen von Klavierstücken.

Natürlich hatte Frida die Großeltern und die übrige Verwandtschaft mit ihrem Spiel beim sonntäglichen Familientreffen begeistert. Aber herausgekommen waren keine Hände, die anpacken konnten. Herausgekommen waren zerbrechliche Dinger, die ihnen momentan eher eine Last waren, als dass sie halfen. Mit der harten Arbeit auf dem Hof tat Frida sich schwer.

Margret schüttelte noch immer den Kopf bei der Erinnerung, mit welchem Eifer Frida nach der Schule zum Konservatorium gegangen war. Sogar nach dem Bombardement der Stadt hatte sie keiner davon abhalten können, die Fahrt dorthin anzutreten, obwohl dies oft nur mit dem Tourdampfer möglich gewesen war. Wie hatte sie jedes Mal gezittert und sich gesorgt, bis ihre Tochter wieder wohlbehalten zurückgekommen war!

Fridas musikalische Begabung war bereits früh in der Grundschule entdeckt worden, denn ihre Tochter konnte schon Noten lesen, bevor sie in der Lage war zu schreiben. Die Lehrerin in der Volksschule hatte Frida dann rasch im Konservatorium vorgestellt. Dort war sie auf Erna von Geest getroffen, und seitdem waren die beiden unzertrennlich.

Margret seufzte. So schön es auch war, wenn ein Kind musikalisch begabt war und das bis ins Alter einer jungen Frau mitnehmen konnte: Wenn Ulrich Frida nicht so verzärtelt hätte, wäre sie jetzt auch eher in der Lage, hier zurechtzukommen. Einfacher würde es die nächsten Jahre schließlich nicht werden.

Margret entdeckte Kalle, der am Deich herumlungerte und nicht wirkte, als hätte er etwas Gutes im Sinn. Der junge Mann war ihr schon lange suspekt. Er hatte einen verschlagenen Blick, und er sah ihrer Tochter oft viel zu sehr hinterher. Nein, Margret mochte den Bauernjungen nicht. Focko war da ein ganz anderer Schlag. Den hätte sie gern als Schwiegersohn gehabt. Er war geradlinig, kein Schwätzer und zudem Fischer wie ihr Mann. Magret ahnte allerdings schon, was Frida ihr antworten würde. Niemals würde sie einen Mann nehmen, der sie hier in Butjadingen festhielt, denn Frida träumte noch immer heimlich von der großen weiten Welt und den Brettern der Konzertbühnen oder wenigstens von einem komfortableren Leben.

Träumen konnte sie ja, nur würde ihr Kind hoffentlich rechtzeitig erwachen und das wahre Leben begreifen.

Margret ging zurück in den Kuhstall und hoffte, dass Frida wirklich pünktlich wieder da war und sie keinen Ärger mit Bauer Gerken bekommen würden. Notfalls musste sie selbst eben ein bisschen schneller arbeiten, damit das Verschwinden ihrer Tochter nicht auffiel. Wobei es sicher schon die Runde gemacht hatte, dass Frida in einen Mercedes eingestiegen war. Schließlich war es auch ihr selbst schnell gesteckt worden. In dieser Gegend blieb nichts geheim.

Margret nahm die Forke zur Hand, sie musste noch ausmisten. Ulrich würde sicher bald aus dem Watt zurückkommen. Gestern hatte Hero Gerken Stellnetze ausgelegt, und sie waren vor einer Stunde mit dem Schlickschlitten losgezogen, um den Butt einzusammeln. Wenn der Fang gut war, würde Frau Gerken ihnen vielleicht etwas abgeben. Margret lief das Wasser im Mund zusammen bei der Vorstellung, die Fische in der Bauernküche mit etwas Butter und einer leichten Brotkruste zu braten. Es war aber besser, nicht darauf zu hoffen, denn Elsa-Maria Gerken war eine launische Frau, und man wusste im Voraus nie, was sie tun würde.

Margret zog das Kopftuch zurecht, hieb die Zinken mit Wucht in den Mist und schaufelte ihn in die Karre. Noch hatte sie nur die Kälberställe auszumisten, weil die Milchkühe auf den umliegenden Weiden grasten. Im Winter würde sie alle Hände voll zu tun haben.

Margret hörte das leise Schlagen der Eckwarder Kirche. Gleich war es Zeit, die Kühe zu melken.

Mechanisch verrichtete Margret ihre Arbeit. Einstechen, abheben, werfen. Einstechen, abheben, werfen.

Wie sehr sehnte sie sich nach einem anderen Leben! Eines, in dem ihre Familie wieder lachte und sie ihrem Kind eine Zukunft geben konnten. Ein Leben, in dem sie nicht mehr im Stall arbeiten, sondern eine Ausbildung machen würde. Eines, wo ihr Zuhause der Mittelpunkt der Familie war.

Momentan bestand ihr Leben aus Mist, Kühen, Kartoffeln – und Unterwerfung.

Ein Lächeln huschte über Margrets Gesicht. Eigentlich unterschieden sich ihre Ziele gar nicht so sehr von Fridas. Der Schwerpunkt war nur ein anderer.

Margret pustete sich eine Strähne aus dem Gesicht und wischte mit dem Handrücken darüber.

Eines Tages würden sie das ändern, schwor sie sich. Eines Tages wären die Köhles wieder wer. Auch wenn die von Geests es stets anders sahen: Sie waren stolze Leute, die sich nichts schenken ließen und in Stolzenhagen durchaus etwas gegolten hatten!

*

Frida tauchte mit Wonne in das warme Wasser ein. Sie genoss das Gefühl, als der seichte Schaum ihren geschundenen Körper streifte. Sie strich ihn über ihre Arme, rieb ihn vorsichtig übers Gesicht und spürte jedes einzelne Bläschen. Allein der leichte Duft von Äpfeln verzauberte ihre Sinne. Wie lange hatte sie keine solche Wonne mehr genossen! Es war ein so schöner Nachmittag gewesen, den sie nun mit diesem Bad krönte.

Auf einem Stuhl neben der Badewanne lag ein Stapel Anziehsachen, die Erna dort hingelegt hatte. Sie waren längst nicht mehr neu, aber immer noch besser als das, was Frida sonst trug. Ihre derzeitige Kleidung war an vielen Stellen geflickt und das Material oft dünn und fasrig. Alles roch nach Stall, während von der Kleidung auf dem Stuhl ein angenehm frischer Duft ausging.

»Woher hast du das?«, hatte Frida ihre Freundin gefragt, und Erna war rot geworden.

»In der Diele steht ein Schrank, der ist voll mit so was. Gehörte wohl den Leuten, die hier vorher gewohnt haben.«

»Wer war das denn?«, fragte Frida sofort. »Wenn sie Sachen hiergelassen haben?«

»Keine Ahnung.« Erna wich ihr aus. »Hab nicht gefragt. Jedenfalls war ich mir bisher zu fein dafür, es anzuziehen. Das war… das war überheblich«, gab sie schließlich zu. »Du kannst das alles behalten, ich schenke es dir.«

Frida war es egal, dass es bereits getragene Sachen waren. Früher hätte sie sicher auch darüber die Nase gerümpft, aber nun? Sie würde dieses Bad auskosten, bis das Wasser zu kalt wurde und ihre Haut schrumpelig war. Danach erwartete sie Kleidung, die zumindest für einen Moment nicht nach Kuhstall roch und die sie in den kommenden Monaten ausreichend wärmen würde.

Frida holte tief Luft und tauchte juchzend mit dem Kopf unter Wasser. Dort verharrte sie eine Weile und kam erst wieder hoch, als sie atmen musste. Danach lag sie eine Weile einfach so da und genoss den Augenblick. Wie lange hatte sie das nicht mehr getan? Sie summte leise den Hochzeitsmarsch, weil er ihr eben durch den Kopf schoss und er sich so herrlich auf dem Klavier spielen ließ.

Als das Wasser heruntergekühlt war und sie zu frösteln begann, wusch sie sich die Haare und stieg schließlich schweren Herzens aus der Wanne. Es war so schade, dass es schon vorbei war.

Erna hatte ihr ein Handtuch bereitgelegt. Es war ein bisschen kratzig und verschlissen, aber immer noch kein Vergleich gegen das, was ihnen auf dem Hof zur Verfügung stand.

Frida trocknete sich gründlich ab und schlüpfte in die neuen Kleidungsstücke. Sie passten, als wären sie für sie gemacht. Der knöchellange graue Rock umspielte ihre Waden, die geblümte Bluse ließ ihre Wangen ein bisschen rosiger aussehen. Weil es draußen kühl war, hatte Erna eine derbe Strickjacke dazugelegt, die Frida bei dem heftigen Wind an der See gute Dienste leisten würde und die dennoch nicht schäbig aussah. Sie kam sich richtig hübsch vor.

Unten im Flur warteten noch Schuhe. Zwar fest und zum Schnüren, aber längst nicht so klobig wie die, die sie sonst trug. Wie wunderbar würde es sein, ein Paar zum Wechseln zu haben, wenn die anderen wieder einmal völlig durchnässt und noch nicht getrocknet waren. Die Gummistiefel waren schließlich nur stalltauglich.

Frida setzte sich auf den Hocker, der vor einem großen Spiegel stand, und kämmte sich. Es war ein mühsames Unterfangen, weil ihr das Haar nicht nur bis zur Hüfte fiel, sondern auch recht dicht gewachsen war und sich einzelne Strähnen im Wasser miteinander verknotet hatten. Aber mit der derben Bürste, dem grobzinkigen Kamm und einer Menge Geduld gelang es Frida schließlich, alles aufzulösen, sodass sie sich zwei Zöpfe würde flechten können.

Erna klopfte an die Tür. »Bist du fertig? Dann helfe ich dir mit den Haaren!«

»Schon passiert. Komm ruhig rein und sieh dir an, wie anders ich aussehe!«

Erna ließ sich kein zweites Mal bitten. »Ich mach dich jetzt schön, das reicht noch nicht.«

»Ach, Erna«, sagte Frida lachend. »Ich finde mich schon richtig hübsch.«

»Da geht noch was«, entgegnete ihre Freundin. Mit wenigen geschickten Griffen band sie einen Haarkranz und steckte ihn fest. »So rutscht er dir am Kopf nicht hin und her«, erklärte sie. »Am liebsten würde ich dir die Haare abschneiden und eine richtig tolle Frisur zaubern … So wie ich sie habe.«

»Untersteh dich!« Frida lachte erneut auf. »Dann lässt mich meine Mutter nie wieder zu dir.«

»Du hast aber so ein zartes Gesicht und erinnerst mich an Ingrid Bergman. Man müsste eben nur die Frisur anpassen.«

»Ich glaube, das lassen wir lieber sein.«

Erna winkte ab. »Deine Mutter muss auch noch lernen, dass die Zeit vorangeht, und glaub mir, Frida: Sie wird das in der nächsten Zeit rasend schnell tun.« Erna sah auf die Uhr. »Mein Vater steht sicher schon bereit, er will dich jetzt zurückbringen. Lust hat er nicht dazu, und ich sag dir, er hat ganz schön gemurrt! Deinen Kuhgeruch habe er noch immer in der Nase, behauptet er. Hör einfach nicht hin, wenn er komische Sachen sagt.«

Frida fühlte sich zwar unwohl, aber ihr blieb schließlich nichts anderes übrig, als sich von Herrn von Geest nach Hause bringen zu lassen.

»Ich verspreche dir, wir sehen uns wieder – nur … kannst du das nächste Mal wieder zu mir kommen?«, bat Erna.

Frida sah Erna prüfend an. »Ich weiß, dass es bei mir schrecklich ist, aber ich habe keine Ahnung, wie ich nach Varel gelangen soll.«

»Das organisiere ich. Und dann gehen wir in der Stadt einen echten Bohnenkaffee trinken. Nicht diesen ekelhaften Muckefuck.« Sie drückte Frida einen Kuss auf die Wange. »Hier sind noch deine alten Anziehsachen. Vergiss gleich nicht, deine Schuhe mitzunehmen. Ich habe sie gereinigt.«

»Danke. So schön war ich lange nicht angezogen.«

Sie liefen nach unten, wo Herr von Geest schon mit mürrischem Gesicht wartete. »Wurde auch Zeit«, sagte er. »Erna, du gehst bitte jetzt deiner Mutter zur Hand.«

Er bedeutete Frida, ihm zu folgen. Die zog die neuen Schuhe an und schnappte sich noch schnell die alten, bevor sie Erna zuwinkte, bis sie die Tür verschloss.

Frida folgte Ernas Vater über den Kiesweg. Er zog ständig an seiner Zigarre, ohne die er schon in Stettin nie anzutreffen gewesen war. Dabei öffnete er die Tür.

Frida schlug, wie schon auf der Hinfahrt, der Geruch von Leder und abgestandenem Rauch entgegen. Herr von Geest wies auf den Beifahrersitz. »Bitte!«, sagte er knapp. Auch bei dieser Begegnung mit ihm verspürte Frida Unbehagen. Herr von Geest war stets höflich, aber ihn umgab eine Kälte, mit der sie nur schwer umgehen konnte.

Sie stieg ins Auto und kauerte sich auf den Sitz.

»Sind Sie bis auf die Fahrt vorhin mit Erna und mir überhaupt schon mal mit einem Automobil gefahren, Fräulein Köhle?« Die Stimme von Ernas Vater klang immer abgehackt und scharf. Zudem sprach er ein wenig zu schnell.

»Nein, zuvor noch nie«, antwortete Frida.

»Das ist und war in Ihren Kreisen auch nicht üblich, denke ich.« Ernas Vater schlug die Tür schwungvoll zu. Er stieg auf den Fahrersitz und startete den Motor.

Frida schaute angestrengt in die Dämmerung, die nur manchmal von den winzigen Flecken der erleuchteten Fenster der Höfe unterbrochen wurde.

»Erna sagte, Sie leben in sehr einfachen Verhältnissen und sind auf der Suche nach einer neuen Bleibe?« Die Frage klang lauernd, nicht freundlich. Trotzdem musste Frida sie beantworten, wenn sie nicht unhöflich erscheinen wollte.

»Wir leben auf dem Bauernhof in einem Zimmer ohne Bad und Kochgelegenheit. Ja, es wäre wunderbar, eine eigene Wohnung oder gar ein Haus zu haben, aber leider haben wir noch keines in Deichnähe gefunden. Etwas zur Pacht würde auch uns reichen. Mein Vater möchte wieder eine Fischerei aufbauen.« Frida biss sich auf die Lippen. Hatte sie zu viel gesagt?

Sie wurde von dichtem Zigarrenqualm umnebelt. »Wenn man die richtigen Leute kennt, dann ist es nicht schwer«, gab Herr von Geest paffend kund und wich einem auf die Straße hoppelnden Kaninchen aus.

Frida musste husten, wagte allerdings nicht, das Fenster herunterzukurbeln. Obwohl sie kein weiteres Wort mit Ernas Vater wechselte, verging die Fahrt wie im Nu.

»Sie können mich an der Ecke rauslassen«, schlug Frida vor, als sie sich dem Bauernhof näherten. Sie wollte plötzlich nicht, dass man sie in diesem Automobil sah. »Die letzten Meter gehe ich zu Fuß.«

Herr von Geest hielt an, wartete, bis sie die Autotür geöffnet hatte, und verabschiedete sich mit einem leichten Kopfnicken. Danach warf er die Zigarre aus dem Wagen, die glühend auf dem Weg liegen blieb.

Frida schlug die Tür zu, froh, endlich wieder frei atmen zu können. Nun rochen ihre Anziehsachen nicht mehr frisch, sondern nach Zigarrenqualm. Und schon gleich würde sich der Geruch mit dem des Kuhstalls vermischen, der auch den frischen Duft ihrer Haut vertreiben würde. Und wenn sie mit dem Milchsieben fertig war, wäre alles wie immer.

*

Ulrich ging seiner Frau im Stall zur Hand und mistete eben die letzte Kälberbox aus. Auch er befürchtete, dass Frida nicht pünktlich zurückkommen würde, und wollte nicht den Zorn des Bauern auf sich und die Familie ziehen. Plötzlich hielt er inne, weil ihn ein Geräusch irritierte.

Er hob den Kopf, lauschte, doch da war nur das Rascheln der Kälber im Stroh und das regelmäßige Zischen der Milch, die beim Melken in den Eimer spritzte. Ulrich wollte sich eben weiter an die Arbeit machen, als er erneut stutzte.

Da war dieses Geräusch wieder. Ulrich spürte, dass etwas nicht stimmte, und trat vor die Tür. Jetzt war er sicher, dass jemand um Hilfe rief.

Er stellte die Forke an die Stallwand und machte einen Schritt in den Hof, damit er genau lokalisieren konnte, woher der Ruf kam. Leider war jetzt nichts zu hören. Alles erschien ihm wie immer.

Über den dämmrigen Abendhimmel fegten Wolken, die ihn abwechselnd freigaben oder bedeckten. Der Schäferhund der Gerkens drehte seine Runde übers Gehöft und jagte eine vorbeihuschende Katze.

Im Haus schimpfte die Bäuerin mit der Magd und schrie, dass sie ihre Kammer mal wieder aufräumen solle, und der Bauer fütterte die Schweine.

Ulrich zuckte mit den Schultern und wollte zurück an die Arbeit gehen, als er abermals einen unterdrückten Schrei vernahm. Er kam eindeutig aus der Scheune, und es klang wie ein Hilferuf.

Ulrich überquerte eilig den Hof und stieß die Tür auf. Was er sah, ließ die Wut in ihm überkochen. Er war ein geduldiger Mann, der sein Schicksal immer stoisch hingenommen und das Beste daraus gemacht hatte. Er hatte Frau und Tochter aus Stettin mit ungewissem Ziel ziehen lassen. Hatte ihnen Mut gemacht, obwohl er selbst vor Angst und Verzweiflung nicht schlafen konnte. Er war mit unglaublicher Verzweiflung, aber ohne Murren in diesen aussichtslosen Kampf gegangen, und er hatte seine Familie allein ziehen lassen müssen.

All das hatte Ulrich durchgestanden, aber was er jetzt sah, ließ in ihm einen Hass aufglimmen, der alles, was er in den Jahren in sich hineingefressen hatte, zum Lodern brachte. Wie eine Stichflamme schoss es aus ihm heraus. Nie hatte er laut mit dem Schicksal gehadert, aber das hier, das ging zu weit!

Er stürzte auf Kalle zu, riss ihn am Hemdkragen von Frida fort und warf ihn rücklings ins dünne Stroh, sodass er fast ungebremst auf dem Betonboden aufschlug. Dass der junge Mann laut aufstöhnte, interessierte ihn kein bisschen. Sein Blick galt einzig Frida, deren geblümte Bluse vorn aufgerissen war. Ihren Rock hatte sie noch an, aber ihre Wange war geschwollen. Kalle musste ordentlich zugelangt haben, als sie sich gewehrt hatte. Trotz ihrer zarten Statur war es ihr gelungen, diesen Bären von einem jungen Mann von sich zu halten und ihn abzuwehren.

Kalle erhob sich langsam. Seine Augen waren zu Schlitzen verzogen. Er hielt sich das Kreuz, schob sich dann die blonde Haarsträhne aus dem Gesicht und spuckte Ulrich vor die Füße. Anschließend verschwand er, ohne ein Wort zu sagen.

»Damit wirst du nicht ungeschoren davonkommen!«, brüllte Ulrich ihm nach. »Das wirst du bereuen!« Er schnaufte schwer und brauchte eine Weile, ehe er sich beruhigt hatte.

Frida sah ihren Vater mit vor Angst geweiteten Augen an.

»Es ist nichts passiert. Der Bastard hat es nicht geschafft.«

Ulrich bückte sich, zog seine Tochter hoch und nahm

sie in den Arm. »Ich habe dich gar nicht zurückkehren hören«, murmelte er.

»Ich bin auch eben erst gekommen und das letzte Stück gelaufen«, hauchte Frida.

Ulrich drückte sie noch einmal. »Wir werden hier weggehen. Ich werde bei der Gemeinde einen solchen Aufstand machen, dass sie uns ein Haus geben müssen. Mittlerweile würde ich jede Bruchbude nehmen. Auch die vorn am Spieker Weg.«

Inzwischen war auch seine Frau in die Scheune gekommen. Sie erkannte mit einem Blick, was passiert war. Margret deutete auf die herumliegenden Schuhe und Anziehsachen, die Frida bei dem Angriff aus der Hand gefallen waren. »Sammle deine Kleidung ein«, sagte sie zu Frida. »Zieh dich anständig an und komm. Die Bluse kann ich flicken.«

Frida nickte. Die Tränen in ihren Augen ignorierte Margret. Es war nichts passiert, also musste sie das Ganze wohl nicht weiter thematisieren.

Ulrich sah, was in seiner Frau vorging. Sie hatten Furchtbares erlebt in diesem Krieg und auf der Flucht. Jetzt bloß nichts überbewerten. »Gut, dass nichts Schlimmeres geschehen ist«, sagte sie nun. »Hat er das schon einmal versucht?«

Frida nickte. In ihren dunklen Wimpern schimmerten Tränen.

»Saukerl. Nun komm!«

Margret lief voraus und wollte die Scheune offenbar, so schnell es ging, verlassen.

»Warte!«, sagte Ulrich. »Nimm deine Tochter doch wenigstens mal in den Arm, Margret. Sie kann doch nichts dafür!«

Seine Frau stutzte. Unsicher sah sie von ihm zu Frida.

Dann machte sie einen Schritt auf ihre Tochter zu und umarmte sie unbeholfen. Eine solche Nähe ließ sie nur selten zu. Deshalb dauerte der zärtliche Moment auch nicht lange, und Margret nahm wieder Haltung an. »Lasst uns ins Zimmer gehen. Ich habe Kartoffelstampf gekocht. Mit etwas Blutwurst, die ich bei Gerken gekauft habe. Heute werden wir wenigstens richtig satt.«

Sie verließ die Scheune.

»Komm, Frida«, sagte ihr Vater und lächelte seiner Tochter zu. »Du riechst übrigens ganz wunderbar.«

Dankbar sah sie ihn an und erzählte kurz, wie es bei Erna gewesen war. Sie schob ihre Hand in die des Vaters und folgte ihm.

Im kleinen Zimmer war es warm. Frida setzte sich sofort an den Tisch und legte den Kopf in die aufgestützten Hände. Dann begann sie furchtbar zu zittern. Ulrich legte ihr eine Decke über die Schultern.

»Willst du etwas trinken? Ich hab noch Milch im Topf.« Margret schob Frida einen Becher zu.

Sie waren beide bemüht, den Vorfall zu überspielen, so zu tun, als wäre nichts passiert, worüber man sich sorgen musste, und doch hing er wie ein dunkles Tuch über ihnen. Ulrich spürte die unausgesprochene Anklage seiner Frau, weil er noch kein Haus gefunden hatte. Weil sie noch immer in diesem Rattenloch hausen mussten, wo der Bauernjunge ihrem Kind beinahe Gewalt angetan hatte. Weil Ulrich in Margrets Augen zu schwach war, um sich durchzusetzen.

Ulrich wusste, dass seine Frau recht hatte. Er war zu nachgiebig, ging stets den Weg des geringsten Widerstands, und nun hatten sie die Quittung dafür bekommen.

»Möchtest du nun Milch?«, fragte Margret ein zweites Mal.

»Ja, ein bisschen«, antwortete Frida hohl. »Und Kartoffelstampf ist prima.«

Ulrich sah Frida besorgt an. Wie gut, dass er rechtzeitig gekommen war. Nicht auszudenken, was hätte passieren können! Er kochte noch immer vor Wut. Seine Hände zitterten, als er die Gabel in die Hand nahm.

»Ich will hier weg«, sagte Frida plötzlich. »Ich kann so nicht weiterleben.«

Margret antwortete nicht darauf, Ulrich nickte nur.

»Morgen kümmere ich mich noch einmal um eine neue Bleibe«, versprach er. Und dieses Mal würde er nachdrücklicher sein. Härter. »Vielleicht können wir wenigstens eines pachten. Die Reichsmark ist immer weniger wert, von unserem Ersparten können wir kein Haus mehr kaufen. Und wir haben nichts, das man gegen eines tauschen könnte!« Er lachte bitter auf. »Und wer weiß, was ist, wenn sie wirklich die neue Währung, auf die alle warten, einführen!«

Seine Frau wurde blass. Ulrich versuchte zu erklären, dass es wohl so etwas wie eine Währungsreform geben würde und dass dadurch die Reichsmark entwertet war. »Damit schieben sie der Überteuerung einen Riegel vor, und es soll danach auch wieder alles zu kaufen geben. Nur fürchte ich, dass wir mit unserem Sparguthaben dann Probleme bekommen. Mal sehen, wie die westdeutschen Banken damit umgehen. Einfacher wird es für uns Vertriebene sicher nicht.«

Er schluckte. »Schauen wir mal, ob ich trotzdem etwas ausrichten kann.«

Doch noch etwas anderes trieb ihn um: Er hoffte nur, dass Kalle keine Lügen erzählte und ihnen noch mehr Scherereien machte.

*

Nachdem Ernas Vater aus Eckwardersiel zurückgekommen war, saß Erna bei ihren Eltern am Tisch und belegte sich eine Scheibe Graubrot mit etwas Schinken. Der Duft von Pfefferminztee waberte durch das düstere Esszimmer, in dem nur eine Lampe über dem Tisch brannte. Erna biss einmal ab, legte das Stück Brot aber wieder beiseite. Zu sehr war sie noch damit beschäftigt, unter welchen Umständen ihre Freundin hauste. Und dass sie nicht Klavier spielen konnte!

Ihre Mutter versuchte krampfhaft, ein Gespräch in Gang zu bringen, aber es war schwierig, weil jeder seinen Gedanken nachhing.

»Armselig, wie die Köhles nun leben«, sagte auch ihr Vater nach einer Weile und schmierte fingerdick Butter auf sein Stück Brot. »Da haben wir es besser.« Er wandte sich an Erna und schnüffelte. »Du riechst immer noch nach Kuhstall. Geh bitte gleich baden. Es reicht schon, dass ich den Geruch des Mädels so lange in meinem Auto ertragen musste. Auf dem Rückweg habe ich die ganze Zeit das Fenster aufmachen müssen.« Er rümpfte die Nase, und weil seine Braue zuckte, wusste Erna, dass er log. Er wollte Frida nur wieder schlechtmachen. »Das kam wohl von den Klamotten, die sie auf dem Schoß hatte.«

Erna schluckte. Ihr Besuch im Stall war am Vormittag gewesen, sie konnte eigentlich kaum noch danach riechen. Und selbst wenn: Ihr Vater tat geradezu so, als wäre es verwerflich, während er aber genüsslich seine frische Milch trank oder sein Schnitzel aß. Das alles kam schließlich irgendwoher!

Erna stellte die Tasse mit dem Tee, die sie gerade in der Hand hielt, so abrupt auf die Untertasse zurück, dass die gelbe Flüssigkeit über den Rand schwappte.

»Bitte sei so gut und lästere nicht über Frida. Sie kann doch nichts dafür, dass sie so leben muss und nach Stall riecht! Das hat sie sich wahrlich nicht ausgesucht.«

»Ich finde es nicht gut, wenn du dich zu oft mit dieser jungen Frau triffst«, wandte nun auch ihre Mutter ein. »Es sind sehr einfache Leute. Vater hat Erkundigungen eingezogen, Erna. Fridas Vater ist vom Volkssturm desertiert! Er hat das Vaterland verraten!«

Erna kam die Galle hoch. Doch sie schluckte die Wut, die sie am liebsten wie einen mächtigen Wasserfall auf ihre Eltern hätte niederregnen lassen, hinunter und antwortete in gemäßigtem Tonfall: »Was ist verwerflich daran, dass ein Mann einfach nur zu seiner Familie wollte, bevor die Russen ihn abknallen? Stettin ist den Russen meines Erachtens im April von der Wehrmacht überlassen worden. Also, ich hätte meine Panzerfaust oder mein Gewehr auch einfach in die Oder geworfen und wäre getürmt!«

»Bis zum letzten Blutstropfen!« Ihr Vater spie die Worte geradezu aus. »So verhält sich ein echter deutscher Soldat!«

Erna biss sich auf die Lippen, um ihre Gedanken nicht auszusprechen, denn dann hätte es eine Ohrfeige gesetzt. Ihr Vater vertrug die Wahrheit nicht. Aber wo war denn *er* gewesen, als es brenzlig wurde? Auf dicken Samtsesseln bei seinen Parteifreunden. Dort hatte er dafür gesorgt, dass sie in diese fertig eingerichtete Villa ziehen konnten. Nur bis zum letzten Blutstropfen hatte er ganz sicher nicht gekämpft, sondern das den armen Schluckern auf den Kampffeldern überlassen.

Erna sehnte sich so oft nach der Zeit vor dem Krieg zurück, als ihr Vater noch ein Vater gewesen war. Mit ihr gespielt und getobt hatte. Sehnte sich nach seinem lauten Lachen, wenn sie ihn beim Versteckspiel mal wieder austricksen konnte. Diesen Vater gab es schon lange nicht mehr. Er war irgendwo von den Tentakeln des Krieges erfasst und erdrückt worden.

»Das Dritte Reich ist lange vorbei«, begann Erna schließlich erneut. »Wir warten noch immer auf Herold. Und Toni ist tot. Langsam sollten wir akzeptieren, dass es das Deutschland der Nationalsozialisten mit seinen unnützen Kampfhandlungen nicht mehr gibt und wir nach vorn schauen müssen.«

»Das alles ist nur passiert, weil die Engländer die Bomben geworfen haben und dann die Russen gekommen sind«, unterbrach ihre Mutter sie mit schriller Stimme, die ihr bei der Erwähnung der Russen jedes Mal entglitt, aber Erna winkte ab, auch wenn das Entsetzen der Mutter nachvollziehbar war. »Nein, Mutter. Toni ist tot, weil Hitler den Krieg begonnen hat. Hitler und die, die ihn unterstützt haben. Natürlich war es grausam, uns zu bombardieren. Es ist grausam, dass so viele Menschen sterben mussten. Der ganze Krieg war grausam und völlig überflüssig. Aber jetzt – jetzt herrschen glücklicherweise andere Zeiten. Wir müssen alle endlich miteinander Frieden schließen, und es wäre gut, wenn ihr das zur Kenntnis nehmen und bei uns beginnen würdet.«

Ihr Vater wurde weiß wie die Wand. »Schweig! Du hast kein Recht, uns gegenüber solche Sachen zu sagen. Wir sind deine Eltern.«

Erna reckte das Kinn. »Ja, das seid ihr. Gerade deshalb habt ihr Verantwortung mir gegenüber. *Ich* bin nämlich noch da.« Sie japste nach Luft, wurde dann aber äußerlich ruhiger. In ihrem Inneren brodelte es jedoch weiterhin, und schließlich brach es aus ihr heraus: »Ich bin mir sicher, dass ihr auch etwas mit dem Verschwinden der Familie Salomon zu tun habt.«

»Wie kannst du das sagen?«, fuhr ihr Vater sie an. »Ungeheuerlich!« Seine linke Braue zuckte. Das untrügliche Zeichen.

»Weißt du, dass Jakob der erste Junge war, der meine Hand gehalten hat?«

»Der Jude?«, entfuhr es ihrer Mutter. Sie griff nach der weißen Serviette, die am Rand schon Löcher aufwies, und wedelte sich hektisch etwas Luft zu.

»Jakob, der Nachbarjunge, der unglaublich freundlich war, ja.«

Ernas Vater klopfte rhythmisch mit dem Messer auf den Tellerrand. Das Klacken nervte Erna, und sie griff nach seiner Hand, um das Geräusch zu unterbinden.

Er räusperte sich. »Wir sind keine Nationalsozialisten, und wir waren es auch nicht. Wir haben nur das getan, was man von uns erwartet hat. Wären wir schuldig, würde ich nicht mehr als Jurist arbeiten dürfen. Und nun Ende der Diskussion.«

Erna sprang auf. Ihr Vater wandte sich, als wäre nichts geschehen, an seine Frau, die sich noch immer mit der Serviette Luft zuwedelte. »Stine, reichst du mir bitte die Butter? Das Brot schmeckt übrigens ganz köstlich. Wo hast du es her?«

»Es gibt einen famosen Bäcker hier in Varel. Und nun lasst uns weiter in Ruhe zu Abend essen. Erna, setz dich bitte wieder! Du kannst später dein Bad nehmen. Jetzt genießen wir erst einmal dankbar unser Mahl.«

»Entschuldigt mich, aber ich bin satt. Mein Appetit ist mir für heute vergangen. Ich gehe jetzt baden und dann zu Bett.« Erna durchquerte das Zimmer, blieb aber im Türrahmen noch einmal stehen. »Wenn ihr keinen Dreck am Stecken habt, dann zeigt doch bitte, dass ihr gute Menschen seid.«

»Wir müssen das nun wirklich nicht beweisen«, schoss es sofort aus ihrer Mutter heraus, aber ihr Vater hob beschwichtigend die Hand. »Was willst du uns sagen?«

Erna stellte sich gerade hin, nahm bewusst die Schultern zurück und blitzte ihren Vater an. Dann antwortete sie mit ruhiger Stimme: »Frida und ihre Familie brauchen eine neue Bleibe. Kannst du etwas für sie tun? Du hast doch Verbindungen.«

Ihr Vater schnappte nach Luft. »Ich soll was?«

»Meiner Freundin, dem Menschen, der auf der Flucht für mich sein Leben riskiert hat, das Dasein erleichtern. Du kennst viele einflussreiche Menschen, sonst würden wir wohl kaum hier wohnen. Da sollte es doch möglich sein, den Köhles ein Zuhause zu verschaffen. Sie brauchen es ja nicht geschenkt zu bekommen. Soweit ich weiß, haben sie Ersparnisse.«

»Die nichts wert sind«, konterte ihr Vater. Er legte Messer und Gabel auf den Teller und wischte sich den Mund mit der zerschlissenen Stoffserviette ab. Fast wäre Erna in lautes Lachen ausgebrochen, weil alles so widersinnig war. Sie hockten hier in dieser feudalen Villa, speisten vom Goldrandgeschirr, der Vater säuberte seinen Mund mit einer fadenscheinigen Serviette und tat so, als wäre die Welt in Ordnung.

Ernas Mutter sah ihn mit vor Schreck geweiteten Augen an.

»Gut, ich kümmere mich«, sagte ihr Vater schließlich. »Wir sind keine schlechten Menschen, und ich kenne Herrn Wolters von der Gemeindeverwaltung in Butjadingen von einigen politischen Zusammentreffen.«

Erna entspannte sich sichtlich. Sie verließ das Esszimmer ohne weiteren Kommentar.

Im Bad entkleidete sie sich und warf die Wäsche in den

dafür vorgesehenen Korb. Derweil ließ sie Wasser mit einem Schuss Schaumbad in die Wanne laufen. Als sie voll war, glitt sie hinein und schloss die Augen.

Ihre Eltern waren verlogen, aber ihr war es gelungen, den Vater aus der Reserve zu locken. Er hatte ihr das Zugeständnis machen müssen, um sein Gesicht nicht zu verlieren.

Allen ging es in diesen Zeiten schlecht. Nur ihnen nicht. Sie lebten beinahe so, als hätte es den Krieg gar nicht gegeben. Ihr Vater kannte folglich wieder die Menschen, die trotz allem in der Lage waren, sich ein angenehmes Leben zu gestalten. Und dann gab es die anderen. Die vielen anderen wie Fridas Familie. Die nicht hübsch wohnten, sondern in schlechten Unterkünften hausen mussten. Aber für Fridas Familie konnte er etwas tun. Zufrieden schloss Erna die Augen.

Von unten drangen schräge Klaviertöne herauf. Ihre Mutter spielte, wie immer, wenn sie sich aufregte.

Ich werde Frida wieder hierherholen, und dann darf sie bei mir Musik machen, dachte Erna. Und das lasse ich mir von niemandem ausreden. Frida braucht ein Klavier!

Erna wusch sich mit einem weichen Schwamm und genoss anschließend noch für eine Weile das warme Wasser. Dann stieg sie aus der Wanne. Sie trocknete sich ab, ging in ihr Zimmer und fiel augenblicklich in einen traumlosen Schlaf.

Kapitel 8

Ulrich hasste es, Bittsteller zu sein, und doch musste er dringend erneut im Rathaus der Gemeindeverwaltung nachfragen, ob es irgendwo eine Immobilie gab, die sie beziehen durften. Nur machte ihm Herr Wolters, der zuständige Beamte, mal wieder keine Hoffnungen.

»Wie stellen Sie sich das vor, Herr Köhle? Alle wollen Wohnraum, aber es ist keiner da.« Herr Wolters klappte den Ordner zu. Es roch in dem kleinen Büro nach Akten und Papier. Ein bisschen auch nach Qualm, weil im Nebenraum geraucht wurde und der Dunst durch die Ritze unterhalb der Tür hereinzog.

»Haben Sie sonst noch Fragen?« Der Beamte lehnte sich mit überkreuzten Beinen zurück und musterte Ulrich. »Sie sind Zimmermann?«

»Ja, das bin ich hier, aber in Stettin hatte ich eine Fischerei. Ich würde wirklich gern wieder in meinem Beruf arbeiten, deshalb brauche ich ein Haus in Deichnähe!«

Herr Wolters knibbelte an seinen Fingerspitzen und schürzte die Lippen. Ulrichs letzte Sätze ignorierend sagte er: »Mein Scheunentor müsste ausgebessert werden.«

Ulrich nickte. »Das kann ich gern tun. Wann soll ich kommen?«

»Ich melde mich, Herr Köhle. Wären Sie für ein Stück Speck und ein paar Eier dazu bereit?«

Ulrich setzte sich auf dem braunen Holzstuhl ein wenig aufrechter hin. »Natürlich. Davon bekomme ich meine Familie wieder einen Tag satt. Ich mache das gern. Und wenn Sie vielleicht doch eine Kate hätten ... Es reicht auch eine Baracke oder ein Schuppen.« Er wollte auf keinen Fall aufgeben. Es ging um seine Familie, für die er als Mann verantwortlich war und die er zu schützen hatte. Er würde jetzt ganz sicher nicht vor diesem Mann klein beigeben. Nur würde es sicher helfen, ihn davon zu überzeugen, dass er sich auch etwas leisten konnte. Also zog er das Sparbuch aus dem zerschlissenen Mantel. Wie schämte er sich für diese Armut! Aber sein Befinden war jetzt nicht relevant.

»Wie Sie wissen, habe ich Geld auf diesem Sparbuch. Dafür sollte es doch Wohnraum geben«, sagte er nachdrücklich.

Herr Wolters setzte sich ebenfalls wieder aufrecht hin und kramte nach der Zigarettenschachtel. »Sie verschwenden Ihre Zeit. Es gibt nichts, was ich Ihnen anbieten könnte.« Es war deutlich, dass Herr Wolters gar kein Interesse daran hatte, Ulrich zu helfen. »Sie sind bei Bauer Gerken doch gut untergebracht – für eine Flüchtlingsfamilie. Sie können keine großen Ansprüche stellen, so als Fremde. Außerdem ist die Reichsmark gar nichts mehr wert, wer sollte Ihnen dafür eine Immobilie verkaufen? Da ist nichts zu machen!«

Er nahm sich eine Zigarette heraus und hielt auch Ulrich die Schachtel hin.

Der lehnte dankend ab. »Dann wenigstens ein Haus, sei es auch noch so klein, das wir pachten können! Ich denke an die Steinhäuser auf dem Batteriegelände in Eckwarderhörne.« Ulrich hasste sich selbst dafür, wie sehr er hier zu Kreuze kroch.

»Die sind schon alle weg, da kommen Sie zu spät«, sagte Herr Wolters, sichtlich genervt.

»Und die Fischerkate in Eckwardersiel am Spieker Weg? Es ist eine Bauruine, die doch bestimmt sonst abgerissen wird. Ich möchte sie instand setzen«, versuchte Ulrich es noch einmal.

Doch Herr Wolters ignorierte Ulrichs Vorschlag. Es stimmte also, dass er versuchte, möglichst wenigen Geflüchteten zu eigenem Wohnraum zu verhelfen, weil er hoffte, dass sie wieder gingen und die Butjadinger unter sich blieben. Gerüchte darüber gab es zuhauf, nur wollte Ulrich sich damit nicht abfinden, denn es gab immerhin auch Stimmen, die dafür plädierten, dass man die Geflüchteten langfristig dabei unterstützen sollte, sich etwas aufzubauen. Herr Wolters aber war vom alten Schlag.

»Seien Sie dankbar, dass Sie bei Bauer Gerken wohnen dürfen«, wiederholte er. »Das ist mehr, als andere haben.« Herr Wolters hatte gefunden, was er suchte, und griff nach den Streichhölzern. Er nahm eines heraus und strich es an der Kante der Schachtel entlang, bis die Flamme aufglomm. Genüsslich zündete er die Zigarette an und blies den Rauch mit leicht erhobenem Kinn in kleinen Kringeln aus.

»Wir brauchen trotzdem ein eigenes Zuhause!«, sagte Ulrich noch einmal mit Nachdruck. »Und das Scheunentor, das würde Sie nicht einmal den Speck kosten!«

»Sie sind nur zu dritt, da braucht man nicht so viel Platz«, widersprach der Beamte, konnte aber nicht weiterreden, weil das Telefon klingelte. Entschuldigend sah er Ulrich an und griff nach dem Hörer. »Ja. Moin, Heinz! Verstehe. – Witzig, er sitzt gerade hier. – Hm… Hm…

Können wir machen, klar. Wenn es nichts Großes sein muss … Hol di munter, Heinz!«

Er beendete das Gespräch, sog einmal kräftig an der Zigarette, legte den Kopf in den Nacken und blies den Qualm noch einmal in die Luft. »Heinz von Geest. Ein guter Mann, sag ich Ihnen.«

»Heinz von Geest aus Stettin?«, hakte Ulrich sofort erstaunt nach. Woher kannte Wolters ihn?

»Jo, da kommt er her. Wir kennen uns von … sagen wir, ein paar politischen Aktivitäten, nicht wahr?«

Ulrich zuckte zusammen. Gleich zu gleich gesellte sich gern.

»Und Sie machen mein Scheunentor ohne Bezahlung, wenn ich Ihnen aus der Patsche helfe?«, fragte Wolters mit einem listigen Blick.

»Wenn ich dafür ein Zuhause für meine Familie bekomme!«, insistierte Ulrich. »Die Reichsmark mag nichts mehr wert sein, aber diese Ruine am Spieker Weg ist es auch nicht.«

»Gut. Schlagen wir ein! Über den Preis einigen wir uns.« Herr Wolters legte die Zigarette in den Aschenbecher und reichte Ulrich die Hand.

Der war über das unvermittelte Einlenken ziemlich überrascht. »Ich dachte …«, stammelte er. »Ich dachte, das geht nicht! Weil mein Geld auf dem Sparbuch …«

Herr Wolters rieb sich über den feisten Bauch. »Da auch Herr von Geest der Ansicht ist, Sie sollten ein Haus bekommen, kann ich vielleicht doch etwas für Sie tun – und Sie haben recht, diese Kate ist eine Ruine, da wird ein gutes Stück Arbeit auf Sie warten.«

Ulrich schluckte. Heinz von Geest war ein überzeugter Nationalsozialist gewesen, weshalb er, Ulrich, froh war, ihm nur selten begegnet zu sein. Dass Frida ausgerechnet mit dessen Tochter Erna befreundet war, hatte er nur hingenommen, weil das Mädchen Charakter und Charme besaß und er es nicht für ihre Eltern verurteilen wollte.

Und nun kam ausgerechnet von diesem Mann die Order, ihnen ein Haus zu geben. Es war in höchstem Maße unmoralisch, und es widerte Ulrich an. Und er fragte sich, warum sich Ernas Vater überhaupt für ihn verwendete.

Ulrich war versucht, aufzuspringen und das Büro sofort zu verlassen. Er wollte sich nicht mit einem solchen Menschen gemein machen. Er wollte nicht, dass er Familie von Geest etwas zu verdanken hatte.

Doch dann zauderte er. Nahm er das Angebot nicht an, mussten sie bei Familie Gerken in dem schimmeligen Loch bleiben. Frida würde Kalle nicht aus dem Weg gehen können und Gefahr laufen, dass er noch einmal versuchte, sich an ihr zu vergreifen. Außerdem war es Zeit, auf eigenen Füßen zu stehen.

»Sie würden uns also das Reetdachhaus am Spieker Weg überlassen?«, hakte er nach. Erst einmal sehen, ob sich ein solcher Kuhhandel lohnte.

Herr Wolters stand auf und nahm einen Ordner aus dem Regal. Er blätterte darin herum und leckte sich immer wieder den Finger, bevor er eine Seite umschlug. »Was anderes habe ich nicht.«

Ulrich schluckte. Er kehrte also mit der Nachricht nach Hause zurück, dass er eine Ruine erstanden hatte. Margret würde das kaum begeistern. Aber aus der Kate ließe sich mit etwas Fleiß und Geduld doch etwas machen! Sie hatte dieses schöne Reetdach, was er neu eindecken konnte. Sie war groß genug, wenn man die Räume nach und nach in Ordnung brachte. Und sie lag am Deich, sodass er auch weiter als Wattfischer tätig sein könnte.

Wenn da nicht Heinz von Geest wäre …

»Sie überlegen nun doch ein wenig lange. Sie haben es schließlich selbst vorgeschlagen!«

»Was soll die Kate kosten?«

Herr Wolters spitzte die Lippen und nannte anschließend die Summe. Es war mehr, als Ulrich erwartet hatte, aber es würde noch etwas auf dem Sparbuch bleiben. Und immerhin gehörte ein großes Grundstück dazu.

»Gibt es fließend Wasser?«

Herr Wolters fuhr mit dem Finger über das Blatt und schüttelte den Kopf. »Eine Schwengelpumpe draußen, aber dafür ist Elektrizität vorhanden.«

Ulrich atmete ein paarmal schwer ein und aus. Da lag sie, seine Chance auf eine bessere Zukunft. Durfte er sie verspielen?

Genau genommen waren sie und die von Geests dann quitt, immerhin hatte Frida für deren Tochter ihr Leben riskiert. Und er musste ja keinem sagen, wem sie das neue Zuhause zu verdanken hatten. Zudem bezahlte er es von seinem eigenen Geld. Es war nur eine kleine Unterstützung dieses Mannes. Nichts gegen das, was Frida für die von Geests getan hat. Nichts!

»Gut, wenn Sie nicht wollen«, sagte Herr Wolters, schlug den Ordner schwungvoll zu und griff nach der inzwischen fast abgebrannten Zigarette. Er nahm noch einen Zug und drückte sie danach aus.

»Nein, warten Sie!«, stieß Ulrich hervor. »Ich nehme die Kate. Ungesehen. Ich … ich nehme sie einfach.«

Über das Gesicht des Beamten glitt ein zufriedenes Lächeln. »Sehr schön. Ich lasse den Kaufvertrag fertigstellen, Sie können ihn morgen unterschreiben.« Er grinste abfällig. »Dann wären Sie von jetzt an ein Köter.«

Ulrich sah ihn fragend an.

»So bezeichnen wir in Butjadingen die besagte nachbäuerliche Schicht, die nur ein kleines Anwesen ihr Eigen nennt. Also nur wenig Ackerfläche und Gartenland. Eine landwirtschaftliche Kleinexistenz mit einer geringen Anzahl an Vieh, die eben mit anderem gewerblichen Zusatzverdienst unterstützt werden muss«, erklärte Herr Wolters geschwollen.

Ulrich nickte nur. Es war ihm egal, als was man ihn und seine Familie nun bezeichnete. Er hatte ein Haus!

Und er hoffte, dass an ihrem neuen Heim kein Fluch klebte, weil er es dem Menschen zu verdanken hatte, den er zutiefst verabscheute.

*

Erna wachte spät auf und stand kurz darauf vor dem knapp gefüllten Kleiderschrank. Heute ärgerte sie sich allerdings nicht darüber. Denn im Vergleich zu dem, was Frida tragen musste, hatte sie den Himmel auf Erden. Erna schob die Kleiderbügel ruckartig hin und her, aber es änderte nichts daran, dass dort lediglich zwei Blusen und graue Röcke nebst drei Kleidern hingen.

Erna mochte das schäbige getupfte nicht, aber das dunkelblaue konnte sie noch schlechter anziehen, da sah sie aus, als wollte sie zur Beerdigung. Es wurde wirklich Zeit, dass es wieder modernere Sachen gab. Ihr Vater hatte kürzlich fallen lassen, dass das nicht mehr allzu lange dauern würde. Denn eins hatte Erna sich geschworen: An die Kleidung aus dem Dielenschrank würde sie nicht gehen, sie war so schlicht und kratzig. Ohne Schick. Dass sie Frida davon etwas gegeben hatte, war in Ordnung, aber für sie selbst? Niemals! Dann besser diese Kleider und Röcke hier, von denen sie allerdings auch nicht wusste, woher sie stammten.

Erna entschied sich für die hellblaue Bluse mit Hemdkragen sowie den schlichten, dunkelgrauen Rock aus Flanell, der ihre Waden leicht umspielte und enger geschnitten war. Erna fand, so kam ihre Figur ganz gut zur Geltung.

Sie schlich erst in die Küche, als ihre Mutter einen Mittagsschlaf machte, und aß eine Kleinigkeit. Etwas Käse mit einem Gewürzgürkchen auf die Hand schienen ihr zunächst auszureichen. Doch kurz darauf knurrte Erna erneut der Magen. Sie beschloss spontan, ins Café zu gehen und dort ein großes Stück Torte zu essen. Rasch sah sie nach, ob genug Geld in ihrem Portemonnaie zu finden war. Zum Glück ließen ihre Eltern sich da nicht lumpen, denn im Augenblick war alles völlig überteuert.

Zu Hause halte ich es nicht mehr aus, dachte sie. Diese Verlogenheit! Und wenn ich heute Abend zurückkomme, werde ich darauf bestehen, dass Frida bei uns Klavier spielen darf. Sie hoffte, dass ihr Vater wenigstens Wort gehalten und sich um eine Bleibe für die Familie ihrer Freundin gekümmert hatte.

Frida tat ihr von ganzem Herzen leid. Wahrscheinlich würde sie in den nächsten Jahren irgendeinen Bauernsohn oder einen der Fischer heiraten und auf einem der umliegenden Höfe enden. Ihre Freundin war mit ihrer schlanken, weiblichen Figur und den grünen Katzenaugen zum goldblonden Haar sehr hübsch und ein bisschen außergewöhnlich, viel schöner als sie selbst, da sie unter normalen Umständen üppige Rundungen aufwies und eine leicht gebogene Nase hatte.

Trotz ihrer Schönheit würde Frida als Flüchtlingsfrau froh sein können, wenn ihr ein Mann aus der Gegend den Hof machte. Auf dem Land galten andere Regeln, sogar andere als in der Kleinstadt.

Erna warf einen Blick in die Stube, wo ihre Mutter

noch immer schlafend auf der Chaiselongue aus rotem Samt lag und leise schnarchte.

Gut so, dachte Erna, dann kann ich mich unbehelligt auf den Weg machen. Sie schlich zur Garderobe, griff nach dem kleinen Hütchen mit der grünen Feder und ihrem hellbraunen Mantel, der am Saum ein bisschen ausgefranst war. Dann trat sie vor die Tür und atmete einmal tief durch. Seit ihrem gestrigen Besuch bei Frida sollte sie wirklich demütig sein. Wie gut ging es ihr doch im Vergleich zu ihrer Freundin! Auch wenn ihre Flucht schrecklich gewesen war, so hatten sie danach doch schnell zurück ins fast normale Leben gefunden. Sogar echten Kaffee gab es wieder. Trotzdem überkam Erna jedes Mal eine Gänsehaut, wenn sie daran dachte, wie ihre Fahrt in den Westen verlaufen war.

Nachdem der Zug wegen der starken Bombardierungen Bremen nicht hatte anfahren können, war eine Gruppe der Flüchtlinge auf kleinere Bahnen verteilt worden, und diese Menschen waren wie die Köhles am Ende irgendwo auf Bauernhöfen gelandet. Sie aber hatten sitzen bleiben müssen und wurden ein weiteres Mal umgeleitet, bis sie in einem Flüchtlingslager strandeten. Erna wusste nicht einmal mehr, wo das genau gewesen war. Jedenfalls hatten sie dort ein paar Tage in scheußlichen Baracken gelebt und waren mit DDT entlaust worden. Das war so grausig gewesen! Doch auf der Flucht und beim Kampf ums Überleben waren alle Menschen gleich, auch wenn ihre Mutter furchtbar gezetert und auf eine bessere Behandlung gepocht hatte.

Eines Abends war ihr Vater gekommen. Sein Anzug war völlig verdreckt, der Hut saß schief, und sein Atem stank nach Alkohol. Aber schon am nächsten Tag konnten sie das Lager verlassen und in die Villa nach Varel ziehen. Sie war zwar völlig ausgekühlt gewesen, und sämtliche Möbel waren mit Laken abgedeckt, aber sie hatten ein neues Zuhause. Sogar größer als das in Stettin.

Erna wollte die Gedanken daran nicht weiter vertiefen, sie hatte viel zu viel Angst, noch mehr Dinge zu entdecken, die es ihr unmöglich machten, weiter mit den Eltern unter einem Dach zu leben. Aber wenn sie schon dieses Privileg hatte, dann sollten Frida und ihre Familie auch daran teilhaben. Gemächlich spazierte Erna in Richtung Innenstadt und kam an der Schlosskirche vorbei. Das Gotteshaus war imposant und wunderschön. Es erinnerte sie immer an ihre Heimat, wo es viele solcher Bauten gegeben hatte. Erna überlegte, ob sie schon jetzt ins Café gehen sollte, denn es war heute ziemlich kühl, und der Mantel wärmte sie nicht genug.

Sie überquerte die Straße und stand kurz darauf vor dem Café, in das sie neulich schon eingekehrt war. Die Tür öffnete sich, weil ein junges Paar heraustrat, und sofort schlug Erna wieder der aromatische Kaffeeduft entgegen, der sich mit Zigarettenqualm mischte. Dazu das Stimmengewirr der Gäste… Erna fühlte sich magisch angezogen, schlüpfte durch den offenen Spalt hinein und schaute sich um. Hinten rechts in der Ecke war ein Tisch direkt am Fenster frei.

Der Engländer saß dieses Mal nicht im Café, und sie war froh darüber. Die durch ihn ausgelösten Erinnerungen an die Bombenangriffe hatten ihr danach noch tagelang zugesetzt.

Erna hängte den Mantel an die Garderobe und steuerte den freien Tisch an. Sie setzte sich so, dass sie den Raum überschauen und zugleich aus dem Fenster sehen konnte, denn sie liebte es, die Menschen zu beobachten. Das hatte sie schon immer gern getan.

Draußen humpelte eben ein alter Mann mit Gehstock über den Bürgersteig. Er bemerkte ihren Blick und nickte Erna freundlich zu, bevor er um die nächste Straßenecke verschwand. Ihm folgte ein junges Paar, das Händchen haltend langsam am Café vorbeiflanierte. Die beiden hatten aber nur Blicke für sich selbst.

»Was darf ich Ihnen bringen?«

Erna fuhr zusammen, als plötzlich die Bedienung an ihrem Tisch auftauchte.

Sie legte den Zeigefinger ans Kinn und dachte kurz nach. Heute wollte sie schlemmen und es sich gut gehen lassen. »Ich hätte gern eine Tasse Kaffee und ein Stück Ostfriesentorte.«

»Sie können aber auch Apfelkuchen haben.«

»Nein, ich nehme die Torte«, beschloss Erna. Allein bei dem Gedanken an diese Köstlichkeit lief ihr das Wasser im Mund zusammen. Es würde sie etwas kosten, aber diese Köstlichkeit hatte Erna kürzlich bei einem Empfang ihrer Eltern gegessen und sich in die mit Branntwein und Rosinen gespickte Delikatesse verliebt.

Die Kellnerin verschwand, und Erna hing erneut ihren Gedanken nach.

»Sie mögen auch Ossi-Torte?«

Erna zuckte zusammen und drehte sich blitzschnell in die Richtung um, aus der die Stimme gekommen war. Auf den Mann am Nachbartisch hatte sie gar nicht geachtet. Er lächelte sie nun an und wies auf seinen Teller, auf dem ebenfalls ein großes Stück dieses Kuchens lag. »Eine Kalorienbombe, aber das Leckerste, was es gibt! Dass sie das hier anbieten, ist grandios, an Sahne und Branntwein scheint es in der Gegend nicht zu mangeln«, sagte er. »Ich vermute, es ist illegal gebrannter Kartoffelschnaps, aber wen stört's?«

Erna musterte ihn. Der Mann hatte kecke, braune Augen, beim Sprechen fiel ihm ständig eine blonde Strähne in die Stirn, und über sein Gesicht tanzte gerade ein verschmitztes Lächeln, was ihm Grübchen in beide Wangen zauberte.

»Ja, ich habe mich auch gefreut, dass sie diese Torte hier anbieten«, antwortete Erna. Obwohl sie den Mann sehr sympathisch fand, war sie doch vorsichtig. Immerhin saß sie allein im Café, und es bestand die Gefahr, dass er sie völlig falsch einschätzte und womöglich glaubte, sie wäre leicht zu haben.

Der Mann lächelte noch immer, und Erna wurde abwechselnd heiß und kalt. Er machte sie verlegen. Sie betrachtete seine Lippen, die zwar schmal waren, aber dennoch anziehend wirkten, weil sie sacht geschwungen waren, musterte die langen, geraden Finger mit den gepflegten Nägeln und die glatt rasierten Wangen. Der Mann trug einen grauen Anzug mit weißem Hemd und dunklem Schlips, auf dem sich Punkte passend zur Anzugfarbe verteilten. Er war eine Spur zu perfekt und zugleich unglaublich anziehend.

Erna erschrak, als sie bemerkte, dass ihr Blick noch immer auf ihm ruhte, und sie schaute schnell weg.

Der junge Mann gab allerdings nicht so rasch auf. »Darf ich mich zu Ihnen setzen? Dann können wir uns besser unterhalten«, sagte er.

Erst wollte Erna sich zieren, aber dann fragte sie sich, warum eigentlich. Sie hatte sich noch nie etwas zuschulden kommen lassen. Und jetzt wurde sie von einem attraktiven, freundlichen Mann angesprochen. Warum sollte sie das Angebot ausschlagen?

»Ja, gern«, hörte sie sich sagen und war selbst verwirrt über ihre Worte. Aber dann streckte sie den Rücken durch. Sie war eine selbstbestimmte Frau und würde sich zukünftig von niemandem mehr sagen lassen, was erlaubt war und was nicht. Was *man* tat und was geduldet wurde. Das Ergebnis eines solchen Verhaltens hatte sie mit ihren Eltern zur Genüge erlebt.

»Ich habe gehofft, dass ich Sie überreden kann«, meinte der Mann. Er nahm Teller und Tasse und stellte beides auf ihren Tisch, bevor er sich einen Stuhl nahm und sich setzte.

»Ich bin Stefan Müller«, stellte er sich dann vor.

»Angenehm, Erna von Geest.«

»Adel?«, fragte er.

Erna schüttelte den Kopf. »Meine Urgroßeltern hatten einmal einen Gutshof in Pommern.« Sie machte eine Pause und überlegte, ob sie erzählen sollte, woher sie kam. Schweigen würde jedoch auch nicht weiterhelfen. Sie beschloss, ehrlich zu sein. Wenn ihn ihre Herkunft abschreckte, konnte er schließlich wieder gehen. Erfahren würde er es ja doch. »Ich selbst komme aus Stettin. Wir sind Vertriebene.« Erna verstummte, als die Kellnerin die Torte und das Kännchen Kaffee brachte. Der verführerische Duft zog sofort in ihre Nase. Sie mochte den herben Geruch der Röstaromen. Mit Genuss steckte sie die Kuchengabel in die Sahne der Torte und schleckte sie genüsslich ab. »Himmlisch!« Erna verdrehte die Augen.

»*Sie* sind himmlisch. Nicht nur die Torte«, sagte Stefan Müller mit sanfter Stimme.

Erna hob den Blick und sah, dass er sie fixierte. Wieder ging ihr der Blick durch Mark und Bein. Der Mann machte sie wirklich nervös.

»Sie Schmeichler«, rutschte es ihr heraus. Erna war den Umgang mit jungen Männern nicht gewöhnt und wusste partout nicht, wie sie auf Komplimente reagieren sollte.

Wenn Stefan Müller ihre Verlegenheit bemerkte, ließ er es sie aber nicht spüren. »Ich meine das ernst«, sagte er.

Erna spürte, wie sie rot wurde. Wieder stach sie in die Torte. Das war unverfänglich.

»Aus Stettin kommen Sie also, Fräulein von Geest. Ich war als Kind mal dort. Eine imposante Stadt.«

Überrascht ließ Erna die Gabel sinken, ohne zuvor einen Bissen genommen zu haben. »Sie kennen Stettin?«

»Aber ja! Nur ist es lange her, dass ich dort war.«

Erna war der Hals wie zugeschnürt, und jetzt fühlte sie sich außerstande, die Torte weiterzuessen.

»Das Stettin, was wir kennen und lieben, gibt es nicht mehr.«

»Ich weiß. Habe von den schrecklichen Angriffen gehört. Stettin gehört zu den zwanzig Städten, die am meisten bombardiert worden sind.« Zum ersten Mal zitterte seine Stimme. Erna sah ihn an und spürte seine Unsicherheit.

Er senkte den Blick. »Ich war Soldat im letzten Kriegsjahr. In Westfrankreich. Normandie«, sagte er knapp. »Ich kenne den Krieg.«

Erna fragte nicht weiter, denn seine Reaktion war sie schon gewohnt. Männer, die an der Front gewesen waren, sprachen darüber nicht. Ob sie es nicht ertragen konnten, dass sie bei den Erzählungen Schwäche zeigen mussten, oder ob das Grauen zu groß war, hatte sich ihr nie erschlossen.

»Lassen Sie uns die Torte genießen«, sagte Stefan Müller. Er nickte Erna freundlich zu, die sich wieder dem Kuchen widmete und dabei die ganze Zeit darüber nachdachte, was sie gleich zu ihm sagen sollte. Es war so schwierig, in diesen Zeiten unverfängliche Themen zu finden! Es gab einfach keine Unbeschwertheit mehr.

Nur noch diese Last, die sich zwar auf den Schultern der Bevölkerung verteilte, die aber so schwer war, dass sie als ganzes Volk darunter zusammenbrachen.

Vorbei war die Fröhlichkeit, die junge Menschen durchs Leben tragen sollte. Und kämpfte sie sich doch einmal durch, wurde sie augenblicklich unterdrückt, weil es in Zeiten wie diesen unschicklich war, Lebensfreude zu zeigen, wo man doch gerade der Hölle entflohen und das Schicksal von noch so vielen Menschen ungewiss war. So wie das ihres Bruders Herold, der in einem Lager in Sibirien inhaftiert war. Wenn er überhaupt noch lebte.

Stefan Müller widmete sich nun auch seinem restlichen Tortenstück und trank den Kaffee. Weil Erna Zeit gewinnen wollte, zerkaute sie jede Rosine einzeln und spürte dem leichten Geschmack von Alkohol nach. Sie ließ die Sahne mit Wonne im Mund kreisen, bevor sie sie, fast enttäuscht, weil sie den Geschmack nicht weiter kosten konnte, hinunterschluckte. Danach ging es ihr besser, und die trüben Gedanken hatten sich ein wenig verflüchtigt.

»Ich hoffe, ich presche jetzt nicht zu weit vor und brüskiere Sie. Aber würden Sie mit mir ein Glas Sekt trinken?«, fragte Stefan Müller. »Mich stört es nämlich überhaupt nicht, dass Sie ein Flüchtlingsmädchen sind. Ich komme auch nicht aus Varel, sondern stamme aus Danzig.«

Erna lächelte ihn an. »Dann sind Sie also selbst einer von denen, die keine Heimat mehr haben.«

»Einer von denen, die eine neue suchen mussten«, korrigierte er sie. »Und? Lust auf Sekt, Fräulein von Geest?«

Erna fühlte sich mutig, fast ein bisschen frivol, und deshalb stimmte sie zu. »Ja, gerne.« Insgeheim fragte sie sich zwar, was das wohl kosten mochte, aber das sollte bei einer Einladung nicht ihr Problem sein.

Stefan Müller orderte zwei Gläser.

Die Bedienung stellte sie mit säuerlicher Miene auf den Tisch und bedachte Erna mit skeptischem Blick. »Hopentlich is dat dien Verlobter«, sagte sie in kritischem Ton auf Platt, fing sich dann aber rasch und fügte hinzu: »Also, sonst schickt es sich ja wohl nicht, dass man mit einem Fremden Sekt trinkt.«

Die denkt, ich bin ein leichtes Mädchen, dachte Erna sofort. Aber das stachelte sie eher an, als dass es sie blockierte. Sollte dieses blöde Ding doch denken, was es wollte! Sie hatte bestimmt nicht ihre Heimat verlassen und alles aufgeben müssen. Bestimmt war ihr Bruder nicht unter Trümmern begraben worden und der andere in einem Lager! Warum maßte sich dieses Mädchen an, über Erna zu urteilen, wenn sie mit einem jungen Mann Sekt trank, für kurze Zeit das Leben genoss und allen Kummer vergaß?

Erna griff nach dem Glas und prostete Stefan Müller zu. Bislang hatte sich der junge Mann höflich und zuvorkommend gezeigt. Was also sprach dagegen, die Situation einfach zu genießen? Und selbst wenn er andere Absichten hatte … Erna war es egal. Sie lebte, verdammt noch mal! Sie war nicht tot wie so viele, die sie kannte. Sie musste nicht wie Frida in einem Rattenloch wohnen. Nein: Sie lebte! Und das wollte sie spüren. Mit jeder Faser ihrer Seele.

»Erzählen Sie von Stettin!«, forderte Stefan sie auf, als beide einen Schluck genommen hatten.

»Ich war dort auf dem Löwe-Konservatorium«, begann sie, und Stefan Müller stellte das Glas sofort zurück auf den Tisch.

»Auf dem Konservatorium?« Er war sichtlich beeindruckt. »Da kommt man doch nur hin, wenn man eine große Begabung hat.«

Erna lag auf der Zunge zu sagen, dass das zwar grundsätzlich stimmte, aber außer Kraft gesetzt wurde, wenn man einen Vater hatte, der die richtigen Leute kannte, aber dann entschloss sie sich, ihr Licht doch nicht unter den Scheffel zu stellen. Sie konnte zwar Frida mit ihrem Können nicht das Wasser reichen, aber das war auch den anderen Schülerinnen nicht vergönnt gewesen. »Man muss viel üben«, sagte sie deshalb. »Sehr viel. Und man konnte nur auf Empfehlung dort sein. Zum Beispiel von einer Musiklehrerin.«

Mit der der eigene Vater vermutlich zuvor geschlafen hatte.

Erna erinnerte sich nur zu gut an das alberne Lachen aus dem Schlafzimmer, als ihre Mutter zur Kur gewesen war. Zwei Tage später war Erna auf dem Konservatorium, weil ihre Volksschullehrerin, die sie auch in Musik unterrichtete, dafür gesorgt hatte. Bei ihnen zu Hause war sie aber nie wieder aufgetaucht.

»Welches Instrument spielen Sie denn?«

»Zwei«, antwortete Erna lächelnd. »Ich spiele zwei Instrumente, denn mit nur einem konnte man das Konservatorium nicht besuchen.«

»Und?«

»Klavier und Geige«, gab Erna bereitwillig Auskunft. Sie musterte ihn. »Warum interessiert Sie das?«

Stefan Müller griff nach dem Sektglas. Er zwinkerte ihr zu, bevor er den nächsten Schluck nahm. »Ich bin Klavierstimmer, und natürlich interessiert es mich.« Er geriet bei den folgenden Sätzen richtig in Verzückung. »Ein Klavier ist nicht nur ein Möbelstück mit Tasten. Es lebt. Was für Töne kann man ihm entlocken! Welche Wellen, Nuancen und Gefühle … Ich liebe dieses Instrument so sehr! Dass Sie es beherrschen, erfüllt mich mit großer

Freude, Fräulein von Geest. Mit so großer Freude!« Er rollte verzückt mit den Augen.

Erna spürte, wie sie feuerrot anlief. Sie hielt das Glas noch immer umklammert und wagte kaum, es zum Mund zu führen, weil sie Angst hatte, den Inhalt zu verschütten.

Sie sahen sich lange in die Augen, und sie konnte sich von dem Blick in dieses warme Braun, über das kleine Sprenkel huschten, nicht trennen.

Es dauerte nicht lange, und sie waren beim Du angekommen. Wie zufällig berührten sich ihre Fingerspitzen. Als Stefan schließlich seine Hand auf die ihre legte, ließ Erna es geschehen.

Sie plauderten lange über verschiedene Musikstücke, darüber, dass er mit den Sozialisten sympathisierte, und auch, dass er oft in Duisburg war. Erna vermutete, dass es dort eine Frau gab, aber sie wollte es jetzt nicht hinterfragen und die Stimmung zerstören. Das hier war ihre Stunde.

Ihre Begegnung mit Stefan war so warm, fast wie ein Nachhausekommen. Es gab keine Scheu zwischen ihnen, und nach einer Weile stellte Erna fest, dass sie dabei war, sich ein bisschen in ihn zu verlieben. Oder genoss sie nur seine Aufmerksamkeit und seine Komplimente über alle Maßen? Sie horchte kurz in sich hinein. Sie hätte tanzen können vor Freude … so fühlte es sich gewiss an, wenn man bereit war, sein Herz zu verschenken.

Doch dann schaute sie auf die Uhr und stellte erschrocken fest, wie spät es bereits geworden war. »Es tut mir so leid, aber ich muss mich verabschieden.«

Stefan Müller wirkte traurig, nickte aber. »Nun habe ich dich so lange aufgehalten … Es war ein wunderbares Gespräch.« Er stand auf und machte einen kleinen Diener.

»Danke, das fand ich auch.« Erna erhob sich ebenfalls und genoss die formvollendete Aufmerksamkeit des jungen Mannes.

»Ist es vermessen, wenn ich darum bitte, dich wiedersehen zu dürfen?«, fragte er, als sie an der Garderobe angekommen waren und er ihr in den Mantel half.

»Nein, es ist nicht vermessen. Ich würde es sogar begrüßen«, antwortete Erna. Ihr Herz klopfte wie verrückt. Und sie hoffte, richtig geantwortet zu haben.

»Es ist mir eine Ehre, Erna von Geest. Eine große Ehre!« Stefan verneigte sich. »Wie kann ich dich erreichen?«

Sie nannte ihm ihre Adresse. »Das ist in Richtung Hafen«, sagte sie. »Soll ich dir auch meine Telefonnummer geben, damit du vorher anrufen kannst?«

Stefan besorgte rasch Stift und Papier. »Schreib alles auf. Ich werde mich, so schnell es geht, bei dir melden, weil ich ein Wiedersehen kaum erwarten kann.«

Erna zitterten die Finger, als sie ihm alles notierte. »Ich habe auch noch eine Bitte«, sagte sie, als sie ihm den Zettel reichte.

Stefan schaute sie fragend an. »Ich würde dir jede erfüllen.«

»Unser Klavier ist verstimmt. Wie es jetzt klingt, ist es eine Beleidigung für die Ohren. Könntest du es in Ordnung bringen?«

»Dann habe ich ja auf jeden Fall einen Grund, zu dir zu kommen. Einen ganz offiziellen Grund.« Stefan lächelte.

Sie verließen das Café, und er begleitete Erna noch ein Stück. Und auf dem Weg erzählte sie ihm von Frida und von ihrer Freundschaft.

Kapitel 9

Das neue Jahr 1948 zählte nun schon fast zwei Monate. Schneeflocken tanzten vom Himmel und hatten die grüne Marsch mit einem feinen, weißen Tuch bedeckt. Nur noch wenige kleine Grasspitzen lugten vorwitzig darunter hervor. Aber schon bald würden auch sie ganz verschwunden sein, denn es schneite immer heftiger, und mächtige Böen aus Nordost trieben die Flocken vor sich her. So wie es aussah, würde es den ganzen Tag lang nicht aufklaren. Die kleine Kate ächzte unter jeder Windböe.

Frida fror entsetzlich und heizte den Bollerofen in der Küche heftig an. Noch immer war es furchtbar ungemütlich in dem neuen Haus, aber es war das ihre, und niemand kam hinein, der von Familie Köhle nicht erwünscht war, selbst wenn sie die Tür nie abschlossen.

Schon eine Woche nach Kalles Übergriff auf Frida waren sie in die kleine Fischerkate am Deich gezogen und waren nun Köter, wie man sie hier nannte. Von der Stube aus hatten sie einen direkten Blick auf den Deich, und wenn heftiger Wind herrschte, konnte Frida bei Flut die Wellen des Jadebusens rauschen hören, die sich an den Spülsaum warfen.

Die Kate war ein graues, mit Grünspan überzogenes Häuschen mit einem maroden, reetgedeckten Krüppelwalmdach, an dessen Giebel auf beiden Seiten kleine Fenster eingebaut waren. Das Dach war an der Wetterseite dünn und musste dringend ausgebessert werden. Dafür wollte Vater Reet besorgen, nur musste es gut abgelagert sein, denn war es zu feucht, konnte es nicht verarbeitet werden. Innen in der Kate hatten die Tapeten von den Wänden gehangen, doch das war rasch beseitigt worden.

Der Holzboden war jedoch noch immer schadhaft, und von den Türen blätterte die Farbe ab. Sie hatten aber im Moment weder das Geld noch das Material, alles so schnell in Ordnung zu bringen wie erhofft. »Das wird alles schon – und eines Tages streichen wir das Häuschen schön weiß«, hatte Ulrich versprochen.

Focko kam sehr oft vorbei und packte überall mit an, wo es nötig war. Still und unauffällig, aber tatkräftig. Er schaute Frida zwar immer noch länger an als nötig, aber seit ihrem Gespräch am Deich suchte er ihre Nähe nicht mehr. Ihr tat das leid, denn sie hatte ihn nicht verletzen wollen. Manchmal hielt sie sich absichtlich mit ihm in einem Raum auf, aber er sprach nur das Nötigste mit ihr und konzentrierte sich ganz auf die Arbeit. Trotzdem wurde Frida das Gefühl nicht los, dass er nur ihretwegen kam, und je mehr sie sich das vorstellte, desto schöner fand sie es.

Im Augenblick war nur der vordere Teil der Kate bewohnbar. Er bestand aus einer Küche, einer Stube und zwei winzigen Schlafräumen, die der Vater notdürftig hergerichtet hatte. Eine Waschgelegenheit befand sich im hinteren Teil, wo früher der Stall untergebracht war.

Fließendes Wasser gab es nicht, deshalb musste sie Regenwasser auffangen oder mit der etwa hundert Meter entfernten Schwengelpumpe Wasser hochholen. Und bei einem Wetter wie diesem tat es auch getauter Schnee.

Da keine Toilette vorhanden war, hatte die Gemeinde erlaubt, dass sie den alten Kiosk auf dem Deich abbauen und die Bretterbude in ihrem Garten wieder aufstellen durften.

Vater hatte die Latrine ausgehoben und darüber den neuen Verschlag gebaut. Und schon war das Plumpsklo fertig.

Umgeben war das Häuschen von einem großen Garten, den sie im Frühjahr kultivieren wollten. Nach hinten raus begrenzten ihn mächtige Kastanien und Eichen, vorn und links befanden sich jeweils zwei Landwirtschaftswege, rechts lag die weite Marsch. Schauten sie aus der Haustür, erhob sich vor ihnen der grüne Deich des Jadebusens.

Zusätzlich war es dem Vater gelungen, weitere 1000 Quadratmeter ringsum von der Gemeinde zu pachten. Es handelte sich um unkultiviertes Land, das sie in den nächsten Monaten urbar machen wollten. Mutter sprach von Kartoffeln, Zuckerrüben und Kohl, aber auch von Salatpflanzen und Bohnen. Frida hingegen träumte von bunt blühenden Pflanzen wie Prachtspiere und Rosen, von Phlox und Montbretien. Diese Pflanzen hatten sie in Stettin gehabt, und sie würden sie an die verlorene Heimat erinnern. Allein der Duft der Sommerblumen …

Aber hier wäre es überflüssiger Luxus, für den sie weder Zeit hatten noch Platz verschwenden würden. Trotzdem war es gut, dass sie nun in dieser Kate leben konnten. Frida hatte endlich wieder ein eigenes Zimmer! Zwar passten dort nur ein Bett und ein Schrank hinein – aber es gehörte ihr ganz allein.

Und Kalle war weit genug weg. Er hatte zu Hause wohl nie etwas über den Vorfall in der Scheune fallen lassen. Vermutlich war seine Furcht zu groß, in schlechtem Licht zu erscheinen, falls man den Köhles auch nur einen Funken Glauben schenkte. Frida war einfach nur froh darüber, dass dieses Thema offenbar vom Tisch war. Auch wenn sie nicht ganz damit einverstanden war, dass Kalle einfach so davonkam. Immerhin war ihr Unrecht angetan worden.

Sie war ihren Eltern dankbar, dass sie ihr keine Vorwürfe gemacht hatten. Da hatte sie schon ganz andere Sachen gehört. Meist gab man den Mädchen die Schuld, weil sie ihre Beine nicht zusammenhalten konnten.

Allerdings wollte ihr Vater auf dem Hof nicht mehr arbeiten, um weitere Begegnungen mit dem Bauernsohn zu vermeiden. Zum Glück hatte er genug andere Aufträge, mit denen sie sich über Wasser hielten. Trotzdem kniff es an allen Ecken und Enden, denn nur ein Verdienst reichte einfach nicht.

»Leider ist nun ein Großteil unserer Ersparnisse aufgebraucht«, hatte Vater gestern Abend gesagt, als sie überlegten, welche Reparatur am dringlichsten war. »Aber wir haben ein eigenes Dach über dem Kopf. Das ist mehr wert als alles andere. Was wir fortan an dem Haus machen, muss erst verdient werden. Ich möchte eine Rücklage für Notfälle behalten, in der Hoffnung, dass nicht alles wertlos sein wird. Ich schaue also morgen, wo ich als Nächstes arbeiten kann.«

Dennoch war sein Blick eigenartig gewesen. Fast so, als stimmte etwas nicht. Frida hatte ihn damals gefragt, warum sie so plötzlich an das Haus gekommen waren, wo es doch so lange leer gestanden hatte und es zuvor unmöglich gewesen war, aber ihr Vater hatte nur abgewinkt. »Da haben wir eben mächtig viel Glück gehabt.«

Das sagte er immer, wenn er über eine Sache nicht sprechen wollte. So ganz nahm Frida es ihm nicht ab, aber eigentlich war es auch gleichgültig. Es war, wie es war, und sie konnten über diese Fügung glücklich sein.

Eben kam ihre Mutter von draußen herein. Ihr Haar wurde von einem kleinen Kranz aus winzigen Flocken geschmückt, die sie mit einer Handbewegung abzuwischen versuchte. »Es schneit immer heftiger. Ich habe noch Torf reingeholt«, sagte sie und legte ein paar Scheite neben den Ofen. »Wir sollten ordentlich einheizen in der Nacht. Es ist nicht nur der Schnee. Der Wind weht aus Nordost und pfeift unangenehm durch die Ritzen.«

Frida war froh darüber, dass ihre Mutter so dachte, denn sie fröstelte tatsächlich sehr, obwohl sie schon zwei Strumpfhosen und Pullover übereinander trug.

Zum Glück war Fridas Vater umsichtig genug gewesen, sich schon beim Umzug um ausreichend Brennmaterial zu kümmern. Dafür war er zum Stechen von festem Brenntorf in die weiter entfernte Gegend von Edewecht gefahren. Sie hatten sich mit einer Gruppe Gleichgesinnter zusammengetan. Der gestochene Torf war noch vor dem Winter mit einem Lkw hergefahren worden. Frida zog zudem regelmäßig mit ihrer Mutter los und suchte den Außendeich nach Treibholz und Sträucher ab, die beim Sturm aus den Buhnen gerissen worden waren. Und dann hatte Vater noch Glück gehabt und beim Fällen von zwei Bäumen beim Nachbarbauern etwas Holz ergattern können.

Bislang war der Winter eher mild gewesen, und sie hatten den Ofen tagsüber nur wenig befeuern müssen, sodass sie jetzt etwas großzügiger sein konnten. Bei den Minustemperaturen mussten sie stark einheizen. Und obwohl sie das taten, bildeten sich an den Scheiben Eisblumen, die zwar wunderhübsch anzusehen waren, aber auch deutlich machten, wie frostig es war.

Frida setzte sich wieder auf den wackeligen Holzstuhl und rippelte weiter einen alten Pullover auf. Aus der gewonnenen Wolle wollte sie Socken stricken. Nadeln dafür hatte ihr Erna in Varel besorgt. Frida fluchte, weil ihr der Faden gerissen war. Sie knotete die Enden zusammen und wickelte weiter.

»Du musst dich jetzt auch um Arbeit kümmern, Frida. Sonst wird es finanziell eng. Das Haus, die Reparaturen …« Ihre Mutter seufzte laut.

Frida hielt mit ihrer Arbeit inne. »Natürlich kann ich mir Arbeit suchen, nur was? Ich kann doch nichts außer Klavierspielen.«

Ihre Mutter packte sie am Arm und drehte sie zu sich. »Du kannst im Garten arbeiten, und du kennst dich mit der Verarbeitung von Fisch aus. Du hast zwei gesunde Hände, mit denen du etwas anfangen kannst. Wir werden eine Betätigung für dich finden. Heiraten willst du sicher nicht, oder?«

»Wen sollte ich denn nehmen wollen?«, fragte Frida erstaunt. An eine Heirat hatte sie bislang keinen Gedanken verschwendet.

»Na, Focko Ewert! Er liebt dich, das ist unübersehbar. Willst du ihn nicht ermuntern? Er hat ein festes Auskommen und ist ein guter Mann. Denk dran, dass die Auswahl an Männern nach dem Krieg geringer geworden ist.«

Frida schüttelte heftig den Kopf. »Er ist nett, und es schmeichelt mir, dass er mich mag. Aber auf Dauer werde ich nicht hierbleiben. Es wäre also nicht recht, ihm den Kopf zu verdrehen.«

Ihre Mutter seufzte. Vermutlich hatte sie nichts anderes erwartet. Sie senkte den Kopf. »Ich werde trotz aller Querelen für die Gerkens weiter den Granat und den Butt verkaufen, wenn die Saison wieder losgeht. Aber das wird frühestens im März der Fall sein, jetzt können sie ja nicht ins Watt. Bis dahin werde ich schauen, ob ich irgendwo putzen oder im Stall helfen kann.«

Frida nickte. Alle mussten Opfer bringen, und das galt auch für sie. Fische verarbeiten, ja, das konnte sie auch. Einen Garten bestellen war ebenfalls möglich, wenn man ihr zeigte, was zu tun war. Und inzwischen war sie auch in der Lage, im Stall zu arbeiten. Mutter hatte recht. Sie mussten alle dazu beitragen, dass es weiter voranging und sie genug zu essen hatten, denn der Winter lähmte das Land.

»Es widerstrebt mir, bei den Gerkens zu arbeiten, nach allem, was vorgefallen ist, aber wir müssen von irgendetwas leben«, fuhr ihre Mutter fort, als müsse sie sich dafür entschuldigen, wieder auf den Hof zurückzugehen. Wie schwer musste es ihr gefallen sein, dort als Bittstellerin aufzutauchen. Dass die Köhles den Hof so rasch verlassen hatten, war Hero Gerken sauer aufgestoßen, vor allem, weil er nicht verstand, warum ihr Vater nicht mehr für ihn arbeiten wollte, denn das Thema Kalle hatte keiner angesprochen. Schlussendlich war Frau Gerken nun aber froh darüber, überhaupt Hilfe zu haben.

»Und wenn sie mich nur mit Kartoffeln oder Rüben bezahlen«, verteidigte sich ihre Mutter weiter, als ob es da etwas zu verteidigen gab. »Es gibt ja kaum noch etwas zu verkaufen, und für den Schwarzmarkt bin ich einfach nicht geschaffen. Ganz abgesehen davon, dass wir nicht einmal etwas zum Tauschen haben.«

Frida fühlte sich berufen, ihre Mutter zu beruhigen. Schließlich tat sie das alles nur, damit die Familie durchkam. Genau wie der Vater sämtliche Arbeiten annahm, damit es ihnen gut ging.

»Ich werde zu jeder Tätigkeit bereit sein, die wir für

mich finden können«, sagte Frida, leise seufzend. Sie wollte jetzt nicht klagen, das stand ihr in Anbetracht der Situation weiß Gott nicht zu. »Das Einzige, was ich nicht will, ist, auf dem Gerkenhof zu arbeiten, wo mir Kalle ständig über den Weg läuft. Ich finde es in Ordnung, wenn du das tust, aber ich würde mich fürchten.«

Ihre Mutter nickte. »Niemals sollst du dort wieder hingehen. Aber auch bei uns gibt es genug zu tun, wenn wir erst den Acker bestellt haben.«

Frida zog so heftig an dem Wollfaden, dass er schon wieder riss. Sie würde also im Büro oder sonst wo landen. Aber ganz bestimmt nicht hinter einem Klavier und auf der Bühne vor großem Publikum. Sei nicht undankbar, schalt sie sich selbst und knotete den Faden erneut zusammen. Immerhin haben wir ein eigenes Haus, und ich kann ab und zu bei Erna Klavier spielen.

Zweimal hatte deren Vater sie abgeholt, und sie durfte eine Stunde musizieren. Wie glücklich war sie in der Zeit gewesen! In Gedanken klang noch immer jeder Ton des Klaviers nach. Frida spürte die glatte Oberfläche der Klaviatur, sah das Glänzen der schwarzen Tasten. 88-mal Glück – 36-mal in Schwarz und 52-mal in Weiß.

Leider lag das letzte Treffen zwischen ihnen schon zwei Monate zurück. Frida war zuletzt kurz vor dem Weihnachtsfest bei Erna gewesen. Sie hatte ein paar Weihnachtslieder gespielt, aber die Stimmung war seltsam gewesen. So als ob Erna ihr etwas verschwieg. Sie hatte bedrückt gewirkt, war aber nicht mit der Sprache herausgerückt, was sie belastete. Ihre Briefe kamen seitdem seltener. Frida wusste nicht, ob sie etwas falsch gemacht hatte, denn ihre Freundin reagierte auf keine ihrer Fragen.

Das Wollknäuel war derweil recht dick geworden und der Pulli fast vollständig abgewickelt.

Es polterte, und kurz darauf trat ihr Vater ein. Sein schmales Gesicht war von der beißenden Kälte gerötet, auch er hatte Schnee auf Haaren und Wimpern. Aber er strahlte!

»Ulrich, was ist los?«, fragte ihn Mutter sofort. »Hast du eine gute Arbeit gefunden?«

Er nickte nur und hob den Daumen senkrecht in die Luft. »Ja! Einen guten Auftrag. Außerdem bin ich als Deichbauer dabei, wenn Not am Mann ist. Davon können wir leben und auch das Häuschen Stück für Stück mehr ausbauen.«

»Du strahlst so sehr, dass ich glaube, das ist noch nicht alles, was du uns an guten Nachrichten mitzuteilen hast«, sagte Frida, die ihren Vater lange nicht mehr so gelöst erlebt hatte.

»Guckt mal draußen in den Handwagen!«

Frida warf das Wollknäuel beiseite. Die beiden Frauen standen auf und liefen nach draußen, wo in dem Wägelchen ein Berg Koks lag.

»Woher hast du den?«, fragte Frida erstaunt.

»Aus dem Lokschuppen in Eckwarden«, berichtete der Vater stolz. »Ich habe aus den teilweise noch heißen Schlacken den Koks mit Haken, Zangen und Schaufel herausholen dürfen. Nun können wir eine Weile damit heizen, und was das Beste ist: Ich darf wiederkommen!«

Frida fiel ihrem Vater um den Hals. »Papa, du bist der allergrößte Held!«

Er drückte seine Tochter, sichtlich gerührt über ihr Lob.

»Gut gemacht, Ulrich«, sagte Fridas Mutter. Sie lächelte allerdings nur knapp, so wie es ihre Art war. Aber am Strahlen ihrer Augen erkannte Frida, wie glücklich sie über das Heizmaterial war.

Draußen kam zwar jetzt ein heftiger Wind auf und ließ die alten Holzfensterläden wackeln. Ein feiner Zug wehte durch sämtliche Ritzen, und das Feuer im Ofen duckte sich kurz. Aber ihnen, der kleinen Familie Köhle, konnte das in diesem Moment nichts anhaben.

*

Es dämmerte schon, als Erna noch immer ungeduldig auf Stefan wartete. Ihre Schwangerschaft würde sie nicht mehr lange verbergen können. Sie hatte die kritischen Blicke ihrer Mutter bereits bemerkt. Zum Glück war sie zuvor extrem dünn gewesen, sodass sie sich jetzt bei Nachfragen damit herausreden konnte, einfach nur mehr gegessen zu haben.

Erna setzte sich auf die Chaiselongue im Wohnzimmer und starrte trübsinnig zum Kamin. Die Flammen leckten hungrig am Holz, duckten sich, wenn eine Böe in den Rauchfang fuhr, und züngelten danach immer wieder auf. Gierig verschlang das Feuer die Holzscheite und hinterließ erst nur glühende Asche, die nach und nach in sich zusammenfiel.

Erna musste ständig nachlegen, aber auf diese Weise hatte sie immerhin etwas zu tun, denn die Warterei zerrte an ihren Nerven. Sie hatte Stefan zwei Wochen lang nicht gesehen, weil er für eine Weile nach Duisburg zu seinen Eltern gefahren war. Zwar hatte er ihr versprochen, sich zu melden, aber das war nur ein einziges Mal geschehen und schon eine Woche her. Das machte Erna nervös, denn sie hatte schon immer vermutet, dass in Duisburg nicht nur seine Eltern lebten. In dem Fall würde er sie bestimmt nicht heiraten, und was das bedeutete, darüber hatte sie sich schon informiert. Ledigen Müttern gab man oft die Vormundschaft für das Kind nicht. Selbst wenn es bei ihr lebte.

»Nun mach dich mal nicht verrückt, Erna von Geest«, murmelte sie. Sie hatten sich eigentlich für heute Nachmittag verabredet. Erna hoffte, dass Stefan wegen des heftigen Schneefalls davon abgehalten worden war, rechtzeitig zu ihr zu kommen. Und nicht, dass es andere Gründe gab, die ihn in Duisburg festgehalten hatten.

Erna stand auf und lief unruhig auf und ab. Sie saß wie auf heißen Kohlen, weil sie ihm endlich mitteilen wollte, dass sie in Umständen war, und von ihm eine Entscheidung brauchte, wie es weitergehen sollte.

»Es gibt keine andere Frau! Er wird sich bestimmt freuen und mich sofort heiraten«, murmelte Erna. Aber dazu musste er erst einmal zu ihr kommen.

Sie legte ein weiteres Scheit nach und stellte sich dann ans Fenster. Knetete die Hände nervös und sah hinaus in das dichte Schneetreiben, das die Sicht zur Straße fast unmöglich machte. Sie konnte kaum bis zum schmiedeeisernen Tor und dem dahinterliegenden Gehweg schauen. Im Schein der Straßenlaterne huschten dick vermummte Gestalten hin und her, einmal rauschte ein Schlitten vorbei, dessen Glöckchen bimmelten.

Erna rieb sich die Oberarme. Trotz des Feuers im Kamin war ihr kühl. Diese Kälte kam von innen und lag sicher auch daran, dass sie in diesem Haus einfach nicht heimisch wurde. Immer wieder kam es Erna vor, als würden sie die Schatten der Vergangenheit anspringen. Heimliche Seelen, die im Haus vergessen worden waren. Manchmal fiel sie eine schreckliche Ahnung an, die sie aber nicht wahrhaben wollte. Es waren ähnliche Bilder wie die der Nacht, als Familie Salomon verschwunden und nie wieder zurückgekommen war.

Im Flur schlug die große Standuhr fünfmal mit ihrem dunklen Ton. Danach war nur noch das Knistern des Feuers zu hören. Es war schrecklich still im Haus.

Erna wollte fort aus Varel, fort aus der Villa. Fort von ihren Eltern, die sich ohnehin kaum um sie kümmerten. War sie schon zuvor nur das Mädchen neben Herold und Toni gewesen, hatte sich das nach dem Krieg noch verschärft, zumal sie nicht den Ansprüchen ihrer Eltern genügte. Sie luden sie nicht einmal mehr zu den Essen mit den Geschäftsleuten ein, seitdem sie sich wieder mit Frida traf. Das nahm ihre Mutter dermaßen krumm, dass sie Erna dafür strafte. Ihr Vater hatte sich darum gekümmert, dass die Köhles ein eigenes Haus bekommen hatten, aber was für eine Absteige hatte er ihnen zugestanden? Eine Ruine, mehr nicht. Es gab keine anständige Toilette, nur ein undichtes Dach, und die Fenster schlossen nicht überall fest, sodass der Wind durch die Räume pfiff. Das alles hatte Frida erzählt. Und trotzdem taten die Köhles so, als würden sie im Schloss Sanssouci leben. Ihr Haus ohne Sorge, würde man es übersetzen.

Erna lachte auf. Die Köhles waren genügsam, fleißig und auf ihre Weise mit dem wenigen glücklich. Sie schämte sich für ihren Vater, der ihre Schuld Frida gegenüber so schäbig wiedergutmachte. Sie war fest davon überzeugt, dass er hätte mehr für die Köhles tun können, als sie mit solch einer maroden Kate abzuspeisen. Nur fehlte es ihrem Vater an schlechtem Gewissen. Er war davon überzeugt, das Richtige getan zu haben.

Erna war das Verhalten des Vaters peinlich, und deshalb hatte sie sich lange nicht bei Frida gemeldet. Außerdem wusste sie nicht, was die Freundin zu der Affäre mit Stefan sagen würde. Und jetzt noch die Schwangerschaft. Es war besser, alles erst mit Stefan in Ruhe zu klären.

Es polterte vor dem Haus, und Erna sah einen Mann den Weg zum Eingang laufen. Das war er! Sie rannte aus dem Wohnzimmer durch den Flur, riss die Tür auf, noch bevor es klingelte, und – vor ihr stand endlich ihr Geliebter. Er schüttelte sich und wischte den Schnee von den Ärmeln, als er eintrat.

»Hallo, Erna«, begrüßte er sie mit einem Küsschen auf die rechte Wange. »Was für ein Sauwetter. Und das an der Küste. Damit habe ich nach dem milden Winter bisher gar nicht mehr gerechnet.«

Erna sah ihn erstaunt an und wartete, ob er sie nicht doch noch in den Arm nahm, nachdem sie sich zwei lange Wochen nicht gesehen hatten. Als er es nicht tat, fragte sie konsterniert: »Mehr nicht?« Sie presste ein leises Lachen heraus, obwohl ihr weiß Gott nicht danach war. Im Gegenteil: Das ungute Gefühl vom Nachmittag verstärkte sich von Sekunde zu Sekunde.

Erna versuchte, die eigenartige Stimmung zu übergehen, und wies auf die Garderobe. »Komm erst einmal richtig rein und leg ab«, forderte sie Stefan in lockerem Tonfall auf. »Ich muss dir unbedingt etwas erzählen. Das Feuer im Kamin knistert behaglich, und du kannst dich bei einer Tasse Tee ein wenig aufwärmen. Ohne dich war es ganz schön kalt.« Sie sah ihn freundlich an. »Wir sind im Übrigen allein.« Erna hielt inne. Sie plapperte eindeutig zu viel.

Stefan lächelte nur kurz und wirkte unnahbar. Er schlüpfte aus dem Mantel. Hängte ihn über den Bügel, wirkte aber so, als ließe er sich bewusst viel Zeit.

Erna wollte endlich mit der unglaublichen Neuigkeit herausrücken, doch hielt sie es angesichts seiner Distanziertheit für unklug, gleich mit der Tür ins Haus zu fallen. Immerhin ließ Stefan zu, dass sie nach seiner Hand fasste, und folgte Erna ins Wohnzimmer. Dort setzte er sich allerdings nicht auf das Sofa, um ihr nah zu sein, sondern entschied sich für den Sessel, der sich neben dem Kamin befand.

»Ist dir kalt? Weil du so nah am Feuer sitzt?«, fragte Erna und legte vor lauter Nervosität ein weiteres Stück Holz nach, bevor sie sich auf die Kante der Couch setzte, um möglichst dicht bei Stefan zu sein, auch wenn er ihr offensichtlich auswich.

»Möchtest du etwas trinken?«, fragte sie, aber er schüttelte den Kopf. »Nein danke. Ich werde auch nicht lange bleiben.«

Erna zog die Brauen zusammen, und das Grummeln in ihrem Bauch verstärkte sich noch mehr. »Warum?«

Stefan senkte den Blick, schaute ihr nicht in die Augen. »Es ist etwas passiert, was nicht vorhersehbar war«, begann er.

»Und was?« Erna wollte eigentlich gar nicht wissen, was Stefan zu sagen hatte, aber sie kam nicht umhin, ihm zuzuhören.

»Ich war bei meinen Eltern in Duisburg«, begann er vorsichtig.

»Das weiß ich doch«, antwortete Erna mit zittriger Stimme. »Das musst du mir nicht beichten.«

»Das nicht, aber etwas, was daraus resultiert.« Er räusperte sich. »Ich werde dorthin zurückgehen. Ganz. Für immer. Ich hoffe, du verstehst das.«

Erna atmete erleichtert aus. Das Grummeln in ihrem Bauch hörte abrupt auf, und ihr glitt ein beruhigtes Lächeln übers Gesicht. Sie rutschte noch weiter nach vorn, bis sie seine Hand erreichte und ergriff. »Das ist doch nicht schlimm, Stefan. Ich könnte …«, begann sie, aber er fiel ihr ins Wort.

»Egal, was du mir jetzt anbieten möchtest – es wird nicht gehen. Du kannst auf keinen Fall mitkommen.« Seine Stimme klang viel zu ernst und fremd.

Erna ließ ihn los. Sie wusste absolut nicht, was sie dazu sagen sollte. Immerhin trug sie Stefans Kind, und natürlich würde sie ihm überallhin folgen. Sie verstand nicht, warum er ihre Begleitung nach Duisburg infrage stellte.

Bestimmt wollte er sie nicht in Verlegenheit bringen oder sie gar zu etwas zwingen. Erna wagte einen weiteren Versuch. »Es würde mir nichts ausmachen. Ich habe in Varel keine Wurzeln. Natürlich kann ich dich nach Duisburg begleiten, wenn du das wünschst. Ich werde sicherlich kein Heimweh haben, wenn es das ist, was du befürchtest.« Ihre Stimme brach, als sie Stefans abweisendes Gesicht sah. Sie kam sich mit einem Mal so klein und unbedeutend vor. Weil sie Stefan anflehte wie ein Welpe, doch bitte lieb zu ihr zu sein.

Er aber stand abrupt auf. »Ich wünsche das aber nicht.«

Seine Stimme war kalt, schien selbst die warme Kaminluft herunterzukühlen. Das Knistern des Feuers hörte sich plötzlich bedrohlich an.

Erna brauchte einen Moment, bis sie Stefans Worte wirklich verstanden hatte. Ich wünsche das aber nicht, polterte es durch ihren Kopf.

Ich soll nicht mitkommen.

Plötzlich bekam sie heftige Kopfschmerzen. Erna legte die Hände an die Schläfen und musste sich abstützen. Stefan rührte sich nicht, sondern schaute stumm auf sie hinunter.

Doch dann war es, als kippe ein Schalter in ihr um. Sie löste die Hände und setzte sich aufrecht hin. Hob den Kopf und versuchte Stefan zu fixieren. Das war nicht leicht, aber sie wollte nicht wie ein verletztes Reh vor ihm hocken, dem er gleich den Gnadenschuss verpassen würde, nur um es dann vollends aus seinem Leben zu verbannen.

Sie war immer noch Erna von Geest, hatte den Krieg überstanden und …

Mehr fiel ihr nicht ein, aber es reichte, um ihrer Stimme einen festen Klang zu geben. »Gut, ich habe verstanden, dass du keinen Wert auf meine Anwesenheit in Duisburg und dann wohl auch nicht in deinem zukünftigen Leben legst. Obwohl du mein erster Mann warst und ich das durchaus als deine Verantwortung gesehen, mir jedoch wohl falsche Hoffnungen gemacht habe. Nun sei bitte wenigstens so ehrlich und nenne mir den Grund für deine Entscheidung.«

Erna wollte Stefan nicht zeigen, wie gekränkt sie war, und auch nicht, dass er sie mit seiner Entscheidung vor einen Abgrund stieß, von dem sie als ledige Mutter vermutlich in die Tiefe stürzen würde.

»Bitte, ich höre«, setzte sie nach, als Stefan, offensichtlich überrascht, schwieg.

Er schluckte, bevor er ihr antwortete. »Ich habe mich in Duisburg verlobt und werde heiraten.«

Erna zuckte heftig zusammen. Es war genau so gekommen, wie sie es vom ersten Tag an befürchtet hatte. Und sie dummes Schaf hatte ihm das Beste geschenkt, was eine Frau geben konnte. Es war, als hätte er ihr mit einem Holzscheit vor die Stirn geschlagen.

Nur nicht die Contenance verlieren, dachte sie. Egal, was künftig kommt: Mit diesen Worten hat er dir das Schlimmste bereits angetan.

Es gelang ihr dennoch nicht, so selbstsicher aufzutreten, wie sie es sich gewünscht hätte. »Du wirst also heiraten«, wiederholte sie tonlos.

»Ja«, bestätigte er knapp. »Valerie Klaafs und ich kennen uns von Kindesbeinen an. Wir mögen uns schon lange und sind auch politisch auf einer Wellenlänge. Ihr Vater hat ein Musikgeschäft, und ich kann dort mitarbeiten. Als Klavierstimmer habe ich keine großen Möglichkeiten, um eine Familie zu ernähren.« Bei den letzten Sätzen hatte sich eine weiche Nuance in seine Stimme geschlichen. Fast, als bitte er um Verständnis dafür, dass man solche Erwägungen niemals außer Acht lassen durfte.

»Du hast mich eingetauscht«, flüsterte Erna. »Für ein Musikgeschäft.«

Stefan schüttelte zaghaft den Kopf, bevor er fortfuhr. »Nein. Es geht um Valerie und mich. Und es gibt da auch noch etwas, Erna, was du verstehen musst. Ein weiterer Grund, warum ich mich für sie und nicht für dich entschieden habe.«

»Wieso musst du dich überhaupt entscheiden?«, brachte Erna mühsam hervor. »Weshalb gibt es eine andere Frau?« Selbst wenn sie das immer befürchtet hatte, so war es doch eher ein Hirngespinst als Realität gewesen. Es jetzt aus seinem Mund zu hören machte sie fassungslos.

Er ignorierte ihre Fragen und druckste herum. »Du bist an meiner Entscheidung unschuldig, aber ich … ich kann das nicht mit dir. Nicht für immer.«

»Was kannst du nicht?« Erna verstand noch immer nicht, worauf Stefan hinauswollte.

»Dein Vater, Erna. Eure Vergangenheit. Ich habe ein bisschen nachgebohrt. Weil er Anwalt ist und in vielen Gremien aktiv ist und war, kann man durchaus etwas über ihn finden, wenn man die richtigen Leute kennt … Was weißt du überhaupt von ihm?«

Erna begriff augenblicklich, wovon Stefan sprach. Das konnte nicht wahr sein! Das durfte nicht passieren! Sie konnte doch nichts dafür, dass sich ihr Vater die Finger schmutzig gemacht hatte! Erna atmete schwer ein und versuchte sich zu sammeln. »Du verlässt mich, weil mein Vater im Dritten Reich in der Partei war. Wie so viele.«

Stefan verschränkte die Hände so fest ineinander, dass sie knackten, und schaute verlegen aus dem Fenster in das dichte Schneetreiben, das ihm jede Sicht unmöglich machte. »Er hat mehr getan, Erna. Er ist Jurist und war der Freund des stellvertretenden Gauleiters von Pommern. Der Sitz der Gauleitung war bei euch in Stettin. Es gibt Fotos von dieser Verbindung. Dein Vater wusste von so vielen Verbrechen und war sicher an manchen Dingen auch beteiligt oder hat sie angeschoben. Selbst wenn er jetzt diesen Freibrief besitzt und er nach außen hin eine weiße Weste hat. Er ist geschickt vorgegangen, wie so viele. Warum, glaubst du wohl, lebst du in dieser Villa und nicht so wie die meisten anderen, die geflüchtet sind?«

Erna presste die Lippen fest aufeinander. Stefan brachte das auf den Punkt, was sie selbst schon oft gedacht hatte. Die Seilschaften ihres Vaters reichten auch bis in die heutige Zeit, weil viele seiner einflussreichen Freunde noch an den Hebeln der Macht saßen. Und das nutzte er nach wie vor aus, um sich und der Familie ein schönes Leben zu ermöglichen. Es hatte nur nicht gereicht, um Tonis Leben zu schützen oder Herold vor der russischen Gefangenschaft zu bewahren.

Aber Stefan konnte sie doch deswegen nicht verlassen!

»Ich bin anders!« Erna begann erneut zu flehen. »Ich habe nichts verbrochen. Nur Klavier und Geige hab ich gespielt.« Und sie war Elly Ney begegnet und hatte sie bewundert. Die Konzertpianistin war mit der Leiterin des Konservatoriums bekannt gewesen. Erna war froh, diese Bewunderung in den Gesprächen mit Stefan ausgelassen zu haben, denn Elly Ney war dem Nationalsozialismus durchaus nicht abgeneigt gewesen.

Leider genügten ihre Worte nicht, um ihn zu überzeugen, denn er schüttelte weiterhin den Kopf. »Bitte versuche mich zu verstehen, Erna. Ich bin im tiefsten Herzen und aus Überzeugung Sozialist. Es stünde immer zwischen uns.« Er machte einen Schritt auf sie zu und hauchte ihr einen Kuss auf die Wange. »Leb wohl. Ich habe dich sehr gemocht, und unter anderen Umständen und zu anderen Zeiten hätte aus uns etwas werden können.«

Erna lachte schrill auf. »Mit Valerie als Zweitfrau stelle ich mir das ganz wunderbar vor.«

Stefan erwiderte darauf erneut nichts und machte einen Schritt zur Tür, blieb dann aber noch einmal stehen. »Entschuldige. Ich habe nur von mir gesprochen. Bevor ich gehe: Du wolltest doch auch etwas sagen.«

Erna presste den Kiefer zusammen, um nicht laut aufzuschluchzen. Dann schob sie die Unterlippe vor, sog einmal tief die Luft ein, bevor sie sagte: »Es ist nicht mehr wichtig, Herr Müller. Meine Neuigkeiten hätten uns beide betroffen. Aber das Wir gibt es ja nun nicht mehr. Ich wünsche Ihnen alles Gute! Sie finden selbst hinaus?«

Erna brachte es nicht über sich, Stefan zur Haustür zu begleiten. Sie hörte nur, wie es rumste, als er die Villa verließ. Danach brach sie weinend auf dem Sofa zusammen.

So lag sie eine Weile da und schaute dem Feuer zu, das kleiner und kleiner wurde, weil sie ihm weitere Nahrung verweigerte. Damit wurde auch das Knistern leiser.

Die Uhr im Flur schlug sechsmal. Ein bisschen hallte der letzte Ton nach, dann war es fast totenstill in der Villa. Erna wurde deutlich, wie allein sie war. Ihre Eltern befanden sich bei einem Empfang. Sicher floss dort der Champagner in Strömen, es gab Schnittchen und alles, was das Herz begehrte, während sich die Bevölkerung damit abfinden musste, lediglich das Nötigste zu haben und auf dem Schwarzmarkt Geschäfte zu tätigen, damit sie überleben konnte. Nur Leute wie sie konnten es sich leisten, ein Café zu besuchen. Sie war wirklich privilegiert.

Stefan hatte recht. In ihr floss Blut, das dreckig war, weil sie einen Verbrecher zum Vater und eine Ignorantin zur Mutter hatte.

Erna stand auf, huschte ins Bad und kühlte ihr Gesicht, bis es nicht mehr so verschwollen war. Dann holte sie den alten Lederkoffer vom Dachboden, warf den spärlichen Inhalt des Kleiderschrankes hinein und stahl ihrer Mutter ein Paar wollene Socken. Sie wühlte weiter in deren Schrank und befand das dicke Halstuch sowie den Lodenmantel für tauglich. Vater würde schon dafür sorgen, dass ihre Mutter neue Sachen bekam.

Erna zog sich mehrere Strümpfe übereinander und schlüpfte in die Winterschuhe. Einen Schlüssel nahm sie nicht mit, denn sie hatte nicht vor, noch einmal zurückzukommen.

Sie war schwanger, und der Verursacher der Misere wollte sie nicht, weshalb ihre Eltern sie ohnehin verstoßen würden. Was sie jetzt brauchte, war ein Zuhause. Und einen Menschen, der zu ihr stand. Da fiel Erna im Augenblick nur einer ein, und das war Frida.

Kapitel 10

Heinz von Geest war zufrieden, denn heute Abend würde dieser junge Schnösel von Klavierstimmer zu Erna fahren und ihr mitteilen, dass es keinen Stefan Müller mehr im Leben seiner Tochter gab.

Erna hatte zwar versucht, die Liaison vor ihm zu verbergen, aber sie war darin äußerst ungeschickt gewesen, und da sie zudem so dumm war, wie ein Backfisch Tagebuch zu führen, hatte er es, als er Verdacht geschöpft hatte, an sich genommen und gelesen. Deshalb wusste er, wann Stefan Müller ab- und wieder anreisen würde. Leider war Erna nicht ins Detail gegangen, und so konnte er nicht mit Bestimmtheit sagen, wie nah sich die beiden schon gekommen waren. Sie kannte ihn, den Vater, einfach zu gut und hatte vermutlich befürchtet, er könnte ihr nachspionieren. Das half ihm also jetzt nicht weiter. Auf jeden Fall aber war höchste Eile geboten, denn Erna schien sehr verliebt zu sein. Und verliebte Frauen machten schnell Blödsinn.

Heinz hatte Stefan Müller vor zwei Wochen am Bahnhof abgefangen, bevor er nach Duisburg gefahren war. Er hatte ihn in beiseitegezogen, sodass er sicher war, nicht gesehen zu werden. Selbst Stine wusste nicht, dass er ihn traf.

»Was wollen Sie armer Schlucker von meiner Tochter?«, hatte er den jungen Mann angefahren. Der hatte ihn nur entgeistert angesehen.

Mit Erna hatte Heinz andere Pläne. Der junge Referendar Alfons Meiners wäre eine gute Partie. Er konnte in die Kanzlei einsteigen und sie später fortführen, dann bliebe sie in Familienhand. Meiners war zudem groß und blauäugig – das Bild eines stattlichen Mannes. Wenn die Universitäten ihren Dienst wieder in vollem Umfang aufnahmen, war es nur eine Frage der Zeit, bis der junge Meiners sein zweites Staatsexamen ablegen würde.

Dieser Stefan Müller hingegen war Heinz von Geest im Weg. Er hätte schon viel früher eingreifen müssen. Wenn er doch nur geahnt hätte, was sich da anbahnte!

»Jetzt hören Sie mir mal gut zu. Fahren Sie ins Ruhrgebiet, und dann bleiben Sie dort. Es gibt bei Ihrer Familie sicher Möglichkeiten, Arbeit zu finden, und es wird auch ein Mädchen da sein, mit dem Sie eine Familie gründen können. Meine Erna ist es nicht.«

In Stefan Müllers Augen hatte Angst gestanden, aber auch Wut und Trotz. Dann wieder eine gewisse Wankelmütigkeit. Heinz war der festen Überzeugung, seine Tochter vor einem Filou zu bewahren.

»Und?«, hatte er gedrängt.

»Ich werde mich von Erna trennen, Herr von Geest.«

Heinz war überrascht, wie leicht der junge Mann eingelenkt hatte.

»Aber ich komme in zwei Wochen wie verabredet zurück und kläre es mit Erna selbst. Das ist nur fair.«

»Ich hoffe, Sie wissen, was Sie ihr sagen werden.« Mit diesen Worten war Heinz gegangen und hatte Stefan Müller zurückgelassen. Er war nicht nur ein Versager, sondern zudem auch noch Sozialist. Was für Heinz ein und dasselbe war. Gesocks.

Hinterher hatte Heinz überlegt, ob es besser gewesen wäre, dem Schnösel Geld zu bieten, aber er war sicher, dass Stefan ihn auch so sehr gut verstanden hatte.

Mal sehen, wie es sich heute gestaltete, wenn er mit Stine nach Hause kam. Er würde den liebevollen und tröstenden Vater spielen. Das zog bei Erna immer, auch wenn sie sich zunehmend spröde zeigte.

Seine Kleine würde schon über den Verlust hinwegkommen, spätestens dann, wenn Meiners um sie warb. Er war etwas älter als Erna, aber da seine Tochter über einen für eine Frau viel zu starken Willen verfügte, war es gut, wenn sie ein bisschen geführt wurde. Alfons Meiners wusste, wo es langging, und das würde er Erna schnell beibringen. Er hatte bereits offenkundig gemacht, dass er an einer Ehe mit ihr sehr interessiert war, zumal das ihm und seiner aufstrebenden Karriere sehr zuträglich sein würde. In der nächsten Woche würde Heinz ihn einladen und die beiden miteinander bekannt machen. Er rieb sich die Hände. Es lief auch nach dem Krieg durchaus so, wie er es sich vorstellte.

Er sah zu seiner Frau, die dem Sekt heute Nachmittag ein bisschen zu kräftig zugesprochen hatte und albern kicherte. Heinz schaute auf die Uhr. Stefan Müller müsste längst wieder fort sein. Es wurde Zeit zu gehen. Immerhin hatte er eben bei einem Cognac eine wunderbare Kooperation mit dem Inhaber einer großen Werft in Nordenham geschlossen. Der Wiederaufbau Deutschlands würde nach der geplanten Währungsreform im Sommer stetig voranschreiten, und er, Heinz von Geest, wollte als Anwalt auf jeden Fall partizipieren. Da passte es nicht, dass seine Frau angeheitert vor sich hin kicherte.

Heinz warf einen Blick zum Fenster. Vermutlich waren die Straßen inzwischen tief verschneit. Sie würden im

Schneckentempo nach Hause fahren müssen. Viel schwieriger aber würde es sein, seine Frau zum Mitkommen zu bewegen. Wenn Stine getrunken hatte, war sie stets etwas unleidlich, und seit der Flucht war es noch schlimmer geworden.

Vorsichtig zupfte Heinz sie am Ärmel und flüsterte ihr ins Ohr: »Wir müssen los.«

»Nein, noch nicht«, sagte Stine glucksend und warf ihrem Gegenüber – es war ein befreundeter Staatsanwalt – einen schmachtenden Blick zu.

»Erna ist allein zu Hause«, sagte Heinz bestimmt. Dieser Tonfall zog bei Stine immer, und prompt löste sie sich aus dem Gespräch.

»Sie ist doch schon groß und kann ein bisschen allein bleiben«, nuschelte sie.

Heinz verabschiedete sich höflich vom Gastgeber und zog seine Frau in den Flur, wo er ihr in den Mantel half. Dann verließen sie das Haus. Augenblicklich schlugen ihnen dicke Schneeflocken ins Gesicht.

»Was für ein Wetter«, schimpfte Stine. »Da bekomme ich ja schon auf dem kurzen Weg zum Auto nasse Füße.«

Heinz überhörte das Gezeter. Er war plötzlich von einer großen Unruhe erfasst. Es war eine unbestimmte Ahnung, ein Instinkt, der ihm zuflüsterte, dass es besser war, schnellstmöglich nach Hause zu fahren.

Er nahm Stine an die Hand und zerrte sie hinter sich her, ungeachtet der Tatsache, dass sie dabei mächtig ins Rutschen kam. Heinz riss die Autotür auf und half ihr auf den Beifahrersitz. Als er das Fahrzeug umrundete, musste er sich kurz an der Kofferraumhaube festhalten, so glatt war es.

Er warf sich hinters Steuer und ließ den Motor an. Es dauerte, ehe er zu blubbern begann. Vorsichtig lenkte

Heinz das Automobil auf die von Bäumen gesäumte Straße und fuhr langsam los. An der Kreuzung kam der Wagen trotzdem derart ins Schlingern, dass das Hinterteil ausscherte und auf die Gegenfahrbahn geriet. Ein entgegenkommender Pferdeschlitten musste seine Geschwindigkeit verringern, was dazu führte, dass das Tier ins Rutschen kam. Dem Kutscher gelang es in letzter Sekunde, den Schlitten mit der Bremse zu stoppen. Das Pferd gab ein erschrockenes Schnauben von sich. Es lahmte ein wenig am rechten Vorderlauf.

Heinz kurbelte das Fenster hinunter, um die Lage einzuschätzen.

»Diese blöden Raser«, fluchte der Kutscher und hob drohend die Faust in Richtung des Wagens. Er stieg ab und befühlte die Fessel des Tieres. »Zum Glück habe ich es nicht mehr weit.«

Heinz befand es für unnötig auszusteigen. Herrgott, was konnte er denn dafür, dass es so glatt war! Sie hatten es schließlich genauso eilig wie der Kerl mit seinem Schlitten.

»Gute Fahrt«, sagte er nur und kurbelte das Fenster wieder hoch.

»Du Swienegel!«, hörte er noch, gab dann aber vorsichtig Gas und fuhr langsam weiter, bis sie vor ihrem Haus angekommen waren.

»Warum ist alles dunkel?«, fragte Stine verwundert.

Heinz presste die Lippen zusammen. Seine Unruhe verstärkte sich. Wenn Stefan Müller es gewagt hatte, sich seinen Anweisungen zu widersetzen und mit seiner Tochter durchzubrennen, dann gnade ihm Gott!

Er stieg aus, half seiner Frau vom Sitz und umfasste ihren Ellenbogen, bis sie die Tür erreicht hatten. Dann schloss er auf.

Es war still im Haus.

Und tatsächlich dunkel.

»Es ist kalt«, jammerte Stine. »Hat das Mädchen denn den Kamin ausgehen lassen?«

Heinz stürzte ins Wohnzimmer, wo nur noch ein kläglicher Rest vom Holz glomm. Auf der Chaiselongue lag eine zusammengeknüllte Decke, von Erna fehlte jede Spur.

»Sie ist nicht da!«, rief er. »Stine, kannst du mal in ihrem Zimmer nachsehen?«

Aber seine Frau befand sich bereits vor der Toilettenschüssel und würgte den Sekt in die Keramik.

Heinz stürmte die Treppen hinauf, um dort festzustellen, dass Erna ihren Schrank geleert hatte.

»Die ist mit dem Mistkerl geflohen«, knurrte er. »Das wird ein Nachspiel haben! Einem Heinz von Geest widersetzt man sich nicht.«

Er polterte die Stufen wieder nach unten. Stine saß jetzt mit bleichem Gesicht am Esstisch und strich sich die Haare aus der Stirn.

»Glaubst du wirklich, sie ist weggelaufen?«, fragte sie.

»Er hat sie entführt«, sagte Heinz. »Ich hätte ihm doch Geld geben sollen.«

»Wer … hat sie entführt?«, lallte Stine und pulte an ihrem Fingernagel.

Heinz seufzte und fasste kurz zusammen, was er über Stefan Müller und Erna wusste. Er verschwieg seiner Frau allerdings, dass er ihn vor zwei Wochen am Bahnhof abgefangen hatte. Es war besser, wenn Stine nicht über alles informiert war.

»Ach herrje! Dabei soll sie doch Alfons heiraten«, sagte Stine. »Wir müssen Erna suchen, meinst du nicht?«

»Die ist mit dem Kerl fort!«

Stine begann zu weinen, Heinz aber war so wütend wie ein Stier, dem ein anderer ins Gehege gekommen war.

»Jetzt haben wir gar kein Kind mehr, Heinz! Herold in Gefangenschaft, Erna mit einem Kerl durchgebrannt, der keineswegs ihrem Stand entspricht, und Toni ein Opfer der Bomben. Ich brauche noch mehr Sekt!« Sie ließ den Kopf auf die Tischplatte sinken.

Heinz aber nahm sich vom Büfettwagen eine Flasche Cognac.

Er würde handeln. So schnell es ging.

*

Erna kämpfte sich mit ihrem schweren Lederkoffer durch Varel. Es war beißend kalt, und schon bald waren auch ihre Füße völlig durchnässt. Noch immer schneite es, und die dicken Flocken legten sich auf ihre Haare, den Mantel und sogar auf das Gesicht. Sie senkte den Kopf leicht, damit sie überhaupt etwas sehen konnte.

Erst hatte Erna überlegt, die Bahn zu nehmen, aber es war schon spät, und vermutlich würde keine mehr Richtung Eckwarden fahren. Hinzu kam, dass sie auch gar nicht wusste, welchen Zug sie hätte nehmen und wo sie hätte umsteigen müssen.

Also blieb ihr nur der Fußmarsch, und den würde sie schon irgendwie bewältigen und sich zwischendurch ein Nachtquartier suchen. Allerdings würde sie sicher viele, viele Stunden brauchen, so genau wusste sie gar nicht, wie weit die Strecke am Deich entlang war. Mit dem Auto war es auf der Straße allerdings immer recht flott gegangen, und der Weg am Deichfuß war ganz sicher kürzer. Erna überhörte in ihrer momentanen Verzweiflung die warnende Stimme in ihrem Kopf, dass es ein hoffnungsloses Unterfangen war, sich bei diesem Wetter zu Fuß aufzumachen. Sie konnte und wollte nicht mehr in diesem Haus bleiben, wo sie die Fratzen der Vergangenheit aus jeder Ecke hämisch anlachten.

Nachdem Erna das Stadtgebiet von Varel in Richtung Hafen verlassen hatte, verstärkten sich ihre Zweifel, ob sie es auf diese Weise bis Eckwardersiel schaffen würde. Ihre Arme schmerzten schon jetzt, während sie den Koffer mal mit der einen, mal mit der anderen Hand trug. Die Last war viel zu schwer für eine so lange Strecke, aber schließlich brauchte sie in ihrem neuen Leben etwas zum Anziehen. Frida würde ihr nichts abgeben können.

»Ich muss es hinbekommen«, versuchte Erna sich selbst Mut zuzusprechen und stapfte weiter. Getrieben von dem festen Willen, trotz der widrigen Situation nicht aufzugeben.

Es war stockdunkel, und sie musste aufpassen, wohin sie trat. Der schmale Weg war glatt, rechts und links taten sich Gräben auf, auf deren Oberfläche eine Eisschicht zu sehen war. Erna gab acht, nicht zu nah an die Böschung zu geraten und womöglich abzurutschen. Schon jetzt spürte sie, dass sie sich völlig übernommen hatte und einfach wie ein panisches Dummchen drauflosmarschiert war.

Sie versuchte, in der Mitte des Weges zu bleiben. Endlich hatte sie den Deich erreicht und wandte sich nach rechts. Weil es noch immer unangenehm windig war, beschloss sie, den Binnendeichsweg entlangzulaufen, so war sie wenigstens ein bisschen geschützt.

Und wieder setzte sie in gebeugter Haltung einen Schritt vor den anderen. Das Schneetreiben hatte derweil ein wenig nachgelassen, was das Laufen aber nicht einfacher machte. Sie musste vorsichtig sein, denn mit ihrem Kind im Bauch durfte sie auf keinen Fall stürzen.

»Ich werde dich immer beschützen«, flüsterte sie, während sie mit der freien Hand ihren Unterbauch umfasste. Darin wuchs das Kind ihrer Liebe, die sie einfach so abserviert hatte. Trotzdem war Erna schon jetzt von ihren Gefühlen für den Winzling überwältigt. Den Schmerz um Stefan verdrängte sie, er hätte ihr sonst zu viel Kraft geraubt.

Ab und zu blieb Erna stehen, wechselte den Koffer in die andere Hand, bevor sie wieder in ein und denselben Tritt verfiel. Sie hatte sowohl ihre Kraft als auch das Wetter und die Entfernung völlig unterschätzt.

Nach einiger Zeit – Erna wusste nicht, wie spät es jetzt war – spürte sie ihre Füße und Finger gar nicht mehr. Sie musste innehalten, und sie versuchte, etwas Leben hineinzubringen, indem sie die Handschuhe auszog und die Finger in die Ärmel steckte. Doch ihre Unterarme spendeten auch keine Wärme mehr, ausgekühlt, wie sie war. Erna hüpfte auf und nieder, doch die Bewegung erfüllte ihren Zweck ebenfalls nicht. Sie war müde und tatsächlich versucht, sich einfach in den Schnee zu legen, denn sie würde es doch nicht schaffen, zu Frida oder wenigstens zum nächsten Gehöft zu kommen.

Plötzlich hörte sie hinter sich ein Klingeln und das Schnauben eines Pferdes. Völlig entkräftet hob Erna die Hand und schaute dem Schlitten entgegen, der vorn mit zwei Leuchten bestückt war.

Das Gefährt hielt sofort an. Ein dick eingemummelter Mann sprang herunter. »Harrijasses nej. Was machst du Deern denn am Abend bei dem Schietwedder am Deich?«

»Ich will nach Eckwardersiel«, sagte sie mit zitternder Stimme.

Der Mann schüttelte den Kopf. »Das sind über dreißig Kilometer. Das ist nicht dein Ernst, oder?«

Erna zuckte mit den Schultern. »Ich brauche eine Unterkunft für die Nacht«, flüsterte sie schließlich. »Ein Gebäude, wo ich mich aufwärmen kann. Sonst werde ich jämmerlich erfrieren. Haben Sie eine Idee, wohin ich mich wenden könnte?«

Der Mann kratzte sich am Kinn. »Nun, bei mir kannst du nicht bleiben, da macht mich mien Fru einen Kopp kürzer, wenn ich mit 'ner hübschen Deern vor der Tür steh. Aber steig erst mal auf. Ich bin Edzard und wohne in Stollhamm. Aber wie gesagt, dahin kann ich dich nicht mitnehmen. Kurz vor der Abzweigung liegen ein paar Höfe, da werde ich dich rauslassen, und da kannst du bestimmt bleiben. Dann sind es morgen noch ungefähr sieben Kilometer zu gehen, und wenn du Glück hast, hört es bis dahin auf zu schneien. Nun müssen wir uns aber sputen, damit auch ich noch nach Huus komme.«

Erna kletterte mühsam auf die Kutsche. »Warum sind denn Sie überhaupt unterwegs?«

»Mien Moder in Varel ist krank, und ich musste mich kümmern. Ich dachte, am Deich ist es schneller zu fahren als auf der Straße. Aber das Ganze stellt sich doch als schwierig raus. Denn man tau!« Er reichte Erna eine Decke, klatschte die Zügel auf den Rücken des Pferdes, und es trabte los. Neben ihnen stob der Schnee auf.

Erna bekam von der rasanten Fahrt nicht viel mit, weil ihr so unglaublich kalt war. Ihr ganzer Körper bebte. Wie hatte ihre Mutter immer gesagt? »Du kannst gar nicht so schnell bibbern, wie du frierst.«

Erna wischte sich über die Augen und bemerkte, dass ihre Brauen von einer feinen Eisschicht bedeckt waren. Schnell zog sie die Handschuhe wieder an. Das Bedürfnis, sich einfach niederzulegen und einzuschlafen, wurde immer übermächtiger. In ihrer Verzweiflung und dem doch viel zu überstürzten Aufbruch hatte sie zudem nicht daran gedacht, sich etwas zu essen oder zu trinken mitzunehmen, und nun plagte Erna auch noch der Durst, und ihr Magen knurrte laut. Aber sie schwieg und war froh, dass dieser wortkarge Mann sie überhaupt aufgelesen hatte. Sonst wäre sie wohl schon erfroren.

Erna wusste nicht, wie lange sie unterwegs waren, aber nach einer Weile hielt der Schlitten an. Edzard zeigte auf einen großen Hof, der etwa einhundert Meter entfernt in der verschneiten Marsch lag. Aus den Fenstern schien Licht und ließ das Gebäude heimelig erscheinen.

»Da wohnen die Donkers. Gute Leute. Schaffst du das letzte Stück? Ich kann dich nicht bringen. Gerede auf dem Land, weißt du? Mien Fru kriegt Nachwuchs, und ick will keen Ärger ham!«

Erna kniff kurz die Augen zusammen, in der Hoffnung, eine bessere Sicht zu haben. »Das schaffe ich – und danke!«

»Da nich für, mien Deern. Da nich für!« Edzard tippte sich mit der Handkante zum Abschied an die Stirn und fuhr dann davon. Erna umklammerte wieder den Griff des Koffers und näherte sich dem Gehöft.

Es handelte sich um einen typischen Marschbauernhof mit Wohnhaus, angrenzendem Stall und zahlreichen Nebengelassen. Der Anblick verlieh Erna neue Kräfte, und sie beschleunigte das Tempo. Vielleicht durfte sie einen Moment in der Küche vor dem Ofen verweilen und sich aufwärmen. Oder sie gaben ihr sogar eine Kammer für die Nacht.

Erna musste den Weg am Deichfuß verlassen, um zu dem Hof zu gelangen. Die Strecke dorthin war nicht geräumt, sodass sie sich durch den tiefen Schnee kämpfte, bis sie das Gebäude endlich erreicht hatte. Inzwischen war der Himmel sternenklar, und der Mond ließ die weiße Landschaft glitzern. Ernas Atem verflüchtigte sich in kleinen, weißen Wölkchen, als sie auf das grüne Holztor zulief. Leider war es verschlossen, und sie überlegte, ob sie einfach klopfen sollte, denn im Stall brannte noch Licht. Sie wagte es dann aber doch nicht und blieb mitten auf dem Hof stehen.

Hilflos sah Erna sich um und war froh, dass wenigstens kein bissiger Hund auftauchte und sie verscheuchte.

Plötzlich öffnete sich die Stalltür, und eine Frau in ihrem Alter trat heraus. Sie hatte sich ein Kopftuch umgebunden, unter dem rote Locken hervorquollen, und steckte in einer überdimensionalen Latzhose, unter der sie einen grauen Wollpullover trug. Die junge Frau wollte eben den Hof überqueren, als sie Erna entdeckte. Sie schaute sie verdutzt an. Dann sah sie den Koffer in Ernas Hand, und das Erstaunen verschärfte sich. »Wat kann ick vör di don?«

Erna schwieg, aber plötzlich rannen ihr Tränen übers Gesicht.

»Du snackst keen Platt?«

Erna schüttelte den Kopf, und das Mädchen wechselte augenblicklich ins Hochdeutsche und fügte nur noch vereinzelte plattdeutsche Brocken ein. »Du bist ja völlig erfroren, so wie du zitterst. To'n Düwel noch mal, das sieht ja man bannig übel aus. Wie lange bist denn du schon unterwegs?«

»Seit heute Abend, noch nicht arg lange, aber es ist so nass und kalt«, antwortete Erna. »Ich komme aus Varel.«

Das junge Mädchen zog die Stirn in Falten und dachte eine Weile nach. »Ich kann dich ja schlecht bei dem Schietwedder hier draußen stehen und erfrieren lassen. Komm erst einmal in den Stall, da können wir weiterklönen. Hier draußen holst du dir den Dod.« Dann sah sie sich ängstlich um und legte den Finger an die Lippen. »Wir müssen nur achtgeben, dass mein Vadder uns nicht sieht. Er kann sehr wütend werden, wenn es um Fremde geht. Von denen hält er nicht viel.«

Erna nickte. Ihr war alles recht. Hauptsache, sie kam irgendwo ins Warme. Sie folgte der anderen über den Hof, aber bevor sie in den Stall traten, drehte das junge Mädchen sich noch einmal um, verstellte ihr den Weg und fragte: »Du bist Flüchtling, oder?«

Erna seufzte. So konnte man es sehen. In Varel hatte sie nie das Gefühl gehabt, etwas Schlechteres zu sein als die anderen, aber jetzt, wo sie völlig durchnässt und verfroren wie eine Bettlerin auf diesem Hof stand und nur eine Hoffnung hatte, nämlich Wärme und etwas zu essen und zu trinken zu bekommen, ahnte sie, wie sich wohl Frida so manches Mal gefühlt haben mochte.

»Ich komme aus Stettin, habe aber bis heute in Varel gelebt.«

Das Mädchen biss sich auf die Lippen. »Also noch eine aus dem Osten. Die kann Vadder überhaupt nicht ab. Na, egal.«

Erna war unschlüssig, ob sie wirklich mitgehen sollte, aber hatte sie eine Wahl?

»Kiek, wir nehmen keine Fremden mehr auf«, versuchte die junge Frau zu erklären. »Bis zum letzten Jahr haben wir die kleine Magdkammer freigeben müssen. Aber nun sind die Leute weg und wir wieder allein. Vadder und Mudder sind froh. Schlechte Erfahrungen, weißt du?«

»Ich will nicht auf Dauer bleiben«, sagte Erna und versuchte, das Aufeinanderschlagen der Zähne zu vermeiden. »Nur eine Nacht. Bitte!«

Die Frau winkte sie nun endlich in den Kuhstall hinein. Erna schlug der süßliche Geruch der Tiere entgegen, aber es war ihr gleichgültig. Es war warm hier, das war das Einzige, was zählte. Und wie wunderbar wäre es, einen winzigen Schluck von der kuhwarmen Milch zu bekommen!

Die junge Frau blieb stehen und streckte Erna die Hand entgegen. »Ick bin übrigens Fenna.« Sie lächelte freundlich, und in ihren Augen schimmerte viel Wärme. Erna fasste Vertrauen.

»Erna. Ich bin auf dem Weg nach Eckwardersiel zu meiner Freundin, aber ich schaffe es heute Abend nicht mehr. Du siehst, in welchem Zustand ich bin.«

»So weit wolltest du bei dem Wetter laufen? Mit einem Koffer in der Hand?« Fenna lachte. »Hättest besser mit dem Zug nach Nordenham fahren und von dort den Butjenter nehmen sollen. Der fährt bis Eckwarderhörne, und von da kann man gut laufen.«

Erna zuckte mit den Schultern. »Der wäre heute Abend bestimmt nicht mehr gefahren, und ich musste eilig weg. Danke, dass ich mich aufwärmen darf.«

»Da nich für. Ich kann dich allerdings nicht mit ins Haus nehmen, sonst dreht Vadder wirklich durch.« Fenna kratzte sich am Kinn und grub dann die Zähne in die Unterlippe. »Lass mich nachdenken, wo du bleiben kannst.« Gleich darauf deutete sie mit dem Kinn auf eine Box, in der drei Kälber standen und neugierig ihre Nasen über das Holz hielten.

Über Fennas Gesicht glitt ein Leuchten. »Bist du eine Bangbüx, oder geht das, wenn du da Unterschlupf bekommst?«

Erna schluckte. Kühe waren ihr schon immer suspekt gewesen, mit ihren Hörnern und ihrer Größe. Aber die drei waren ja noch klein und sahen wirklich ungefährlich aus. Außerdem blieb ihr keine Wahl.

»Das wird gehen. Draußen erfriere ich«, sagte sie tapfer.

»Das sehe ich auch so«, bestätigte Fenna. »Versteck dich da in der Ecke. Heute Abend kommen Mudder und Vadder nicht mehr in den Stall. Ich hole dir gleich eine Decke und trockene Strümpfe.« Sie beäugte Erna. »Und was zu essen. Das wärmt von innen.« Dann stieß sie den Verschlag auf, und Erna huschte hinein.

Die drei Kälber kamen sofort neugierig zu ihr. Erna zitterte nun nicht nur vor Kälte, sondern auch noch vor Angst. Wenn sie den Tieren so Auge in Auge gegenüberstand, war es doch etwas anderes als mit einer Trennwand dazwischen.

Erna drückte sich an der Wand entlang in eine Ecke, doch die drei Kälber ließen nicht locker und folgten ihr. Das eine schubste sie mit der feuchten Schnauze an, das andere streckte sogar die Zunge heraus und begann an Ernas Hand zu saugen. Sie quetschte sich mit dem Rücken an die Mauer und hoffte, dass Fenna gleich zurückkam und ihr sagte, wie sie dem Ganzen entgehen konnte.

Es dauerte eine halbe Ewigkeit, ehe sie das Klacken der Stalltür vernahm und Fenna schwer bepackt zu ihr in die Box huschte. Mit ein paar ruhigen Gesten gelang es ihr, die neugierigen Kälber fernzuhalten. Erna war erleichtert. Ein wenig graute es ihr vor der Nacht, aber müde, wie sie war, würde sie bestimmt so rasch einschlummern, dass sie die Tiere gar nicht mehr bemerkte. Und irgendwann würden sicher auch die Kälber schlafen.

»Tut mir leid, aber ich musste vorsichtig sein, damit meine Eltern nichts bemerken«, sagte Fenna, während sie etwas Stroh mit der Schuhspitze in die Ecke katapultierte.

Sie drückte Erna das Paket in die Hand und schaufelte anschließend noch mehr Stroh auf einen Haufen. »So hast du es bequemer«, sagte sie zufrieden. »Ich habe morgen früh Melkdienst und werde die Erste im Stall sein. Dann musst du sofort verschwinden, hörst du? Und wenn mein Vadder, warum auch immer, dich doch entdecken sollte: Mich kennst du nicht. Er schlägt mich sonst windelweich.«

Erna nickte. Nein, sie würde Fenna immer nur dankbar sein und sie bestimmt nicht verraten.

»Und nun erst mal raus aus den nassen Strümpfen, sonst holst du dir den Tod!«, bestimmte sie.

Erna glitt mit dem Rücken an der Stallwand hinab und ließ es zu, dass Fenna ihr die Strümpfe von den Unterschenkeln zog. »Die sind wirklich klitschnass«, sagte sie. »Ich habe dicke Wollsocken mitgebracht. Hier!«

Erna half ihr beim Anziehen, obwohl es mit den klammen Fingern schwierig war. Dann verschwand Fenna noch einmal kurz und kam mit einer dicken, grauen Decke zurück. »Die ist von unserem Kutschpferd. Es sind bestimmt Haare dran, und sie riecht, aber dafür ist sie warm. Etwas anderes kann ich nicht auftreiben, ohne dass es auffällt. Du musst unbedingt den nassen Mantel ausziehen, deshalb habe ich dir den Wollpulli mitgebracht.« Sie zeigte auf ein monströses Gebilde. »Er ist von unserem russischen Arbeiter, der im Krieg hier war.« Sie schnüffelte an der Wolle. »Riecht etwas nach Rauch und Mottenkugeln, aber immer noch besser, als zu erfrieren.«

Erna zog den triefenden Mantel aus und war froh, dass ihr eigener Pulli und das Leibchen nicht nass geworden waren.

»Immerhin hat der Mantel gute Qualität und nichts

durchgelassen«, sagte Fenna. »Deine Schuhe sind allerdings schlecht gefettet.«

»Ich dachte ehrlich gesagt auch nicht, dass ich mal so lange damit unterwegs sein werde.«

Fenna zuckte mit den Schultern. »Und nun ab unter die Decke!«

Erna kuschelte sich darunter ein, nahm den Pferdegeruch nur kurz wahr, dann interessierte er sie nicht mehr.

»Ich versuche jetzt, noch etwas Essbares aufzutreiben«, versprach Fenna. »Dann muss ich dich allerdings allein lassen.«

Erna nickte. Sie wollte gleich ohnehin nur noch schlafen. Inzwischen störte es sie nicht einmal mehr, dass die Kälber schon wieder um sie herumliefen und ihr die Nasen ins Gesicht streckten. Sie schloss die Augen und nickte sofort ein, wurde aber wieder geweckt, als Fenna mit einem Becher warmer Milch und zwei Stullen vor ihr stand. »Hier. Trink langsam, sonst wird dir übel. Und sieh zu, dass die Kälber nicht zu frech werden.« Sie lächelte Erna an. »Das Licht mache ich jetzt aus. Bis morgen früh!« Sie winkte und verließ den Verschlag.

Erna trank zuerst die Milch. Sie war sämig und schmeckte wunderbar. Immer wieder musste sie die Kälber wegscheuchen. Aber schon bald verloren sie das Interesse an der fremden Frau, die unter der Pferdedecke lag und dort ihre belegten Brote versteckte.

Nachdem Erna die Milch ausgetrunken hatte, erwachten in ihr die Lebensgeister, und ihr wurde wärmer. Nach und nach kam das Blut zurück in die Gefäße, und ihre Gliedmaßen begannen zu kribbeln. Herzhaft biss sie in die erste Stulle, die dick mit Butter bestrichen und mit geräuchertem Schinken belegt war. Genüsslich kaute sie Bissen für Bissen und glaubte, noch nie in ihrem Leben etwas so Köstliches gegessen zu haben. Dabei lauschte sie den Geräuschen um sie herum. Die Kühe malmten, ab und zu klatschte ein Fladen auf den Beton des Bodens.

Es war eine Wonne zu wissen, dass gleich noch ein zweites Stück Brot auf sie wartete. Erna holte es unter der Decke hervor. Leider konnte sie nicht erkennen, womit es belegt war. Sie biss hinein – und fuhr zusammen. Es war Blutwurst!

Normalerweise hätte sie sie auf der Stelle wieder ausgespuckt, aber einerseits wäre das Fenna gegenüber respektlos gewesen, und andererseits war sie noch immer hungrig. Immerhin war sie eine werdende Mutter.

Mit jedem weiteren Bissen schmeckte die Stulle ohnehin besser, und nachdem Erna alles verputzt hatte, stellte sich die wohlige Müdigkeit erneut ein. Ihr war warm, sie war satt und erst einmal in Sicherheit.

Kapitel 11

Der Schnee war liegen geblieben, und die Sonne ließ die Kristalle erstrahlen. Frida saß mit ihrer Mutter am Frühstückstisch, der Vater war bereits fort, um einem Bauern zu helfen, den Stall auszubauen. Es war wunderbar, wenn er später wieder ein paar Köstlichkeiten vom Bauernhof mitbringen würde. Manchmal waren es Rüben, dann wieder Marmelade oder Wurst, Butter und Käse, etwas Milch oder ein Laib Brot. Ab und zu gab es Weizengetreide, das sie mit der Kaffeemühle mahlten und mit frischer Kuhmilch zu einem Brei zubereiteten.

Ab März, wenn der Winter sich zurückgezogen hatte, wollte Vater wieder mit Focko fischen gehen, damit würde ihr Speiseplan um einige Dinge erweitert sein. Frida dachte mit Wonne an den gebratenen Aal oder eine leckere Scholle.

Sie trank ihren Kaffee-Ersatz, den sie aus Eicheln geröstet hatten und der wie immer schrecklich schmeckte. Aber er hielt warm und war immer noch besser als nichts. »Was müssen wir heute besorgen?«, fragte sie dann.

»Milch und Eier«, sagte ihre Mutter. »Ich gebe dir zwei Paar gestrickte Socken mit, dann kannst du sehen, ob du auf dem Nachbarhof etwas bekommst. Die Kanne ist schon ausgewaschen. Ich habe gestern Mehl und Kartoffeln besorgt. Der Quark ist fertig, und ich werde gleich ein Brot backen. Heute Mittag gibt es Pellkartoffeln mit Matjes und Stippe.«

Frida seufzte leise. Es gab fast immer dasselbe. Eingelegte Heringe waren gut zu bekommen und zu lagern, und sie machten satt. Und wie viel lieber hätte sie jetzt das Brot gebacken, als bei der Kälte für zwei Paar Socken zum Bauern zu laufen und um Milch und Eier zu bitten!

Frida schlüpfte in die wollene Jacke. Sie wickelte sich den Schal ein paarmal um den Kopf und griff nach den Handschuhen, die sie letzte Woche gestrickt hatte. Dann noch die derben Winterschuhe, und sie konnte die Kate mit der Milchkanne und der Schüssel für die Eier in der Hand verlassen.

»Warte!«, rief die Mutter ihr nach und schwenkte ein Handtuch. »Leg das über die Eier, damit sie keinen Frost bekommen.«

Frida trat vor die Tür. Ihr schlug eine beißende Kälte entgegen. Zum Hof von Bauer Mannen waren es gute zwei Kilometer Fußmarsch durch die Wiesen. Sie reckte die Nase in die Luft und schaute sich um. Die Marsch präsentierte sich festlich und glänzte unter der weißen Schneeschicht. Am Schilf glitzerten feine Eiskristalle in der Sonne, die Möwen schienen wie festgefroren auf den Wiesen.

»Ich komme wohl langsam in meinem neuen Leben an«, sagte sie leise. Sie drehte sich noch einmal um und schaute auf ihre kleine Kate, wie sie sich fast verschämt am Deich duckte. Aus dem Schornstein quoll Rauch, weil Mutter zum Brotbacken ordentlich einheizte. Das schadhafte Dach zeigte sich mit Grünspan überzogen, und der Garten war vollkommen verwildert. Und doch war dieses Haus das Sinnbild für ihre Sicherheit. Egal, wo auch immer sie zukünftig arbeiten würde: Sie hatte ein Zuhause. Hier, in diesem Haus am Deich.

Frida stellte die Schüssel und Kanne ab, reckte die Arme in die Luft und drehte sich fröhlich einmal um sich selbst.

*

Ulrich war zufrieden mit seiner Arbeit, und sie war ihm leicht von der Hand gegangen. Stolz hielt er den Schinken in der Hand, den er zusammen mit einem kleinen Stück Leberwurst als Lohn für die letzten Tage bekommen hatte. Mittag war gerade erst vorbei, und er hatte auch noch Zeit genug, gleich am eigenen Häuschen zu bauen. Er lief schnellen Schrittes nach Hause. Wie wunderbar das klang! Nach Hause! So viele Jahre der Entbehrungen lagen hinter ihnen, und sie besaßen wieder Eigentum. Ulrich atmete tief durch und genoss die Ruhe der Marsch.

Es schneite zwar nicht mehr, aber die ganze Landschaft lag unter einer dichten Schneedecke verborgen. Kam die Sonne hinter den wenigen kleinen Wolken hervor, brach sich deren Licht in den winzigen Kristallen, und die umliegenden Wiesen sahen märchenhaft schön aus. Leider wehte ein schneidend kalter Nordostwind, der Ulrich schier den Atem nahm. Rasch zupfte er sich den dicken Wollschal dichter vors Gesicht. Ulrich musste achtgeben, nicht vom Weg abzukommen, denn er verspürte keine Lust, in einem der seitlichen Schlote, wie man hier die Gräben nannte, zu landen.

Schließlich gelangte er an den Deichfuß und wollte eben nach Norden abbiegen, als ihm eine Gestalt auffiel, die langsam und mit gesenktem Kopf, einen Koffer tragend, aus südlicher Richtung auf ihn zukam. Ulrichs

Herz klopfte schneller, denn es trieb sich viel Gesindel herum, dem er lieber nicht begegnen wollte. Die Armut der Menschen brachte nicht in allen die beste Seite hervor, und in der letzten Zeit hatte es einige Überfälle gegeben. Auf keinen Fall konnte er zulassen, dass jemand seinen erarbeiteten Lohn erbeutete.

Er betrachtete die Person genauer. Trotz des dicken Mantels wirkte sie sehr schmächtig.

»Das ist eine Frau!«, entfuhr es ihm.

Ulrich überlegte kurz. Auch Frauen konnten sehr aggressiv reagieren, wenn sie ausgehungert waren, aber so dünn, wie diese Dame dort war, würde er sich schon zur Wehr setzen können. Sie lief so langsam, dass es eher schien, als benötigte sie Hilfe.

Er stellte die Tasche mit den Lebensmitteln ab und beobachtete die Frau. Sie war noch etwa fünfzig Meter von ihm entfernt, hob nun den Kopf und bemerkte, dass er auf sie wartete. Sie blieb stehen, legte die Handkante an die Stirn und schaute ihn an. Zaghaft begann sie zu winken.

Die ist noch sehr jung, dachte Ulrich, und sofort überkam ihn Mitleid. Was, wenn es seine Frida wäre, die mutterseelenallein durch Butjadingen irrte und Hilfe benötigte? Ulrich nahm die Tasche wieder auf und lief der Frau entgegen.

»Kann ich Ihnen behilflich sein?«, fragte er von Weitem.

»Ja, bitte. Der Koffer ist so schwer, und meine Füße fühle ich gar nicht mehr. Aber der Weg ist noch weit, glaube ich.«

Ulrich stutzte, weil ihm die Stimme bekannt vorkam. Und dann erkannte er, wer sich unter dem dicken Schal verbarg.

»Erna?«, rief er erstaunt aus. »Was tust du hier?«

Anstelle einer Antwort ließ sie den Koffer fallen. »Herr Köhle!«, brachte sie hervor. »Ich glaube, ich träume!« Dann fiel sie ihm um den Hals und schluchzte auf. »Herr Köhle! Ach, Herr Köhle!«

Ulrich tätschelte hilflos ihren Rücken und schob Erna nach einer Weile ein Stück von sich fort. Es war ihm unangenehm, wenn er hier mit einer jungen Frau stand und sie im Arm hielt. Selbst durch den Mantel hindurch fühlte sie sich knochig an. Er musterte Erna zögerlich. In Stettin war sie gut gebaut gewesen, jetzt aber sah sie dünn und verhärmt aus – und das, obwohl es ihr in Varel doch bestimmt um vieles besser ging als ihnen hier in der Marsch.

»Nun komm erst einmal mit«, sagte er. »Du willst bestimmt zu Frida.«

Erna nickte. Noch immer liefen ihr dicke Tränen übers Gesicht.

»Wie weit ist es denn noch? Ich kann wirklich nicht mehr.«

Ulrich runzelte die Stirn. Er konnte ihr den Koffer abnehmen, aber laufen musste sie allein. »Es sind etwa drei Kilometer.«

»Oje, noch so schrecklich weit!« Erna stöhnte auf. »Aber das schaffe ich!« Sie schaute Ulrich treuherzig an. »Würden Sie denn so lieb sein und mein Gepäck tragen?«

»Aber selbstverständlich mache ich das.« Ulrich nahm den Koffer in die rechte Hand, die Tasche mit den Lebensmitteln in die linke, und so liefen sie schweigend auf dem Binnendeichsweg nebeneinanderher, bis sie an der Kate angekommen waren. Aus dem Schornstein quoll dichter Rauch, und es duftete nach frischem Brot.

»Meine Frau backt heute. Wir haben Mehl und Hefe

bekommen«, sagte er, als würde es einer Erklärung bedürfen. Ihm lief das Wasser im Mund zusammen. Wie groß würde erst die Freude sein, wenn er gleich seine Lebensmittel auspackte!

Erna antwortete ihm nicht. Sie war schrecklich blass, und er sorgte sich sehr um sie. Hauptsache, sie wird nicht ohnmächtig, dachte er und war froh, dass sie den Weg hinter sich gebracht hatten. Ulrich öffnete die Tür und bat Erna herein.

Seine Frau Margret stand wie erwartet mit hochroten Wangen und einem ums Haar gebundenen Tuch am Herd und nahm eben das frische Brot aus der Röhre. Auf dem Ofen stand ein Topf, daneben befanden sich ein Teller mit Matjes und eine Schüssel Quark. Margret drehte sich um und stutzte, als ihr Mann mit einer jungen Frau eintrat.

»Wer ist denn …?« Dann erkannte sie, wen er mitgebracht hatte. »Erna? Du?«, fragte sie erstaunt.

»Ich habe sie unterwegs aufgelesen«, erklärte Ulrich. »Sie ist völlig durchgefroren. Kannst du ihr bitte ein warmes Getränk machen?«

Margret wischte die Hände an der blau geblümten Schürze ab und nickte. »Natürlich! Ich brühe einen Tee auf. Das Wasser ist noch heiß. Und dann will ich aber doch wissen, was das Mädchen hier macht!« In ihrer Stimme schwang keine große Begeisterung über Ernas plötzliches Auftauchen.

»Das wird sie uns sicher gleich erzählen, aber jetzt muss sie sich erst einmal aufwärmen«, sagte Ulrich.

»Das stimmt. Also rein in die Küche. Frida wird Augen machen. Wenn sie zurück ist, können wir auch gleich essen.« Sie gab Tee in eine Kanne und goss Wasser aus dem Kessel dazu.

»Wo steckt unsere Tochter denn?«, fragte Ulrich.

Margret holte einen Becher für Erna aus dem wackeligen Büfettschrank. »Erst habe ich sie heute Morgen Milch und Eier holen geschickt. Aber dann hat sich ergeben, dass sie beim Bauern auch bei der Wäsche helfen kann. Frida ist sofort wieder hingelaufen, aber sie müsste gleich hier sein.«

Weil Ulrichs Magen laut knurrte, war er froh darüber, und sicher hatte auch Erna furchtbaren Hunger. Er wandte sich an die Freundin seiner Tochter, die noch immer völlig starr in der kleinen Küche stand und offenbar nicht wusste, was sie tun sollte.

»Leg doch bitte ab und setz dich an den Tisch.« Ulrich zeigte auf einen der Stühle. Dann half er Erna aus Mantel, Schal und Handschuhen. Dankbar ließ sie sich auf den Stuhl in der Ecke hinter der Tür fallen.

»Du siehst aber nicht gesund aus«, stellte Margret fest. Sie klang mitleidig, obwohl sie sonst nicht dazu neigte, sentimental zu sein. Sie reichte Erna den Teebecher. »Pass auf, er ist heiß.«

»Danke.« Erna griff danach, zuckte aber zusammen, weil der Metallbecher tatsächlich sehr warm war. »Mir geht es auch nicht gut, Frau Köhle. Ich wollte nur noch zu Frida. Hier wird alles besser werden.« Und dann begann sie zu weinen.

Ulrich verstand nicht, was in dieser maroden Kate besser sein sollte als in der Vareler Villa, aber das würde Erna ihnen bestimmt noch erklären. Jetzt war sie viel zu erschöpft dazu. Ulrich wollte die junge Frau nicht drängen.

»Nun trink und iss gleich erst einmal, dann sieht die Welt wieder ganz anders aus«, meinte Margret.

Ulrich sah seine Frau dankbar an, weil sie so fürsorglich mit der Freundin ihrer Tochter umging, obwohl er wusste, dass sie Erna eigentlich nicht mochte.

Die junge Frau hielt ihre Hand über den warmen Dampf des Tees und genoss es sichtlich.

Ulrich nahm derweil die Köstlichkeiten aus der Tasche und breitete sie auf dem Küchentisch aus. Margret klatschte vor Freude in die Hände. »Das wird uns eine Weile satt machen. Wie wundervoll, Ulrich!«

Er drückte seiner Frau einen Kuss auf die Wange, doch sie schob ihn weg. Zärtlichkeiten waren Margret immer unangenehm und ganz besonders, wenn noch jemand anders zugegen war.

Inzwischen umklammerte Erna den Becher mit beiden Händen, als müsste sie sich an etwas festhalten. Vorsichtig nahm sie einen Schluck.

»Willst du uns nicht erzählen, warum du den weiten Weg von Varel bis hierher zu Fuß gekommen bist?«, fragte Ulrich dann doch, aber seine Frau schüttelte den Kopf und signalisierte ihm, Erna nicht zu drängen.

Er verstand. Sie würde erst reden, wenn Frida da war.

»Na, lass gut sein«, sagte er, weil Erna ihm ohnehin nicht antwortete. Er und Margret setzten sich ebenfalls und schwiegen vor sich hin.

*

Eine halbe Stunde später schepperte die Haustür, und ihre Tochter trat mit rot glühenden Wangen ein. »Mann, ist das ein schneidender Ostwind«, sagte sie. »Bei der Wäsche zu helfen war keine leichte Arbeit, aber dafür habe ich die Eier und Milch umsonst bekommen.« Stolz legte sie die Stricksocken auf den Tisch. »Die können wir dann woanders eintauschen.«

»Wie schön«, sagte ihr Vater.

Frida zog sich den Schal vom Kopf und ließ den Blick durch die Küche schweifen, bis er in der Ecke hängen blieb, wo ihre Freundin kauerte. »Erna?«, brachte Frida hervor. »Das gibt es doch gar nicht. Was machst denn du hier?«

Dann stürzte sie auf ihre Freundin zu und herzte und küsste sie. »Mensch, wie schön! Wir haben uns so lange nicht gesehen!« Frida ließ von ihr ab, als sie gewahr wurde, dass Erna auf ihren Gefühlsausbruch kaum reagierte. »Was ist passiert?«

»Später.«

»Hat dein Vater dich gebracht?«

Erna verneinte. »Ich bin zu Fuß gekommen.«

»Von Varel? Aber warum hat dein Vater dich nicht gefahren?« Nun entdeckte Frida auch den Koffer, und sie stutzte sichtlich.

»Setz dich bitte erst einmal an den Tisch«, bestimmte Ulrich. »Mutter hat gekocht, und ich möchte nicht, dass die Kartoffeln kalt werden.«

Frida nickte. Immer wieder schaute sie verstohlen zu Erna.

Sie verteilte die Teller und stellte dann die Schüsseln mit den Kartoffeln und dem Quark sowie dem Teller mit den Matjes auf den Tisch.

»Guten Appetit«, wünschten ihre Eltern, und dann erklang eine ganze Weile nur noch das Klappern von Geschirr.

*

Stefan Müller schaute sich ständig um. Es dämmerte bereits, als er am Hafen von Varel angekommen war. Er war ganz allein hier – bis auf einen schwarzen Mercedes, der langsam an ihm vorbeikroch. Er hatte das Automobil schon zuvor in seiner Straße bemerkt. Das Fahrzeug wendete und fuhr in Richtung Varel zurück.

Stefan schaute sich um. Seine Hoffnung, um diese Tageszeit noch Fisch zu bekommen, zerschlug sich, denn die kleine Fischbude hatte geschlossen. Ein alter Mann mit dunkler Strickmütze machte sich gerade daran, die Holzläden zu verschließen.

»Hast du noch Fisch?«, fragte Stefan dennoch.

Der Mann wies auf einen Korb zu seinen Füßen. »Ein Stück Aal. Willst du den?«

»Gern!«

»Jo, schenk ich dir. Weil es so kalt ist!« Der Mann reichte ihm den in Zeitungspapier eingewickelten Aal, winkte kurz und verschwand in der Dunkelheit.

Was für ein Glücksfall an seinem letzten Abend! Stefan wollte den Fisch gleich in seinem Zimmer verzehren. Sozusagen als Henkersmahlzeit, bevor er die Stadt verließ und endgültig nach Duisburg zu Valerie zog. Er würde nicht zurückkommen, allein, um Erna aus dem Weg zu gehen.

Es hatte ihm wehgetan, so mit ihr umzuspringen, auch ohne dass ihr Vater ihn bedroht hatte. Den Entschluss, trotz der Affäre bei Valerie zu bleiben, hatte er schon vor dem Übergriff gefasst. Erna und er, das war wie Feuer und Wasser. Es passte nicht. Er wollte brennen, und sie würde ständig versuchen, ihn zu löschen, weil sie sich ein Leben mit Kind und Familie erhoffte. Das aber konnte er ihr nicht bieten, denn er plante, für eine bessere Welt zu kämpfen, in der Männer wie Heinz von Geest keinen Platz hatten. Überhaupt war es ausgeschlossen, mit einer Frau zusammen zu sein, die einen Vater mit dieser Vergangenheit hatte, selbst wenn Erna anders war. Wie hätte er das den Genossen erklären sollen? Ich liebe die Tochter eines Nazis?

Stefan seufzte. Er hätte sich gar nicht erst mit Erna einlassen dürfen. Aber er hatte bei dieser süßen Nase und dem Lächeln nicht widerstehen können, und Valerie hatte es nicht nur hingenommen, sondern ihm zum Glück sogar verziehen. Weil sie beide für dieselbe Sache kämpften.

Valerie und er kannten sich aus der Danziger Zeit und verfolgten dieselben politischen Ziele. Die Ehe mit ihr sicherte ihn zudem wirtschaftlich ab, wenn er im Laden des Vaters arbeiten konnte. Es war also die richtige Entscheidung.

Stefans Vermieterin war zwar nicht begeistert gewesen, dass er so Hals über Kopf aus dem Zimmer ausziehen wollte, aber weil er ihr die Miete für den kommenden Monat trotzdem zahlte, hatte sie das begonnene Gezeter schnell wieder eingestellt.

Stefan verspürte plötzlich keine Lust, in dieses Zimmer zurückzukehren, in dem nur ein gepackter Koffer auf ihn wartete und das ständige Klopfen mit dem Besenstiel gegen die Zimmerdecke, weil seine Vermieterin selbst seine Schritte als störend empfand. Es war zwar unglaublich kalt heute, aber er würde den Aal doch lieber hier verzehren. Dann würde er schlafen gehen und morgen in sein neues Leben starten – und nicht mehr zurückblicken.

Das Hafengelände war völlig verwaist, und es war still hier. So mochte Stefan das, denn er scheute die Einsamkeit nicht. Er umrundete ein Gebüsch und setzte sich auf eine alte, verwitterte Bank, wo er ungestört war, falls sich doch noch jemand an den Hafen verirren sollte. Stefan holte den Fisch aus dem Papier und schnüffelte genüsslich daran. Vorsichtig nahm er die Pelle ab und hieb seine Zähne in das feste Rauchfleisch. War das gut! Er kaute bedächtig, denn eine solche Delikatesse würde er zukünftig kaum mehr bekommen.

Er stutzte, als er erneut das Brummen eines Fahrzeugs hörte, das aber kurz darauf wieder verstummte.

Stefan biss noch einmal ab, dann hielt er inne, weil er hinter sich ein leichtes Knirschen vernommen hatte. Er ließ das Stück Aal sinken und sah sich um. Es war allerdings zu finster, als dass er wirklich etwas erkennen konnte.

Stefan wollte gerade aufstehen, als ein Mann aus der Dunkelheit neben ihn trat. Er war dick vermummt und trug einen Hut. Stefan erkannte ihn dennoch sofort.

Es war Herr von Geest. Was zum Teufel tat er hier?

»Wo ist sie? Raus mit der Sprache!«

Stefan verstand nicht, wovon Ernas Vater sprach. »Bitte?«

»Meine Tochter!«, herrschte er ihn an. »Ich habe dich gebeten, die Finger von ihr zu lassen, aber ich bin wohl nicht deutlich genug geworden.«

Stefan atmete erleichtert aus. »Herr von Geest, ich habe alles getan, was Sie von mir erwartet haben. Erna war sehr unglücklich darüber. Wir haben uns gestern getrennt.« Er sah Ernas Vater mit bitterer Miene an. »Woher wissen Sie denn überhaupt, dass ich hier bin?«

Heinz von Geest zuckte mit den Schultern. »Ich bin Ihnen schon eine ganze Weile gefolgt, junger Mann. Wo Sie wohnen, weiß ich aus Ernas Tagebuch. Also habe ich Sie beobachtet und bin Ihnen hierher nachgefahren, und ich habe mich dann doch entschlossen, mit Ihnen zu sprechen, nachdem sich meine Hoffnung zerschlagen hat, Sie könnten mich zu meiner Tochter führen.«

Stefan bekam es nun doch mit der Angst zu tun, denn Heinz von Geest wirkte plötzlich bedrohlich. Ein Mann, der sich nicht nur seiner Macht bewusst war, sondern sie auch einzusetzen vermochte. Stefans Stimme zitterte. »Bitte glauben Sie mir, ich weiß nicht, wo Erna ist. Würde ich allein hier sitzen und Aal essen, wenn ich mit Ihrer Tochter durchgebrannt wäre?«

»Sie lügen doch schon, wenn Sie den Mund aufmachen!«, herrschte Heinz von Geest ihn an. Seine Wut schien aufzulodern, als hätte man einem Feuer neue Nahrung gegeben.

Stefan packte den Aal zurück ins Papier. Was sollte er tun? Wie von selbst schossen die Worte aus ihm heraus. Er musste Zeit gewinnen, Heinz von Geest beschwichtigen. »Haben Sie Ihre Tochter denn schon bei Frida gesucht? Es könnte doch sein, dass sie zu ihrer Freundin gefahren ist.«

»In diese Bruchbude?« Heinz von Geest winkte ab. »Im Leben nicht. Sie kennen Erna wirklich schlecht.«

»Ich glaube, Sie kennen Ihre Tochter *gar* nicht«, wagte Stefan zu sagen und erhob sich langsam. Er wollte vor Heinz von Geest nicht kuschen, das hatte er nicht nötig, aber dazu war es besser, mit diesem Mann auf Augenhöhe zu sprechen. Stefan baute sich mit vor der Brust verschränkten Armen vor Ernas Vater auf. »Aber das ist nicht mein Problem. Und jetzt möchte ich gern gehen. Morgen früh fährt mein Zug nach Duisburg.«

Heinz von Geest wich ebenfalls nicht von der Stelle, und so standen sie sich wie zwei Stiere kurz vor dem Kampf gegenüber. »Sie gehen nicht, ehe Sie mir nicht gesagt haben, wo Erna steckt.«

Nun wurde es Stefan zu bunt. »Sie wiederholen sich. Wenn es Sie beruhigt, Herr von Geest: Ich hätte mich auch ohne Ihre Worte von Erna getrennt. Und wissen Sie, warum?« Er legte den Kopf leicht schief und verengte die Augen.

Ernas Vater sah ihn konsterniert an. Er glaubte Stefan offensichtlich kein Wort. Dazu tanzte zu viel ungläubiges Staunen in seinen Augen. »Ich höre, junger Mann. Ich höre.«

Stefan grinste spöttisch. Vor diesem Kerl würde er ganz bestimmt nicht zu Kreuze kriechen. Er doch nicht! »Ich habe mich Ihretwegen von ihr losgesagt.«

Herr von Geest schien noch immer nicht zu verstehen, worauf Stefan hinauswollte.

»Es klingelt so gar nicht bei Ihnen, oder? Herr von Geest, da Sie alles über mich wissen, dürfte Ihnen auch nicht entgangen sein, dass ich ein Genosse bin. Sie aber sind Nazi gewesen, haben mit der Führungsriege in Stettin kooperiert, und auch jetzt strecken Sie schon wieder Ihre Fühler in Richtung Macht aus.« Stefan schabte mit der Schuhspitze übers Gehwegpflaster, stellte sich dann aber doch wieder mit durchgedrücktem Rücken hin. »Das passt nicht zusammen, verstehen Sie? Ich möchte keine Frau, die in Ihren Kreisen verkehrt. Von daher können Sie ganz sicher sein, dass ich mit Ernas Verschwinden nichts, aber auch gar nichts zu tun habe.« Stefan gab sich zwar selbstbewusst, allerdings keimte in ihm auch die Sorge um Erna immer stärker auf. Was war, wenn sie sich etwas angetan hatte?

Er beschloss spontan, nach ihr zu suchen. Er wollte gleich morgen nach Eckwardersiel fahren und schauen, ob Erna bei Frida war. So schwer würde es wohl nicht sein, dieses Haus am Deich zu finden. Und Valerie würde verstehen, wenn er einen Tag später kam.

Heinz von Geest verengte die Augen.

»Warum haben Sie sich dann überhaupt mit meiner Tochter eingelassen?«, blaffte er ihn an, und an der Stelle wusste auch Stefan nicht weiter.

»Da … da habe ich wohl einen Fehler gemacht«, rutschte es ihm heraus.

»Einen Fehler nennen Sie das?« Heinz von Geest schnaubte wütend. »Das werden Sie büßen!« Er griff in das Revers seines Wintermantels.

Und dann sah Stefan nur noch die Mündung der Pistole. Sie lag ganz ruhig in der Hand von Ernas Vater, so als hätte er schon oft eine Waffe in der Hand gehalten.

Stefan wurde es mulmig. Heinz von Geests Blick war eiskalt. Er würde garantiert nicht zögern abzudrücken, wenn er keine zufriedenstellende Antwort bekam. Jetzt bloß keinen Fehler machen. Keinen tödlichen Fehler. »Ich weiß nicht, wo Erna ist. Bitte glauben Sie mir.«

Die Hand mit der Pistole zuckte nur kurz, dann hörte Stefan das gefährliche Knacken, als von Geest sie entsicherte. »Nun doch Angst vor dem Nazi, Genosse?«

Stefan hob beide Arme an und ließ dabei das Päckchen mit dem Aal fallen. »Ich schwöre, ich habe mich gestern von Erna getrennt, weil ich in Duisburg eine andere Frau heiraten werde.« Stefan hatte das Gefühl, sich um Kopf und Kragen zu reden. Hauptsache, ihr Vater ahnte nicht, wie weit sie schon gegangen waren und dass Erna sich durchaus Hoffnungen auf eine Ehe gemacht hatte.

»Sie sind ein bolschewistischer Teufel!«, stieß von Geest hervor. Und dann drückte er ab.

Kapitel 12

Frida war überaus neugierig, was Erna zu ihnen verschlagen hatte. Ihre Freundin schlief schon den ganzen Nachmittag in Fridas Bett. Es war eigenartig, dass Erna mit einem schweren Koffer bis Eckwardersiel gelaufen war. Vor allem, weil es nicht zu ihr passte. Sie war kein Mensch, der freiwillig eine längere Strecke zu Fuß ging. Weder im Sommer und erst recht nicht im Winter. Das hatte sie schon in Stettin gehasst. Und sie konnte auch nicht den ganzen Weg gelaufen sein! Das war von Varel aus viel zu weit.

Frida saß in der kleinen Stube und schaute durch das Seitenfenster zum Deich, der das Land wie ein Band von Meer und Horizont trennte. Die Dämmerung schlich heran und senkte sich über Marsch und Nordsee. Ihre Mutter werkelte in der Küche und kochte für den nächsten Mittag das Huhn aus. Die würzigen Gerüche schoben sich durch jede Ritze der Kate.

Die Tür von ihrem Zimmer öffnete sich, und Erna trat verschlafen in die Stube. »Tut mir leid, dass ich… Aber ich war so furchtbar müde!«

»Komm, setz dich!«, forderte Frida sie auf. »Du wirst eine Menge zu berichten haben.«

»O ja«, gab Erna zu. Sie wirkte blass und hatte gläserne Augen. »Du glaubst gar nicht, was ich dir erzählen muss.« Glücklich wirkte sie nicht, aber Frida gab sich munter. »Du machst es ja spannend!«

»Kannst du mir was zu trinken holen?«, fragte Erna. »Ich verdurste!«

Frida huschte in die Küche und kehrte mit einem Glas Wasser zurück.

»Hier, Marke Neuschnee, frisch getaut.« Frida reichte Erna das Glas.

Ihre Freundin wirkte trotz des langen Schlafs ausgezehrt, und sie erschien Frida noch dünner als im Herbst.

Erna nahm einen Schluck. »Gut, dass ich hier bin.« Dann leckte sie ihre Lippen und setzte noch einmal an. »Ich habe gestern unterwegs kaum etwas getrunken, weil ich gar nicht daran gedacht habe, etwas mitzunehmen. Erst als ich im Kuhstall von einem Bauernhof übernachtet habe, hat mir eine junge Frau etwas Milch gegeben.« Sie schrak zusammen. »Ich muss ihr die Sachen noch zurückbringen, ich trage ihre Strümpfe. Ohne Fenna, so hieß sie, wäre ich gestern Abend verloren gewesen.«

Frida griff nach Ernas Hand. Was sie erzählte, kam ihr ganz schön verworren vor.

»Ich würde die Geschichte gern in vollem Umfang hören«, sagte sie. »So ganz verstehe ich dich nämlich nicht.«

Erna nickte. »Gut, ich beginne besser von vorn.«

Und dann erzählte sie von Stefan. Wie sie sich kennengelernt hatten. Von ihren tiefen Gefühlen zueinander und auch, was sie sich erhofft hatte. Als sie an dem Punkt angelangt war, dass sie sich sehr nah gekommen waren, machte Erna eine Pause. »Es fällt mir schwer, darüber zu reden«, gab sie zu. »Weil es sich vor der Ehe doch nicht gehört, dass man miteinander ins Bett geht. Doch ich dachte, er liebt mich und will mich heiraten, und so habe ich seinem Drängen nachgeben.«

Frida reimte sich aus dem Gesagten zusammen, was passiert war. »Er hat dich sitzen gelassen? Trotzdem?«

Erna rannen plötzlich Tränen über die Wangen, und Frida sprang auf. Sie nahm ihre Freundin fest in den Arm und drückte sie.

»Er hat mich nicht einfach so verlassen, Frida«, flüsterte Erna. »Er heiratet eine andere. In Duisburg.«

Frida schwieg dazu. Es war ungeheuerlich, dass ein Mann sich von einer Frau nahm, was er wollte, und sie dann verließ, einfach weil er sich umentschieden hatte. Frida fühlte Ernas Schmerz fast so, als wäre es der eigene. Für eine Weile standen sie eng umschlungen da.

»Danke«, sagte Erna, als ihr keine Schluchzer mehr entwichen.

Frida setzte sich wieder. »Und nun willst du eine gewisse Zeit bei uns bleiben?«

»Wenn es geht. Ich kann nicht mehr bei meinen Eltern wohnen. Sie sind doch mitschuldig daran, dass Stefan mich nicht will. Denn er hat ja recht, dass mein Vater viel Dreck am Stecken hat.«

Und dann erzählte Erna ihrer Freundin auch von den Salomons.

»Ich brauche jetzt einen Schnaps«, sagte Frida, als Erna geendet hatte. »Du auch?«

Erna schüttelte heftig den Kopf. »Ich… Nun, das war noch nicht alles.«

Frida hob abwehrend die Hände. »Eigentlich reicht es mir schon«, sagte sie. »Ich finde, es ist ein ordentlicher Berg zusammengekommen, und es kann nicht viel schlimmer werden.«

»Kann es doch«, flüsterte Erna fast tonlos, begleitet

von einem weiteren Tränenausbruch. »Und wie es das kann!«

Frida erbleichte. »Du bist… nein, sag, dass es nicht stimmt. Du bist in Umständen?«

»Ja«, bestätigte Erna knapp. Sie wirkte von Minute zu Minute matter, und ihre Augen glänzten jetzt fiebrig.

»Puh!« Frida legte den Kopf in den Nacken und musste die Neuigkeit erst einmal sacken lassen. »Das ist schlimm.«

»Allerdings.«

Frida setzte sich wieder auf. »Und was wird nun? Eine Frau ohne Mann darf doch ihr Kind gar nicht behalten! Auf jeden Fall bekommt sie die Vormundschaft nicht. Und noch schwerer ist es, wenn sie, wie du, noch nicht volljährig ist.«

»Ich weiß«, bestätigte Erna. »Aber vielleicht findet sich eine Lösung. Klingt blöd, doch ich liebe das Kleine jetzt schon.«

»Wir müssen mit meinen Eltern sprechen. Lange wird es nicht mehr zu übersehen sein.« Frida stand auf. »Ich hole sie. Vater müsste gleich von der Arbeit zurückkommen.«

Sie suchte ihre Mutter erst in der Küche, aber der Topf mit dem Suppenhuhn stand schon neben dem Herd. Also schaute Frida aus dem Fenster und entdeckte Margret im Garten, wo sie gerade dabei war, den Schnee beiseitezuschippen. Sie hatte schwere Gummistiefel an und eine alte Joppe übergezogen.

Sie schaute Frida erstaunt an, als sie aus dem Haus gehetzt kam. »Was ist los? Ist was mit Erna?«

»Ja, Mutter, wir müssen reden.« Frida rieb sich die Schultern. Der Nordostwind pfiff noch immer über die Marsch.

»Ich komme gleich. Geh wieder rein, sonst holst du dir noch den Tod. Ich mache das nur rasch fertig.« Fridas Mutter schob einen großen Schwung Schnee beiseite. »Nun kann man nur hoffen, dass es nicht gleich wieder schneit und ich von vorne beginnen muss.«

Frida huschte ins Haus und zog die Tür hinter sich zu. Sie hoffte, dass sich der Wind bald drehte. Der Nordostwind brachte zwar meist klare Luft, ließ es aber kälter erscheinen, als es war.

Kurz bevor sie in die Stube betrat, hörte sie lautes Stöhnen. »Erna!«

Ihre Freundin lag auf dem Sofa und krümmte sich vor Schmerzen.

»Was ist los?«

»Ich habe solche Krämpfe im Bauch, und es zieht ganz schlimm im Rücken! Außerdem habe ich vermutlich Fieber. Mir ist so komisch zumute ...«

Frida kniete sich neben sie. »Es war bestimmt alles zu anstrengend. Normalerweise darf man in deinem Zustand doch nicht heben und schon gar keine so weiten Strecken gehen und dabei fast erfrieren!«

Erna stöhnte wieder. »Meinst du, ich verliere mein Kind?«

»Ich weiß es nicht«, sagte Frida. »Von so etwas habe ich absolut keine Ahnung!« Sie lief zurück zur Haustür. »Mutter!«, rief sie angstvoll. »Mutter!«

Kurz darauf stürzte Margret herein. »Du klingst so aufgebracht, was ist denn los?«

»Erna! Sie krümmt sich vor Schmerzen und hat wohl auch hohes Fieber. Mutter, ich habe Angst, dass sie ihr Kind verliert!«

»Ihr Kind?«, wiederholte Margret konsterniert, schien dann aber das Ausmaß in vollem Umfang zu begreifen.

»Deshalb ist sie hier«, murmelte sie schließlich. »Deshalb. Oje.«

Margret kniete sich neben das Sofa und nahm kopfschüttelnd Ernas Hand. »Du bist in Umständen, Erna? Ist das wahr?«

Sie nickte.

Fridas Mutter richtete sich wieder auf und sah ihre Tochter mit festem Blick an. Dann seufzte sie laut. »Lauf rasch nach Eckwarden und hol den Arzt. Er soll kommen, so schnell es geht!«

Frida stürzte in den Flur und riss im Vorübergehen Mantel und Schal vom Haken. Sie umwickelte sich den Kopf und rannte los in die Kälte, die beißend in ihre Wangen stach.

*

Heinz von Geest weinte. Er weinte so heftig, wie er es nicht mehr getan hatte, seit er ein kleiner Junge war. Seine Tränen flossen aus ihm heraus, schienen ihn austrocknen zu wollen.

Sein Kind war verschwunden. So wie zuvor seine Söhne Herold und der kleine Toni. Alle hatten sich aus seinem Leben verabschiedet, keiner schien es für nötig zu halten, bei ihm und Stine zu bleiben.

Er hatte geglaubt, Erna sicher an seiner Seite zu wissen, und dann war dieser Schnösel gekommen, der nun in seinem Kofferraum lag. Heinz wusste nicht, ob er ihm Glauben schenken sollte und ob es stimmte, dass er sich von Erna getrennt hatte. Was, wenn sie in irgendeinem gottverlassenen Hotel auf ihren Geliebten wartete und er jetzt nicht mehr herausfinden konnte, wo genau das war? Warum hatte er die Beherrschung verloren? Heinz starrte auf die Stelle, wo eben noch der tote Stefan Müller gelegen hatte.

»Ich habe keine Kinder mehr«, sagte Heinz laut zu sich und ließ den Kopf aufs Lenkrad sinken. »Niemand aus meinem eigenen Fleisch und Blut!« Er schluchzte auf und bemitleidete sich selbst unendlich, fühlte sich allein. Einsam und von der Welt verraten. Er war immer parteitreu gewesen, hatte dem gedient, von dem er überzeugt war. Doch dann war alles zusammengebrochen und damit auch seine Familie zerstört worden. Der Krieg hatte ihm seine Söhne genommen. Und nun, wo er gedacht hatte, in der neuen Welt wieder Fuß fassen zu können, begegnete Erna diesem windigen Mann, der so gar nicht in seine ehrgeizigen Pläne für die Tochter passte.

Er hatte doch gar nicht anders handeln können, als dieses subversive Element aus dem Leben zu streichen, damit es Erna nicht weiter vom richtigen Weg abbrachte!

Wieder schossen Heinz Tränen in die Augen. Denn nun war zwar Stefan Müller eliminiert, aber Erna war dennoch nicht da.

Seine Tochter hatte schon immer ihren eigenen Kopf gehabt und hinterfragte alles, während sie gleichzeitig den Luxus, den er ihr bot, in vollen Zügen genoss.

Nein, was er getan hatte, war richtig. Erna musste schließlich nie erfahren, was genau zu ihrem eigenen Wohl passiert war. Kein Mensch durfte davon wissen. Diesem Geheimnis musste er ein symbolisches Grab schaufeln, Blumen darauf pflanzen und es so unter der daraus resultierenden Schönheit unsichtbar machen.

Erna würde wohl nie begreifen, wie sehr er sie liebte. Allerdings erwartete Heinz, dass sie sich fügte. Liebe war immer ein Geben und Nehmen, das galt auch für widerspenstige Töchter.

Nach einer Weile hatte er sich beruhigt und überlegte nun, wohin er den Leichnam bringen sollte. Er durfte auf keinen Fall schnell entdeckt werden, und niemand sollte Rückschlüsse auf ihn ziehen können. Heinz brauchte einen klaren Kopf, merkte aber, dass er bei dem Gedanken zitterte, den Toten gleich noch einmal berühren und das Blut aus dem Kofferraum waschen zu müssen.

Nach und nach wurde ihm bewusst, dass er nun wirklich ein Mörder war und zum ersten Mal selbst Hand angelegt hatte. In seiner Zeit in Stettin hatte er zwar dafür gesorgt, dass die Staatsfeinde ausgemerzt wurden, doch es war im Rahmen der bestehenden Gesetze in Ordnung gewesen. Aber das eben …

Stefan Müller hatte ihn provoziert. Seine Pläne für Ernas Zukunft torpediert und ihn dann auch noch mit seinen Bemerkungen bis aufs Blut gereizt.

Trotzdem pochte es in seinen Ohren. Jeder einzelne Herzschlag brüllte ihm zu: Mörder! Mörder! Mörder!

Heinz ließ das Lenkrad los und presste die Hände an die Ohren. Er sollte tunlichst schnell von hier verschwinden, denn sein Automobil war auffällig.

»Kühler Kopf, Heinz von Geest«, flüsterte er. »Du brauchst einen kühlen Kopf.«

Er startete den Motor mit zittrigen Fingern. Dann fuhr er mit seiner Fracht in Richtung Nordsee. Er hatte Glück, dass der Weg vom Ostwind weitgehend freigeweht war, sonst wäre er mit dem Wagen gar nicht durchgekommen.

Er parkte am Sieltor. Dort musste er noch einmal innehalten, weil ihn schon wieder der schreckliche Knall verfolgte. Er sah Stefans erstauntes Gesicht vor sich und dann dieses Loch in seiner Stirn. Er hörte das dumpfe Aufschlagen des Körpers.

»Nein!«, schrie Heinz auf. »Nein!«

Er musste würgen und schaffte es gerade noch, sich nicht zu übergeben. Es dauerte, ehe das Zittern aufgehört hatte. Das Abdrücken der Pistole war so einfach gewesen, doch das Danach gestaltete sich schwieriger.

Heinz wunderte sich noch immer, dass keiner gekommen war, um nachzuschauen, was passiert war. Aber durch den Krieg hatten die Menschen das Grauen kennengelernt und waren längst nicht mehr so empfindlich. Wegen der Kälte war der außerhalb von Varel liegende Hafen zudem verwaist gewesen.

»Wie gehe ich nun vor?«, fragte Heinz sich laut und erschrak vor seiner merkwürdigen, leicht blechernen Stimme.

Der Tote muss ins Meer, dachte er. Er wollte ihn nicht mehr Stefan Müller nennen. *Der Tote* musste reichen.

Mit etwas Glück herrschte gerade Flut, und er konnte den Leichnam dem Meer übergeben. Wenn das Wasser sich dann später aus dem Jadebusen zurückzog, würde es den jungen Mann gnädig in die Weite der Nordsee mitnehmen, und er wäre auf ewig verschwunden.

Heinz stieg aus, weil er zunächst prüfen wollte, wie der Wasserstand war. Er erklomm den Deich, wo er Fußspuren im Schnee hinterließ. Das hatte er nicht bedacht. Er musste sie später beseitigen. Heinz schaute von der Deichkrone über den Jadebusen, der seine graue Fracht an den Deichfuß warf. Es war also Hochwasser, und die See leckte direkt am Spülsaum. Ungünstig war der Nordostwind, aber die einsetzende Ebbe würde es schon richten und die Leiche mit hinausziehen.

Heinz ging zurück zu seinem Mercedes und schaute sich aufmerksam um, ob auch hier niemand sein Tun beobachtete. Doch es war stockdunkel, und außer dem

Rauschen der See und dem leisen Ächzen des Windes war kein anderes Geräusch zu vernehmen.

Heinz fühlte sich sicher. Er öffnete den Kofferraum und zerrte den Toten heraus. Kurz musste er ihn vor dem Wagen ablegen, denn obwohl der junge Mann schlank war, war es kein Leichtes, ihn zu tragen. Heinz schloss den Kofferraum und erschrak selbst bei dem dumpfen Knall.

Mit Wucht und nach mehreren gescheiterten Versuchen gelang es ihm schließlich, sich den toten Körper über die Schulter zu legen. So würde er im Schnee keine weiteren Spuren hinterlassen.

Es war ein mühsames Unterfangen, mit dem Gewicht den Deich zu erklimmen. Ein paarmal rutschte Heinz weg, denn es war glitschig und steil, sodass es eine Weile dauerte, ehe er oben angelangt war. Am schwierigsten war es, den Leichnam über die Mauer des Siels zu hieven. Dabei musste Heinz seine ganze Kraft aufwenden, aber dann hatte er es geschafft und übergab den Toten seinem ewigen Grab.

Als der Körper auf den Wellen der Nordsee aufschlug, fühlte Heinz sich unglaublich erleichtert. Er rannte den Deich noch ein paarmal hinauf und wieder hinunter, um seine Spuren zu verwischen, und sprang anschließend ins Auto.

Später musste er den Kofferraum noch säubern, denn Stefan hatte aus der Kopfwunde geblutet. Die Spuren am Hafen hatte er dank des Schnees schnell beseitigen können. Er hatte einfach ein paar Hände voll über den Blutfleck gehäuft. Zudem spielte das Wetter ihm in die Karten, denn es begann von Neuem zu schneien.

Dann fiel Heinz ein, dass er auch die Tatwaffe noch bei sich hatte. So ungern er sich davon trennen wollte, es musste sein, falls man die Leiche doch fand und eine ballistische Untersuchung vornahm. Nun, wenn etwas schiefgehen sollte – er kannte zum Glück den Polizeipräsidenten, und der war genau wie er der Ansicht, dass man mit Kommunisten hart und unnachgiebig verfahren sollte. Trotzdem musste er die Waffe loswerden und sich auf diese Weise absichern. Dass er überhaupt eine besaß, wusste schließlich keiner.

Doch er wollte die Pistole woanders entsorgen, weil er auf keinen Fall noch einmal an die Stelle zurückkehren würde, wo der Tote jetzt auf dem Bauch schaukelnd auf die See hinaustrieb, bis er unterging. Nein, er wollte Stefan auf keinen Fall tot im Jadebusen treiben sehen. Gestorben durch seinen Schuss. Und wieder hallte das Wort Mörder durch seinen Kopf. Es eckte wie eine Billardkugel an, prallte zurück, hämmerte weiter hin und her. Ehe das Pochen in seinem Kopf nachließ, dauerte es eine Weile, aber Heinz wusste, dass er fortan Stefans Schatten fürchtete. Er hatte Angst, dass er eines Tages zusammen mit der Familie Salomon und den vielen anderen nach ihm greifen und ihn in den Abgrund reißen würde. Heinz sah sehr viele ausgestreckte Hände, die nach seinen Beinen griffen und sich rächen wollten. In dem Augenblick war ihm klar, dass er Stefan Müller nie wirklich loswerden würde, genauso wenig wie alle anderen Menschen, an denen er sich versündigt hatte.

Heinz startete den Motor und fuhr ein Stück. Irgendwo hielt er an und warf die Pistole mit Schwung in die Jade.

Dann kehrte er nach Hause zurück und entfernte das Blut im Kofferraum. Den Lappen warf er in den brennenden Kamin.

Anschließend goss er sich einen Cognac ein, stürzte

ihn mit einem Schluck hinunter und starrte in die Dunkelheit.

»Wo warst du denn?«, fragte Stine. Sie war wie aus dem Nichts hinter ihn getreten.

»Ich hatte noch etwas für einen Klienten zu erledigen«, sagte Heinz.

Stine sah ihn zweifelnd an, hakte aber nicht nach, so wie sie nie hinterfragte, was er tat. Ein Grund, weshalb sie eine funktionierende Ehe führten.

»Hast du herausgefunden, wo Erna ist?«, wollte sie jetzt wissen.

Heinz schüttelte den Kopf. »Nein. Herr Müller behauptet, dass er sich wie abgesprochen von ihr getrennt hat, aber ich glaube ihm kein Wort.«

»Du hast ihn getroffen?«, fragte Stine, und Heinz wurde klar, dass er eben einen Fehler begangen hatte. Ihm brach der Schweiß aus.

»Nur kurz, Stinchen. Am Bahnhof.«

»Vielleicht saß sie schon im Zug und hat dort auf ihn gewartet?«, warf seine Frau ein. »Gibt es irgendwas, womit wir sie aufhalten können?«

Heinz zuckte mit den Schultern. »Ich fahre morgen früh zu den Köhles. Vielleicht ist sie dort.«

»Unsere Erna in der Baracke? Das glaubst du doch selbst nicht«, sagte Stine und goss sich ebenfalls einen Cognac ein. »Nein, das glaubst du selbst nicht.«

»All unsere Kinder haben uns verlassen«, sagte Heinz mit leiser Stimme.

Und dann begannen beide zu weinen.

*

Ulrich kam im Dunkeln zurück. Er wunderte sich, dass vor dem Haus der Schneeschieber herumlag, die Stiefel seiner Frau achtlos im Flur standen und nicht wie sonst ordentlich fortgeräumt waren.

Aus der Stube drang Gemurmel. Er stieß die Tür auf und sah, dass Dr. Fakt neben dem Sofa saß und Ernas Hand hielt. Dr. Fakt war ein alter und gutmütiger Arzt, der davon verschont geblieben war, dem Grauen des Krieges in die Augen sehen zu müssen, weil er ein Bein nachzog und als untauglich eingestuft worden war. Für die Bewohner Butjadingens war seine Anwesenheit während des Krieges allerdings ein Segen gewesen.

»Nun musst du dich warm halten und ausruhen, mien Deern«, hörte Ulrich. »Dann passiert dem kleinen Schietbüdel in deinem Bauch auch nichts. Es ist eine Blasenentzündung, und ich kann nicht ausschließen, dass auch deine Nieren in Mitleidenschaft gezogen worden sind. Bist een büschen kühl geworden bei deinem Marsch.«

Ulrich durchfuhr ein Schreck. Erna war schwanger und deshalb von zu Hause geflohen! Vermutlich gab es keinen Vater oder keinen, der sich um Frau und Kind kümmern wollte, und sie fürchtete sich vor dem Zorn ihrer Eltern.

Er blieb im Flur stehen, denn das musste er erst mal verdauen. Die Stimme des Arztes drang erneut an sein Ohr.

»Trink von diesem Tee eine Menge, dann heilt deine Blasenentzündung schnell aus, und das Wasserlassen ist nicht mehr so schmerzhaft.«

»Ich koche gleich eine große Kanne«, sagte Margret. Sie kam in den Flur und prallte fast mit ihrem Mann zusammen. »Ulrich!«, rief sie aus. »Hab ich mich jetzt erschrocken. Sag doch was!« Sie schüttelte den Kopf.

»Wie du siehst, überschlagen sich hier gerade die Ereignisse.«

»Ja, das sehe ich.« Und wie ich das sehe, fügte er in Gedanken hinzu. Vor ihm türmte sich unvermittelt ein weiterer Berg an Problemen auf, von denen er nicht wusste, wie und ob er sie würde lösen können.

Er folgte seiner Frau in die Küche, weil er sich außerstande fühlte, Erna unter die Augen zu treten. Er war ein wenig überfordert mit allem.

Margret füllte Wasser in den alten Kessel, der schon etliche Dellen aufwies.

»Erna bekommt also ein Kind?«, begann er vorsichtig. »Das habe ich richtig verstanden?«

Margret stellte die Karaffe zurück. »Ja, von einem Sozialisten, der ihren Vater ablehnt. Und nun heiratet er wohl eine andere, der Mistkerl.« Sie schob den Kessel auf den Ofen und legte etwas Torf nach, um das Feuer noch einmal richtig anzufachen. Dann gab sie etwas von der Kräutermischung ins Tee-Ei und hängte es in die Emaillekanne.

»Wissen ihre Eltern denn von der Schwangerschaft?«, hakte Ulrich nach und beantwortete sich die Frage gleich selbst. »Ich vermute nicht, wenn sie bei Nacht und Nebel einen so gefährlichen Weg auf sich genommen hat.«

»Die Beziehung zu den Eltern erscheint mir sehr zerrüttet«, stellte Margret klar. »Der Vater hat offenbar viele schlimme Dinge getan. Fridas Andeutungen gingen in die Richtung …«

»Das arme Ding«, antwortete Ulrich voller Mitleid. »Als ledige und nicht volljährige Mutter wird sie das Kind nicht behalten dürfen. Es wird einen Vormund bekommen.«

»Aber hier kann das Mädchen nicht bleiben. Wir sind

doch kein Asyl für in Not geratene Frauen! Außerdem hast du es eben schon gesagt: Sie ist nicht volljährig, und wir sind nicht ihr Vormund. Ich möchte wirklich keinen Ärger mit den von Geests.«

Ulrich blies die Luft aus. Margret hatte recht. Sie konnten Erna nicht helfen, auch wenn sich das junge Ding bestimmt von ihnen Unterstützung wünschte. Ulrich kam sich bei dem Gedanken hartherzig vor, aber die Realität war, wie sie war. Grausam.

»Es wäre auch zu eng«, fuhr seine Frau fort. »Wo soll Erna denn schlafen? Oben in den noch nicht hergerichteten Räumen ist es zugig, an einigen Stellen regnet es rein. Wir bekommen kein zweites Bett in Fridas Zimmer. Und wohin später mit dem Kind?«

Genau das war auch Ulrich in der kurzen Zeit durch den Kopf gegangen. Sie konnten keine vierte und später fünfte Person durchbekommen. Und an der Gesetzeslage war auch nicht zu rütteln. Erna war ledig und galt damit als erziehungsunfähig, wenn ihre Eltern sie nicht unterstützten.

»Ganz abgesehen davon, dass unsere Bezugsscheine und das, was wir sonst an Essen auftreiben können, gerade für uns ausreichen«, beendete Margret ihre Argumentation. »Wir müssten für sie Scheine besorgen, wenn sie vonseiten ihrer Eltern hierbleiben dürfte, aber sie ist doch in Varel gemeldet.«

Das Wasser kochte, und sie goss das Wasser in die Kanne. »Wir müssen mit den von Geests sprechen, Ulrich. Ernas Zuhause ist dort in der Villa. Sie sind die Großeltern und sollten sich um den armen Wurm kümmern, wenn er auf der Welt ist. Sie sind die Einzigen, die an dem Zustand etwas ändern können.«

»Erna könnte auch heiraten«, überlegte Ulrich. »Da

wäre sie nicht die Erste, die das aus dem Grund tut. Vielleicht haben die von Geests Verbindungen?«

Margret lachte leise auf. »Das verwöhnte Ding wird sich nicht verheiraten lassen, da sei mal sicher.«

Ulrich zuckte mit den Schultern. Er konnte das Problem nicht lösen, selbst wenn er es gewollt hätte.

»Tut sie das nicht, muss das Kind in ein Heim oder in eine Pflegefamilie.«

Margret nickte bestätigend. »Auf keinen Fall kann sie hierbleiben. Bitte kläre das. Auch mit Frida, denn sie wird sich bestimmt dafür einsetzen, dass Erna nicht fortmuss.«

Ulrich seufzte. »Wir reden mit ihr.«

*

Ulrich war schon früh aufgestanden, weil er heute in Stollhamm Koks holen wollte. Dazu schob er den selbst gezimmerten Schlitten über den tief verschneiten Weg. Mit Kutschen oder gar Autos würde man momentan nicht zu den abgelegeneren Höfen gelangen. Ulrich hoffte nur, dass die Hauptstraße ab Eckwarden geräumt war und das Vorwärtskommen erleichtert wurde. Schon ab dem Ortseingang Eckwarden wurde es leichter voranzukommen.

Als er in Höhe der Kirche war, kam ihm ein dunkler Mercedes entgegen. In Ulrich arbeitete es. Es geschah nur sehr selten, dass hier Automobile unterwegs waren, und Frida hatte nach ihrem Besuch in Varel erzählt, dass Ernas Vater genau so eines fuhr. Deshalb vermutete er, dass es Heinz von Geest war, der darin saß. Ulrich durchfuhr es siedend heiß. Ernas Vater kam, um seine Tochter zu holen.

Der Wagen hielt neben ihm. Und tatsächlich – Herr von Geest kurbelte das Fenster hinunter und steckte den

Kopf heraus. Er hatte eine Zigarre zwischen den Lippen. Seine Augen waren rot unterlaufen, seine Gesichtshaut war leichenblass. Hatte er sich so sehr um Erna gesorgt?

»Moin«, begrüßte Ulrich ihn. »Es ist noch sehr früh am Tag.«

»Guten Tag, Herr Köhle. Ich bin auf der Suche nach meiner Tochter. Ist sie bei Ihnen?« Herr von Geest nahm die Zigarre in die Hand und blies Ulrich den Qualm entgegen.

Der biss sich auf die Unterlippe, unsicher, wie er reagieren sollte. Doch Margret hatte es gestern klargestellt: Erna konnte unmöglich in ihrem Haus bleiben. Trotzdem zögerte er mit der Antwort, weil er noch nicht mit Frida über das Thema gesprochen hatte.

»Gut, Sie wollen nichts sagen, aber ich gehe mal davon aus, dass sie bei Ihnen Zuflucht gefunden hat.«

Ulrich sah, wie heftig die Finger von Herrn von Geest zitterten. Etwas stimmte nicht, und er konnte sich kaum vorstellen, dass es nur um Ernas Verschwinden ging.

»Ja, sie ist bei uns«, rang er sich schließlich ab.

»Wir sind außer uns vor Sorge. Warum haben Sie uns nicht einfach Bescheid gegeben?«

Ulrich lachte auf und machte eine ausladende Handbewegung. »Herr von Geest! Schauen Sie sich doch um! Man kommt kaum von den Höfen weg, weil die Nebenstraßen verschneit sind. Und ein Telefon haben wir nicht. Wir sind Köter!« Noch nie hatte Ulrich dieses Wort mit solchem Genuss ausgesprochen. Heinz von Geest war ein Snob, besaß alles, was er wollte, und hatte für Fridas Familie nur das Almosen der baufälligen Kate übrig gehabt. Und nun, wo seine Tochter bei ihnen Unterschlupf gesucht hatte, verlangte er ernsthaft, dass sich einer von ihnen bei der Witterung auf den Weg nach Varel machte?

Ernas Vater rauchte nachdenklich weiter. »Gut, dann ist sie also bei Ihnen.« Er wischte sich Schweiß von der Stirn, was Ulrich merkwürdig vorkam, kalt, wie es war. Womöglich war Herr von Geest krank.

»Ich nehme das jetzt mal hin. Wie viel bekommen Sie für Kost und Logis?«

Ulrich schluckte. Das war alles, was Ernas Vater zu dem Thema zu sagen hatte? Keine Frage nach dem Grund, keine Frage, wie es ihr gelungen war, diese weite Strecke allein zu bewältigen? Offenbar wusste ihr Vater nichts von der Schwangerschaft, und Ulrich wollte nicht derjenige sein, der es ihm hier lapidar mitteilte. Aber eines war sicher: Von so einem Menschen würde Ulrich kein Geld annehmen. Nicht einen Pfennig.

»Nichts, Herr von Geest. Ich denke, dass Erna wieder nach Hause kommt, wenn das Wetter es zulässt. Manchmal sind die Mädchen in dem Alter ja etwas ungestüm.«

»Ja, so ist es. Nun, ich muss jetzt zu einem Termin. Nichts für ungut, Herr Köhle. Dann grüßen Sie die Kleene mal.« Heinz von Geest machte sich daran, das Fenster wieder hochzukurbeln, hielt dann aber inne, als wollte er noch etwas sagen. Doch Ulrich kam ihm zuvor, weil er sich nach wie vor wunderte, dass Ernas Vater einfach wieder verschwinden wollte.

»Sie wollen Ihre Tochter nicht besuchen?«, fragte er. »Und klären, wann und wie sie zurückkommt?«

»Wozu?«

»Sie ist Ihr Kind!«

Herr von Geest lachte nur. Er warf die Zigarre in den Schnee, wo sie ein nasses Loch hinterließ, und startete den Wagen.

*

Erna hatte wirre Träume. Sie konnte die Bilder gar nicht zuordnen, so durcheinander waren sie. Mal ritt sie auf einem weißen Pferd über die Marsch, und hinter ihr tobte einen Horde Kälber, die ihr die Hand schlecken wollten, dann wieder schleppte sie einen schweren Koffer, in dem sich ihr Kind befand.

Schließlich erwachte sie am Morgen schweißgebadet und musste sich erst orientieren, wo sie sich befand. Von nebenan hörte sie das Klappern von Töpfen und Geschirr und Fridas Stimme, die sich mit der ihrer Mutter abwechselte. Durchs Haus zog der Duft von Hühnerbrühe.

Erna schloss die Augen, als die Erinnerungen an die letzten Tage sie übermannten. Sie hatte sich an den Rand der völligen Erschöpfung gebracht und war schließlich vom Fieber heimgesucht worden. Jetzt spürte sie Druck auf der Blase und angelte nach dem Nachttopf, der vor dem Bett auf einem Stuhl stand. Jemand musste ihn geleert haben. Sie zog ihn zu sich ins Bett und setzte sich darauf. Das Wasserlassen war noch immer sehr schmerzhaft, aber erträglicher als gestern. Erna fühlte sich auch nicht mehr so matt und fiebrig.

Der Tee und die Wärme schienen zu wirken. Oder waren es die dicken Tabletten, die der Arzt dagelassen hatte?

Sie stellte den Topf zurück und schob sich ein wenig im Bett hoch. Der winzige Raum war mit dem rostigen Bett und dem Kleiderschrank, dem die rechte Tür fehlte, sehr karg eingerichtet, und ihm fehlte jegliche Gemütlichkeit. Aber Frida hatte ein Dach über dem Kopf und diese paar Quadratmeter ganz für sich allein. Umso höher wertschätzte Erna es, dass sie ihr das Zimmer mit großer Selbstverständlichkeit überlassen hatte. Denn Frida war, ohne zu murren, auf das zerschlissene Sofa in der Stube umgezogen. Sie tat stets selbstlos alles dafür, damit sie, Erna, sich wohlfühlte. Nun wurde ihr doch wieder kalt, und sie zog sich die Decke bis zur Nasenspitze hoch.

Es klopfte, und Fridas Mutter schaute ins Zimmer. »Du bist also wach? Dann bringe ich dir den Tee. Dr. Fakt sagt, dass du noch liegen bleiben sollst.«

»Ich danke Ihnen«, sagte Erna matt.

Fridas Mutter nahm den Topf mit hinaus, kam nach einer Weile zurück und platzierte ihn nun unter dem Bett.

»Möchtest du etwas essen?«

»Ich weiß nicht. Ein bisschen vielleicht.«

Fridas Mutter verschwand und kam kurz darauf mit einem Teller Hühnerbrühe und einem Esslöffel zurück. Es duftete köstlich.

»Wenn du dich gestärkt hast, hole ich eine Waschschüssel«, sagte Frau Köhle. »Dann kannst du dich etwas frisch machen.« Sie verließ den Raum wieder.

Erna löffelte die Brühe und genoss jeden Bissen. Es war richtig viel Fleisch darin, und oben schwammen kleine Fettaugen. Danach fühlte sie sich viel besser und freute sich auf die Katzenwäsche.

Kurz darauf kam Frida ins Zimmer. »Du bist ja schon fertig!« Sie nahm Erna den Teller ab. »Hör zu, ich muss mit dir reden.«

Erna sah sie fragend an. »Worum geht es?«

Frida senkte den Blick. Das Gespräch war ihr sichtlich unangenehm. »Du siehst ja, wie wir wohnen, oder?«

»Klein, aber fein.«

»Es ist eng, und wir haben selbst nicht viel. Eine so wunderbare Suppe haben wir nicht jeden Tag auf dem Tisch. Normalerweise gibt es nur das, was Vater für seine Arbeit als Zimmermann auf den Höfen bekommt. Das ist mal mehr, mal weniger. Kurzum: Wir kommen gerade so zurecht.«

Erna zuckte unbekümmert mit den Schultern. »Wenn ich wieder gesund bin, kann ich doch auch arbeiten.« Dann verschloss sie den Mund und schluckte. »Das wird schwer, ich weiß. Ich kann nichts, und außerdem bin ich schwanger.« Sie ahnte plötzlich, worauf ihre Freundin hinauswollte und dass sie von ihren Eltern geschickt worden war. »Deine Mutter und dein Vater möchten, dass ich nach Varel zurückgehe, wenn ich wieder gesund bin, oder?«

Frida nickte traurig. »Ich habe alles versucht, sie umzustimmen, aber ich weiß auch, dass sie recht haben. Wir können keine weitere Person durchbringen oder hier wohnen lassen, solange das Haus nicht fertig ist. Und nicht einmal dafür haben wir Geld oder Material. Es gibt immer weniger.«

Ernas Bauch krampfte sich zusammen. Sie spürte die Verzweiflung hinter den vernünftigen Worten der Freundin. Frida hätte sicher am liebsten anders entschieden, weil sie ein großes Herz hatte. Und zu allem Überfluss musste ausgerechnet sie die traurige Botschaft überbringen. Das war nicht fair!

Erna griff nach Fridas Hand und drückte sie fest. »Ich weiß, dass du nichts dafürkannst und deine Eltern auch nicht. Eigentlich war es vermessen von mir, euch überhaupt in diese Schwierigkeiten zu bringen.« Sie senkte die Stimme. »Ich war nur so entsetzlich verzweifelt!«

»Ich weiß«, sagte Frida. »Ich weiß!«

Erna versuchte, klar und vernünftig zu klingen, um ihre Freundin nicht weiter zu belasten. »Ich werde zurechtkommen. Vermutlich ist es ohnehin richtig, meine Eltern in die Verantwortung zu nehmen!«

»Ja, Erna, so ist es.«

Sie schluckte. Das lief alles ganz anders, als sie es erhofft hatte. »Aber ich wage es nicht, ihnen die Wahrheit zu sagen.«

»Soll ich meinen Vater darum bitten?«, fragte Frida.

Erleichtert lehnte sich Erna zurück in die Kissen. »Das wäre wunderbar.«

Kapitel 13

Ulrich hatte nach dem Zusammentreffen mit Herrn von Geest den Koks aus Stollhamm geholt und kam gegen Mittag wieder nach Hause. Frida war bei Erna im Zimmer, und so hatte er ein wenig Zeit, mit seiner Frau zu sprechen.

»Er hat seine Tochter tatsächlich gesucht?«, fragte Margret erstaunt, nachdem Ulrich ihr von seinem Zusammentreffen mit von Geest erzählt hatte.

»Ja, ich habe mich auch gewundert. Hat Frida schon mit Erna gesprochen? Zu ihm habe ich nur gesagt, dass wir davon ausgehen, dass seine Tochter bald nach Hause zurückkehrt.«

»Von der Schwangerschaft weiß er nichts?«, hakte Margret nach.

Ulrich schüttelte den Kopf. »Danach sah es nicht aus. Pass auf, sobald die Witterung es zulässt, fahre ich nach Varel und versuche, es der Familie schonend beizubringen und für Erna das Beste herauszuholen.«

Stine hob abwehrend die Hände. »Fahr heute noch. Der Butjenter geht in einer halben Stunde. Und du kannst mit dem Abendzug zurückkommen. Ich möchte es geklärt haben.« Sie machte eine Pause. »Erna hat sogar darum gebeten, dass du mit ihm sprichst. Sie wagt es nicht selbst.«

Sie schraken zusammen, als sie im nächsten Moment vor der Kate Pferdegetrappel vernahmen. »Das ist Focko«, sagte Margret mit einem Blick aus dem Küchenfenster.

Kurz darauf kam der junge Fischer in die Küche. »Moin«, begrüßte er sie mit seinem immer strahlenden Lächeln.

»Morgen ist Tauwetter angesagt, da wollte ich heute noch einmal mit dem Schlitten kommen. Ich… Nun, ich dachte, vielleicht möchte Frida mal mit mir ausfahren. Ein bisschen Abwechslung tut ihr sicher gut.« Dann schien er die betretenen Gesichter der beiden zu bemerken. »Was ist los? Ist was mit Frida?«

»Nein, nein«, beruhigte Margret ihn sofort. »Mit Frida ist alles in Ordnung.«

Ulrich fasste rasch zusammen, was passiert war.

»Mensch, dann fahr doch mit meinem Schlitten nach Varel! Wenn du dich beeilst und den Weg am Deich entlang nimmst, bist du bei Anbruch der Dunkelheit zurück.«

»Und du?«, hakte Ulrich nach. »Du kannst dann aber heute nicht mehr bis Fedderwardersiel zurückfahren.«

Focko kratzte seinen roten Bart. »Pass auf, ich marschiere gleich mal zu meiner Tante. Bis dahin ist es ja nicht weit. Da kann mein Pferd über Nacht stehen, und sie hat sicher auch eine Kammer für mich. Das Gespann ist wie immer von Onkel Hein. Er ist heute um Pferd und Schlitten nicht verlegen, da bin ich sicher. Im Übrigen kann ich ihn von meiner Tante aus anrufen.« Er machte eine Pause und nickte sich dann selbst zu. »Wenn ich morgen sehr früh fahre, wird der Schnee schon nicht gleich weggetaut sein.«

Ulrich drückte spontan seine Hand. »Wenn doch nur alle Menschen so wären wie du. Danke.«

Focko winkte ab. »Da nich für. Man tut ja, was man kann.«

»Komm, ich mach dir einen Muckefuck«, sagte Margret. »Und ich hab noch etwas Weißbrot im Schrank. Mit Marmelade wird es dir schmecken.«

Er grinste breit. »Später. Ist Frida bei Erna in der Kammer?«

Ulrich tat es in der Seele weh, wie sehr sich Focko offenbar nach seiner Tochter verzehrte. Er war offenbar in der Hoffnung gekommen, ein bisschen mit ihr allein sein zu können – was ihn allerdings wunderte, denn in der letzten Zeit hatte es so ausgesehen, als würden sie sich aus dem Weg gehen. Trotzdem hatte Focko keinen Moment gezögert, ihm den Schlitten anzubieten.

»Soll ich Frida holen?«, bot Margret ihm an.

Focko wurde rot und lehnte ab. »Nee, ich geh dann erst mal zu meiner Tante auf den Nachbarhof und kümmere mich um mein Nachtquartier.« Er winkte noch einmal kurz und verschwand.

»Der ist so in Frida verliebt«, sagte Margret versonnen. »Und das Mädchen verschwendet nicht einmal einen Gedanken daran, ihn näher kennenzulernen. Er würde sie nie hängen lassen. Nie.«

Ulrich zuckte mit den Schultern, auch wenn er Fridas Desinteresse ebenfalls schade fand, aber sie hatte andere Pläne, und Liebe konnte man nicht erzwingen. »Ich mach mich dann mal auf den Weg.«

Er zog sich dicke Sachen an, um für die lange Fahrt gerüstet zu sein, und setzte sich dann auf den Schlitten. Es war noch immer eiskalt, was aber nach wie vor eher dem Nordostwind als den Temperaturen geschuldet war. Ulrich ließ den Braunen, der das Laufen durch den Schnee sichtlich genoss, munter traben und hing seinen Gedanken nach.

Erna tat ihm von Herzen leid, denn er wusste, was für

ein Zuhause sie hatte, nur war seine Aufgabe, sich in erster Linie um das Wohl der eigenen Familie zu kümmern. Erna kam immerhin aus einem gut situierten Haus, und wenn sich die Eltern ein bisschen ins Zeug legten, würde Erna das Kind behalten können und es würde nicht einer Pflegefamilie übergeben werden müssen. Die Eltern konnten die Fürsorgepflicht anstelle der Tochter übernehmen, und das kleine Ding würde im trauten Schoß der Familie aufwachsen. Er musste es nur geschickt anstellen, die von Geests davon zu überzeugen.

Ulrich kam gut voran und gelangte schließlich nach Varel. Frida hatte ihm erklärt, wo sich das Haus der Familie von Geest befand, und so musste er nicht lange suchen, bis er vor der pompösen Villa stand.

Er legte dem schwitzenden Pferd eine Decke über und hängte ihm den Hafersack um. So war es eine Weile beschäftigt. Dann klingelte er, und Frau von Geest öffnete eigenhändig die Tür. Personal scheinen sie nicht zu haben, dachte Ulrich mit einer gewissen Genugtuung.

»Guten Tag, Frau von Geest«, begrüßte er sie und nahm die Wollmütze vom Kopf.

Ernas Mutter umgab trotz der schlechten Zeiten eine Eleganz, die von ihrer Kleidung – einem grauen, wadenlangen Faltenrock mit dunklem Pulli, über dem eine lange weiße Perlenkette hing – unterstützt wurde. Ihr Haar hatte sie nach hinten zu einem Knoten geschlungen. Sie schien kurz überlegen zu müssen, wer vor ihr stand, denn in Stettin waren sie sich nur ein paarmal über den Weg gelaufen, und Ulrich hatte in den letzten Jahren nicht nur arg abgenommen, er war auch merklich gealtert.

»Herr Köhle?«, fragte sie dann mit gedehnter Stimme, und er wusste sofort wieder, warum er Stine von Geest nicht mochte. Allein diese herablassende Art! Aber er wollte sich Ernas wegen zusammenreißen und keinen Streit vom Zaun brechen.

»Ja, ich bin Fridas Vater«, antwortete er freundlich. »Es geht aber um Ihre Tochter.«

Nun entglitten Frau von Geests Gesichtszüge doch, und sie verlor kurz die Contenance. Sie wurde blass und musste sich für einen Moment am Türrahmen festhalten. »Um Erna? Um Himmels willen, wir suchen sie schon! Was ist mit ihr?«

Ulrich stutzte kurz. Ihr Mann schien noch nichts von der Begegnung am Morgen erzählt zu haben. »Es geht ihr gut«, beruhigte er sie rasch, weil er befürchtete, sie könnte kollabieren.

Doch Stine von Geest hatte sich erstaunlich schnell wieder in der Gewalt. »Bitte kommen Sie doch rein. Ich möchte unbedingt wissen, wo Erna sich aufhält und warum sie weggelaufen ist.« Sie trat einen Schritt beiseite und wies ins Innere des Hauses.

Ulrich wunderte sich, dass die eigene Mutter offenbar keinen Augenblick auf die Idee gekommen war, ihre Tochter könne Zuflucht bei der besten Freundin gesucht haben.

Ulrich wies zur Kutsche. »Ich möchte das Gespann nicht unbeaufsichtigt dort stehen lassen. Es gehört mir nicht.«

Ernas Mutter überlegte einen Augenblick, dann rief sie nach dem Nachbarjungen, der gerade im Garten einen Schneemann baute. »Hannes?«

Der Junge in Kniebundhosen blickte auf.

»Du kannst dir ein paar Pfennige verdienen, wenn du auf den Gaul dort achtgibst. Machst du deine Sache gut, gebe ich dir was!«

Hannes nickte eifrig und lief sofort zu der Kutsche.

»So, das wäre geklärt. Dann kommen Sie doch bitte herein.«

Nun folgte Ulrich ihr in die große Diele, deren Boden in beige-schwarzem Mosaik gefliest war. Nach beiden Seiten gingen mehrere dunkle Eichentüren ab, links schwang sich eine mächtige Treppe ins obere Stockwerk. Es roch nach Bohnerwachs und Zwiebeln, dazwischen schob sich der Duft von frisch gebrühtem Kaffee. Ulrich lief gegen seinen Willen das Wasser im Mund zusammen.

»Ich bin sehr neugierig, wo unsere Tochter steckt und was Sie davon wissen, Herr Köhle«, sagte Frau von Geest. »Legen Sie doch bitte ab!« Sie zeigte zur Garderobe.

Als Ulrich sich des Mantels, des Schals, der Mütze und der Handschuhe entledigt hatte, führte Ernas Mutter ihn durch den Flur ins Esszimmer, von wo aus er selbst die Kutsche beobachten konnte. Der Nachbarjunge streichelte den Braunen eben am Kopf.

Ulrich schaute sich um. Der Raum war durch eine große verglaste Flügeltür mit dem Wohnzimmer verbunden. Dort knisterte ein Feuer im offenen Kamin und verbreitete nicht nur einen würzigen Holzduft, sondern auch angenehme Wärme.

»Ich will nicht unhöflich sein, Herr Köhle«, sagte Frau von Geest jetzt mit gleichmütig einstudierter Höflichkeit, »möchten Sie eine Tasse Kaffee? Ich habe eben welchen aufgebrüht. Bohnenkaffee!«

Ulrich nickte. Es würde ihm guttun, die durchgefrorenen Glieder bei einer Tasse des heißen Getränks aufzuwärmen, und echten Kaffee hatte er lange nicht mehr getrunken.

Frau von Geest bat ihn, am Esstisch Platz zu nehmen, und verschwand, um kurz darauf mit einem Tablett in der Hand zurückzukommen. Darauf hatte sie zwei filigrane, blau geblümte Tässchen und eine silberne Kanne nebst Würfelzucker und einem Milchtopf platziert.

Ulrich war über die Kühle erstaunt, die von dieser Frau ausging, und wunderte sich nicht mehr, warum Erna mit ihrem großen Problem vor dieser Mutter geflohen war. Zwar war auch Margret keine Frau, die ihre Gefühle im Überschwang zeigte, aber sie hatte das Herz am rechten Fleck, und das spürte man überall.

Er beobachtete Ernas Mutter weiter. War sie wirklich so unterkühlt, oder hatte sie sich, warum auch immer, eingemauert, um sich unverletzlich zu machen? Gab es vielleicht hinter dieser Mauer schon tiefe Wunden, denen auf keinen Fall weitere hinzugefügt werden durften, wenn sie überleben wollte? Als sich einmal ihre Blicke nicht nur kurz begegneten, sondern sich sogar ineinander verhakten, war sich Ulrich sicher, dass er mit seiner Vermutung richtiglag.

Frau von Geest schaute schnell beiseite, setzte wieder das unverbindliche Lächeln auf, nahm die Tassen und goss ihnen Kaffee ein. »So, und nun erzählen Sie bitte von Erna«, forderte sie Ulrich auf und gab ein Stück Würfelzucker in die Tasse.

Ulrich trank erst vorsichtig und genoss den herben Geschmack, den er schon so lange nicht mehr hatte kosten dürfen. Dann erzählte er, was passiert war und dass Erna bei ihnen Zuflucht gesucht hatte.

Ihre Mutter trank nichts, sondern rührte den Kaffee mit zitternder Hand um.

Als Ulrich am Ende auch noch von Ernas Schwangerschaft berichtete, knarrten hinter ihm die Dielen. Ulrich fuhr herum und sah Herrn von Geest in der Tür stehen. Er hatte rot geränderte Augen und wirkte ausgelaugt. »Ich bin schon eine Weile hier und habe alles gehört.

Alles!« Er schnaubte wütend, bevor er lospolterte: »Das Ding ist in anderen Umständen? Dieser Drecksack!« Er näherte sich dem Tisch und schaute auf Ulrich herunter.

Auch jetzt kein Wort über ihr Zusammentreffen am Morgen. Heinz von Geest musste danach sehr aufgewühlt gewesen sein, und er hatte definitiv dem Alkohol gut zugesprochen, denn ihn umwehte eine unverkennbare Fahne.

»Beruhige dich, Heinz.« Stine von Geest sah ihn bittend an.

»Gibt es kein Essen?«, fragte er mit einem Blick auf die Kaffeetassen.

»Später, wenn Herr Köhle uns verlassen hat«, sagte Stine von Geest. »Es gibt Suppe, ich muss sie nur aufwärmen.«

Ulrich konnte die Situation noch immer nicht erfassen. Er kam mit der Nachricht, dass ihre Tochter zu seiner Familie geflüchtet war, weil sie ein Kind unter dem Herzen trug. Und das von einem Mann, der sie verlassen hatte. Der Vater hatte zumindest bei ihnen nach Erna gesucht, davon aber seiner Frau gegenüber kein Wort gesagt. Und Stine von Geest spielte trotz dieser Situation – in der er und Margret aus Angst um ihr Kind verrückt geworden wären – die perfekte Gastgeberin und redete über Suppe, während sie ganz in Ruhe Kaffee tranken. Was stimmte nicht im Hause von Geest?

»Gut, dann wissen Sie jetzt ja Bescheid.« Ulrich stand auf, denn er fühlte sich zunehmend unwohl. »Ich denke, Erna kann erst einmal noch bleiben, bis sie genesen ist«, fügte er hinzu.

»Was hat sie denn? Außer diesem … Umstand?«, fragte Heinz von Geest.

»Eine schwere Blasenentzündung mit hohem Fieber«, erklärte seine Frau.

Herr von Geest ließ sich schwer atmend auf einen der Stühle fallen und stützte den Kopf in die Hände. »Verdammt! Ich hatte schon das Treffen mit Alfons Meiners vereinbart. Er hätte Erna einen Antrag gemacht, und sie wäre versorgt gewesen! Aber eine von einem anderen Mann gefüllte Praline nimmt doch keiner. Auch Alfons nicht! Der lässt sich doch nicht schon im Vorfeld Hörner aufsetzen!« Heinz von Geest hieb mit der Hand auf den Tisch, sodass die Tassen auf den Untertellern wackelten und der Kaffee seiner Frau überschwappte.

Sie griff nach einer Stoffserviette und beseitigte das Malheur kommentarlos. Dann umfasste sie mit ihrer schmalen Hand beruhigend den Unterarm ihres Mannes und tätschelte ihn kurz, bevor sie sich erneut dem Kaffee widmete. »Das stimmt, Heinz. Nun müssen wir umplanen mit dem dummen Ding.« Sie trank die Tasse leer, schenkte sich nach und rührte wieder versonnen um.

Ulrich konnte nicht an sich halten, er sah sich in diesem Augenblick außerstande zu gehen, bevor er nicht das losgeworden war, was ihm unter den Nägeln brannte. Er räusperte sich. »Entschuldigen Sie, aber Sie sprechen von Ihrer Tochter! Sie leidet unglaublich, weil dieser Stefan sie sitzen gelassen hat, und braucht jetzt die Liebe und Unterstützung ihrer Eltern!«

Frau von Geest sah Ulrich befremdlich an. »Herr Köhle, Sie verstehen wohl nicht recht. Dieser Bastard in ihrem Bauch ist von einem Mann, der unserer Familie unwürdig ist.«

»Sie liebt ihn«, widersprach Ulrich, noch immer fassungslos.

Frau von Geest verzog angewidert das Gesicht. »Ganz ehrlich? Wir können uns in unserer Position einen solchen Skandal nicht leisten. Der Kerl ist Sozialist oder vielleicht sogar schlimmer: Kommunist! Deshalb haben wir für Erna andere Pläne, die wir nun an die neue Situation anpassen werden.«

»Er ist in erster Linie der Vater Ihres Enkels«, widersprach Ulrich ruhig und verfluchte sich innerlich, dass er Erna in der momentanen Situation kein Zuhause geben konnte.

Herr von Geest räusperte sich und wischte sich über die müden Augen. »Herr Köhle, wir denken nicht, dass unsere Familieninterna für Sie von Belang sind und dass Sie ein Recht haben, sich einzumischen. Selbstverständlich sind wir Ihnen sehr dankbar für alles, was Sie für Erna getan haben, und wir werden uns erkenntlich zeigen.« Er zwinkerte Ulrich zu. »Obwohl wir ja eigentlich quitt sind, nicht wahr?«

Ulrich zuckte zurück und verbiss sich eine Antwort.

»Nun, wir werden diese unsägliche Sache so regeln, wie es für unsere Familie passend ist«, ergänzte Heinz von Geest in geschäftigem Ton.

»Was soll das heißen?« Ulrich ahnte es, aber er wollte es aus dem Mund dieser Eiskönigin hören und sah Ernas Mutter abwartend an. Die schien bereits einen Plan gemacht zu haben. Sie hörte auf zu rühren und sagte: »Nun, während der Schwangerschaft wird sie im Haus bleiben müssen, damit keiner mitbekommt, was passiert ist. Wir werden uns beizeiten um eine Hebamme kümmern, die sich der Sache annimmt. Und dann kann das Jugendamt schalten und walten, wie es sich gehört. Sicher findet sich eine Familie, die sich über das Kind freut.«

Ulrich klappte bei dieser Kaltschnäuzigkeit das Kinn herunter. »Frau von Geest! Es ist Ihr Enkelkind! Sie könnten es zusammen mit Erna großziehen. Erna wäre seine Mutter und Sie der Vormund. Da gibt es doch Wege!«

Ernas Mutter verzog die Augen zu Schlitzen, der Kiefer von Ernas Vater malmte.

Dann sprang Frau von Geest auf. »Herr Köhle, Sie können das nicht verstehen, weil Sie das nicht durchmachen mussten. Ihre Frida ist schließlich noch da!« Sie warf einen hilflosen Blick zu ihrem Mann, der ihr bestätigend zunickte.

Ulrich wusste nicht, wie er reagieren sollte, weil ihm ein solches Denken fremd war. Es gab auch nichts mehr zu sagen, und deshalb war es wohl besser, wenn er jetzt endlich diese Villa verließ.

Aber Frau von Geest war offenbar noch nicht fertig. Plötzlich wirkte sie wie ein verunsichertes Kätzchen und schien um Absolution zu betteln. »Sie müssen uns doch verstehen, Herr Köhle. Einer unserer Söhne ist in Sibirien, wer weiß, ob er je zurückkommt. Und wir haben unseren anderen Jungen verloren. Den kleinen Toni. Er ist von den Trümmern Stettins getötet worden, sein letzter Begleiter war ein Teddy … Ich kann das nicht mehr! Verstehen Sie?« Ihre Stimme war schrill geworden und schraubte sich von Silbe zu Silbe höher. »*Ich* kann mich kein weiteres Mal auf ein Kind einlassen, weil mich doch sowieso alle verlassen! Ich werde Ernas Kind nicht aufziehen – und dann kommt wieder so ein Flieger und vernichtet alles!« Sie schluchzte auf, schlug die Hände vors Gesicht und bot das Bild einer zerstörten und angreifbaren Frau, deren Schutzschild zusammengebrochen war und deren Wunden nun, wie Ulrich vorhin schon vermutete hatte, aufbrachen und heftig bluteten.

Er schaute zu Herrn von Geest, der noch immer äußerst erbost wirkte, aber schwieg. Diese Familie war ein Trümmerhaufen, und alles wurde unter den Teppich gekehrt, dachte er. Sie redeten gar nicht miteinander, sondern achteten nur darauf, dass ihr Gefüge, so marode es auch war, nach außen stabil wirkte. Ernas Schwangerschaft aber hatte einen Stein lose getreten, und nun drohte das Gemäuer nicht nur noch heftiger zu wanken, sondern vollends einzustürzen. Erna würde sich auf diesem Berg aus Schutt und Scherben die Füße zerschneiden, und wenn sie Pech hatte, eines Tages genauso wenig aufrecht laufen können wie ihre Eltern.

Am liebsten hätte Ulrich jetzt gesagt, er und Margret würden sich Ernas und des Kindes annehmen, aber dann brauchte er nicht mehr nach Hause zu kommen. Denn bei allem Mitleid mit der Freundin seiner Tochter würde seine Frau nicht tolerieren, dass sich die eigene Familie für eine Frau einschränkte, die sogar in diesen Zeiten so viel Bohnenkaffee trinken konnte, wie sie wollte.

Stine von Geest weinte noch immer und konnte sich kaum beruhigen.

Ihr Mann stand auf, ging aber keineswegs zu seiner Frau, um sie zu trösten, sondern schaute Ulrich direkt an. »Sie sind schon bald von der Last unserer Tochter befreit, Herr Köhle, und ich möchte Sie nun bitten zu gehen. Sie sehen ja, wie erschöpft meine Frau ist.« Er streckte Ulrich die Hand zum Abschied hin. »Wir werden Erna morgen mit dem Wagen bei Ihnen abholen, es soll tauen, sodass wir sicher durchkommen. Ich helfe Ihnen noch in den Mantel.«

*

Der Winter hatte sich mit allem Schnee und Frost so rasch verzogen, wie er gekommen war.

Frida vermisste Erna, die ihr Vater gleich am Tag nach dem Gespräch mit ihrem Vater abgeholt hatte. Ihre Mutter war gestern zu dem Hof der Familie Donker, wo Erna übernachtet hatte, aufgebrochen und hatte die geliehenen Sachen zurückgebracht. Auf Ernas Wunsch hin hatte sie Fenna abgepasst, damit die Eltern auch jetzt nichts erfuhren.

Plötzlich erschien Frida das Haus ohne Erna leer und verwaist, vor allem angesichts des sicheren Wissens, dass es ihrer Freundin bei den Eltern nicht gut gehen würde.

Erna hatte bitterlich geweint, als sie die Köhles verlassen musste, aber Frida konnte ihren Eltern ihr Verhalten nicht verübeln. Sie wusste ja selbst, wie knapp bei ihnen alles war, auch wenn sie in den letzten Tagen wirklich ausreichend zu essen gehabt hatten. Derzeit war es allerdings auch für ihren Vater schwierig, Arbeit zu bekommen. Im Augenblick schien es, als würden alle auf den Sommer warten, und ihre Reparaturen bis dahin verschieben. Deshalb mussten sie sich die Vorräte gut einteilen. Im Winter war alles so viel komplizierter.

Weil Ulrich viel Zeit hatte, baute er an ihrem Haus herum. Er wollte im nächsten Monat das Dach flicken und hatte schon Reet organisiert. Dann würde es zumindest nicht mehr reinregnen, und sie konnten das obere Stockwerk zu Schlafräumen ausbauen, damit endlich mehr Platz war. Vater plante, danach unten die Wände der jetzigen Schlafräume zu durchbrechen, sodass sie eine größere Stube hätten. Und sein größter Traum war es, das Haus endlich in einem reinen Weiß zu streichen.

Im Moment war ihr Vater dabei, ein Fenster zu reparieren, damit es nicht mehr so arg zog. Und sobald das Wetter es zuließ, würden sie damit beginnen, den Acker urbar zu machen und Gemüse anzubauen. Die Eltern planten auch die Anschaffung einer Kuh für die Milch, von zwei Schafen für die Wolle und natürlich von Hühnern, damit sie neben eigenen Eiern auch Fleisch hatten. Gestern war sogar ein Schwein im Gespräch gewesen, dann hätten sie nach der Schlachtung im Winter immer genug zu essen. Mit all den Tieren würde es ihnen bald insgesamt besser gehen.

Frida hörte das alles mit gemischten Gefühlen. Auf den Garten und Gemüseanbau freute sie sich, weil sie es als angenehm empfand, mit den Händen in der Erde zu wühlen und am Schluss zu sehen, wie Leben daraus erwuchs. Dass sie Tiere haben sollten, fand sie nicht so gut, war sie doch nicht zuletzt wegen der Kühe froh, dass sie dem Gerkenhof entflohen waren.

Sie stand an der Spüle in der Küche und schälte Kartoffeln. Dabei schaute sie über die Wiesen, die noch nicht das tiefe und saftige Grün hatten, das die Marsch im Frühjahr und Sommer so einzigartig machte. Ein paar Gänse watschelten herum und ästen dann weiter. Über der Deichkrone rüttelte ein Falke und stieß plötzlich mit Wucht nach unten, bis er mit einer Maus in den Fängen wieder abhob.

Gestern hatte es den ganzen Tag geregnet, und die letzten Schneereste waren vollständig verschwunden. Heute kämpfte sich die Sonne immer häufiger durch die Wolken, und die verbliebenen Regentropfen an Büschen und Gräsern glitzerten in ihrem Licht.

Frida zählte die Kartoffeln durch. Sie hatte vom Bauern gestern frische Eier geholt und wollte Bratkartoffeln mit Rührei machen. Deshalb füllte sie Wasser in den Topf und stellte ihn mit den Kartoffeln auf die Ofenplatte. Dann schnitt sie ein Stück von dem geräucherten Schinken in kleine Stückchen. Mechanisch schlug sie das Ei mit dem Quirl auf, gab alle Zutaten dazu und verrührte es, während die Kartoffeln auf dem Herd kochten.

Als sie gar waren, nahm Frida den Topf herunter und goss das Wasser ab. Dann schaute sie auf der Suche nach ihren Eltern aus dem Fenster und stutzte, weil eine brünette, gertenschlanke Frau mit halblangem Haar und einem kecken Schiffshütchen auf das kleine Häuschen zulief. Sie trug einen modernen Mantel und wirkte ganz anders als die Landbevölkerung. Sie blieb vor Fridas Vater stehen, der gerade eine Leiste am Fenster anbrachte, und diskutierte äußerst gestenreich mit ihm.

Frida nahm ein Tuch und wischte ihre Hände daran ab, bevor sie vor die Haustür trat. »Guten Tag! Sie wirken so aufgebracht. Ist etwas passiert?«, mischte sie sich in das Gespräch ein.

Die Frau hatte Tränen in den Augen und wirkte leicht konfus. Sie ließ Fridas Vater stehen und kam auf sie zu. »Sie sind die beste Freundin von Erna von Geest?«

Frida nickte. »Ja, das bin ich, warum fragen Sie?«

»Ich bin Valerie Klaafs.«

Frida trat einen Schritt zurück und hielt kurz die Luft an. »*Sie* sind Valerie? Die Zukünftige von Stefan Müller?«

»Ja, genau. Sie kennen mich also.«

»Ich weiß zumindest, wer Sie sind, aber was wollen Sie ausgerechnet von mir?«

Valerie biss sich auf die Unterlippe. »Ich war bereits in Varel bei Familie von Geest, aber die behaupten, Erna wäre nicht da.«

Frida schluckte. Es war wie befürchtet. Ihre Freundin wurde abgeschirmt, damit nur ja keiner von der Schwangerschaft erfuhr. »Kommen Sie doch bitte herein, Fräulein Klaafs. Ich kann Ihnen allerdings nur etwas Tee anbieten.«

Valerie folgte Frida in die winzige Küche und sah sich mehr interessiert als abschätzend um. »Klein, aber gemütlich«, kommentierte sie Fridas Zuhause. »Allerdings bin ich nicht hier, um Tee zu trinken oder lange um den heißen Brei herumzureden, Fräulein Köhle. Herr von Geest hat mich hierhergeschickt mit der Bemerkung, Sie könnten mir weiterhelfen.«

Frida verstand noch immer nicht. »Wobei?« Sie schob den Topf mit den Kartoffeln beiseite. Nun musste das Essen erst einmal warten.

»Weil er sagte, Sie könnten mir bestimmt Auskunft darüber geben, wo mein Verlobter sich aufhält.«

»Ich? Warum ich? Ehrlich gesagt ist mir Herr Müller nie begegnet.«

»Sie sind aber doch Ernas beste Freundin! Da liegt es wohl auf der Hand, dass Sie mir helfen können«, beharrte Valerie. »Ist er womöglich mit Erna durchgebrannt?«

Frida hob abwehrend die Hände. »Ganz sicher nicht. Erna war einige Tage hier, und sie hat uns von der Trennung erzählt. Zudem war sie sehr krank.«

Sie überlegte kurz, ob sie Valerie von Ernas Schwangerschaft erzählen sollte, entschied sich aber vorerst dagegen, denn auch Stefan wusste nichts davon. Wo auch immer der Kerl abgeblieben war.

»Aber wo steckt er? Ich habe schon überall nach ihm gesucht! Er ist nicht zu mir nach Duisburg zurückgekommen, also bin ich nach Varel gefahren. Weil ich wusste, dass es Erna gibt, habe ich mich durchgefragt und das Haus der von Geests aufgesucht, die mich dann schließlich zu Ihnen geschickt haben.«

»Es tut mir wirklich leid, Fräulein Klaafs. Aber ich habe von Stefans Existenz erst erfahren, als Erna vor ein paar Tagen völlig entkräftet hier aufgetaucht ist und bei uns Zuflucht gesucht hat. Sie hatte mir zuvor nichts von ihm erzählt.«

Valerie seufzte. »Das kann doch alles nicht wahr sein! Seine ehemalige Freundin lässt sich verleugnen, und Sie wissen angeblich von nichts! Ich weiß gar nicht mehr, was ich noch glauben soll.« Sie schüttelte verzweifelt den Kopf.

Frida wunderte sich, dass die junge Frau sympathisch auf sie wirkte, obwohl sie doch die schärfste Konkurrentin Ernas war – aber dafür konnte Valerie schließlich nichts. Es war Stefan, der ein mieses Spiel angezettelt und es offenbar noch nicht beendet hatte.

»Soweit ich es von Erna weiß, wollte er doch direkt zu Ihnen nach Duisburg kommen«, wagte Frida schließlich zu sagen.

Valerie schluckte. »Das habe ich auch gedacht«, flüsterte sie. »Er wollte nach Varel fahren, um sich von Erna zu trennen und sein Zimmer aufzulösen. Wir haben eine gemeinsame Zukunft geplant. Ich weiß, dass Erna sich andere Hoffnungen gemacht hat, aber Stefan und ich kennen uns schon seit unserer Kinderzeit und sind auch gemeinsam politisch aktiv.« Ihre Stimme brach, bevor sie hervorstieß: »Aber er ist nicht zu mir zurückgekommen!«

Frida war sprachlos über die Unverfrorenheit des jungen Mannes, der nicht nur ihre Freundin geschwängert, sondern einer anderen Frau die Ehe versprochen hatte und selbst diese Zusicherung nicht einhielt. Sie hielt Valeries flehenden Blick kaum aus. Es blieb ihr unter den gegebenen Umständen wohl nichts anderes übrig, als mit der Wahrheit herauszurücken. »Ich muss mich wiederholen – es tut mir leid, Fräulein Klaafs, aber ich kann Ihnen nur eines sagen: Stefan hat sich nicht gerade ehrenhaft verhalten und meine Freundin unter sehr widrigen Umständen sitzen gelassen. Sie war völlig verzweifelt, als sie hier ankam. Wir mussten sie ein wenig aufpäppeln, und dann hat ihr Vater sie zurück nach Varel geholt. Ich bin mir ganz sicher, dass sie Stefan danach nicht wiedergesehen hat.«

Valerie wurde so blass, dass Frida schon befürchtete, sie würde gleich vom Stuhl kippen. Sie stürzte zur Spüle, wo ein Krug mit Wasser stand, und füllte ein Glas. Das reichte sie Valerie. »Bitte, trinken Sie! Nicht dass Sie ohnmächtig werden.«

Valerie nahm das Wasser dankbar an und trank mit großen Schlucken, danach kehrte ihre rosige Gesichtsfarbe zurück. »Nun geht es wieder. Sie wissen also wirklich nicht, wo Stefan sein könnte?«

Frida verneinte, ehe sie fragte: »Und jetzt?«

Valerie zuckte mit den Schultern. »Ich kann es nicht sagen, Fräulein Köhle. Sie waren meine letzte Hoffnung.« Sie warf einen Blick auf die Uhr. »Ich muss mich sputen, damit ich den Mittagszug noch bekomme.«

»Sind Sie mit dem Butjenter da?«

»Nicht ganz. Von Varel aus bin ich auf einem Pferdefuhrwerk mitgefahren, und der Bauer hat mir gesagt, dass mittags ein Zug von Eckwarderhörne bis Nordenham geht. Von dort kann ich bis Bremen und dann Richtung Duisburg weiterfahren. Ich werde heute noch heimkehren.« Sie atmete einmal schwer ein. »Ich danke Ihnen aber für Ihre Zeit. So wie es aussieht, hat Stefan sich wohl aus dem Staub gemacht.«

Er scheint ein furchtbarer Blender zu sein, dachte Frida, aber sie wollte Valerie nicht noch mehr verletzen. Die junge Frau stand auf und reichte Frida die Hand. »Alles Gute für Sie, Fräulein Köhle.« Doch sie zögerte, den Raum zu verlassen, und fragte: »Sagen Sie mal, liege ich richtig in der Annahme, dass diese widrigen Umstände … also, er hat doch nicht …«

»Er hat«, rutschte es Frida heraus. »Aber er weiß es nicht, und deshalb kann er auch nicht zu Erna zurückgekehrt sein, zumal ihre Eltern sie jetzt bewachen, weil keiner etwas mitbekommen soll.«

»Ich glaube, ich habe mich vollkommen in Stefan getäuscht«, sagte Valerie. »Das hätte ich nicht gedacht. Leben Sie wohl!« Sie verließ das kleine Haus am Deich mit gesenktem Kopf. Frida sah ihr auch von hinten an, dass sie bitterlich weinte.

Kaum hatte Valerie das Grundstück verlassen, kam Fridas Vater in die Küche. »Konntest du ihr weiterhelfen?«

»Nein, Vater. Ich habe Stefan noch nie gesehen, und ich habe wirklich keine Ahnung, wohin er verschwunden sein könnte.«

Ihr Vater rieb sich das Kinn. »Er ist also nicht nach Duisburg zurückgekehrt?«

Frida bestätigte das. »Aber warum fragst du?«

»Weil ich gestern auf dem Hof gehört habe, dass man einen Toten im Watt gefunden hat. Ein junger Mann, vermutlich rausgelaufen und ertrunken. Näheres weiß man noch nicht, er wird erst obduziert. Ob das Stefan Müller ist?«

Frida wurde es heiß und kalt.

Kapitel 14

Vierzig Deutsche Mark«, sagte Fridas Vater und legte vier Zehnmarkscheine auf den Tisch. »Vierzig Mark und einmal zwanzig Mark in bar. Das ist alles. Und es wird nicht lange reichen. Der Rest auf unserem Sparbuch ist nichts mehr wert.« Dann kamen ihm die Tränen. Es waren keine Reichtümer mehr darauf gewesen, aber sie hatten dafür in Stettin lange und hart gearbeitet. Nun war es einfach so wertlos geworden. Am Sonntag, dem 20. Juni 1948, war die Währungsreform in Kraft getreten und die Reichsmark seither nichts mehr wert. Jeder Bürger konnte vierzig Reichsmark gegen vierzig Deutsche Mark eintauschen. Löhne, Steuern, Gehälter und Ähnliches wurden eins zu eins umgestellt. Für hundert Reichsmark gab es aber nur noch 6,50 DM, sodass sich viele Menschen um ihr Sparguthaben betrogen fühlten. Für Vertriebene wie die Köhles, die aus den Ostgebieten in den Westen geflohen waren, stellte es sich allerdings noch viel schwieriger dar, denn ihr Vermögen wurde vorerst eingefroren, und selbst wenn sie es eines Tages ausgezahlt bekommen würden, wäre auch ihr Geld nicht einmal etwas mehr als die Hälfte wert.

»Wir haben schon unser Haus in Stolzenhagen ohne Ausgleich verloren«, sagte Margret bitter. »Alles haben sie uns genommen und nun auch noch das wenige, was uns geblieben war.« Ihr Gesicht versteinerte mit jedem Wort mehr.

»Ich habe bei der Bank bereits nachgefragt, aber man hat mir wenig Hoffnung gemacht. Vielleicht gibt es später einen Währungsausgleich für uns Vertriebene, aber das steht noch in den Sternen.« Ulrich versuchte seine Frau zu trösten, aber seine Worte prallten an ihr ab.

»Da hilft wohl nur weitermachen«, sagte Margret schließlich. Sie reckte das Kinn, und ihre Lippen verzogen sich zu einem Strich. »Einfach weitermachen.«

»Wir müssen nun noch mehr arbeiten«, sagte er schließlich mit gebrochener Stimme.

»Ich habe aber gehört, dass es wieder alles zu kaufen gibt und die Läden über Nacht gut gefüllt sind. Jetzt, wo es die D-Mark gibt«, wandte Frida ein, die die ganze Zeit mit stummem Entsetzen zugehört hatte. Aber ihr Vater schüttelte den Kopf.

»Das mag zwar stimmen, nur müssen wir unser Geld so lange beisammenhalten, bis es eine Lösung für unsere Ersparnisse gibt oder wir neues Geld erarbeitet haben. Wie schnell sind sonst sechzig Mark verpulvert! Was nützt es uns, wenn man alles einkaufen kann, uns aber kein weiteres Geld zur Verfügung steht? Außerdem sagt man, dass die Arbeitslosigkeit steigt. Rosig sieht das alles nicht aus.«

Margrets Miene verfinsterte sich. »Es ist doch eine Sauerei! Ich habe von Frau Porrmann gehört – das ist die Flüchtlingsfrau aus Schlesien, die am Ortsrand von Eckwarden oben in der kleinen Wohnung der Janßens wohnt –, dass der Sohn deshalb wieder zur Volksschule gehen muss. Sie können das Schulgeld für die Zinzendorf Oberschule jetzt nicht mehr bezahlen. Immerhin hat sie zweiundzwanzig Reichsmark im Monat gekostet, und wie will man das in D-Mark aufbringen, wenn man nichts hat!«

»Franz Meyerhoff kann auch nur deshalb auf der Schule bleiben, weil er zugesagt hat, in den Wintermonaten jeden Morgen drei der Kachelöfen einzuheizen und so das Schulgeld zu verdienen. Er muss sie auch in den Pausen versorgen und nach Schulschluss reinigen sowie sich um Brennmaterial kümmern. Und dass, obwohl er doch den weitesten Schulweg hat. Der kann dann im Winter mitten in der Nacht aufstehen«, sagte Frida.

»So ist es nun mal«, resümierte ihr Vater. »Es ist nicht zu ändern, wir müssen aber das Beste daraus machen.«

Diese Litanei kannte Frida zur Genüge. Alles hinnehmen. Das Beste draus machen. So kämpften sie sich durch die Zeit, mit dem alleinigen Ziel, am Ende des Tages satt geworden zu sein.

Wie weit weg waren ihre Träume, Pianistin zu werden? Es kam Frida oft vor wie eine Illusion, die niemals zur Wirklichkeit werden würde. Seit die von Geests Erna zu Hause eingesperrt hatten, konnten sie sich nur noch schreiben, wobei Frida oft das Gefühl hatte, dass nicht all ihre Briefe die Freundin auch erreichten. Ihr Klavierspiel in der Villa entfiel natürlich auch.

Aber Vater hatte wohl recht. Lamentieren half nichts, man musste sich mit den Gegebenheiten abfinden. Frida seufzte. Immerhin hatten sie im Frühjahr um die Kate herum die Äcker bestellt und konnten bereits das erste Gemüse ernten. Im Stall grunzte ein Schwein, und auf einem kleinen, abgezäunten Areal grasten eine Kuh und zwei Schafe. Die Tiere waren der Verdienst ihres Vaters für seine Tagelöhnerarbeit. Hinter dem Haus hatte er einen Stall samt Auslauf für die Hühner gebaut.

Frida konnte sich wider Erwarten für diese kleine Hofstelle begeistern. Es war nicht zu vergleichen mit der Arbeit bei den Gerkens, weil sie jetzt alles für sich selbst erwirtschafteten.

Inzwischen war auch das Dach geflickt, und Vater hatte begonnen, das obere Stockwerk auszubauen. Es waren zwei kleine Zimmer entstanden und das dritte bereits in Arbeit. Danach wollte er ein Badezimmer errichten und Wasserleitungen verlegen, damit sie nicht mehr zur Pumpe laufen mussten.

Das ganze Frühjahr über hatte der Vater versucht, neben seiner Arbeit als Zimmermann und Deichbauer eine eigene Fischerei wie in Stolzenhagen aufzuziehen. Er war allerdings gescheitert, denn von der Wattfischerei als Haupterwerb würden sie nicht leben können. Es war zu schwierig, das allein zu stemmen. In Fedderwardersiel gab es die Genossenschaft, der er sich hätte anschließen können, aber es war zu weit und zu umständlich, die wenigen Fische täglich dorthin zu bringen. Der Verdienst stand in keinem Verhältnis zum Aufwand.

Focko hingegen war als Sohn einer eingesessenen Fedderwardersieler Fischerfamilie gut etabliert und konnte weiter dort sein Geld verdienen. Seitdem er wieder mit dem Kutter rausfuhr, kam er allerdings seltener bei ihnen vorbei. Frida ertappte sich jetzt, da Erna und sie auch keinen Kontakt mehr hatten, immer häufiger dabei, dass sie den jungen Mann vermisste. Sie hatte sogar schon darüber nachgedacht, ihn einfach mal in Fedderwardersiel zu besuchen. Aber dann warnte sie sich selbst wieder davor, ihm Hoffnung zu machen, denn das würde Konsequenzen haben.

Lass es, Frida Köhle. Er ist Fischer, und du willst nicht ewig in Butjadingen bleiben.

Manchmal lag Frida nachts wach und dachte darüber nach, wie wichtig ihr der Fortgang aus dem Haus am Deich wirklich noch war. Oder ob es doch besser sein würde, einen lieben Mann an der Seite zu haben und Kinder großzuziehen.

Ich muss das jetzt nicht entscheiden, beruhigte sie sich. Es gibt momentan so viel zu erledigen. Noch immer stand das Überleben an erster Stelle, und da es mit der Fischerei nicht so lief wie geplant, waren sie eben gezwungen, wieder andere Wege zu suchen.

Deshalb war ihr Vater weiterhin als Tagelöhner unterwegs, meist als Zimmermann. Zusätzlich zu seinem Verdienst betrieben die Köhles nunmehr für den privaten Bedarf und als kleinen Nebenerwerb immerhin weiter die Wattfischerei mit eigenen Fangkörben und Netzen. Was sie an Fisch und Granat nicht selbst benötigten, verkauften sie an die Bauern. Den Aal räucherten sie zuvor, denn das war für die Kunden die größte Delikatesse. Im Gegenzug gab es dafür Weizen, mit dem sie nicht nur Brot backen, sondern den sie auch in die Milch einrühren konnten.

Und so pierte der Vater an den Wochenenden Aale und Butt. Dafür fädelte er Wattwürmer auf einen Zwirnfaden. Er stellte Granatreusen auf, und aus den gefangenen Garnelen zauberte Mutter ein herrliches Ragout, das mit Salzkartoffeln überaus schmackhaft war.

Man muss sich zwar mit den Gegebenheiten abfinden, schoss es Frida plötzlich durch den Kopf. Aber Vater und Mutter sagen auch, man muss das Beste aus allem machen, und das taten sie doch auch, seitdem sie in Butjadingen lebten. Und nun würde auch sie dazu beitragen, dass es ihnen besser ging. Etwas anderes tun, als zu heiraten und Kinder zu bekommen.

»Ist was?«, riss ihre Mutter sie aus den Gedanken.

»Ja, es ist was. Ich bin jetzt alt genug, und ich möchte arbeiten, so wie ihr es schon vorgeschlagen habt. Aber nicht die Tagelöhnertätigkeiten, wo ich nie weiß, was morgen anfällt. Etwas Festes!«

Ihre Mutter schaute sie skeptisch an.

»Ich kann doch eine Ausbildung machen«, fuhr Frida fort. »Dann trage ich zum Familieneinkommen bei und unterstütze euch. Und nach Feierabend helfe ich im Garten und im Stall.«

Erstaunt sah ihre Mutter sie an. »Das sind sehr moderne Ansichten«, gab sie zu bedenken. »Eine junge Frau gehört an den Herd und ist dafür da, ihrem Mann das Leben so angenehm wie möglich zu machen. Bis dahin kannst du gern arbeiten, aber doch keine Lehre machen. Dann bist du ja schon sehr alt, bis du heiraten kannst.«

Frida verdrehte die Augen. »Noch gibt es aber diesen Mann in meinem Leben gar nicht, Mutter. Noch lebe ich mit euch in dieser Kate, und wir wissen gerade nicht, wie wir durchkommen sollen, weil das Geld knapp ist.«

»Und Focko?«, fragte Mutter vorsichtig. »Er wartet nur auf ein Zeichen von dir. Zögere nicht zu lange, sonst schnappt sich ihn eine andere. Männer sind rar nach dem Krieg, das weißt du.«

Frida lächelte. »Mutter, ich weiß nicht, ob und wann ich heiraten möchte, egal, ob Männer Mangelware sind. Es ist doch kein Ausverkauf, wo man sich das gerade noch Beste vom Rest nimmt!«

Ihre Mutter schlug vor Entsetzen darüber, wie ihre Tochter sprach, die Hand vor den Mund, erwiderte aber nichts.

Fridas Vater kratzte sich am Kinn. »Ehrlich gesagt finde ich, dass es gar keine so schlechte Idee ist, wenn sie eine Lehre macht. Ich denke, wir besorgen morgen eine Zeitung und sehen nach, ob es Angebote gibt.«

Frida wollte ihm gerade um den Hals fallen, als er abwehrte. »Nur mach dir keine allzu großen Hoffnungen, Frida. Die Arbeitslosigkeit ist extrem hoch.«

»Ich finde schon was«, sagte sie.

Der erste Meilenstein war geschafft.

*

Erna saß auf der Chaiselongue und schaute trüb aus dem Fenster. Ihre Mutter hatte ihr Strickzeug und auch eine Tischdecke zum Sticken hingelegt. Damit sollte sie sich die Zeit vertreiben. Zu lesen gab es nichts Neues. Das Papier für neue Bücher war knapp, und die alten Schinken, die Erna in einer Kiste gefunden hatte, mochte sie nicht.

Ihr Leben war verwirkt, denn sie würde das Kleine nicht behalten dürfen. Es sollte in eine Pflegefamilie kommen, die diskret genug war, um die wahre Mutter nicht zu verraten. Wie immer hatte ihr Vater die Fäden geschickt in der Hand behalten und sie so versponnen, dass er genau wusste, was als Nächstes passierte.

Und sie? Sie hatte keine Möglichkeit, das zu ändern, denn dem Gesetz nach war sie ohne Mann an ihrer Seite »sittlich und moralisch nicht gefestigt«, ein Kind großzuziehen. Nicht einmal, wenn sie volljährig war, würde sich die Situation zu ihren Gunsten verschieben. Es war ungerecht, aber was sollte sie tun? So wie ihr ging es Tausenden von anderen Frauen auch, wenn die Familie keinen Rückhalt bot.

Sie hätte diesen Alfons heiraten können, aber das wollte sie nicht, weil sie insgeheim sicher war, im Laufe der Zeit andere Mittel und Wege zu finden, ihr Kind zurückzubekommen.

Ernas einziger Lichtblick waren Fridas Briefe. Frida, die auch jetzt für sie da war und sich um sie sorgte. Eine Flut warmer Gedanken durchströmte Erna.

Es klingelte. Ernas Bauch machte schon einige Dinge beschwerlich, und sie hatte strikte Order, auf keinen Fall zur Tür zu gehen. Doch ihre Eltern waren unterwegs, und Erna beschloss, es doch zu tun. Dann wusste derjenige eben, dass sie ein Kind erwartete.

Langsamen Schrittes schlurfte sie zur Haustür und öffnete. Davor stand eine brünette, elegante Frau.

Erna öffnete. »Guten Tag«, begrüßte sie die Fremde. »Was kann ich für Sie tun?«

Die Frau musterte Erna mit stechendem Blick von oben bis unten und schien danach wieder von vorn zu beginnen, so als wäre es wichtig, sich jeden einzelnen Zentimeter einzuprägen. »Guten Tag. Sind Sie Erna von Geest?«, fragte sie. Danach verdunkelten sich ihre Augen, und sie wirkte unglaublich traurig.

»Ja, und wer sind Sie?«, wollte Erna neugierig wissen.

»Valerie Klaafs. Nun treffe ich Sie doch noch an. Nach all der Zeit … Ich war im Winter schon einmal hier. Kurz nachdem Stefan sich in Varel aufgehalten hat.« Ihre Stimme brach kurz, aber sie hatte sich schnell wieder in der Gewalt. »Ich muss ein paar Dinge mit Ihnen besprechen, bevor ich Varel endgültig den Rücken kehre.«

»Ich verstehe nicht recht …« Unsicher schaute Erna die junge Frau an. Dann wich sie zurück, richtete sich aber gleich danach kerzengerade auf und hob angriffslustig das Kinn. Vor dieser Konkurrentin wollte sie ganz sicher nicht kuschen. »Was wollen Sie? Ich wüsste nicht, was wir miteinander zu schaffen hätten. Sie haben mir alles genommen, was mir wichtig war, und in welcher vermaledeiten Lage ich mich befinde, sehen Sie selbst, Fräulein Klaafs.« Erna war froh, dass es ihr gelang, eine grandiose Kälte in ihre Stimme zu legen. Sie hatte bei ihrer Mutter doch vieles lernen können.

»Genau deshalb bin ich hier.«

Erna lachte auf. »Um sich anzuschauen, wie ich am Boden liege? Gut, das haben Sie nun gesehen und können wieder gehen. Herzliche Grüße an Ihren *Verlobten.*«

Erna stutzte, denn in Valeries Gesicht zeigte sich tiefes Entsetzen. »Sie wissen es also nicht?«

»Was soll ich wissen?«

»Stefan ist tot. Er wurde erschossen.« Wieder verdunkelte sich ihr Blick.

Nun gaben Ernas Knie nach, und sie sackte leicht zusammen. »Tot? Erschossen?« Erna brauchte einen Moment, um sich zu sammeln. »Kommen Sie … kommen Sie bitte rein, Fräulein Klaafs«, forderte sie die junge Frau dann auf.

Sie bat sie ins Esszimmer an den Tisch, und beide setzten sich. »Wann ist das passiert, und vor allem, warum? Weiß man, wer es war?«

Valerie war ziemlich blass, als sie sagte: »Der Reihe nach. Stefan ist schon im Februar … ermordet worden. Gleich, nachdem er bei Ihnen war.« Sie erzählte von ihrem Besuch bei Frida und auch, dass sie nach ihrer Rückkehr in Duisburg doch zur Polizei gegangen war und Stefan als vermisst gemeldet hatte. »Kurz zuvor hatten sie bei Tossens einen Toten aus dem Watt gezogen. Es war Stefan. Ich habe ihn damals identifiziert.« Sie schluckte. »Und auch Ihre Familie ins Spiel gebracht.«

»Meine Familie? Sie … Warum …?« Erna schwirrte der Kopf.

»Ja, immerhin hatten Sie mit Stefan eine Affäre, mit der Ihr Vater nicht einverstanden war. Natürlich habe ich der Polizei gesagt, dass Ihr Vater ihn bedroht hat.«

»Mein Vater wusste doch gar nichts davon!«, entgegnete Erna verwirrt.

»Leider doch«, gab Valerie zurück. Jetzt wurde ihre Stimme fest und klang fast wütend. »Er hat Stefan am Bahnhof vor seiner ersten Abreise nach Duisburg aufgelauert und ihm unmissverständlich deutlich gemacht, dass er Sie verlassen muss.«

Erna wurde schwindelig. Sie musste sich an der Tischkante festhalten. »Dann war mein Vater schuld an der Trennung?«

Ihre Gedanken sprangen hektisch hin und her.

Valerie schüttelte den Kopf. »Nicht nur. Stefan wollte Sie ohnehin verlassen. Die Gründe kennen Sie. Mit seiner Drohung hat Ihr Vater ihn jedoch bestärkt, dass er das Richtige getan hat.«

Erna brauchte eine Weile, ehe sie alles realisiert hatte. »Er ist dann also zu Ihnen nach Duisburg gefahren, hat dort alles für seine Zukunft geregelt und war nur noch einmal in Varel, um sich von mir zu trennen und das Zimmer aufzulösen. Und da soll ihm mein Vater ein zweites Mal begegnet sein?« Erna versuchte, ihre Gedanken zu strukturieren und alles in eine überschaubare Ordnung zu bringen. Dann holte sie einmal tief Luft, ehe sie fortfuhr: »Und Sie glauben also, mein Vater hat auf Stefan geschossen?«

»Ja, genau das habe ich der Polizei gesagt. Aber man konnte Ihrem Vater, den sie pflichtschuldig vernommen haben, nichts nachweisen. Er besitzt keine Waffe, und er hat ein Alibi. Das war es dann auch schon. Ihr Vater hat zudem behauptet, dass er von der Verbindung zwischen

Ihnen und Stefan nichts wusste. Außerdem kennt er den Polizeipräsidenten und den ermittelnden Beamten, Kommissar Andres, offenbar gut«, schloss Valerie bitter.

Erna wurde es abwechselnd heiß und kalt. Immer klarer sickerte in ihr Bewusstsein, was passiert war. Sie hatte nichts von Stefans Tod und den Ermittlungen mitbekommen, weil ihre Eltern sie von der Außenwelt abgeschottet und ihr diese Information vorenthalten hatten. Und Frida? Warum hatte sie Erna keine Zeile davon geschrieben? Das Ganze hatte doch bestimmt in der Zeitung gestanden.

Gleich darauf konnte Erna sich das selbst erklären. Die Eltern rissen jeden Brief auf und lasen ihn, bevor sie ihn an ihre Tochter weitergaben. Und sie hatte mehrfach den Eindruck gehabt, nicht alle Briefe bekommen zu haben.

Ernas Herz fühlte sich an, als würde es krampfen. Es begann zu stolpern, und die Welt um sie herum drehte sich plötzlich, als sitze sie in einem Kettenkarussell. Sie war sicher, dass Valerie die Wahrheit sagte, auch wenn es hieß, dass ihr Vater offenbar keine Waffe besaß. Aber er hatte schon viele schlimme Dinge getan, und nie war er dafür belangt worden.

Warum sollte er nicht auch Stefan getötet haben? Immerhin sperrte er nun sogar die eigene Tochter ein, damit er seinen guten Ruf nicht verlor. Und er plante, sein Enkelkind wegzugeben, weil es das Kind eines politischen Gegners war. Und ihre Mutter? Die nahm alles hin und wehrte sich nicht. Sie lebte in der eigenen Trauerwelt. Aber schon vor Tonis Tod hatte sie Vaters Tun nie hinterfragt.

»Meine Eltern haben Schlimmes erlebt«, begann Erna mit einer Rechtfertigung, damit sie selbst das alles überhaupt aushalten konnte. Doch dann verstummte sie. Es gab nichts zu beschönigen! Ihre Mutter und ihr Vater taten stets das, was sie für richtig hielten, und gingen dafür über Leichen. Und offenbar nicht nur über die der Familie Salomon, sondern nun auch über Stefans.

»Was, glauben Sie, ist genau passiert, Fräulein Klaafs?« Niemals hätte Erna gedacht, dass sie sich mit ihrer Konkurrentin verbunden fühlen würde, aber genau das passierte in diesem Augenblick. »Ich ahne es, aber ich möchte Ihre Version kennen.«

»Ich denke, dass er Stefan irgendwo aufgelauert und ihn dann erschossen hat. Die Einzelheiten und genauen Hintergründe werden wir wohl nie erfahren.« Sie atmete einmal tief und schwer.

»Ich glaube, *ich* bin der Grund«, sagte Erna tonlos. »Weil ich abgehauen bin und er vermutlich dachte, Stefan wäre mit mir durchgebrannt. Meinem Vater widersetzt man sich nicht. Niemals, verstehen Sie?«

Valerie knetete die Hände. »Selbst wenn, rechtfertigt das doch keinen Mord.« Ihre Augen verzogen sich zu Schlitzen. »Ihrem Vater ist ohnehin nicht das Geringste nachzuweisen, die Akte ist letzte Woche endgültig geschlossen worden. Immerhin hat mich die Polizei deswegen angerufen«, fügte Valerie hinzu, und jetzt zitterte ihre Stimme wieder leicht. »Ich wollte, dass Sie es wissen. Und es war gut, auch um Ihres Kindes willen, das nun seinen Vater niemals kennenlernen wird.« Sie schluckte. »Ich wusste nichts von Ihrem Zustand, als Stefan und ich beschlossen haben, dass wir zusammenbleiben wollen. Es war zuvor ein ewiges Hin und Her mit uns, und ich war froh, dass er sich endlich für mich entschieden hatte.« Valerie fingerte ein Taschentuch aus dem Ärmel und tupfte sich die Augen, in denen Tränen schimmerten.

Erna presste die Lippen zusammen, blieb aber gefasst.

Weinen und Schwäche zeigen würde sie später, wenn sie allein war. »Stefan hat nie erfahren, dass er Vater wird, und ich glaube, es hätte auch nichts geändert.«

Valerie stimmte ihr mit einem vorsichtigen Nicken zu und stand auf. »Er hat es sich dennoch nicht leicht gemacht«, sagte sie fast entschuldigend, aber Erna winkte ab. Es war jetzt gleichgültig und müßig, sich darüber Gedanken zu machen. Stefan war tot und das vermutlich durch die Hand ihres Vaters. Eigentlich zweifelte Erna keine Sekunde daran, dass es sich so verhielt.

Valerie stand etwas unschlüssig im Raum. Sie steckte das Taschentuch zurück und wirkte wieder gefasst, fast ein wenig zu sachlich. »Gut, Fräulein von Geest. Wenn Ihnen irgendetwas einfällt, womit Sie mir helfen können, den Mörder zu enttarnen, wenden Sie sich bitte an mich. Denn ich habe nicht vor, jemals zu ruhen, bevor der Täter seine gerechte Strafe erhalten hat.«

Wahrscheinlich muss sie so sein, um das alles ertragen zu können, dachte Erna. Bei mir ist noch gar nicht ganz angekommen, was ich da eben erfahren habe.

Valerie reichte Erna einen Zettel mit einer Anschrift und Telefonnummer. »Das ist die Firma meiner Eltern – falls ich mal fortziehe. So wissen Sie immer, wie man mich erreichen kann. Ich wünsche Ihnen und Ihrem Kind alles Gute, Fräulein von Geest. Wirklich!«

Erna erhob sich ebenfalls, schwankte aber leicht.

Valerie sah sie fragend an. »Sie sehen blass aus, Fräulein von Geest. Soll ich einen Arzt bemühen?«

Erna schüttelte den Kopf und schloss kurz die Augen, dann hatte sie den Schwindel wieder unter Kontrolle. »Wie sind Sie hergekommen?«

»Mit dem Zug. Ich werde heute noch zurückreisen. Mich hält hier nichts mehr.«

»Ich komme mit Ihnen.«

»Nach Duisburg?«, fragte Valerie erstaunt.

»Nein, zum Bahnhof.« Erna sah auf die Uhr. »Wenn ich mich beeile, bekomme ich den Zug nach Nordenham noch, und dann kann ich mit dem Butjenter weiter nach Eckwarderhörne fahren«, murmelte sie mehr zu sich selbst.

»Sie möchten fort? Zu Ihrer Freundin?«

Erna nickte. »Ich muss von hier verschwinden, weil ich meinen Eltern nicht mehr in die Augen sehen kann.«

»Wird Ihr Vater das dulden?«, fragte Valerie zweifelnd.

Erna zuckte mit den Schultern. »Vielleicht ist er ganz froh, wenn er sich das Elend«, sie zeigte auf ihren Bauch, »also, für *ihn* ist es das große Elend, nicht mehr mitansehen muss.«

»Und Fridas Eltern werden Sie aufnehmen? Einfach so?« Noch immer schwang Zweifel in Valeries Stimme.

Erna zuckte mit den Schultern. Sie hoffte einfach, dass sich die Situation der Köhles inzwischen gebessert hatte, und außerdem würde sie dieses Mal nicht als Bittstellerin kommen: Sie wusste, wo ihre Eltern eine größere Summe Geld versteckt hielten. Sie würde für ihre Unterkunft bezahlen. »Warten Sie bitte einen Augenblick, ich packe das zusammen, was ich für mein neues Leben brauche.«

Valerie nickte verständig. »Ich finde es richtig, dass Sie Ihre Familie verlassen«, sagte sie. »Ich würde auch fortgehen. So schnell es geht.«

»Es ist überfällig. Welche Eltern sperren ihr Kind ein wie Schlachtvieh, weil es Nachwuchs erwartet, den es in ihren Augen nicht geben darf?«

Erna eilte die Treppen hinauf, so schnell es mit dem dicken Bauch ging, und warf wahllos ein paar Sachen in den Koffer. Valerie hatte ja recht: Sie wusste wirklich nicht, wie die Köhles es aufnehmen würden, dass sie schon wieder vor deren Tür stand, aber das würde sie dann feststellen. Notfalls halfen sie ihr vielleicht, ein Zimmer zu finden. Es war Erna egal, sie konnte nur keinen Tag länger in diesem Haus bleiben.

Der Koffer schnappte zu, und sie schleppte ihn die Treppen hinunter. Im Flur sah Erna sich noch einmal prüfend um. Es war dieses Mal ein endgültiger Abschied, da war sie sich sicher, denn sie wollte in diese Villa, an der mit Sicherheit Blut klebte und die jetzt durch Stefans Tod mit weiterem überschüttet worden war, auf keinen Fall zurückkehren. Sie war nie ihr Zuhause gewesen, und so tat es ihr kein bisschen weh zu gehen. Kurz dachte Erna an ihre Mutter, aber die weinte um Toni, nicht um sie.

Erna verschwand in der Stube, wo im großen Schrank eine Kassette lag. Sie wusste, dass sie randvoll mit diesem neuen Geld war. Alle hatten nur vierzig D-Mark bekommen, aber ihrem Vater war es gelungen, auch das zu unterwandern, oder er war auf andere Weise schon wieder reicher als die anderen.

»Lassen Sie uns gehen«, bat sie Valerie. »Ich will versuchen, meinem Kind eine Zukunft zu geben.«

*

Das Essen hatte wunderbar geschmeckt. Mutter war heute Morgen in Eckwarden gewesen und hatte dort ein paar Eier, geräucherte Aale und etwas Granat verkaufen können. Dafür hatte sie Kartoffeln besorgt, und die gab es nun mit einem Ragout aus Granat und Quark.

Draußen sangen die Vögel um die Wette, die Marsch und die Deiche hatten endlich wieder ihr sattes Grün, und die Natur tanzte mit ihren Farben Polka, als wolle sie sich mit den Blumen und blühenden Büschen selbst übertreffen.

Vater legte seine Gabel zurück auf den Teller. »Ich muss wieder los, die Arbeit wartet. Ich habe am Deich zu tun. Morgen früh gehe ich dann noch mal zu den Reusen.« Er strich seiner Frau zart über den Hinterkopf und lächelte Frida an.

»Bis heute Abend«, sagte sie und freute sich schon darauf, wenn er wieder zurückkam. Die kurze Zeit nach dem Essen, ehe sie früh zu Bett gingen, genoss Frida immer sehr. Sie ließen gemeinsam den Tag Revue passieren, bevor sie erschöpft in ihre Zimmer gingen, um Kraft für den nächsten Tag zu tanken.

»Frida, sie brauchen in Nordenham eine Bürokraft im Midgard Hafen«, sagte ihre Mutter und reichte ihrer Tochter die Zeitung. »Hat Focko vorhin vorbeigebracht. Vater hat ihm erzählt, dass du Arbeit suchst.«

Die Stellenanzeige war rot umkringelt. Frida war verwundert, dass ihre Mutter doch noch überraschend schnell einlenkte.

»Ich möchte aber eine Lehre machen«, gab sie zu bedenken. »Schreibmaschine kann ich schließlich nicht schreiben.«

»Dann schau mal genau hin«, sagte ihre Mutter mit einem feinen Lächeln, das seit der Flucht viel zu selten über ihr Gesicht huschte.

Nun war Fridas Erstaunen noch größer. Ihre Mutter wollte tatsächlich unterstützen, dass sie in die Lehre gehen durfte? Sie nahm ihr die Zeitung aus der Hand und studierte die Anzeige ausgiebig. »Eine Bürokraft und eine Auszubildende«, las sie vor. »Da kann ich mich bewerben! Und nach Nordenham komme ich gut mit dem Butjenter. Es wäre perfekt!«

»Am besten schreibst du sofort eine Bewerbung, und morgen früh fährst du gleich dorthin, um sie abzugeben.«

Ihre Mutter reichte ihr einen Block und einen Stift. »Nun mach schon!«

Frida setzte sich bequem hin und notierte kurz, was sie schreiben wollte. Dann gab sie sich mit der Formulierung der Bewerbung große Mühe. Es dauerte über eine Stunde, bis sie zufrieden war.

Ihre Mutter überprüfte das Geschriebene. »Das sieht gut aus. Morgen früh um halb fünf fährt die erste Bahn. Sie müssen dich persönlich sehen, dann kannst du überzeugen. Wenn du – als Flüchtlingsmädchen – die Bewerbung mit der Post hinschickst, landet sie im Papierkorb.«

Damit war es beschlossene Sache.

Frida hätte sich am liebsten irgendwo verkrochen, so sehr fürchtete sie das Vorstellungsgespräch. Allein die Fahrt dorthin war ein Abenteuer, schließlich kannte sie sich in Nordenham nicht aus und musste auch erst noch herausfinden, wie man einen Fahrschein löste.

Ich schaff das, dachte sie. Es war ihre Chance, vielleicht doch eines Tages etwas anderes zu tun, als eine kleine Hofstelle am Deich zu bewirtschaften.

Frida ging in ihr Zimmer und zog den alten Lederkoffer unter ihrem Bett hervor. Darin bewahrte sie noch immer die Notenblätter auf, die sie heimlich aus Stettin mitgenommen hatte. Vorsichtig fuhr sie mit dem Zeigefinger übers Papier und sang im Geiste die Töne. Eines Tages würde es wieder möglich sein, am Klavier zu sitzen. Und nicht nur das. Irgendwann wollte sie vor Publikum spielen. Sie schloss die Augen und sah sich in einem Konzertsaal. Jeder Platz war besetzt, und gleich würde sie den ersten Ton anschlagen. Frida hörte ein leises Knistern, ein Räuspern. Konzentration, die Melodie verinnerlichen, eins werden mit der Musik, die sie dem Klavier gleich entlocken würde. Gleich …

»Frida!«

Sie schrak zusammen. »Kommst du? Wir müssen den Hühnerstall ausmisten!«

»Ja, Mutter.«

Sie legte die Notenblätter vorsichtig, damit sie nicht knickten, in den Koffer zurück und schob ihn unters Bett.

Morgen wollte sie sich bewerben, und dann war der Weg offen für eine Zukunft, in der auch die Musik wieder Platz hatte.

Kapitel 15

Erna hatte den Zug in Varel gerade noch bekommen und war in Nordenham in den Butjenter umgestiegen.

»Wann kommt Eckwarderhörne?«, fragte sie den Schaffner, als sie gerade Burhave verlassen hatten.

»Da kannst du nix falsch machen, mien Deern. Da ist Endstation, und es geiht nienich weiter. Bis wir wieder losfahren. In die andere Richtung.«

Erleichtert kuschelte Erna sich in den Sitz. Dennoch schaute sie die ganze Zeit aus dem Fenster. Mal sah sie die unendliche Weite der Marsch, deren Grün mit gelben Sumpfdotterblumen gesprenkelt war, dann wieder konnte sie einen Blick auf den Deich erhaschen.

Erna war froh, dass die Schönheit der Landschaft sie ablenkte, denn sie wollte jetzt nicht darüber nachdenken, was mit Stefan geschehen war. Nicht überlegen, ob ihr Vater ihn auf dem Gewissen hatte. Und selbst wenn er noch leben würde – sie hätte mit dem Kind allein dagestanden, denn seine Entscheidung war für Valerie Klaafs gefallen. Erna hatte sie gegen ihren Willen sympathisch gefunden, aber die Vorstellung, dass er mit ihr dasselbe getan hatte wie mit ihr, war Grund genug gewesen, auf Abstand zu bleiben.

Endlich hatte der Zug Eckwarderhörne erreicht. Erna

stieg aus und orientierte sich kurz, in welche Richtung sie laufen musste. Der Koffer war ähnlich schwer wie beim letzten Mal, aber heute war sie guten Mutes, dass sie nicht wieder fortgeschickt wurde.

Erna umklammerte den Griff des Koffers und stapfte los. Mit jedem Schritt wurde ihr leichter ums Herz. Und als sie das kleine Haus am Deich entdeckte, beobachtete, wie Frida und ihre Mutter sich um die Hühner kümmerten, wie die Bäume und Büsche das kleine Häuschen fast liebevoll mit ihren wunderbaren Farben umgaben, hoffte sie inständig, dass sie wirklich würde bleiben dürfen.

Erna lief einen Schritt schneller und kam schließlich völlig außer Atem am Eingangstor an. »Frida! Frau Köhle!«, rief sie.

Beide schauten gemeinsam auf. »Erna!« Frida ließ die Schaufel fallen und stürzte auf ihre Freundin zu, fiel ihr um den Hals und griff dann nach ihren Händen. »Erna, was machst denn du hier?«

»Das ist eine komplizierte Geschichte«, sagte sie zögernd und strich sich über den stark gerundeten Bauch.

Nun näherte sich auch Fridas Mutter. Deren Gesichtsausdruck war allerdings weniger begeistert als der ihrer Tochter. »Guten Tag, Erna. Wie ich sehe, hast du dich ja prächtig erholt, und dem Kind geht es gut.«

»So ist es, Frau Köhle. Aber es gibt andere Probleme. Darf ich reinkommen?«

Frida nickte. »Wir sollten uns auf die Bank im Obstgarten setzen. Da hat Vater einen Tisch gebaut, und es ist so wunderschön dort.«

»Ich arbeite weiter. Ihr könnt mir später alles erzählen«, sagte Fridas Mutter und schüttelte unwillig den Kopf, während sie sich wieder um die Hühner kümmerte.

Frida nahm Erna den Koffer aus der Hand, stellte ihn

in den kleinen Flur und zog ihre Freundin dann hinters Haus in den Garten. Erna war froh, dass sie endlich wieder sitzen konnte, denn das Laufen und Kofferschleppen war sehr anstrengend gewesen.

Hier summte und brummte es, weil die zahlreichen Bienen, Hummeln und Fliegen sich zwischen den Bäumen sehr wohlfühlten. Es roch süßlich, ein bisschen nach Watt und ganz tüchtig nach Heimat.

»Ich hole uns rasch etwas zu trinken«, sagte Frida und verschwand. Erna schloss die Augen und war einfach nur froh, hier zu sein. Wie lange war sie nicht mehr an der frischen Luft gewesen, weil ihre Eltern sie nicht einmal in den Garten gelassen hatten, aus Angst, die Nachbarn könnten sie sehen!

Kurz darauf kam Frida mit zwei Gläsern zurück. Erna sah ihrer Freundin an, dass sie vor Neugierde fast platzte. »Kommst du uns besuchen?«

»Nein«, stieß Erna hervor. Und dann erzählte sie die ganze Geschichte, die mit dem Besuch von Valerie am Morgen endete.

»Mann, das ist schlimm«, sagte Frida. Sie hatte schon während des Gesprächs nach Ernas Hand gegriffen und drückte sie nun fest. »Ich habe dir tatsächlich geschrieben, dass man Stefan Müller tot aus dem Watt gezogen hat, aber du bist nie darauf eingegangen, und ich dachte, du möchtest nicht darüber sprechen.«

»Der Brief ist nicht bei mir angekommen«, erklärte Erna. Sie ballte die freie Hand zur Faust und hieb sie gegen die Stirn. »Und ich kann meinem Vater schon wieder nichts beweisen. Ich kann es nicht, weil er ein Fuchs ist und sich nie erwischen lässt. Er macht keine Fehler. Wenn er etwas tut, dann richtig. Aber ich will nicht mehr in dieser Gruft leben, wo die Toten und Verschollenen mehr gelten als die, die leben. Und ich kann meinem eigenen Vater nach alldem nicht mehr in die Augen sehen. Weil ich weiß, was er getan hat, aber es für immer sein Geheimnis bleiben wird.« Sie schluckte. »Und meine Mutter? Wahrscheinlich deckt sie ihn, obwohl sie alles nur ahnt und keine Details kennt. Wie immer.«

Frida nahm einen Schluck Wasser. Sie war sichtlich bewegt. »Ich spreche mit meinen Eltern und werde versuchen, sie zu überreden, dass du vorerst oben in dem einen Dachzimmer schlafen kannst. Wir haben ja nun mehr Platz, und jetzt im Sommer ist es nicht so kalt. Der Raum ist nämlich noch nicht richtig isoliert, weißt du?«

»Danke«, sagte Erna. Und endlich kamen ihr doch die Tränen. »Ich kann das alles auch bezahlen«, fügte sie hinzu. Aber Frida winkte ab. Niemals würden ihre Eltern dafür Geld nehmen. Erst recht nicht von den van Geests.

*

Frida war früh aufgestanden, griff nach der Bluse, dem Rock und den Seidenstrümpfen und nahm sie mit in den kleinen Anbau, wo sich eine Waschgelegenheit befand. Das Wasser war eiskalt, obwohl sie es schon gestern mit der Pumpe hochgeholt hatte. Aber es erfrischte und machte sie wach. Frida schrubbte die Hände und versuchte, die abgebrochenen Nägel in Form zu bekommen. Bei alldem bemühte sie sich, es sehr leise zu verrichten, weil sowohl ihre Eltern als auch Erna, die zunächst in der Dachkammer bleiben durfte, noch schliefen. Wenn Frida zurückkam, wollte sie mit ihr und den Eltern gemeinsam beratschlagen, wie es mit ihrer Freundin weitergehen sollte.

Vom vermeintlichen Mord an Stefan hatten die beiden Fridas Eltern nichts gesagt, aber es war schon schlimm genug, dass die von Geests ihre Tochter eingesperrt und vollkommen abgeschottet hatten. Deshalb waren Ulrich und Margret dieses Mal aufgeschlossener, zumal sie über mehr Platz verfügten und genug zu essen hatten. Natürlich hatte sich Vater gesorgt, ob die von Geests Schwierigkeiten machen könnten, zumal Erna noch immer nicht volljährig war und sie sich dem Willen der Eltern fügen musste. Aber er vertraute darauf, dass sie eine einvernehmliche Lösung finden würden.

Nachdem Frida auch die Zähne geputzt und ihr Haar geordnet und eingeflochten hatte, zog sie sich an und fühlte sich in der Lage, den schweren Gang nach Nordenham anzutreten. Ganz zum Schluss schlüpfte sie in die feinen braunen Schuhe, die sie sich zusammen mit ihrer Mutter gekauft hatte und die sie sich teilten. Je nachdem, wer sie benötigte.

Frida verzichtete auf ein Frühstück, weil sie viel zu aufgeregt war, um etwas zu essen. Sie nahm den dünnen Mantel ihrer Mutter vom Haken. Er war ein bisschen eleganter als die Jacke, die sie sonst trug, und sie musste schließlich gleich einen guten Eindruck machen. Es war wichtig, dass sie diese Lehrstelle bekam.

Als Frida vor die Tür trat, war sie über die milden Temperaturen überrascht. Es duftete nach frisch gemähtem Gras, und sie glaubte, den Sommer zu riechen.

Der Wind hatte gedreht und kam nun aus Südwest. Leider türmten sich über dem Jadebusen dicke Regenwolken, so schön wie gestern würde es heute nicht werden.

Frida musste sich sputen, wenn sie den Butjenter erwischen wollte, denn so früh am Morgen fuhr er von Eckwarden los und nicht von Eckwarderhörne. Sie rannte zur Haltestelle und schaffte es gerade noch, die kleine Bahn zu erreichen.

Schwer atmend ließ sie sich auf eine der Bänke fallen, schaute aus dem Fenster und ließ ihren Gedanken freien Lauf. Ihr tat Erna so leid! Sie hatte in der Nacht oft geweint, es war bis unten zu hören gewesen. Die Wände in ihrem Häuschen waren leider so dünn, dass man stets mitbekam, was in den anderen Zimmern geschah. Frida hörte, wenn ihre Eltern Liebe machten, und sie hörte, wenn sie sich stritten.

Beim gleichmäßigen Schaukeln der Bahn wurde sie zwar wieder müde, doch sie bekam Ernas Schicksal und das ihres Kindes nicht aus dem Kopf. Was für eine grausame Zukunft erwartete es? Sobald es auf der Welt war, würde das Jugendamt kommen und es zu einer fremden Familie bringen. Mit ganz viel Glück durfte sie es bei sich behalten, aber die Fürsorgepflicht hatte sie nicht.

Wovon sollte Erna es auch ernähren? Ging sie arbeiten, fehlte ihr die Zeit für die Betreuung, kümmerte sie sich um das Kind, hatte sie nichts zu essen und konnte keine Wohnung bezahlen.

Frida hoffte inständig, dass ihre Mutter gnädig sein und sich vielleicht als Betreuerin anbieten würde, aber sie ahnte, dass sie da auf Granit beißen könnte. Noch stand auch ihr eigenes Schicksal auf viel zu wackeligen Beinen.

Und Ernas Eltern? Sie hatten längst eine Lösung gefunden, und die hieß, dass das Kind fortmusste.

»Jetzt sollte ich mich aber mal auf meine Bewerbung konzentrieren«, sagte Frida zu sich und schloss die Augen, um sich zurechtzulegen, was sie sagen wollte.

Währenddessen fuhr der Butjenter durch Eckwarden, Tossens, Ruhwarden, Langwarden, sammelte auch in Burhave Arbeiter ein, und weiter ging es über Mitteldeich, Stollhamm, Addehausen und Ellwürden nach Nordenham.

Frida war noch nie in der Stadt gewesen und schaute sich nun erstaunt um. Sie wusste nicht genau, wo sich die Hafenstraße mit dem Bürogebäude befand, aber sie hatte noch etwas Zeit, denn allzu früh wollte sie nicht in der Firma erscheinen. Also schloss sie sich erst einmal dem Strom der Menschen an und ließ sich aus dem Bahnhofsgebäude mitziehen. Alle schienen ihre Richtung zu kennen. Sie wandten sich zielstrebig nach rechts oder links und verschwanden mit hastigen Schritten.

Frida verharrte vor dem roten Backsteinbau. Gegenüber befanden sich Bäume, und dahinter schlängelte sich eine Straße.

Frida folgte der Bahnhofstraße. Bald hatte sie die Wahl, zum legendären Strandbad Nordenhams abzubiegen oder sich weiter von der Weser fortzubewegen. Frida wollte lieber ein bisschen von der Stadt sehen und folgte dem Straßenverlauf. Sie hatte gehört, dass die Bahnhofstraße als Lebensader Nordenhams galt, weil man vor dem Krieg hierher das Vieh zum Verladen an den Pier des Weserufers getrieben hatte.

Beschwingten Schrittes lief sie die Chaussee entlang, bewunderte die üppigen Auslagen in den Schaufenstern, lief bis zum Mittelweg, wo sie nach rechts in Richtung der Gateteich-Anlagen abbog. Dort verweilte sie kurz auf einer Bank. Aus einem versumpften Flussbett eines Nebenarms der Weser war hier ein schöner Platz mit zwei Teichen entstanden.

Frida war so nervös, dass sie ihre Bewerbung noch einmal aus der Tasche kramte und durchlas. War das wirklich so aussagekräftig, dass es ihren zukünftigen Chef überzeugen würde? Immerhin hatte sie ein gutes Zeugnis, das ihre Eltern in Stettin sorgsam eingepackt hatten und das nicht einmal Knicke aufwies.

Sie übte erneut, was sie sagen wollte, dann steckte sie die Unterlagen zurück und machte sich auf den Weg. Sie musste zur Hafenstraße, folglich wäre es vermutlich sinnvoll, sich wieder Richtung Weser zu halten.

Kurzerhand folgte sie dem Mittelweg noch ein Stück und hatte Glück, denn schon bald ging es rechts in die Hafenstraße. Vor ihr lag ein großzügig angelegter und gepflasterter Boulevard mit stilvollen Gründerzeithäusern, die alle unterschiedlich gestaltet waren. Frida atmete durch. So würde sie gern wohnen! In einem dreistöckigen Haus mit Balkon und Veranda, schmiedeeisernem Gartenzaun und hohen Fenstern. Die Fassaden mit Säulen gestaltet, das Mauerwerk eine Mischung aus Backstein und geweißten Fronten. Und nicht wie sie in einer Reetdachkate mit winzigen und zugigen Fenstern, wo sie früh am Morgen von dem Hahn oder dem Muhen der Kuh geweckt wurde.

Frida schloss kurz die Augen und stellte sich vor, wie sie in einem solchen Haus Klavier spielte und die Töne aus dem großen Fenster bis auf die Straße schallten.

»Zukunftsmusik«, murmelte sie. Sie streckte den Rücken und folgte der Straße weiter. Eines Tages würde sie so leben, und dazu war es von großer Wichtigkeit, eine Ausbildung zu machen und damit Sorge dafür zu tragen, dass sie ihr Leben selbst in die Hand nehmen konnte. Die Zeiten hatten sich geändert, auch Frauen würden sicher einmal mehr Verantwortung übernehmen können als nur für die Familie und den Gemüsegarten.

Frida sog den Duft von Nordenham in sich ein. Es war eine Mischung aus frischer Nordseeluft, gepaart mit dem von Pferdedung, aber auch den Abgasen der wenigen Lkw und Motorräder, die durch die Straßen tuckerten. Frida war erstaunt darüber, wie wenige Spuren der

Krieg in Nordenham hinterlassen hatte. Sie hatte noch nicht einen Bombenschaden gesehen, aber gehört, dass zwei Straßenzüge durchaus etwas abbekommen hatten.

Als sie ein Stück gegangen war, taten sich am Ende der Straße die gewaltigen Kräne des Midgardhafens vor ihr auf. Sie konnte sie hoch über den Deich hinausragen sehen. Nun galt es allerdings, das Firmengebäude zu finden. Frida fluchte innerlich, denn sie hatte in der Aufregung die Hausnummer vergessen und sie auch auf der Bewerbung nicht vermerkt. Was für ein blöder Fehler.

Es blieb ihr nichts anderes übrig, als eine Passantin anzusprechen.

»Können Sie mir sagen, wo die Firma Ellerbrock ist?«, fragte sie.

Die Frau kannte sie zum Glück und deutete schräg nach hinten. »Daran sind Sie eben schon vorbeigelaufen. Die Firma liegt da drüben«, sagte sie lachend.

Frida bedankte sich und steuerte auf das genannte Haus zu. Ihre Nervosität war beinahe unerträglich. Ihr zitterten die Hände so heftig, dass sie kurz warten musste, ehe sie die Tür öffnete.

»Achte darauf, Hochdeutsch zu reden und deine Stettiner Herkunft nicht gleich mit der Sprache zu verraten«, tönte ihr die Stimme der Mutter im Ohr. Doch als sie im Hausflur stand und ihr der Geruch von Bohnerwachs entgegenschlug, war sie beinahe sicher, dass sie gleich kein Wort herausbringen würde. Ihre Zunge klebte am Gaumen, und das Schlucken fiel ihr schwer.

Frida holte die Unterlagen aus der Tasche und warf einen letzten prüfenden Blick darauf, dann steckte sie sie zurück und presste die Handtasche fest an sich. Sie versuchte sich erneut an einer aufrechten Haltung, was jetzt allerdings schlecht gelang, ihre Beine fühlten sich an wie Pudding. Sie setzte den ersten Fuß auf die gelbe Granittreppe. »Ich will aus der Kate raus!«, flüsterte sie, um sich selbst Mut zu machen.

Unsicher erklomm Frida die Stufen, bis sie im ersten Stock angekommen war und eine Glastür passieren musste. Der Flur dahinter war dunkel. Rechts und links gingen braune Eichentüren ab, es roch nach Akten, ein bisschen auch nach Kaffee und Zigarillos. Erna wusste nicht genau, welche Tür die richtige war, aber schließlich fasste sie sich ein Herz und klopfte dort, wo das Schild Sekretariat angebracht war.

»Herein!« Die Stimme klang bestimmt und ein wenig spitz.

Frida öffnete die Tür und stand vor einem brusthohen Tresen aus massiver, dunkel gebeizter Eiche. Eine blonde Frau mit kinnlangem, glattem Haar stand vor einem Aktenschrank und drehte sich um, als Frida eintrat. Sie trug einen schwingenden, grauen Flanellrock, der am Knie endete. Der hellblaue, eng anliegende Ripppullover legte sich um einen schmalen Oberkörper. Die Frau sah Frida auffordernd an. »Was kann ich für Sie tun?«

Auf ihrem Namensschild stand Fräulein Brode.

»Ich möchte mich bewerben«, sagte Frida mit piepsiger Stimme. Sie angelte den Umschlag mit der Bewerbung aus der Tasche. »Auf die Anzeige in der Zeitung.«

Fräulein Brode zupfte die Unterlagen mit spitzen Fingern heraus und überflog das Geschriebene. »Herr Kamin, der Chef, ist noch nicht da, aber er kommt bestimmt gleich«, sagte sie. »Nehmen Sie doch dort Platz, Fräulein«, sie warf einen weiteren Blick auf die Bewerbung, »Köhle.« Sie spuckte den Namen förmlich aus.

Frida setzte sich auf die vordere Stuhlkante. Kerzengerade, die Handtasche auf den Knien, dabei die Henkel mit den schwieligen Händen fest umklammert. Frida fühlte sich zunehmend unwohler. Ihre abgewetzte Lederhandtasche machte sehr deutlich, dass sie aus einfachen Verhältnissen stammte. Trotzdem hoffte sie, dass sie einen selbstbewussten Eindruck machte. Sie lächelte die ganze Zeit so verkrampft, dass sie fast befürchtete, am nächsten Tag Schmerzen in der Wangenmuskulatur zu haben.

Kurz darauf hastete ein korpulenter Mann mit Lodenmantel und Hut in den Raum. Im Vorbeilaufen warf er der Sekretärin über den Tresen seinen Mantel zu, den Hut behielt er auf.

»Was gibt es Neues, Fräulein Brode?« Frida übersah er geflissentlich.

»Sie haben eine Bewerberin. Für den Ausbildungsplatz.«

Herr Kamin nahm nun auch den Hut ab, warf ihn mit einer eleganten Drehbewegung in Richtung Garderobenständer, und wie von Geisterhand platzierte er sich dort auf dem abgerundeten Haken. »Gekonnt ist gekonnt«, lobte er sich selbst. Erst dann beachtete er Frida abschätzend. Sein Blick verharrte ein bisschen zu lange auf der schäbigen Handtasche, und Frida schien es, als habe er sein Urteil bereits gefällt. »Dann kommen Sie mal, Fräulein«, sagte er in leicht genervtem Tonfall. Frida folgte ihm mit gesenktem Kopf. Sie kam sich vor wie auf dem Gang zum Schafott und nahm die Firma mit allen Sinnen überdeutlich wahr. Es roch seltsam. Ein bisschen süßlich, ein bisschen nach Zigarettenqualm und ein bisschen nach der Kernseife, mit der sich Herr Kamin heute Morgen vermutlich gewaschen hatte. Und mit jedem Schritt spürte sie: Das hier war nicht ihre Welt, hier gehörte sie nicht hin. Auch das Klavier in der Ecke des Büros von Herrn Kamin änderte daran nichts.

Der Chef der Firma Ellerbrock setzte sich hinter seinen dunkelbraunen Schreibtisch, nahm einen Stift in die Hand und fixierte Frida.

Die stand, die obere Kante der Handtasche knetend, noch immer mitten im Raum und wusste nicht, wohin sie sich wenden sollte. Sie spürte förmlich die Ablehnung, die ihr nicht nur von Fräulein Brode, sondern auch von Herrn Kamin, ja sogar aus allen Ecken entgegenzuspringen schien.

»Sie können auf dem Stuhl Platz nehmen, Fräulein Köter«, sagte Herr Kamin.

»Köhle. Mein Name ist Köhle«, erwiderte Frida, und schon als sie das sagte, wusste sie, dass das Spiel verloren war. War es jetzt eine Anspielung darauf, dass sie in einer Kate am Deich lebte und nichts Besonderes vorzuweisen hatte? Köter, die Armen, aus den einfachen Katen, die es nicht einmal zu einer ordentlichen Landwirtschaft gebracht hatten.

Frida setzte sich Herrn Kamin gegenüber und wäre am liebsten vor Scham im Erdboden versunken. Hier war alles pompös, gediegen und perfekt, sodass sie sich mit ihrer einfachen Kleidung und der alten Handtasche ganz weit weg wünschte.

Zwar sagte Herr Kamin nichts, aber sein vernichtender Blick war eindeutig. Er drehte die beiden Blätter wild hin und her und schmetterte die Bewerbung und das Zeugnis dann mit einer lässigen Bewegung auf den Tisch.

»Tja, Fräulein Köhle.« Er spuckte ihren Namen aus, als wäre es vergammelter Fisch. »Da haben Sie sich wohl umsonst herbemüht. Ich habe gesehen, Sie stammen aus Stettin und sind als Vertriebene nach Butjadingen gekommen. Wir stellen aber im Büro keine Flüchtlinge ein. Ganz einfach. Sie können gehen.«

Frida war erst wie vor den Kopf geschlagen, dann aber sprang sie auf. Sie wollte sich nicht so abbügeln lassen, wo sie doch extra den weiten Weg auf sich genommen hatte. Sie stellte die Tasche, die wohl ein Symbol dafür war, dass Herr Kamin so über sie und ihre Herkunft urteilte, auf der Sitzfläche des Stuhls ab. »Herr Kamin, dass ich aus Stettin komme, muss doch kein Nachteil für die Firma Ellerbrock sein«, begann sie mit zurückhaltender Stimme, die sich aber nach und nach festigte. »Ich habe ein sehr gutes Zeugnis. Ich war auf dem Löwe-Konservatorium und …«

Herr Kamin hob die Hand. »Ich kann durchaus lesen, junge Frau. Aber was nützen mir Ihre Klavierkenntnisse? Sie sollen eine Schreibmaschine bedienen können, Stenografie erlernen und nicht musizieren.« Er lachte schäbig. »Ich will Ihnen nicht alles vorsingen, damit Sie es hernach rhythmisch eintippen können. Und die trällernde Schreibmaschine ist auch noch nicht erfunden worden.« Er lachte laut über seinen eigenen Witz.

»Aber meine Deutschkenntnisse, die Rechtschreibung …«, versuchte Frida es weiter. Sie wollte nicht aufgeben, auch wenn sie auf verlorenem Posten kämpfte und eben noch gedacht hatte, dass sie hier nicht hergehörte. Die Bemerkung, man könne sie nicht beschäftigen, weil sie keine Einheimische war, hatte Fridas Widerspruchsgeist geweckt.

Herr Kamin winkte ab. »Noch einmal, damit es auch vollends bei Ihnen ankommt, junge Frau: Sie sind ein Flüchtling. Solche Leute kann ich nicht brauchen.« Er reichte ihr die Unterlagen. »Und nun stehlen Sie bitte nicht weiter meine Zeit. Allein Ihr Aufbegehren zeigt mir wieder einmal deutlich, wie richtig meine Entscheidung ist, sich mit solchen Leuten nicht abzugeben. Sie sind frech und können sich nicht unterordnen.«

Frida wollte noch etwas erwidern. Ob er sich vorstellen könnte, wie schwer es war, die Heimat zu verlassen. Wie schlimm sie hausen mussten, weil sie keine andere Wahl gehabt hatten. Wie hart sie nun arbeiteten, um über die Runden zu kommen … Doch es hätte nichts geändert. Frida biss sich auf die Unterlippe und steckte die Bewerbung wieder ein. »Dann wünsche ich Ihnen noch einen schönen Tag«, sagte sie, obwohl sie dem Mann am liebsten ins Gesicht gespuckt hätte.

»Ich hätte da noch einen Vorschlag für Sie!«, rief Herr Kamin ihr nach. »Versuchen Sie es doch in Bremerhaven in der Fischfabrik. Die suchen immer Leute, auch Flüchtlinge. Zum Verpacken der Heringe kann man auch solche Menschen gebrauchen.«

Frida drehte sich nun doch noch einmal um und sah Herrn Kamin an. Solche Menschen also! Sie kniff die Augen wütend zusammen. Dann nahm sie die Hände hoch. »Sie haben eines vergessen: Das hier, das sind die Finger einer Pianistin! Mit einer Schreibmaschine wären sie gerade noch klargekommen, aber mit Konservendosen? Vergessen Sie es!« Dann ließ Frida die Hände sinken, wandte sich um und marschierte mit hoch erhobenem Kopf aus der Tür.

Der Kerl sollte sich schämen, sie so zu behandeln.

Doch noch während sie die Treppen hinablief und ihr Gesicht tränennass war, wusste sie, dass Herr Kamin recht behalten würde. Arbeit gäbe es für sie nur in einer Fabrik. Nichts wäre mehr so wie in Stettin. Nichts.

Dieses Mal lief sie auf direktem Weg zum Bahnhof. Auf Nordenham verspürte sie keine Lust mehr.

Kapitel 16

»Das Kind ist weg!« Stine von Geests Stimme überschlug sich. »Das kann doch nicht sein! Da lässt man das Mädchen mal zwei Tage allein, und schon wieder macht sie dummes Zeug. Ich fasse es nicht!«

Ihr Mann stand mit vor der Brust verschränkten Armen in der Küchentür und nagte an der Unterlippe. Auf seiner gerunzelten Stirn glänzte Schweiß. So sah er stets dann aus, wenn er kurz vorm Platzen war.

»Was tun wir denn jetzt?«, fragte Stine. »Wo sollen wir sie suchen?«

»Bei diesen Köhles. Wohin sollte sie wohl sonst gegangen sein?«

»Wieder in diese Kate? Da, wo es nach Fisch stinkt, weil sie hinterm Haus den Gammel trocknen, wie du es erzählt hast?« Stine schlug angewidert die Hände überm Kopf zusammen. »Aber du hast recht, da war sie das letzte Mal auch. Ich glaube ebenfalls, dass sie dort ist.«

»Warum es unsere Tochter nur immer wieder zu diesen armseligen Tagelöhnern zieht!« Heinz schlug mit der Faust gegen die Tür. Hinter seiner Stirn arbeitete es.

»Wir müssen sie dort wegholen!«, stieß Stine hektisch hervor. »Sie bekommt doch bald diesen Bastard, und den haben wir Familie Meyerhoff versprochen.«

Ihr Mann sah sie an. »Das wäre eine Möglichkeit, aber überleg mal: Vielleicht ist es gar nicht so verkehrt, wenn sie auf dem Land lebt. Dort kennt sie keiner, und niemand wird Rückschlüsse auf uns ziehen. Ich fahre gleich zu den Köhles, und dann mache ich ihnen ein Angebot. Vielleicht nehmen sie ja diesmal Geld für Ernas Unterhalt an! Wenn sie dortbleiben kann, bis die leidige Sache ausgestanden ist, wäre ja allen gedient. Dass die Meyerhoffs das Kind bekommen, daran ändert sich nichts.«

Stine nickte. Diese Tochter würde sie noch vorzeitig ins Grab bringen mit ihrem ständigen eigenmächtigen Handeln. Es war doch alles so wunderbar geregelt gewesen, und dann machte sie sich, warum auch immer, aus dem Staub. Erna sollte doch froh sein, dass sie für dieses Desaster eine zufriedenstellende Lösung gefunden hatten! Das Kind war wirklich undankbar.

»Gut, dann kläre es mit den Köhles und wasch Erna, wenn sie wirklich dort ist, ordentlich den Kopf.« Stine hielt inne. »Aber was ist, wenn sie sich weigert, das Kind abzugeben?«

Heinz legte seiner Frau beruhigend die Hand auf den Unterarm. »Ich habe es längst geklärt. Das Kind kommt in die Pflegefamilie, weil das Jugendamt die Vormundschaft hat. Ich versuche, die Adoption schnell einzuleiten. Solange Erna noch minderjährig ist, sollte das sowieso kein Problem sein, und auch sonst hat sie als ledige Mutter von Rechts wegen keine Chance. Ihr Kind wird als ein Meyerhoff aufwachsen und hat eine grandiose Zukunft vor sich. Anders wäre es auch für das Balg nicht gut. Uneheliche Kinder sind nicht geschätzt.«

Stine nickte. Doch sie befürchtete, dass Erna nicht klein beigab und dem Kind eine Mutter sein wollte. Nun, wenn sie nicht einsichtig war, dann musste es eben über ihren Kopf hinweg geschehen. Sie konnte das Kleine unmöglich allein aufziehen, und sie, Erna, würde gewiss keine Großmutter für einen solchen Unfall sein. Weil sie ihr Herz nie mehr an ein Kind verschenken würde.

*

Margret hatte Pellkartoffeln aufgesetzt, und der schmackhafte Duft verteilte sich über die Küche in den Flur und die anderen unteren Räume der Kate.

Gleich würde Frida mit hoffentlich guten Nachrichten zurückkommen. Allerdings musste Margret feststellen, dass sie ihre Tochter bei den täglichen Verrichtungen schon jetzt vermisste. Es war anstrengend, die kleine Landwirtschaft allein zu bestellen, aber sie wollte nicht klagen, immerhin würden sie auch im nächsten Winter nicht hungern müssen und hatten ein Dach über dem Kopf. Das war mehr, als viele andere Menschen von sich sagen konnten. Im Übrigen wurden die Tauschgeschäfte und die Zahlung in Naturalien seit der Währungsreform weniger, und es war wichtig, dass Frida Geld nach Hause brachte, wovon sie etwas kaufen konnten. Schließlich war auch noch Erna hier, und nach dem, was sie gestern in diesem langen Gespräch erzählt hatte, wäre es unmenschlich gewesen, sie zurück nach Varel zu schicken. Das Mädchen brauchte für die letzten Monate ihrer Schwangerschaft einen sicheren Hafen, damit das Kind gesund auf die Welt kommen konnte. Nur lastete die Verantwortung so unglaublich schwer auf ihren Schultern.

Ulrich hatte versprochen, das Zimmer im Obergeschoss ein bisschen besser zu isolieren und herzurichten, wenn er gleich aus dem Watt vom Fischfang zurückkam, sodass es keine allzu große Rumpelkammer war. Schließlich sollte Erna sich wohlfühlen. Nur mussten sie alles erst mit ihren Eltern klären, um Ärger zu vermeiden.

Margret sah auf, als sie ein Motorengeräusch vernahm. Sie schaute aus dem Fenster und sah, wie das schwarze Automobil von Herrn von Geest um die Kurve schoss. Sie legte das Schälmesser beiseite und trat vor die Tür. Es war ein angenehm warmer, aber kein heißer Junitag, und die Sonne kitzelte ihr Gesicht. Sie schien vom klaren Himmel, der heute ein wunderbar kräftiges Blau hatte.

Ernas Vater kletterte, wie immer mit Hut und Trenchcoat bekleidet, aus dem Wagen und strich die Hosenbeine glatt, bevor er sich mit abfälligem Blick umsah und die Lippen schürzte.

»Guten Tag, Herr von Geest«, begrüßte Margret ihn. »Was kann ich für Sie tun?«

Sie hörte, wie oben das Fenster lautstark geschlossen wurde. Das schien Ernas Vater allerdings nicht mitbekommen zu haben, denn er steuerte geradewegs auf Margret zu.

»Guten Tag, Frau Köhle. Ist meine Tochter hier?«

»Ja, Herr von Geest. Sie kam gestern mit dem Butjenter.«

»Nun, Sie wissen ja von ihrer, sagen wir mal, delikaten Situation.« Er rückte seinen Hut zurecht, und Margret sah ihm an, wie unangenehm es dem Mann war, dass seine Tochter schon wieder zu ihnen geflohen war. »Wie schätzen Sie die Situation ein, Frau Köhle? In der Stadt herrscht wohl nicht die richtige Luft für eine Schwangere, oder wie sehen Sie das?«

Margret musste sich ein Grinsen verkneifen. Einerseits amüsierte es sie, wie dieser von Geest es mal wieder verstand, eine Situation so darzulegen, dass er in keinem schlechten Licht dastand. Andererseits war sie aber auch erleichtert, dass er sich wohl schon dafür entschieden hatte, Erna bei ihnen zu lassen.

»Das Mädchen kann hierbleiben, bis das Kind da ist«, antwortete Margret. »Unseretwegen auch darüber hinaus.«

Herr von Geest griff in den Trench und zog ein dickes Portemonnaie hervor. »Ich habe gehofft, dass Sie so denken.« Er wirkte ungewöhnlich freundlich. »Natürlich werde ich für Ernas monatlichen Unterhalt aufkommen.«

Margret war kurz versucht, das Geld zu nehmen. Herr von Geest hielt ihr die Scheine auffordernd hin.

Warum verfügt er über eine so hohe Summe?, dachte sie. Jeder hat doch nur vierzig D-Mark bekommen, und er ist ebenfalls ein Vertriebener, also sind auch seine Ersparnisse nichts mehr wert. Und doch wackelte dort mit den zweihundert Mark ein Vermögen in seiner feisten Hand und wartete nur darauf, dass sie zugriff und sich ihre Sorgen in nichts auflösten. Margrets Hand bewegte sich ganz langsam auf seine zu.

Nur, brauchten sie das Geld? Frida würde jetzt auch arbeiten gehen, sie hatten den Garten, die Tiere. Ulrichs schmales Einkommen und die kleine Fischerei. Auch sie trug mit ein paar Arbeiten auf den Höfen zum Einkommen bei. Noch nie hatte sie Geld von anderen Menschen genommen, weil es ihr wie ein Almosen erschienen wäre. Sie hatten es immer geschafft, auf eigenen Beinen zu stehen und unabhängig zu sein. Das gebot ihr Stolz! Andererseits war Erna kein Familienmitglied, und ihre Anwesenheit würde sie wirtschaftlich sehr belasten.

»Wenn sie entbunden hat, wird das Kind sofort abgeholt, denn sie kann es ja nicht allein großziehen«, erklärte Herr von Geest jetzt.

»Sie wollen Erna das Kind tatsächlich wegnehmen?«, fragte Margret entsetzt.

»Eine ledige Mutter ist nicht in der Lage, eine solche Verantwortung allein zu übernehmen. Das wissen Sie so gut wie ich, und das Gesetz ist auf unserer Seite. Wir haben bereits eine Familie gefunden. Bitte melden Sie sich, wenn alles erledigt werden muss. Schlimm genug, dass wegen all dem unser Ehe-Arrangement gescheitert ist. Dem jungen Mann musste ich ja leider reinen Wein einschenken, auch wenn wir sonst versuchen, die Sache ein wenig … klein zu halten.« Er räusperte sich.

Margret ließ die Hand nach und nach sinken.

»Sie haben selbst einen Sohn verloren und warten noch immer auf den anderen. Und da wollen Sie Ihrem eigenen Kind das wegnehmen, was ihm am nächsten sein wird?«, fragte sie.

Herr von Geest winkte ab. »Wir haben einen Ruf zu verlieren, aber davon versteht ihr Köter ja nichts. So, nun nehmen Sie die Scheine schon, ich habe nicht den ganzen Tag Zeit.«

Margret betrachtete Ernas Vater mit Abscheu. Seine Knollennase stieß sie plötzlich ab, sein nach Zigarre riechender Atem war widerwärtig, und alles, was er anhatte und berührte, sowieso. Das Geld in seiner Hand mutete plötzlich ekelhaft an. Es stank schlimmer als der Gammel, den sie nachher wieder auf der Betonplatte hinter dem Haus trocknen würden.

»Bitte verlassen Sie unser Grundstück«, sagte Margret. »Wir brauchen Ihr Geld nicht, weil wir uns von unserer eigenen Arbeit ernähren können. Sehen Sie sich um! Sie spucken auf unsere schmutzigen Hände, die aber doch nur das ernten, was Sie später fein sauber geputzt auf Ihrem Teller liegen haben. Sie schauen auf unsere Tiere herab, die wir großziehen und schlachten, damit später ein gutes Stück Fleisch für alle da ist. Und Sie krausen die

Nase bei dem Gestank des Fisches, der auch nicht von allein in den Küchen der Reichen landet.«

Herr von Geest war bei Margrets Worten immer blasser geworden. Auf seiner Oberlippe zeigten sich kleine Schweißperlen, sein Bauch tanzte von seinen hektischen Atemzügen auf und nieder. Dann steckte er das Geld zurück ins Portemonnaie.

»Melden Sie sich, wenn das Kind da ist, und ich werde es mir holen.«

»Sie klingen wie Rumpelstilzchen!« Margret konnte sich eine letzte boshafte Bemerkung nicht verkneifen. Rumpelstilzchen, das sich das Kind der Königin holen wollte. Aber der Knabe hatte am Ende auch verloren.

Herr von Geest stapfte mit geballten Fäusten zum Auto. Dort drehte er sich noch einmal um. »Sie tragen die Nase ganz schön hoch, Frau Köhle. Aber fragen Sie Ihren Gatten doch einmal, warum Sie in diesem Haus wohnen dürfen. Dann werden Sie vielleicht ein klein wenig demütiger!« Die Tür schepperte, als er sie mit Wucht zuschlug und mit jaulendem Motor davonfuhr.

»War das Ernas Vater?«, fragte eine warme Stimme. Margret fuhr herum. »Focko!«

»Komm, wir gehen ins Haus. Ich glaube, du brauchst einen Schnaps.« Er zog eine Buddel Kartoffelbrand aus seinem Rucksack. »Als hätte ich es geahnt!«

*

Frida mochte gar nicht nach Hause kommen. Alle Hoffnungen waren zerstört, und sie fühlte sich erniedrigt wie lange nicht. Sie wusste gar nicht mehr, wie sie zum Nordenhamer Bahnhof gelangt war und wie lange sie am Gleis auf die Bahn gewartet hatte. Frida war mit dem Mittagszug zurückgefahren und verließ nun Eckwarderhörne. Die Sonne schien, es war ein wunderbarer Tag, doch sie nahm nichts von alldem wahr. Sie war ein Flüchtlingsmädchen und nichts wert. Fischfabrik in Bremerhaven, hämmerte es in ihrem Kopf. Fischfabrik. Stinkende Heringe in Blechdosen quetschen oder anderen Fischen die Köpfe abschlagen. Frida wusste nicht genau, welche Arbeiten sie dort verrichteten. Sie wollte es heute auch gar nicht wissen, denn ihre neuen Träume, die sie zaghaft zugelassen hatte, waren vorhin gnadenlos zertreten worden. Weil sie in dieser neuen Heimat ein Nichts war.

Vor ihr tauchte die Kate auf. Aus dem Schornstein quoll wie immer Rauch, Mutter kochte vermutlich das Mittagessen. Frida wischte sich mit dem Handrücken übers Gesicht. Das hier war trotzdem ihre Zuflucht und ihr Zuhause, und sie würde es zukünftig mit Erna teilen.

Sie trat in die Küche, wo ihre Eltern schon mit ihrer Freundin am Tisch saßen. Focko war auch da, stellte sie gleichmütig fest. Vater sprach gerade das Gebet.

Frida musste nichts sagen, alle sahen ihr an, dass die Bewerbung schiefgegangen war.

»Nun iss erst einmal«, forderte der Vater sie auf. Keiner bedrängte sie mit Fragen, was passiert war. Alle aßen den Granat und die Kartoffeln und stippten sie in die gesalzene Butter. Erst als sie mit dem Essen fertig waren, fragte ihre Mutter zaghaft: »Warum haben sie dich nicht genommen?«

Da brach es aus Frida heraus, und ihre Eltern wurden mit jedem Satz wütender.

Focko schürzte die Lippen und stieß hervor: »Dieser Swienegel! Als ob ihr nix wert seid. Den würde ich mir gern kaufen!«

»Kann man eben nichts machen«, sagte Frida frustriert.

Erna schwieg, und man sah ihr das schlechte Gewissen förmlich an.

»Nun, dann müssen wir uns eben weiterhin selbst helfen«, sagte Vater. »Wir werden schon klarkommen, und es wird sich irgendwann eine Lösung finden, damit du arbeiten gehen kannst.« Wie immer gab er sich optimistisch.

»Ich habe auch …«, begann Erna, aber Fridas Vater winkte ab. »Ich erzähl das gleich.«

»Das meine ich doch gar nicht«, wandte sie ein, verstummte allerdings, als Ulrich berichtete, dass Herr von Geest da gewesen war und welches Angebot er gemacht hatte. »Mutter hat es natürlich abgelehnt, von ihm Geld zu nehmen, wenn sie nicht einmal in der Lage sind, Ernas Kind zu behalten.«

»Wir Köhles schaffen das auch allein. Wir lassen uns nicht von Fremden aushalten oder helfen, oder, Ulrich?« Fridas Mutter sah bei diesen Sätzen prüfend zu ihrem Mann, der plötzlich verlegen den Kopf senkte.

»Was genau meinst du damit, Mutter?«, fragte Frida.

»Das möchte ich von deinem Vater wissen. Herr von Geest sagte, wir sollten demütiger sein, weil wir ohne ihn gar nicht in diesem Haus wohnen würden.«

Fridas Vater schluckte schwer, und dann berichtete er, was damals passiert war.

»Wir haben diese Kate von diesem Mann?«, entfuhr es Frida.

»Ich habe sie bezahlt. Er hat lediglich dafür gesorgt, dass wir sie bekommen!«, verteidigte sich ihr Vater. Ihre Mutter schwieg, und Frida wurde von Sekunde zu Sekunde mehr übel.

»Darf ich auch mal was sagen?«, mischte sich Erna ein. »*Ich* habe meinen Vater damals gebeten, ein gutes Wort für Sie einzulegen. Frida hat für mich ihr Leben riskiert, da war es doch das Mindeste, was er tun konnte. Schlimm genug, dass er Ihnen nur so eine Bruchbude als Dankeschön zugestanden hat!«

Plötzlich war es still in der Küche. Alle schauten betreten zu Boden. Frida spürte Fockos Hand auf ihrer. Er drückte sie sacht, und es fühlte sich gut an.

Erna sah noch einmal von einem zum anderen. »Ist jetzt alles gut?«

»Ja, aber du hättest es uns gleich erzählen müssen«, sagte Fridas Mutter zu ihrem Mann.

»Ich habe mich so geschämt, weil ich es nicht allein hinbekommen habe. So geschämt habe ich mich, dass wir auf diesen Mann angewiesen waren!« Fridas Vater schaute betroffen drein.

Margret stand auf und tat etwas, was sie sonst nie tat. Sie umarmte ihren Mann.

Focko hielt noch immer Fridas Hand. Die aber schaute zu Erna, die ihre Lippen fest zusammenpresste. Frida fragte sich, was ihre Freundin zu Beginn des Gesprächs eigentlich hatte erzählen wollen.

Fridas Mutter setzte sich wieder. »Außer Frage steht für mich, dass Erna bleiben darf, solange sie möchte. Vater bringt die kleine Dachkammer in Ordnung, und dann sehen wir weiter. Wir müssen uns nur die Arbeit einteilen. Leichte Verrichtungen sind auch in der Schwangerschaft möglich.«

»Oh, ich kann abwaschen und die Hühner füttern«, bot Erna freudig an. »Und Kartoffeln zu schälen könnt ihr mir auch beibringen.«

»Wir werden schon etwas für dich finden«, versprach Fridas Mutter.

*

Der Juni zeigte sich genauso wechselhaft wie die Stimmung in dem kleinen Haus am Deich. Mal hatten darin Freude und Leichtigkeit die Überhand, dann wieder spazierte die Schwermut mit der Angst durch die niedrigen Räume.

Gut eine Woche nachdem Erna zu ihnen gekommen war, war sie plötzlich verschwunden. Schon seit Stunden blieb sie unauffindbar.

»Ob sie doch zurück nach Varel gefahren ist?«, fragte sich Frida. Die ersten Tage war Erna völlig gelöst gewesen, aß sogar richtig gut, und ihre Wangen hatten Farbe angenommen.

Frida war froh, dass Erna bleiben durfte. Endlich hatte sie jemanden zum Reden. Wenn die Arbeit auf dem Hof getan war, trafen sie sich auf dem Deich und gingen spazieren. Mal Richtung Süden, mal Richtung Norden, wo sie zur Eckwarder Bake liefen und sie freie Aussicht auf Wilhelmshaven hatten. Die Stadt war im Krieg arg beschossen worden, doch das konnte man aus der Entfernung zum Glück nicht erkennen.

Auch gestern Abend waren sie wieder losgelaufen und hatten sich am Strandbad in den Sand gesetzt und dem Knistern des Schlicks gelauscht. Die Sonne war auf der anderen Seite des Jadebusens feuerrot untergegangen und hatte das Wattenmeer in bizarres Licht getaucht. »Mystisch«, hatte Erna gesagt, und Frida hatte leise gelacht.

»Ich bin so froh, hier zu sein«, sagte Erna ein ums andere Mal und ließ Fridas Hand nicht los. So wie es zwischen ihnen schon immer gewesen war. Zwei Freundinnen, die sich ohne große Worte verstanden, auch wenn sie völlig unterschiedlich waren. Frida genoss es, Ernas Hand zu halten, die Energie zwischen ihnen strömen zu lassen, den Duft der anderen zu atmen und sicher zu sein, dass sie immer füreinander da sein würden.

»Als es darum ging, dass dein Vater dafür zahlen wollte, weil du hier bist, wolltest du etwas sagen«, hatte Frida sie irgendwann gefragt. »Was war das?«

Erna war kurz zusammengezuckt, hatte sich dann aber schnell wieder in der Gewalt. »Ach, nichts.«

Danach war sie ungewöhnlich schweigsam gewesen. So, als müsse sie intensiv über ein Problem nachdenken. Und heute Morgen, als Frida aus dem Stall zurückkam, war Erna verschwunden.

»Sie ist bestimmt mit dem Butjenter los«, mutmaßte ihre Mutter, als sie Frida die angewärmte Milch in den Emaillebecher gab.

»Aber wohin soll sie denn gefahren sein? Und womit hat sie die Fahrkarte bezahlt?«

»Ich habe keine Ahnung«, seufzte Margret. »Wir haben uns da einen ganz schönen Klotz ans Bein gebunden. Wer weiß, was noch alles auf uns zukommt. Die Familie von Geest sollte man keinesfalls unterschätzen. Warum auch immer, der Mann kennt alle und jeden, und ich hoffe, er wird uns nicht schaden, wenn wir nicht das tun, was er möchte.«

»Warum sollte er das machen – und wie?«

»Ach, Kindchen. Ich war sehr hart zu ihm, und er könnte dafür Sorge tragen, dass Vater nicht mehr beschäftigt wird. Ein paar Gerüchte, wild gestreut, genügen auf dem Land. Das weißt du.« Ihre Mutter wirkte sehr bekümmert und wischte mit der flachen Hand auf dem Tisch herum, als müsste sie einen Menge Krümel herunterfegen. Krümel, die gar nicht existierten.

»Aber wir versorgen doch seine Tochter«, gab Frida zu bedenken.

»Er ist sauer, weil sie ein Kind bekommt, und egal, was wir zukünftig anstellen werden: Er wird ihr den Säugling wegnehmen. Da sei dir sicher.«

»Er hat ja auch schon den Vater entsorgt«, rutschte es Frida düster heraus. »Ich wünschte, man könnte es ihm nachweisen und ihn dafür ins Gefängnis bringen.«

»Wie meinst du das?«

Jetzt erzählte Frida doch von Valeries Anschuldigungen. Ihre Mutter schlug entsetzt die Hand vor den Mund. »Frida, bitte sag das nie wieder laut! Wir haben keinerlei Beweise, und nicht, dass er uns wirklich in den Ruin treibt!« Sie pustete die Luft heftig aus. »Wenn wir doch nur zurück in die Heimat könnten! Manchmal denke ich, es wäre das Beste, wenn wir wieder in Glienken leben würden. Aber ich glaube, das wird ein Wunschtraum bleiben.«

Frida hätte ihrer Mutter gern Mut gemacht, aber sie hatte recht. Momentan sah es so aus, als würde eine scharfe Grenze zwischen Ost und West gezogen werden.

Stettin würde wohl nicht weiter zu Deutschland gehören. Frida interessierte sich nicht für Politik, aber diese Entwicklungen verfolgte sie doch sehr aufmerksam.

»Focko hat deine Hand gehalten«, sagte ihre Mutter plötzlich, und Frida wurde rot.

»Das hat nichts zu bedeuten. War rein freundschaftlich, wegen der angespannten Situation. Bitte mach dir keine Hoffnung. Wie oft soll ich das noch sagen?«

»Katrine Harms hat ein Auge auf ihn geworfen. Sie waren auch schon zusammen aus. Tanzen in Stollhamm. Du solltest nicht zögern, wenn er dir wichtig ist.«

Frida rollte nur mit den Augen. Sie trank die Milch, und dann besprachen sie den weiteren Tagesablauf. Über Fridas Niederlage in Nordenham hatten sie zum Glück kein Wort mehr verloren und auch nicht darüber, dass Frida sich Arbeit in der Fischfabrik suchen sollte.

»Vater kommt gleich mit dem Granat, den kannst du dann kochen und trocknen. Ich gehe später rum und versuche, ein paar Liter zu verkaufen.«

»Gut, dann kümmere ich mich bis dahin um das Vieh und ernte die letzten Erdbeeren«, versprach Frida. Sie schaute immer wieder hinaus, in der Hoffnung, dass Erna auftauchte.

»Sie wird schon zurückkommen«, sagte ihre Mutter, die ihren Blick bemerkt hatte.

»Vielleicht braucht sie ein bisschen Zeit für sich«, sagte Frida. »Schließlich ist sie ein solches Familienleben und die Arbeit nicht gewohnt.«

»Nun – angesichts der Tatsache, dass wir sie aufgenommen haben, könnte sie sich das für den Feierabend aufsparen und lieber mit Hand anlegen.« Die Stimme der Mutter klang plötzlich scharf. Für ihre Eltern war Ernas Anwesenheit tatsächlich eine große Belastung, so viel Verständnis sie auch aufzubringen versuchten.

Die Milch war ausgetrunken, und Frida stellte den Becher in die Spüle. »Ich geh dann mal raus und fange mit den Erdbeeren an. Der Kartoffelacker muss auch noch gehackt werden.« Sie band sich das Kopftuch um und trat vor die Tür. Die Mutter folgte ihr kurz darauf und schritt den Zaun ab.

Katrine Harms wollte also was von Focko. So ganz kalt, wie sie eben vorgeben hatte zu sein, ließ Frida das nicht. Katrine war hübsch, mit ihrer kecken Stupsnase und den blonden Locken. Und Focko schien sie zu mögen, sonst wäre er nicht mit ihr ausgegangen. Doch, das wurmte sie. Aber Frida konnte einfach nicht sagen, ob sie in den Fischer verliebt war. Das Einzige, was sie wusste, war: Sie vermisste ihn, wenn er sich ein paar Tage von der Kate fernhielt. Sollte sie doch …? Frida seufzte, schob die Gedanken beiseite und begann mit der Arbeit.

Noch immer hielt das sommerliche Wetter an, worüber sich die Leute im Norden freuten, denn nicht immer zeigte sich eine Schönwetterlage stabil. Die angenehmen Temperaturen machten es leicht, an der frischen Luft zu arbeiten. Frida holte den kleinen Eimer und pflückte die reifen Erdbeeren. Ihre Mutter hatte eine schadhafte Stelle am Weidezaun entdeckt und reparierte sie. Über ihnen kreischten die Möwen, und lauschte man ein wenig, war zu hören, wie die Wellen den Spülsaum küssten.

Doch plötzlich hielt Frida inne, weil ein lautes Knattern erklang. Sie hob den Kopf und sah, wie ein kleiner Lkw mit offener Ladefläche auf das Haus zuhielt. Er blieb stehen, und Erna kletterte umständlich aus der Beifahrertür. Sie trug ebenfalls ein Kopftuch und winkte fröhlich herüber.

»Juhuu!«

Frida lief Erna entgegen, auch Fridas Mutter hielt mit ihrer Tätigkeit inne und folgte ihrer Tochter.

Derweil war auch der Fahrer ausgestiegen und kratzte sich am Kopf. »Düwel noch mol, wor shall dat Ding denn hen?«

»Ins Haus in den Flur«, sagte Erna. »Erst mal, dann sehen wir weiter.«

»Moment!« Fridas Mutter baute sich mit in die Hüften gestemmten Fäusten vor dem Fahrer auf. »Was soll wohin?«

»Jo, dat Klavier, was dat Fräulein bei mir bestellt hat.«

»Ein *Klavier*?« Frida konnte es nicht fassen, aber dann sah sie auf der Ladefläche, was ihre Freundin meinte. »Du hast mir eins gekauft?«, fragte sie und musste schlucken, denn da war er, der dicke Kloß, der sich vor lauter Rührung in ihrem Hals breitmachte. Dann kamen die Tränen. Sie hatten kein Geld, keinen Platz – und doch schaffte es Erna, ihr den Herzenswunsch einfach so zu erfüllen.

»Ja, ich wollte auf diese Weise Danke sagen«, bestätigte Erna, noch immer breit grinsend. Sie wirkte ein kleines bisschen stolz.

Frida wollte Erna eben in den Arm nehmen, als ihr Blick auf die Mutter fiel. Die wirkte alles andere als erfreut und wedelte mit der Hand, als wollte sie ein paar Fliegen abwehren. »Das können Sie gleich wieder mitnehmen«, schimpfte sie. »Dafür haben wir keinen Platz, und Frida hat auch keine Zeit. Und überhaupt, wer soll das denn bezahlen?«

Erna lächelte immer noch und nickte den Fahrer beruhigend zu. »Frau Köhle! Ich habe Geld, und das Klavier ist längst bezahlt. Ich lasse es auch stimmen.« Sie machte eine Pause, und Frida ahnte, dass ihr gerade die Erinnerung an Stefan hochkam, doch Erna hatte sich rasch wieder in der Gewalt. »Sie haben gesagt, Sie wollen kein Geld von anderen annehmen, und haben auch Unterhalt für mich abgelehnt. Aber ich darf hier wohnen, Sie haben mich aufgenommen, und Frida ist immer für mich da. Deshalb wollte ich mich erkenntlich zeigen.«

»Mit einem Klavier?«, fragte Fridas Mutter und schüttelte entsetzt den Kopf.

Erna aber ließ sich nicht aus der Ruhe bringen. »Ich dachte, ein Instrument ist zwar keine D-Mark, aber es bringt Freude in den tristen Alltag.« Sie hob bittend die Hände. »Weil Frida doch nun nicht mehr zu mir kommen kann, um zu spielen, wollte ich ihr eine Freude machen. Sie braucht das Instrument so sehr!«

Margrets Mimik wurde weicher. »Du hast das wirklich für mein Kind gekauft?«

»Sie ist meine Freundin«, bekräftigte Erna.

Frida war noch immer fassungslos und konnte sich nicht von der Stelle bewegen. Da stand ein Traum in Schwarz auf diesem Laster, festgezurrt mit Gurten, und wenn sie es irgendwie schafften, das Ding von der Ladefläche zu bekommen, dann würde sie von heute an jeden Tag Klavier spielen können, sich den Tönen hingeben und wenigstens kurz in eine andere Welt abtauchen. Das Klavier durfte nicht zurückgeschickt werden. Es sollte in ihrer Kate bleiben und, wie Erna schon sagte, für ein kleines bisschen Freude sorgen.

Margret stand immer noch unschlüssig da.

»Wo kann es hin, Mutter?«, fragte Frida leise. »Bitte, lass es hier!«

Sie überlegte fieberhaft, wo das gewaltige Stück in der winzigen Kate Platz finden würde, aber ihr fiel auch bei weiterem Nachdenken keine geeignete Stelle ein.

In dem Augenblick kam ihr Vater aus dem Watt zurück. Er hatte den Jöck über die Schultern gehängt, in den beiden Eimern schaukelten Granat und Butt.

Sein Blick wanderte vom Laster zu Erna, Frida und seiner Frau. Nach und nach schien er zu begreifen, worum es ging. Er setzte die Schultertrage ab und stellte sich neben Fridas Mutter. »Nun mal raus mit der Sprache. Ist es das, was ich vermute?«

Frida nutzte den Moment. »Danke«, flüsterte sie ihrer Freundin ins Ohr. »Ich danke dir so sehr.«

»Erst einmal siegen«, gab die leise zurück. Nun kam es darauf an, wie Fridas Vater entschied.

»Herr Köhle, ich wollte niemanden überrumpeln, sondern Ihrer Tochter eine Freude machen.«

Fridas Vater wirkte nachdenklich, doch dann hellte sich sein Gesicht von Sekunde zu Sekunde mehr auf. Er legte den Arm um die Schultern seiner Frau und sagte. »Es ist eine so wunderbare Geste, Erna! Für Frida ist es ein Segen, wenn sie ihre Musik wiederhat. Wir finden eine Lösung, und ich glaube, ich habe sogar schon eine Idee, wohin wir das Klavier stellen können, ohne dass es Schaden nimmt.«

Hoffnungsvoll schauten Erna und Frida ihn an.

»Passt auf! Frida zieht in die zweite Dachkammer neben Ernas. Ich kann auch diesen Raum zumindest notdürftig herrichten, bis ich die endgültige Renovierung beginne.« Er sah seine Familie Beifall heischend an, bevor er fortfuhr: »Das Klavier bringen wir in Fridas jetzigem Zimmer unter. Dort passt es wunderbar rein. Vielleicht kann ich auch irgendwo ein Akkordeon auftreiben, und danach wird die kleine Kate am Deich voller Musik und Freude sein.«

Seine Frau schüttelte noch immer verärgert den Kopf, sie war mit der ganzen Sache sichtlich nicht einverstanden. Doch sie ahnte wohl, dass sie sich würde fügen müssen.

Frida hingegen fiel ihrem Vater stürmisch um den Hals und ignorierte das säuerliche Gesicht der Mutter, in dem sie lesen konnte, wie viel wichtiger sie es gefunden hätte, erst einmal an lebensnotwendige Dinge zu denken.

Der Vater aber rieb seine Hände. »Dann packen wir jetzt gemeinsam an. Ab und zu muss man sich schließlich auch etwas gönnen.«

Frida ließ ihren Vater los und ging zu Erna zurück. »Ich danke dir von Herzen«, sagte sie erneut. »Dass du das für mich getan hast!«

»Nun ist es aber genug mit der Rührseligkeit«, schimpfte

Fridas Mutter. »Erna muss sich jetzt um die Hühner kümmern. Sie war schließlich den ganzen Morgen fort.«

*

Focko fuhr mit dem Rad auf der Deichkrone und schaute über den Jadebusen. Es war Ebbe, und die Riffelmarken glitzerten in der Sommersonne. Ein paar Austernfischer stritten sich um eine Muschel, am Spülsaum tobten zwei Kinder im Schlick.

Focko war unsicher, was er tun sollte. In den letzten Wochen war er zweimal mit Katrine ausgegangen, und es waren schöne Abende gewesen. Aber er mochte ihr keine Hoffnung machen, denn sein Herz gehörte Frida. Er hatte in der Küche ihre Hand halten dürfen, und das wiederum hatte ihn darin bestärkt, nicht aufzugeben.

Und so fühlte er sich zwischen den beiden Frauen hin- und hergerissen. Die Hübsche, die er haben könnte, aber nicht so zu lieben vermochte, wie sie es verdient hatte, und die Schönheit mit den Katzenaugen, für die er vom ersten Augenblick an nur Liebe empfunden hatte, die ihn aber nicht wollte.

Ja, er hoffte, dass sie ihn eines Tages erhörte und ihr klar wurde, was sie für ihn bedeutete.

Focko trat schneller in die Pedale. Er war noch einmal auf dem Weg zur Kate, wollte dort anknüpfen, wo er gestern aufgehört hatte. Frida bitten, mit ihm spazieren zu gehen.

Als er das kleine Häuschen sah, klopfte sein Herz schneller. Er stellte das Rad am Weg ab und stutzte. Denn aus der Kate erklangen wunderbare Töne. Jemand spielte Klavier.

Nicht jemand. Frida.

Focko schlich ums Haus und stand schließlich vor dem Zimmerfenster, aus dem die Töne kamen. Sie waren bei genauem Hinhören nicht immer ganz sauber. Focko vermutete, dass das Klavier nicht richtig gestimmt war. Es änderte aber nichts an dem Zauber, den diese Musik auslöste.

Er schloss die Augen und lauschte den Tönen, die er zwar mochte, aber die ihm fremd waren und ihn in eine andere Welt katapultierten. Sie klangen so anders als das, was sie auf den Dorffesten dem Akkordeon entlockten. Es war eine Weise, die die Menschen nicht einfach nur fröhlich stimmte wie die Musik, die sie an der Küste spielten. Es waren Töne, die von Sehnsucht sprachen. Von Trauer und Glück. Von Wünschen und Träumen, die jenseits seiner Vorstellungskraft lagen.

Focko spürte, dass seine Wangen nass wurden. Er wusste in dem Augenblick, dass er Frida liebte, wie er nie eine andere Frau würde lieben können. Aber er wusste auch, dass sie für ihn unerreichbar war.

Vorsichtig schlich er zu seinem Fahrrad und fuhr zurück nach Fedderwardersiel.

1949

Kapitel 17

Die Vögel wetteiferten an diesem Morgen mit ihrem Gesang und schienen den herannahenden Frühling zu begrüßen. Einer flötete schöner als der andere. Frida huschte kurz die Treppe hinauf zu Erna, die in ihrer kleinen Dachkammer in einem Schaukelstuhl saß und das wunderbare Frühlingswetter ignorierte. Ihr fehlte seit Monaten die Antriebskraft – seit man ihr gleich nach der Geburt im letzten August die kleine Sanne weggenommen hatte. Frida hörte noch immer die verzweifelten Schreie ihrer Freundin, als die Frau vom Jugendamt ohne Vorwarnung in der Kate aufgetaucht war.

»Mir ist von der Hebamme die Geburt von Susanne von Geest gemeldet worden, und da Fräulein von Geest noch unmündig ist und ihre Familie die Vormundschaft ablehnt, bin ich beauftragt, den Säugling einer Pflegefamilie zu überstellen«, ratterte die Frau mit stoischer Stimme herunter. »Bestimmt ist dafür Familie Meyerhoff.«

Dann war Sanne fort und hinterließ eine grausame Leere, die sich wie lähmendes Gift über das Haus am Deich legte. Jede Hoffnung, dass es anders kommen könnte, war schon im Vorfeld zerschlagen worden. Obwohl Fridas Eltern versucht hatten, selbst die Vormundschaft für den

Säugling zu bekommen, damit Sanne bei ihrer Mutter bleiben konnte, hatte das Jugendamt anders entschieden, denn Heinz von Geests Pläne waren nicht zu durchkreuzen.

Erna hatte sich seitdem in ihre eigene kleine Welt zurückgezogen, aus der sie nur auftauchte, wenn sie ihre Tochter einmal in der Woche besuchen durfte.

Sanne lebte in Stollhamm bei der Familie Meyerhoff. Das Ehepaar war lange kinderlos geblieben und nun froh, endlich einen Säugling zu haben. Allerdings planten sie momentan nicht, die Kleine zu adoptieren, weil sie abwarten wollten, wie sich das Kind entwickelte. Damit hatte Ernas Vater nicht gerechnet, aber er musste es hinnehmen, denn seinen Geschäftspartner, an den er Sanne erfolgreich vermittelt hatte, zu verärgern kam nicht infrage.

Erna war ein Besuchsrecht bewilligt worden. Sie durfte ihre Tochter jede Woche mittwochs beim vereinbarten Termin eine Stunde lang sehen. Die Zeit dazwischen verbrachte sie mit Stricken, dem Stopfen von Strümpfen oder anderen Tätigkeiten, bei deren Verrichtung sie nachdenken und von ihrem Kind träumen konnte. Sie war erneut arg abgemagert, und man hörte sie nur sehr selten lachen. Trotzdem bemühte sich Frida um ihre Freundin, und selbst ihre Mutter tat alles, um Erna das Leben leichter zu machen.

»Hallo, Erna!«, sagte Frida nun freundlich. »Kommst du runter? Ich habe Milch angewärmt, wir könnten gemeinsam frühstücken. Um die Hühner habe ich mich auch schon gekümmert.«

Frida übernahm immer mehr Aufgaben, die eigentlich Erna zu bewerkstelligen hatte, was ihrer Mutter trotz allem Verständnis jeden Tag mehr missfiel, weil sie etwas anderes abgemacht hatten. Nur konnte Frida ihre Freundin so gut verstehen. Wie schrecklich war es, das geliebte Kind nur einmal in der Woche besuchen zu dürfen!

Es polterte unten, und Frida hörte ihren Vater fluchen. Dabei hieb er mit der Faust gegen das Holz des Türrahmens. Da er sonst stets sehr beherrscht war, musste etwas Schlimmes passiert sein. »Ich muss runter, bitte komm gleich nach. Es gibt sonst Ärger, Erna!«

Ihre Freundin antwortete nicht, sondern stierte weiterhin teilnahmslos vor sich hin.

Frida hangelte sich über die enge Holztreppe mit den extrem schmalen Stufen nach unten. Ihr Vater stand in der Küche und wirkte schrecklich wütend. »Nun hat er es geschafft!«

»Wer hat was geschafft?«, fragte Frida.

»Ernas Vater. Er ist noch immer sehr verärgert darüber, dass wir für Sanne die Fürsorge beantragt hatten und er deshalb beinahe sein Versprechen gegenüber der Familie Meyerhoff hätte brechen müssen, weil das Jugendamt den Antrag ernsthaft prüfen musste, da Erna bei uns lebt und das Kind so der Mutter nah gewesen wäre. Zwischen ihm und den Meyerhoffs gibt es auch so eine alte Seilschaft aus früheren Parteikreisen, und das wäre ihm wohl nicht so gut bekommen.«

»Und nun?« Frida sah Ulrich abwartend an.

»Ich habe nun große Probleme, mir Arbeit zu beschaffen, Frida. Bislang lief es wirklich gut. Aber jetzt… Ich weiß nicht, wie wir zu viert über die Runden kommen sollen. Ernas Vater scheint bei allen umliegenden Landwirten angerufen und mich schlechtgemacht zu haben. Er hat offenbar herumerzählt, ich wäre Kommunist und käme ja auch von drüben.«

Frida schlug sich entsetzt die Hand vor den Mund. Das konnte doch nicht wahr sein! »Aber sie brauchen doch einen Zimmermann, weil die anderen Handwerker längst nicht alle aus dem Krieg zurück sind, und wenn, oft noch nicht wieder arbeiten können«, wandte sie ein.

Ihr Vater zuckte mit den Schultern. »Einen Kommunist will keiner auf seinem Hof haben.« Er versuchte ein Lächeln, aber es wirkte verrutscht. »Ich finde schon einen Weg. Wir Köhles haben immer einen gefunden. Immer.«

Frida stieß die Luft aus. Es würde schwierig werden, aber sie hatte spontan einen Entschluss gefasst. »Vater, Erna ist *meine* Freundin, und ich habe die Verantwortung für sie. Es geht ihr nicht gut, aber das legt sich bestimmt bald wieder. Freundinnen müssen zusammenhalten, und wir können sie unmöglich zurück zu ihren Eltern schicken. Sie muss also bei uns bleiben.«

»Das bezweifelt auch keiner, Frida«, sagte ihr Vater müde. »Worauf willst du hinaus?«

»Ich werde dazu beitragen, dass es uns besser geht. Morgen fahre ich mit der ersten Bahn nach Bremerhaven.«

Ihr Vater sah Frida erstaunt an. »Um was zu tun?«

»Ich gehe in die Fischfabrik. Da nehmen sie auch Flüchtlingsmädchen.« Frida wurde es übel bei der Vorstellung, aber noch schlimmer wäre es, wenn ihre Freundin nach Varel zurückmusste, weil sie kein Geld hatten.

Ihr Vater schaute zwar skeptisch, aber dann nickte er.

Frida hatte sich mit der Ankündigung selbst ein wenig überrumpelt. Sie trank die angewärmte Milch allein, denn Erna schien wieder keine Lust zu haben, mit ihr gemeinsam zu frühstücken, und ihr selbst war der Appetit vergangen. Sie brauchte erst einmal ein bisschen frische Luft.

Frida machte sich auf den Weg zum Deich und spazierte Richtung Eckwarderhörne. Sie wollte auf die Mole gehen und übers Watt schauen. Doch als sie dort ankam, standen da zwei junge Leute nebeneinander. Sie schluckte. Es waren Focko und Katrine.

Focko war seit dem letzten Sommer nur noch selten zur Kate gekommen, Frida wusste nicht, ob es daran lag, dass Erna bei ihnen lebte, oder ob sie etwas falsch gemacht hatte. Sie wollte sich eben fortschleichen, als Focko sie entdeckte. Er wirkte etwas verlegen.

»Moin, Frida«, begrüßte er sie.

Katrine nickte nur. Ihre spitzen Blicke zeigten deutlich, dass sie eifersüchtig auf Frida war.

»Moin, Focko. Ein schöner Märztag heute«, sagte Frida und lächelte auch Katrine zu, die allerdings sofort wegschaute.

»Geht es euch gut?«

»Aber ja. Erna hat zu tun damit, dass sie Sanne nicht sehen darf, doch sonst ...«

»Hast du schon Arbeit?«

Frida schüttelte den Kopf. »Ich gehe aber jetzt wahrscheinlich in die Fischfabrik nach Bremerhaven.«

Katrine sah sie angewidert an. »Na, dann wirst du immer ziemlich stinken. Das soll eine furchtbare Arbeit sein.«

»Ich weiß«, gab Frida ungerührt zurück. »Aber wir brauchen das Geld.«

»Wollen wir los, Focko? Mir ist kühl«, sagte Katrine.

»Geh schon zu den Rädern vor, ich komme sofort nach.«

Widerwillig spazierte Katrine davon.

»Spielst du noch Klavier?«, fragte Focko, als sie weit genug entfernt war, um ihn nicht mehr hören zu können.

Frida sah ihn erstaunt an. »Ja, sooft es möglich ist. Erna hat mir eins geschenkt, das weißt du doch.«

»Ich habe dich im letzten Sommer sogar spielen hören«, sagte Focko. »Du darfst damit nicht aufhören, versprichst du mir das?« Er sah Frida mit einem so warmen Blick an, dass sie es kaum aushielt. »Seitdem weiß ich, dass du nicht hierhergehörst.« Er wandte sich ab und rannte Katrine nach.

Frida sah noch, wie sie seine Hand nahm. Sie schaute den beiden mit tränenüberströmtem Blick lange nach. Erst jetzt wurde ihr klar, was ihr verloren gegangen war.

*

Es war ein kühler und nebeliger Morgen, als Frida sich am nächsten Tag um vier Uhr morgens auf den Weg nach Bremerhaven machte. Fröstelnd band sie sich den Schal fester um den Kopf und marschierte mit großen Schritten nach Eckwarden. Ihre Gefühle waren so zwiegespalten, wie sie es nur sein konnten, und sie hatte schlecht geschlafen. Da war die Angst, in der Fabrik nicht zurechtzukommen. Außerdem machte sie sich Sorgen um Erna, die sich mehr und mehr zurückzog und immer trauriger wurde.

Aber da war auch noch dieses Gefühl der Leere, weil Focko ihr deutlich gemacht hatte, dass er aus ihrem Leben verschwunden war. Er hatte zwar recht, aber es schmerzte sie mehr, als sie gedacht hatte.

»Nun schlag ihn dir aus dem Kopf«, flüsterte sie. »Heute musst du dich auf andere Dinge konzentrieren.« Dieser Tag würde sie zumindest von ihrem Kummer ablenken.

Frida wollte wie schon damals die erste Bahn nehmen, denn die nächste fuhr erst am Mittag, und das war zu spät. Sie hoffte, schon heute in der Fabrik beginnen zu können. Eine merkwürdige Hoffnung, denn Lust verspürte sie nicht.

Sie hatten sich erst kundig machen müssen, wie Frida

überhaupt in die Seehafenstadt Bremerhaven gelangen konnte. Dazu war ihr Vater zum Nachbarn gelaufen und hatte es sich erklären und aufschreiben lassen. Diesen Zettel hielt sie nun fest mit der Hand umklammert. Bloß nicht den Bahnhof in Nordenham verpassen und danach den richtigen Zug nach Blexen erwischen und dann mit der Fähre über die Weser und von dort zur Fischfabrik nach Bremerhaven.

Es klappte aber wider Erwarten wunderbar, und so stand sie am frühen Morgen auf der Fähre.

Frida stellte sich nach vorn an den Bug und schaute zu, wie der Rumpf des Schiffes das dunkle Wasser der Weser teilte. Mächtige Kräne ragten auf der anderen Weserseite in den Himmel, es lagen sogar schon wieder einige dicke Kähne am Kai. Ein bisschen erinnerte die Szene sie an Stettin, und deshalb wurde die Furcht ein wenig kleiner.

Die Überfahrt dauerte nicht lange. Frida war eine der ersten Passagiere, die von Bord gingen. Neben ihr schoben sich ein paar Radfahrer vorbei, die anderen Menschen bildeten einen dichten Pulk, der sich am Hafen auflöste und in alle möglichen Richtungen verteilte. Vor Frida lag der Fischereihafen mit seinen vielen Hallen. Sie hatte die Adresse der Fabrik in der Hand und sprach eine der Arbeiterinnen an: »Wissen Sie, wo genau das Gebäude liegt?«

Die Frau war etwa vierzig Jahre alt, trug derbe Schuhe und eine graue Latzhose und hielt das Haar unter einem blau karierten Kopftuch verborgen. »Dann tu mal mitkommen, mien Deern. Ich muss da auch hin. Um acht Uhr tut die Schicht beginnen. Bist du neu?«

»Ja, und ich muss erst fragen, ob ich überhaupt Arbeit haben kann«, erwiderte Frida. »Wir brauchen dringend Geld.«

»Flüchtling?«

Frida nickte.

»Jo, mit den vierzig Mark tut man nicht weit kommen. Ich bin Magda Frerichs. Ich tu dich mal unter meine Fittiche nehmen, dann kommst du zum einen sicher an, und zum anderen kann ich beim Chef ein gutes Wort für dich einlegen, damit du bei uns arbeiten kannst.«

Frida musste bei der merkwürdigen Satzbildung etwas lächeln, aber sie mochte Magda.

»Wie weit ist es denn?«

»Eine halbe Stunde tun wir schon laufen.«

Frida war erleichtert, nicht allein gehen zu müssen. Zu zweit und mit ein bisschen Unterhaltung kam ihr der halbstündige Weg zur Fabrik auch gar nicht so weit entfernt vor.

Nach einiger Zeit tauchten mehrere schlichte Hallen vor ihnen auf. Sie betraten das Betriebsgelände, wo den beiden Frauen ein heftiger Fischgeruch entgegenschlug. Magda lächelte. »Daran tust du dich gewöhnen. Hier tut es immer müffeln, und ich hoffe, du bist nicht so empfindlich.«

Frida wurde bei dem penetranten Geruch zwar fast übel, aber sie riss sich zusammen. »Nein, wir hatten in Stettin auch einen Fischereibetrieb, und jetzt trocknen wir den Gammel, ich kenne das.« Frida versuchte, ganz flach zu atmen, denn der Gestank hier war um vieles schlimmer, als sie es gewohnt war. Nur hätte sie das auf keinen Fall zugegeben.

Sie hatte sich entschlossen, die Familie zu unterstützen, damit ihre Freundin bleiben konnte, und wenn das der Preis war, dann wollte sie ihn zahlen.

»Du tust mir einfach folgen, ich tu dir zeigen, wo es zum Büro geht.« Magda wies nach links auf ein rotes Backsteingemäuer, wo die Fenster hell erleuchtet waren.

»Als was hast du denn in Stettin gearbeitet?«, fragte

Magda, während sie die gläserne Tür des Gebäudes aufstieß.

»Ich war auf dem Konservatorium«, antwortete Frida. »Ich habe Klavier gespielt.«

»Jo, dann ist das hier was ganz anderes. Aber wenn du das mit der Fischerei kennst, dann tust du das hier auch schaffen. So schlimm ist es nicht, und man tut sich wirklich an alles gewöhnen.«

Magda eilte voran. Draußen ertönte eine Sirene. »Schichtwechsel, ich muss mich sputen, sonst bekomme ich bannig Ärger, sach ich dir. Da tun die keinen Spaß verstehn. Aber ich zeig dir noch, wohin du musst. Mehr kann ich dann nicht tun, wenn ich nicht selbst meine Arbeit verlieren will.«

Frida lächelte noch immer. Was wäre es schön, an Magdas Seite zu arbeiten!

»Letzte Tür rechts. Da tut der Habekost sitzen. Sach, du tust von mir kommen. Bis bald!« Und weg war sie.

Frida klopfte an die Milchglastür.

»Jo, herein, wenn's kein Schneider ist«, dröhnte einen sonore Stimme.

Frida öffnete und sah sich einem stattlichen Mann mit dickem Bauch, Fischerhemd und schwarzer Cordhose gegenüber, die von Trägern gehalten wurde. Sein rundes Gesicht wurde von einem Vollbart umrahmt, über dem zwei lustige blaue Augen blitzten. Das graue Haar war von einer gestrickten Fischermütze bis zu den Ohrläppchen bedeckt.

»Moin. Mein Name ist Habekost. Was kann ich für Sie tun?« Er lehnte sich auf seinem Stuhl zurück und faltete abwartend die Hände.

Ihren Chef hatte sich Frida definitiv anders vorgestellt.

»Moin«, begrüßte sie ihn, auch wenn ihr die übliche

norddeutsche Begrüßung immer noch schwerfiel. »Ich bin Frida Köhle, komme aus Stettin. Dort hatte mein Vater eine Fischerei, und ich war auf dem Konservatorium. Ich suche Arbeit, und man sagte mir, Sie nehmen auch Flüchtlinge. Frau Frerichs war so freundlich, mich hierherzubegleiten.«

Herr Habekost lachte auf. »Jo, Magda ist een fein Deern. Ich nehme alle Menschen, die arbeiten möchten. Da mache ich keinen Unterschied.«

Frida reichte ihm die Bewerbung. Herr Habekost warf nur einen flüchtigen Blick darauf. »Jo, moi. Können Sie heute schon beginnen?«

Frida nickte. Herr Habekost stand auf. »Dann kommen Sie mal mit. Ich zeig Ihnen, wo Sie arbeiten werden.«

»Bekomme ich keinen Vertrag?«

Ihr Chef winkte ab. »Geld gibt es immer Ende der Woche. Hier blievt sowieso keiner lange. Ich schreib das gleich alles auf.«

Frida fand das zwar merkwürdig, aber sie musste sich fügen, schließlich hatte sie keine Wahl.

Sie durchquerten die Halle, wo die Fischauktionen stattfanden, kamen von da in die Verpackung, und schließlich gelangten sie dorthin, wo viele Frauen an Tischen standen und kleine Heringe in Konservendosen verpackten. Herr Habekost deutete zu einem Tisch, wo eine Lücke zu sehen war. Mit Freude erkannte Frida, dass auch Magda hier arbeitete.

»So, nun fix was anziehen, dann kann es losgehen.« Er brachte sie zu einem Umkleideraum und reichte ihr Schürze und Kopftuch.

So bekleidet ging Frida zu ihrem Platz. Sie ekelte sich vor dem Fischgeruch, der ihr mit geballter Kraft entgegenschlug.

Herr Habekost hatte Magda bereits instruiert und die Halle wieder verlassen. Frida ließ sich von ihrer neuen Kollegin zeigen, was zu tun war.

»Hier, du tust die Heringe nehmen und in diesen Längsdosen verpacken. Einer rechts, einer links, bis die Dose voll ist. Dann tun sie dorthin kommen.« Magda wies auf die Stelle. »Um zwölf Uhr tun wir eine Pause machen, um 16:30 Uhr ist Schluss, damit wir um 17 Uhr die Fähre erreichen. Da musst du ein bisschen hetzen, das letzte Stück tun wir meist rennen, weil es sonst knapp werden tut.« Sie schob Frida einen Berg Büchsen hin und machte sich wieder an die Arbeit.

Frida schaute sich ab, wie die anderen Frauen vorgingen, und schnell hatte sie den Dreh raus, wie sie am effektivsten arbeiten konnte.

Nach zwei Stunden aber schmerzte der Rücken von der ungewohnten Arbeit. Sie trat unauffällig von einem Bein auf das andere. Magda bemerkte es dennoch.

»Wird bald besser, man tut sich dran gewöhnen«, sagte sie.

Und so legten sie die kleinen Fische ein. In ewigem Gleichtakt. Einer rechts, einer links. Einer rechts, einer links. Und wieder von vorn.

Einer rechts, einer links.

Frida war froh, als der Tag herum war und um halb fünf die Werksirene ertönte. Schon fünfzehn Minuten zuvor hatten die Frauen in Windeseile die Tische gesäubert und aufgeräumt. Nun galt es, sich zu beeilen, denn weder die Fähre noch der Zug nach Nordenham würden warten.

Draußen war der Nebel dichter geworden, man konnte keine fünf Meter weit gucken. Wie mochte die Brühe erst auf dem Land sein, wenn es hier schon so neblig war!

»Lüttje Welt«, hörte Frida. Eine freundliche Umschreibung für diesen schrecklich feuchten Dunst, der sich sofort durch die Kleidung fraß und auch das Haar benetzte.

Am Kai herrschte großes Gedränge, alle freuten sich auf ihr Zuhause. Frida war völlig erschöpft und fragte sich ein ums andere Mal, wie lange sie diese Knochenarbeit durchhalten würde. Ihre Finger waren noch immer ganz rot und an vielen Stellen aufgesprungen.

Sie hoffte, dass in der Kate alles gut gegangen war. Vor zwanzig Uhr würde sie dort nicht ankommen, und dann wollte sie sich nur noch waschen und ins Bett fallen, bis sie am nächsten Morgen wieder früh rausmusste.

Vater hatte das zweite Zimmer unterm Dach inzwischen isoliert und zurechtgemacht, und es war ganz gemütlich geworden. Aber sie hörte jeden Abend, wie Erna sich in den Schlaf weinte. Oft lief sie rüber, schlüpfte unter ihre Decke, und die beiden wärmten sich gegenseitig. Erna lag nach vorn gekrümmt. Das Kopfkissen nass geweint, und Frida umklammerte sie von hinten, damit ihre Freundin den Halt im Leben nicht vollends verlor.

Für sie mache ich das hier, dachte Frida, als sie endlich im Butjenter saß und ihr vor Müdigkeit die Augen zufielen.

Kapitel 18

Erna hatte das Gefühl, an die frische Luft zu müssen. Ihr ging es wirklich schlecht, seitdem sie ihr die kleine Sanne weggenommen hatten. Irgendwie kam es ihr vor, als würde sie nur an dem einen Tag in der Woche zum Leben erwachen, wenn sie ihre Tochter besuchen durfte. Um die Trauer einigermaßen in den Griff zu bekommen, ging sie manchmal allein spazieren. Die klare Luft am Deich tat ihr gut. Und heute war es sicher noch eine Stunde lang hell genug.

Erna zog sich warm an und verließ das Haus. Es war sehr neblig, das Gartentor kaum zu erkennen. Sie überquerte den Weg, erklomm den Deich und ließ den Blick über den Jadebusen schweifen. Aber sie sah nur dieses undurchdringliche Weiß, das ihr fast den Atem raubte. Es kroch durch die Strickjacke, befeuchtete ihr Haar und gab Erna dennoch das wunderbare Gefühl zu leben.

Sie stiefelte den Deich hinunter bis an den Wattsaum. Der Schlick lag knisternd vor ihr und lockte sie regelrecht mit seinem unvergleichlichen Duft. Das Watt schien sie zu rufen. »Komm, lauf auf mir! Fühl mich mit deinen Zehen und merke, dass du lebendig bist!«

Erna überlegte nicht lange, sie wollte sich endlich mal wieder spüren. Sie zog die Schuhe aus, stellte sie auf dem kleinen Pfad unterhalb des Deichfußes ab und betrat das Watt. Wenn sie sich links hielt, konnte sie immer am Küstenstreifen entlanglaufen, und da der Jadebusen dort eine Krümmung machte, würde sie nach einer Weile wieder auf Land treffen. Was sollte also groß passieren? Erna bohrte ihre Augen in den Nebel, aber der war so dicht, dass sie nicht einmal das Blinken des Arngaster Leuchtturms erkennen konnte.

Der Boden war jetzt im März kühl und gab unter ihren Fußsohlen nach. Langsam bewegte Erna sich weiter. Sie sackte bis zum Knöchel ein, denn der Schlick war weich. Und hatte man sich erst daran gewöhnt, war er auch gar nicht mehr so kalt. Schritt für Schritt wagte Erna sich weiter ins Watt, immer mit dem Gefühl, dass sich links von ihr das sichere Festland befand. Es war so angenehm still hier, fast, als wäre sie von der Welt vollkommen abgeschottet. Hier gab es nur sie und ihre Gedanken, das leise Quatschen der Fußsohlen und sonst das große Nichts.

Es war wunderbar. Endlich bekam sie wieder Luft, endlich vermochte sie frei zu atmen. Schritt für Schritt lief Erna durch die weiße Undurchdringlichkeit und genoss es, dass ihr Gesicht vom Nebel nass geküsst wurde.

Sie war so in ihre Gedanken versunken, dass sie erst viel zu spät bemerkte, wie weit sie hinausgelaufen war und dass sie sich mitnichten in Landnähe aufhielt. Inzwischen umspülte eiskaltes Wasser ihre Knöchel. Verdammt, die Flut hatte eingesetzt! Erna hob den Blick, und plötzlich waren das Weiß und die Stille bedrohlich. Die Dämmerung senkte sich mehr und mehr über den Jadebusen und umklammerte ihn mit aller Macht. Nicht mehr lange, und es würde stockdunkel sein.

Auf einmal war nichts mehr von Ernas Lethargie zu

spüren. Hektisch drehte sie sich um, doch ringsherum war nur das leise plätschernde Wasser, das sich den freigelegten Meeresboden nach und nach zurückeroberte. Hatte sie vorhin noch kurz geglaubt, sie brauche später nur ihren Spuren oder der Küstenlinie zu folgen, so wurde Erna nun klar, dass sie sich in einer ausweglosen Lage befand.

Sie drehte um und hoffte, nicht in die verkehrte Richtung zu laufen. Verdammt, wie hatte sie nur so unvorsichtig sein können? Immer wieder war sie gewarnt worden, sich niemals allein weit ins Watt zu begeben und schon gar nicht bei Dunkelheit oder wenn Nebel aufzog!

Ja, sie spürte sich, aber was sie jetzt wahrnahm, war pure Angst. Hier, allein mitten im Meer und ohne das sichere Wissen, das Land rechtzeitig erreichen zu können, wurde Erna plötzlich klar, wie sehr sie noch am Leben hing. Sie wollte nicht sterben. Sie wollte für ihre Tochter da sein, so gut es irgendwie ging.

»Hilfe!« Ihr entwich ein verzweifelter Schrei, doch er war viel zu zaghaft. Sie hatte so lange gar nicht oder nur leise gesprochen, dass es ihr nun schwerfiel, wirklich laut zu rufen.

Inzwischen leckten die kleinen Wellen schon an ihren Waden. War sie doch in die verkehrte Richtung gelaufen, oder stieg das Wasser tatsächlich so schrecklich schnell? War das der Fall, würde sie über kurz oder lang elendiglich ertrinken.

Erna lief etwas schneller, doch das Wasser wurde einfach nicht flacher. Sie wusste nicht mehr, wo sie war. Wo sich die Landseite befand, wo der offene Jadebusen. Deshalb blieb sie stehen, nahm ihre ganze Kraft zusammen und schrie, so laut sie konnte.

»Hilfe! Zu Hilfe! Hört mich denn keiner?«

Ihre Worte verhallten im Nebel, und sosehr Erna auch lauschte: Sie fanden keine Antwort.

Also kämpfte sie sich weiter. Planlos und ohne Ziel. Hektisch rannte sie mal nach links, mal nach rechts. Doch überall waren nur Wasser und dieser schreckliche Nebel. Ihre Füße fühlten sich derweil wie abgestorben an, weil das Nordseewasser so entsetzlich kalt war. Doch sie wollte nicht aufgeben. Sie musste doch für Sanne da sein! Selbst wenn sie ihr Kind nur einmal in der Woche sehen durfte, so war es für die Kleine doch wichtig, dass es ihre Mama gab. Auch wenn Erna befürchtete, dass Sanne dieses Wort schon bald für Frau Meyerhoff verwenden würde.

Bei dem Gedanken war sie für einen winzigen Moment versucht, einfach stehen zu bleiben und den Kampf gegen die Flut aufzugeben. Doch dann war da Fridas Stimme. Wie sie unermüdlich versuchte, sie aus ihrem Tief zu holen. Wie ihre Freundin darum kämpfte, dass Erna bleiben durfte, und ab heute sogar in dieser Fischfabrik arbeitete, damit sie es schafften, weiter gut zu leben. Nein, es wäre vermessen, das alles wegzuwerfen.

»Wach endlich auf, Erna von Geest«, quetschte sie zwischen den zusammengebissenen Zähnen hervor. »Wach endlich auf!«

Sie hoffte inständig, dass es noch nicht zu spät war.

Erna blieb stehen und dachte nach. Suchte nach einem Ausweg, einer Idee, wie sie dem sicheren Tod entrinnen konnte.

»Du bist bei Ebbe losgelaufen«, murmelte sie. »Kurz darauf hat die Flut eingesetzt. Das Wasser strömt also in Richtung Land.« Es tat gut, die eigene Stimme zu hören, sie fühlte sich nicht mehr ganz so einsam. Es gab ihr die nötige Kraft, die Orientierung zurückzuerlangen.

Erna blieb stehen, schloss die Augen und spürte, wohin das Wasser zog. Zuerst nahm sie nichts wahr, weil sie noch immer von ihrer Panik beherrscht wurde. Langsam atmete sie ein und aus, ließ die Luft durch ihre Lunge strömen. Sie versuchte, dem leichten Kribbeln an ihren Füßen Aufmerksamkeit zu schenken, und endlich – endlich merkte sie, wohin sich der Sand zwischen ihren Zehen bewegte. Das Wasser zog nach rechts. Sie war tatsächlich verkehrt gelaufen. Vorsichtig drehte sie sich um und stapfte weiter. Mit etwas Glück würde sie so das Festland erreichen, bevor das Wasser zu hoch aufgelaufen war.

Sie kam jetzt gut voran. Ignorierte, dass ihre Füße vor Kälte schmerzten, und auch, dass ihr das Wasser längst bis zu den Waden reichte und ihre Strickjacke unten schon völlig durchnässt war, weil das Wasser beim Laufen hochspritzte. Sie wollte sich kein zweites Mal von der Panik leiten lassen. Immer wieder verharrte sie und spürte der Fließrichtung des Wassers nach. Mittlerweile war jeder Schritt anstrengend, weil die Strömung immer weiter zunahm und sie schneller nach vorn schob, als sie laufen konnte. Sie musste aufpassen, dass sie nicht stürzte.

Erna merkte, wie die Kraft sie verließ. Sie blieb stehen, um durchzuatmen – doch es wurde zunehmend schwerer, Luft zu holen, was auch der beißenden Kälte geschuldet war. Wie dämlich war es, im März allein ins Watt zu gehen?

Inzwischen war es stockdunkel, Erna konnte nicht einmal ihre Hand vor Augen sehen. Sie tastete sich mit den Füßen weiter.

Plötzlich war da ein Loch. Oder ein Priel? Erna wusste es nicht. Sie verlor den Halt. Ringsum war nun nur noch Wasser, das über ihr zusammenschlug und sie wie von festen Händen umschlungen nach unten zog.

Erna riss die Arme hoch, doch ihre Kleidung sog sich binnen Sekunden voll und wurde schwerer und schwerer. Lange würde sie das nicht durchhalten, wenn sie es nicht schaffte, irgendwie Boden unter den Füßen zu bekommen.

Ein letztes Mal tauchte sie auf, ruderte wie wild mit den Armen.

Sanne, dachte sie noch. Frida! Verzeiht mir. Und dann war ihr nur noch kalt und alles um sie herum schwarz.

*

Margret war eben dabei, die Stichlinge abzukochen. Das Fett würde sie später abschöpfen und zum Braten verwenden. Sie musste achtgeben, dass das Stichlingsfleisch nicht wieder versehentlich bei den Hühnern landete, sonst wären die Eier verdorben, schmeckten unerträglich nach Fisch, und das Geflügel wäre nach dem Schlachten ungenießbar. Fast wäre es Erna letzte Woche passiert. Frida hatte es zum Glück gerade noch rechtzeitig bemerkt und eingegriffen.

Um Erna machte Margret sich ernsthafte Sorgen. Sie kam mit der Trennung von ihrer Tochter überhaupt nicht zurecht. Aber eine Lösung für diese Situation hatte Margret auch nicht.

Es polterte, und Ulrich kam mit einem Hasen herein, den er auf dem Feld mit einer Falle gefangen hatte. »Ich nehme ihn gleich aus«, sagte er, dann schaute er sich um. »Wo steckt denn Erna?«

»Ich denke, oben in ihrem Zimmer«, antwortete Margret. »Frida ist aus Bremerhaven noch nicht zurück. Dann hat es wohl mit der Anstellung funktioniert!« Sie schaute in den Topf. Gleich konnte sie mit der Arbeit beginnen.

»Das wäre wunderbar«, sagte Ulrich. »Eine Sorge weniger. Ich schau mal nach Erna.«

Margret begann das Stichlingsfett abzuschöpfen und lauschte, ob sie von oben etwas hörte. Komisch, dass Ulrich sich nicht mit Erna unterhielt.

Margret nahm den Topf vom Herd und lief zur Treppe. »Erna? Ulrich?«

»Sie ist hier nicht«, antwortete ihr Mann und kam die Treppen wieder herunter.

Margret wurde es mulmig. Es passte nicht zu Erna, dass sie ohne ein Wort aus dem Haus verschwand. Sie musste es verlassen haben, als sie selbst im Stall zu tun gehabt hatte. Margret schaute an der Garderobe nach, ob Ernas Jacke am Haken hing, doch sie war fort.

»Ich geh sie draußen suchen!«, rief sie, griff nach ihrem Mantel und huschte in den Garten. »Erna?«, rief sie, so laut sie konnte. »Erna, so sag doch was! Wo steckst du denn?«

Sie bekam keine Antwort, und Margret wurde es noch mulmiger. Es war schon dunkel, der Nebel dick und klebrig, und es war totenstill. Nicht einmal das Klatschen der kleinen Wellen war zu hören. Nur ihre Stimme, die in diesem Dunst fast gespenstisch klang. »Erna!« Nicht dass sie sich etwas angetan hatte, so merkwürdig, wie sie sich seit der Geburt verhielt!

Ulrich trat nun ebenfalls vor die Tür. »Erna ist hier nirgends«, sagte Margret. Ihre Stimme klang dumpf.

»Das kann nicht sein. Erna!«, rief Ulrich. »Mädchen, wo steckst du denn?«

Keine Antwort.

»Lass uns zum Wasser gehen. Ich habe eine furchtbare Ahnung«, sagte Margret.

»Bloß nicht«, murmelte ihr Mann. »Bloß nicht.«

Gemeinsam liefen sie zum Deich und überquerten ihn. Sie schauten sich um, liefen weiter, bis Ulrich über etwas stolperte. »Verdammt, das sind ihre Schuhe!«, rief er entsetzt aus.

»Sie wird doch nicht bei dem Mistwetter ins Watt gegangen sein? Und dann barfuß?« Margrets Stimme überschlug sich vor Angst. »Es ist kalt, wie kommt das dumme Ding auf solche Ideen?«

»Das wissen wir doch«, sagte Ulrich. »Aber jetzt ist höchste Eile geboten.«

»Wie können wir sie finden?«, fragte Margret düster.

Ulrich überlegte kurz. »Pass auf, ich hole unser Boot. Der Wasserstand ist schon hoch genug, dass ich hinausrudern kann. Lauf du zurück und besorge eine Decke und Lampen.«

Hauptsache, sie ist nicht ertrunken, dachte Margret, während sie zum Haus zurückrannte. In Windeseile griff sie nach einer Decke und rollte sie zusammen. Die Petroleumlampen standen gefüllt in der Diele. Sie zündete sie an, und das weiche Licht hatte etwas Tröstliches.

*

Focko hatte ein merkwürdiges Gefühl. Er mochte diesen Nebel nicht, aber es zog ihn nach Eckwardersiel zu den Köhles. Ihn trieb eine eigenartige Vorahnung. Oder war es doch nur das schlechte Gewissen Frida gegenüber, weil sie ihn mit Katrine gesehen und er ihr zu verstehen gegeben hatte, dass er und Frida nicht zusammenpassten? Wobei sie sich ja auch selbst schon einmal ähnlich geäußert hatte.

Er trat kräftiger in die Pedale. Welch ein Segen, dass er sich dieses Fahrrad besorgt hatte und damit wunderbar von Ort zu Ort kam! Da es über Licht verfügte, war es auch bei Dunkelheit kein Problem, zu fahren. Er durchquerte Tossens und gelangte dann auf direktem Weg nach Eckwarderhörne. Der Nebel hatte seine Anziehsachen inzwischen komplett durchnässt.

Er bereute so sehr, was er zu Frida gesagt hatte! Selbst wenn sie von einem Leben auf der Bühne und als Pianistin träumte, so gab es doch gewiss Mittel und Wege, das zu bewerkstelligen und trotzdem mit ihm zusammen zu sein, auch wenn er nur ein Fischer war. Außerdem arbeitete sie ja nun wohl in der Fabrik.

Dann aber wurde ihm wieder klar, dass er träumte. Frida wäre, selbst wenn sie sich doch in ihn verlieben würde, niemals glücklich mit ihm. Er war nur ein einfacher Kerl. Worüber sollten sie sich unterhalten? Über den Fang von Butt und Aal – oder über irgendein Musikstück, das Focko nicht einmal dem Namen nach kannte?

Er fuhr noch ein bisschen schneller, trat seine Ohnmacht und seinen Frust in die Pedale, sodass das Fahrrad ächzte. Schließlich war er an der Kate angelangt und sah, dass Margret gerade hektisch eine Decke zusammenrollte und warmen Tee in eine Feldflasche füllte. Sie wirkte erleichtert, ihn zu sehen.

»Moin. Was ist denn passiert?«

»Erna ist weg«, antwortete Margret knapp. »Ins Watt gegangen, und die Flut kommt.«

»So een Schiet. Holt Ulrich das Boot?«

Margret nickte. Sie zählte auf: »Decke, Tee und zwei Petroleumlampen. Ich habe alles. Lass uns losgehen, es ist höchste Eile geboten.«

»Ich helfe Ulrich. Wir treffen uns am Wasser.« Focko stürmte los. Da hatte ihn sein merkwürdiges Gefühl doch nicht getäuscht.

Ulrich lief, so schnell er konnte, zu seinem Bootsunterstand, der nicht weit entfernt am Deichfuß lag. Er hatte im letzten Herbst mit seinem einfachen Werkzeug ein Ruderboot aus Eichenholz gebaut, das er zum Angeln und Pieren nutzte. Es war eine gute Ergänzung zum Aufstellen von Netzen und Granatkörben.

Mit hektischen Bewegungen löste er das Tau vom Boot und zerrte es zum Wasser, das den Spülsaum bereits geflutet hatte. Es war noch flach, aber für ein Ruderboot reichte es. Weiter hinten würde es schon hoch aufgelaufen sein, und die Priele wären voll.

Da kein bisschen Wind herrschte, war es ein Leichtes, das Boot zu besteigen, ohne nasse Füße zu bekommen. Er ruderte ein Stück südlich, wo er wieder auf seine Frau treffen würde.

Doch sie war nicht allein, wie er selbst durch den dichten Nebel erkannte. Neben ihr stand Focko mit einer Decke in der Hand. »Ich nehme an, du weißt Bescheid?«, fragte Ulrich.

Focko nickte. »Jo. Denn man tau!«

»Hast du alles?«, wandte sich Ulrich an seine Frau.

»Ich hoffe! Lass uns keine Zeit verlieren.«

»Pass op«, sagte Focko zu Margret. »Du blievst an Land, und ich fahre mit Ulrich raus, dann können wir parallel zum Küstenstreifen nach ihr suchen. Mit etwas Glück ist sie dort entlanggelaufen und nicht in die Mitte vom Jadebusen. Noch ist kein Hochwasser und der Scheitelpunkt nicht erreicht, deshalb besteht Hoffnung, dass sie nicht ertrunken ist. Warte hier!«

Margret stimmte zu. »Focko hat recht. Ihr seid erfahrene Skipper, kennt das Watt, und ihr erreicht zusammen mehr, als wenn ich mitkomme. Ich warte hier und leuchte euch den Weg. Lasst die eine Lampe hier.«

Focko stieg zu Ulrich ins Boot, und schon bald war von Margret nichts mehr zu erkennen. Eine Weile sahen sie noch das kleine Licht, das aber dann vom Nebel verschluckt wurde.

»Hauptsache, Erna lebt noch«, sagte Focko. Aus seinem Mund dampfte es. Diese Ausdünstungen wurden schnell eins mit dem Nebel um sie herum. Mit sicherer Hand ruderte Ulrich das Boot hinaus auf den Jadebusen.

Immer wieder riefen sie nach Erna, doch ihre Stimmen schienen von dem dichten Weiß verschluckt zu werden.

»Ich habe Angst, dass wir zu spät kommen«, flüsterte Focko. »So eine Scheißangst.«

»Ich auch. Ich auch!« Ulrich ruderte schneller.

*

Frida war froh, als sie Kate aus dem Nebel auftauchen sah. Sie beeilte sich, denn sie freute sich darauf, den Fischgeruch mit ganz viel Kernseife von den Händen zu waschen. Im Zug war sie von einigen Leuten schief angesehen worden, weil sie vermutlich furchtbar stank.

Als sie eintrat, war es gemütlich warm, allerdings roch es auch in der Küche fischig. Mutter war wohl wie so oft dabei gewesen, Stichlinge auszukochen, nur wirkte es, als hätte sie alles Hals über Kopf stehen lassen, das sah Frida mit einem Blick.

»Mutter?«, rief sie, doch sie bekam keine Antwort.

Eigenartig, dachte Frida, um diese Zeit waren ihre Eltern doch normalerweise zu Hause!

Sie lief die Treppen hinauf, aber auch Ernas Zimmer war leer. Von großer Unruhe getrieben durchsuchte Frida Haus, Garten und die Ställe, doch sie war ganz allein hier. Sie wurde zunehmend nervöser, und ihre Müdigkeit war wie weggeblasen. Einer Eingebung folgend lief sie zum Deich.

Am Ufer stand ihre Mutter mit der Petroleumlampe in der Hand und schaute mit starrem Blick in den undurchdringlichen Nebel. Zu ihren Füßen lagen Ernas Schuhe.

»Mutter!«

Langsam wandte sie sich um. »Ach, Frida, wie gut, dass du kommst!«

»Was ist passiert? Sag nicht, dass ihr Erna da draußen sucht!«, schrie Frida. Es war alles zu viel. Erst dieser schrecklich anstrengende Tag in der Fabrik, dann der lange Heimweg – und nun war ihre Freundin, für die sie doch alles getan hatte, womöglich irgendwo da draußen im gefluteten Watt? Sie schluchzte auf und rannte den Deich hinunter zu ihrer Mutter.

Das Wasser des Jadebusens war schon recht hoch aufgelaufen, und es konnte durchaus Lebensgefahr bedeuten, wenn man sich zu weit draußen aufhielt. Frida betete, dass Erna einen Platz gefunden hatte, wo sie noch stehen konnte. Hoffentlich hatte sie sich südlich gehalten und war dort vielleicht schon längst irgendwo in der Gegend vom Hayendorfer Sieltief an Land gegangen.

Ihre Mutter legte den Arm um ihre Schultern. »Vater ist mit Focko da draußen. Sie werden sie finden. Sie müssen es einfach. Sie müssen!«

Frida war klar, dass ihre Mutter sie nur beruhigen wollte, aber trotzdem tat es gut, diese Worte zu hören.

»Ja, sie werden Erna da rausholen«, flüsterte sie und bohrte ihre Augen in die Dunkelheit. Focko und ihr Vater waren erfahrene Fischer und kannten jeden Meter, jeden Priel. Wenn jemand Erna retten konnte, dann sicher sie. Ihnen aber blieb jetzt nur, abzuwarten.

Es war furchtbar still. So als würde der Nebel sämtliche

Geräusche verschlucken. Nur das leise Glucksen des auf das Land treffenden Wassers war zu hören und ab und zu gespenstische Rufe nach Erna, die aber aus weiter Ferne zu kommen schienen.

Die beiden Frauen standen am Ufer und warteten.

*

Die Petroleumlampe spendete nur spärliches Licht, als Ulrich das Ruderboot auf die Gestalt zufuhr, die bis zur Brust im Nordseewasser stand und die Arme um den Oberkörper geschlungen hatte.

»Erna!«, rief Focko aus. »Ulrich, sieh nur, das muss sie sein!«

Das Haar hing ihr strähnig ins Gesicht, sie schlotterte am ganzen Körper und schien völlig erschöpft zu sein.

»Erna, kannst du uns hören?«, rief Focko.

Die junge Frau drehte sich ein wenig zu ihnen um und versuchte mit ihren klappernden Zähnen zu sprechen. »Ich … kann mich nicht bewegen … dann rutsche ich wieder weg. Ich bin … in … den Priel gestürzt.«

Ulrich ruderte, so dicht es ging, an Erna heran. Gemeinsam versuchten sie, die junge Frau über die Kante zu ziehen, aber dabei kenterte das Boot beinahe. Ein Schwung Wasser schwappte herein und ergoss sich über die Hosenbeine der Männer. In der Eile hatten sie natürlich kein Ölzeug angezogen.

»Erna, du musst mithelfen!«, flehte Ulrich sie an. »Wir können dich nicht an Bord ziehen, wenn du dich so schwer machst. Du musst helfen!«

Erna schaute sie mit vor Schreck geweiteten Augen an. »Ich kann nicht«, formten ihre Lippen. »Ich kann nicht.«

»Du musst!«, bestimmte Focko. Er griff nach ihrer

Hand und fixierte sie mit seinem Blick. »Nun hörst du mir mal gut zu, mien Deern. Frida hat für dich ihr Leben riskiert. Sie geht in diese Fabrik, weil sie möchte, dass du bei ihr wohnen bleiben kannst.« Das hatte er noch ganz ruhig und freundlich gesagt. Nun aber wurde er lauter. »Und jetzt steigst du in dieses gottverdammte Boot und fährst mit uns an Land!«

Erna zuckte zusammen. »An Land«, wiederholte sie leise. »An Land.«

»Jo, zu Tee und Krintstuut!«

Erna nickte unmerklich. Dann gab sie sich Mühe, über die Reling zu klettern. Ulrich versuchte derweil, das Boot mit seinem Gewicht zur anderen Seite hin auszubalancieren.

Endlich plumpste Erna auf den Schiffsboden. Focko wickelte sie sofort in die Decke ein. Dann legte er beide Hände an den Mund und rief: »Wir haben sie!«

»Nun nichts wie zurück«, sagte Ulrich und ruderte gleich los. »Immer mit der Strömung.« Er legte sich in die Riemen, und der kleine Kahn schoss mit dem Flutstrom wie ein Pfeil über die Nordsee und das dichte Weiß. Die Petroleumlampe schaukelte sacht am Bug hin und her und schuf dadurch gespenstische Bilder. Keiner sagte ein Wort, und sie hörten nur das Schlagen der Ruder.

Erna zitterte und bebte. Keiner der beiden Männer fragte, warum sie in diese prekäre Lage geraten war. Das hatte Zeit. Das Mädchen musste, so schnell es ging, ins Warme und raus aus den nassen Klamotten.

Nach einigen Minuten sahen sie ein kleines Licht durch die Dichte des Nebels schimmern.

»Da ist Margret mit der Leuchte«, sagte Focko erleichtert.

Als sie das Festland erreichten, stand dort nicht nur Margret, sondern auch Frida.

»Lebt sie?«, rief diese aufgeregt.

»Ja, sie ist allerdings völlig unterkühlt«, erwiderte Focko. Sein Blick blieb an Frida kleben. Sie aber schaute ihn kaum an und hatte nur Augen für Erna.

Ulrich warf seiner Frau derweil das Tau zu, und die beiden Frauen halfen mit, das Boot so nah ans Ufer zu ziehen, dass Erna aussteigen konnte. Margret reichte ihr die Feldflasche mit dem warmen Tee. Gierig trank Erna alles auf einmal aus. Ihre Lippen waren aufgesprungen, und die Augen lagen in dem kalkweißen Gesicht in tiefen Höhlen.

Margret wandte sich an ihre Tochter. »Lauf zur Kate, setze Wasser auf, und lege trockene Sachen heraus. Dann mache noch einen heißen Tee, und erhitze zusätzlich zur Wärmflasche Steine, die wir Erna ins Bett legen können. Jede Minute zählt.«

Frida rannte los.

Erna stand schlotternd am Deichfuß und schien kaum in der Lage, sich zu bewegen. Margret griff nach ihrem Arm, weil sie leicht schwankte. Ihre Zähne schlugen vor lauter Zittern laut aufeinander. Margret betrachtete sie mit besorgter Miene. »Ich begleite Erna nach Hause, bringst du mit Focko den Kahn zurück?«, sagte sie zu ihrem Mann.

»Es stellt sich wohl eher die Frage, ob du Erna allein zur Kate bringen kannst. Soll Focko dir helfen?«, fragte Ulrich.

»Das wird wohl besser sein«, bestätigte der und sprang von Bord.

»Ich will … in mein … Zuhause. In die Kate«, sagte Erna.

Margret und Focko hakten sie rechts und links unter und schleppten die junge Frau den Deich hoch. Da Erna sehr schwach war, kamen sie nur langsam voran. Ulrich nahm die Ruder wieder in die Hand. Auch er wollte, so schnell es ging, in die warme Stube.

Kapitel 19

Stine saß im Wohnzimmer auf der Chaiselongue und starrte auf den Brief, den der Postbote eben vorbeigebracht hatte. Er war von Herold! Seit langer Zeit wieder ein Lebenszeichen! Ihr kamen vor Freude die Tränen, sodass sie zunächst gar nicht in der Lage war, die Zeilen zu lesen. Und das Geschriebene war so wunderbar lang! Immer wieder würde sie alles nachblättern können und das Papier, das er in den Händen gehalten hatte, an ihr Herz drücken.

Vor zwei Jahren war nur eine Karte mit fünfundzwanzig Wörtern gekommen. Mehr hatte er damals nicht schreiben dürfen. Gerade mal fünfundzwanzig Wörter waren den Müttern und Vätern von ihren Söhnen von den Russen zugestanden worden. Fünfundzwanzig Wörter! Wie Stine den Feind noch immer hasste! Immerhin hatte sie Herold daraufhin die neue Anschrift in Varel schicken und ihm Tonis Tod mitteilen können, und sie wusste, wohin genau sie den Sohn gebracht hatten.

Stine hatte sich nun so weit beruhigt, dass sie den Brief näher in Augenschein nehmen konnte. Er war allerdings auch schon wieder ein paar Monate alt, weil er aus Sibirien eine endlose Zeit gebraucht hatte, bis er in Varel angekommen war. Teilweise waren Zeilen geschwärzt worden, vermutlich an den Stellen, wo Herold zu viel von den grausamen Zuständen im Lager geschrieben hatte.

Eigentlich waren die alliierten Streitmächte schon vor zwei Jahren übereingekommen, dass alle Kriegsgefangenen aus den Lagern entlassen werden sollten, aber die Sowjets hielten sich nicht daran, weil sie einen Teil ihrer Gefangenen zu Kriegsverbrechern gemacht und ihnen lange Haftstrafen auferlegt hatten.

Stine begann zu lesen.

Liebe Mutter, lieber Vater, liebe Erna,
endlich darf ich wieder schreiben.
Einen Teil meiner Gefangenschaft habe ich im Karzer zugebracht, bei Wasser und Brot. Dabei habe ich einen Zeh verloren, denn es ist kalt im russischen Winter, und die Zellen waren natürlich nicht geheizt.

Dann folgte eine geschwärzte Zeile, ehe es weiterging.

Ich wurde oft vernommen. Warum ich in der Hitlerjugend war, warum mein Vater mit dem stellvertretenden Gauleiter befreundet war und all das Unrecht gedeckt hat. Und warum meine Schwester Elly Ney kennt.
Ich habe auf all das keine Antworten. Liebe Mutti, lieber Vati, ich wünschte mir aber, wir hätten den Gauleiter nie gekannt, vielleicht wäre ich dann mit den anderen nach Hause gekommen und jetzt kein Kriegsverbrecher, obwohl ich nichts anderes getan habe als die Kameraden.
Einmal ist die Ruhr ausgebrochen, und viele sind elendig krepiert. Mir ging es ein paar Tage auch furchtbar schlecht, aber ich habe die Krankheit überwunden.

Und wieder folgten zwei geschwärzte Zeilen.

Inzwischen habe ich auch erfahren, was man mit den Juden in den Konzentrationslagern gemacht hat. Da musste ich sofort an unsere Nachbarn, die Salomons, denken. Sicher habt ihr alles getan, damit ihnen nichts passiert, denn ihr seid keine schlechten Menschen. Aber zu verhindern war es bestimmt nicht, dass sie abgeholt wurden. Oder irre ich mich?

Stine ließ den Brief kurz sinken. Die Familie Salomon. Nette Menschen, aber Juden oder Halbjuden. Und ihr Mann …

Sie wollte darüber jetzt nicht nachdenken. Schließlich musste es ja auch gar nicht stimmen, dass sie abgeholt wurden, weil Dr. Salomon Erna geholfen hatte. Es war halt gleich darauf passiert. Diese unglücklichen Zufälle gab es eben.

Mit Tränen in den Augen las sie weiter.

Die Verhältnisse, in denen ich jetzt leben muss, sind nicht besonders angenehm. In der Mitte unserer Baracke steht ein Holzofen, aus drei Pritschen haben sie ein Etagenbett gemacht. Die »Betten« sind so eng, dass man nur auf der Seite schlafen kann. Oder man hängt über der Kante.
Zum Zudecken haben wir nichts, nicht einmal Strohsäcke. Ich nehme immer die Lagerjacke, und als Kissen dient mein Arm.
Vor ein paar Wochen ist hier das Fleckfieber ausgebrochen, aber da bin ich ungeschoren davongekommen. Manchmal hat man auch Glück, nicht wahr?

Es ist nicht leicht, aber ich werde es überleben, so wie ich auch den Krieg überlebt habe. Gestern ist mir zu Ohren gekommen, dass mich fünfundzwanzig Jahre Strafgefangenenlager erwarten. Sollte kein politisches Wunder geschehen, wird es folglich noch dauern, ehe ich zurück nach Deutschland kommen darf. Ich werde versuchen, mich immer mal wieder zu melden, und vielleicht kommt ja auch Post von euch durch.

In Liebe

Herold

Stine kämpfte mit den Tränen. Ein Kind nach dem anderen verließ sie, das hatte sie vor Herrn Köhle nicht einfach so dahingesagt. Wer wusste denn schon, ob Herold nicht längst gestorben war! Nach der langen Zeit, die auch dieser Brief unterwegs gewesen war …

Ich habe keine Kinder mehr, dachte sie und schleuderte das Papier in die Ecke. Tot, gefangen und fortgejagt. Das war das Schicksal, mit dem sie leben musste. Stine stand auf und goss sich einen Cognac ein. Das Goldgelb glitzerte verführerisch im Glas, roch aromatisch scharf und beruhigend. Sie kippte die Flüssigkeit in einem Zug hinunter und spürte dem brennenden Gefühl im Hals nach, das sich nach und nach durch die Speiseröhre in den Magen ergoss und sie entspannte.

Die Tür klackte. Stine schaute auf. Heinz war nach Hause gekommen. Sein Blick wanderte von Stine zum Cognacglas und von dort zu dem Brief.

Er hob ihn wortlos auf und las ihn mit gerunzelter Stirn.

»Dann wird er wohl noch eine Weile fort sein«, sagte er anschließend. »Wenn die Politik nichts tut.« Seine Hände zitterten, er war längst nicht so ruhig, wie er tat.

»Heinz, begreifst du es nicht? Ich habe drei Kindern das Leben geschenkt, und keines davon gehört mehr richtig zu uns. Keines!« Stine schluchzte auf. »Und doch bin ich glücklich, dass Herold sich gemeldet hat! Ich vermisse ihn so! Er hat es schlecht in der Gefangenschaft. Wer weiß denn, ob er überlebt, bis die Regierung auch nur das Mindeste erreicht hat!«

»Herold wird zurückkommen«, versuchte Heinz sie zu beruhigen.

Stine fuhr hoch und gestikulierte wild vor ihm herum. »Woher willst du das wissen? Er steckt da im Sumpf inmitten von Ruhr, Fleckfieber, Typhus oder was sonst noch allem!« Sie setzte sich wieder und legte den Kopf in die Hände. »Wir haben alles, was wichtig war, verloren, verstehst du das, Heinz? Wir sind kinderlos und verschimmeln in dieser Villa!«

»Wir genießen Wohlstand und gesellschaftliche Anerkennung!«

»Was nützt das, wenn keiner da ist, dem wir damit ein besseres Leben bieten können?« Stine sah hoch.

Heinz schenkte sich auch einen Cognac ein. »Herold kommt zurück.«

»Heinz, wir haben noch eine Tochter!«

»Eine gefallene Tochter, der ich als Vater gehörig den Marsch blasen musste! Und ihrem Liebhaber dazu.«

Stine hob den Kopf und schaute ihren Mann befremdlich an. Er hatte das in einem eigenartigen Ton gesagt. Ein Ton, der ihr nicht behagte. »Heinz, was hast du getan?«

Ihr Mann erbleichte, weil ihm offenbar aufging, dass er zu viel gesagt hatte. Aber wie immer hatte er sich schnell wieder in der Gewalt.

»Ich habe mir unsere Tochter zur Brust genommen, weshalb deren Göre ja nun bei den Meyerhoffs ist und nicht bei ihr«, redete er sich heraus, aber Stine kannte ihren Mann viel zu gut, um nicht zu erahnen, dass er eben etwas ganz anderes gemeint hatte.

Sie schluckte und überlegte, ob sie nachhaken sollte.

Ihr Mann griff zum zweiten Mal nach der Cognacflasche. Seine Hände zitterten heftig, seine linke Braue zuckte wie verrückt, und Stine wusste, dass sie richtiglag. In ihr erwuchs plötzlich eine schreckliche Ahnung. Eine Ahnung, die brav in der Ecke geschlummert hatte, bedeckt von einem Tuch, unter der sie nicht auffiel. Stine erinnerte sich an ein paar Treffen, bei denen sowohl der Polizeipräsident als auch Kommissar Andres nebst Gattinnen zu Gast gewesen waren. Sie hatte alle fürstlich bedienen müssen und sich geschmeichelt gefühlt, weil sie ihnen die Aufwartung machten. Und sie hatte die Nervosität ihres Mannes bei dem Besuch beiseitegeschoben.

»Heinz, wo ist eigentlich deine alte Militärpistole, die du aus Stettin mitgebracht hast?«, fragte sie schließlich betont beiläufig. Aber sie musste Gewissheit haben.

Ihrem Mann glitt das Glas aus der Hand, und es zerschellte am Boden.

»Du weißt von der Waffe?«

Stine nickte unmerklich.

»Die … die hab ich weggeworfen. So etwas sollte man in der heutigen Zeit nicht mehr im Schrank liegen haben.« Heinz bückte sich, um die Scherben aufzuheben, schnitt sich aber, als er in eine größere griff.

»Wann hast du das getan?« *Ihn umgebracht …*

Heinz antwortete nicht, sondern holte aus der Küche ein Geschirrtuch, das er um die verletzte Hand wickelte. Ein zweites warf er auf den Cognacsee.

»Heinz, wann?«, beharrte Stine auf einer Antwort.

Er sammelte weiter die Scherben auf.

Stine erhob sich, holte Handfeger und Kehrblech und reichte es ihm.

»Heinz, bitte sieh mich an, ich glaube, du hast mir etwas zu sagen.«

Er hörte mit dem Fegen auf, stellte sich hin, das mit den Scherben bedeckte Kehrblech in der Hand. Sein Blick war dunkel, trüb und – schuldbewusst.

»Lass uns zum Tisch gehen«, sagte er.

Stine schob ihm den Stuhl nach alter Gewohnheit zurecht, ehe sie sich selbst hinsetzte. »So, und nun will ich die Wahrheit hören«, sagte sie, während sie seine Hände umschloss und mit dem Daumen sacht darüberstrich. Das beruhigte ihn immer. Sie waren seit so vielen Jahren eine Einheit, hatten eine Menge zusammen durchgemacht, und offenbar lag jetzt ein großer Stein im Weg, den sie gemeinsam fortschieben sollten, bevor sich weitere darauf auftürmten und sie die Sicht zueinander verloren. Stine hegte noch die Hoffnung, dass sie irrte, weil ihre Sinne durch den Verlust der Kinder getrübt waren. Dass es gar nicht so war, wie sie glaubte.

»Ich bin ihm gefolgt«, rang Heinz sich jedoch ab. »Er war Kommunist, Stine! Kommunist! Das Balg in Ernas Bauch ist nicht nur von einem Schwerenöter gezeugt worden, der es mit unserer Tochter gar nicht ernst meinte, nein, er war auch politisch auf der falschen Spur. Er hat mich verhöhnt, mich, den staatstreuen Mann!«

»Du hast nicht nur geschossen, du hast ihn getötet«, sagte Stine mit tonloser Stimme. Diese Worte tanzten wie ein düsteres Requiem im Raum.

Heinz schwieg und senkte den Kopf.

So saßen sie eine Weile da. Hingen ihren Gedanken nach und lauschten dem monotonen Ticken der Standuhr.

»Du bist verdächtigt worden?«

Seine Braue schnellte kurz in die Höhe, bevor er verneinte. »Da gab es eine Frau, die meinte, ich könnte der Täter sein«, wiegelte er ab. »Aber der Leichnam hatte schon eine Weile im Wasser gelegen, es waren keine verwertbaren Spuren daran. Außerdem konnte ich glaubhaft versichern, zum Zeitpunkt von Stefans Tod nichts von dem Verhältnis zwischen ihm und Erna gewusst zu haben.« Er schluckte. »Gut, dass ich zum Präsidenten der Polizei ein Verhältnis mit gegenseitigem Respekt pflege und auch Kommissar Andres gut kenne. Da war es dann unerheblich, dass sich später Ernas Schwangerschaft herausgestellt hat. Das hat die Frau nämlich auch hinausposaunt.« Heinz wischte sich den Schweiß von der Stirn.

»Woher wusste sie das?«, hakte Stine sofort nach.

»Weil der Müller sie heiraten wollte und ich so dumm war, das Weib zu Frida Köhle zu schicken, die ihr natürlich davon erzählt hat.«

»Aber es war unerheblich?« Stines Stimme zitterte.

»Natürlich. Wer soll mich zum Mörder abstempeln, wenn ich keine Waffe habe und mich kein Mensch je mit Stefan Müller gesehen hat? Und wie gesagt, mein Leumund ist tadellos, da waren sich sowohl der Polizeipräsident als auch Herr Andres einig. Da nimmt man eher an, dass eine junge Kommunistin Lügen erzählt. Es stand sogar im Raum, dass sie es selbst war. Aus Eifersucht, wegen Erna und dem Kind. Nach der Anschuldigung ist das Weib schnell still geworden. Du musst dir folglich keine Sorgen machen.«

Stines Herzschlag beruhigte sich. Es gab also weder die Tatwaffe, noch hatte man Heinz mit Stefan Müller zusammen gesehen.

Stine brauchte sehr lange, um ihre Gedanken zu sortieren. Doch dann erkannte sie: Alles war wie immer. Ihr Mann kam aus der Sache ungeschoren heraus.

Sie ließ seine Hände los.

»Du bist also ein Mörder und ich ab sofort deine Komplizin, weil ich es weiß und mit niemandem darüber reden darf.«

Heinz schwieg.

»Weiß Erna das?«, fragte Stine schließlich. »Ist sie deshalb fort?«

Heinz zuckte mit den Schultern. »Ich kann es dir nicht sagen. Ich glaube eher, sie hatte die Hoffnung, das Kind behalten zu dürfen, wenn sie zu den Köhles geht. Das sind ja so Weltverbesserer mit weichem Herz.« Den letzten Satz spuckte er förmlich aus.

»Sie darf es nie erfahren, Heinz. Niemals darf sie das.«

Heinz lachte bitter auf. »Die Akte ist ohnehin geschlossen. Mir ist nichts nachzuweisen. Ich bin unschuldig.«

Stine schluckte und begriff noch immer nicht so recht, was sich ihr gerade offenbarte, auch wenn Heinz beileibe kein Geständnis abgelegt hatte.

»Es ist trotzdem besser, wenn wir Erna so wenig wie möglich begegnen. Bevor sie noch Fragen stellt. Alles hat eben seinen Preis«, sagte er. »Weil sie diesen Kerl geliebt hat, würde sie vermutlich nicht lockerlassen.«

Stine betrachtete die wunderschönen, langen und geraden Finger ihres Mannes, die durchaus zärtlich auf ihrem Körper tanzen konnten. Die aber auch die Finger eines Mörders waren. Mit diesen Händen hatte er ein junges Leben ausgelöscht. Und plötzlich erschien es ihr auch keineswegs mehr als abwegig, dass er bei dem Verschwinden der Salomons seine Finger im Spiel gehabt hatte.

Stine konnte diese Finger jetzt nicht anfassen und wusste nicht, ob sie je wieder dazu in der Lage sein würde.

Ihren Mann nicht zu verraten oder ihm diese Taten zu vergeben waren zwei sehr unterschiedliche Dinge.

»Hattest du zuvor schon nachgeholfen, dass er aus Ernas Leben verschwindet?«, fragte Stine, denn nun musste sie alles wissen.

»Ja, ich habe ihm gedroht und dann gedacht, er hätte sich nicht an meine Anweisungen gehalten«, gab Heinz unumwunden zu.

»Erna wird wohl verschwunden sein, weil sie sich allein glaubte«, schloss Stine. »Nichtsdestotrotz haben wir keine Wahl, als dieses Geheimnis für uns zu behalten, wenn wir nicht alles, wirklich alles verlieren wollen.«

Ich habe die Wahl zwischen Pest und Cholera. Wer bin ich schon ohne Heinz? Ein Nichts.

»So ist es, meine liebe Frau. So ist es.« Heinz wollte wieder nach ihren Händen greifen, doch Stine stand abrupt auf.

»Ich werde schweigen. Über alles, was du mir erzählt hast, selbst wenn ich es missbillige. Doch damit ist nicht nur Toni, sondern auch Erna für uns verloren. Ich glaube, sie hat uns verlassen, weil sie ahnt, was passiert ist. Außerdem bin ich mir sicher, dass sie dir eines Tages auf die Schliche kommen wird. Erna ist keine Frau, die Dinge einfach so hinnimmt. Der Preis dafür ist für mich als Mutter hoch, aber ich bin dir als meinem Mann verpflichtet. Doch ich möchte nicht mehr, dass du mich noch einmal mit deinen Mörderhänden anrührst.« Stine war selbst erstaunt über die Kühle in ihrer Stimme, aber jetzt, wo ihre einzige Hoffnung auf Herolds baldige Rückkehr durch seinen Brief zunichtegemacht worden war, verkümmerte augenblicklich ein weiteres Stück ihrer Seele.

Was tat Heinz ihr an? Sie musste mit ihrer Tochter brechen, damit seine Tat unentdeckt blieb, denn schlug sie sich auf Ernas Seite, würde ihr Leben zu einem Trümmerhaufen zerschlagen – und sie darunter zusammen mit Heinz begraben.

Stine verließ mit gerecktem Kopf und geradem Rücken das Wohnzimmer. Im Flur aber griff sie nach dem nächstbesten Blumentopf und schmetterte ihn auf die Mosaikfliesen. Die braune Erde vermischte sich mit den weißen Scherben und bildete ein wildes Durcheinander, das dem in ihrem Kopf ähnelte. Dann riss sie ihren Mantel von der Garderobe, setzte den blauen Hut mit der breiten Krempe auf und lief nach draußen. Sie brauchte dringend frische Luft.

*

Frida war todunglücklich, als sie auf die Fähre von Blexen nach Bremerhaven stieg und sich in das Getümmel der vielen Arbeiter und Arbeiterinnen stürzte. Aber ihr blieb keine Wahl, sie musste in die Fischfabrik, ob es ihr behagte oder nicht. Viel lieber wäre sie jedoch zu Hause geblieben, denn Erna ging es schlecht. Sie hatte seit zwei Tagen hohes Fieber und hustete sich die Seele aus dem Leib. Warum sie so weit ins Wasser hinausgelaufen war, hatte sie ihnen noch nicht erzählt, und wahrscheinlich würde das auch noch dauern. In ihrem Zustand konnte Erna nicht mal die kleine Sanne besuchen, und Frida hatte keine Idee, wie sie das Mädchen zu ihrer Mutter schaffen sollte.

Was für ein Glück, dass Focko rechtzeitig zur Stelle gewesen war und ihren Eltern unter die Arme gegriffen hatte! Es war eigenartig, aber der junge Mann hatte die Begabung, immer zur rechten Zeit am rechten Ort zu sein.

Leider war er an dem Abend schnell wieder gegangen. Obwohl sie ja selbst Schuld daran hatte, dass er nicht geblieben war. Sie hatte sich ihm sehr unfreundlich verhalten, weil sie sich so uneins über ihre Gefühle war. Sie erkannte sich im Umgang mit ihm selbst nicht wieder! Immerhin hatte sie sich noch bei ihm bedankt, und das war wohl auch das Mindeste.

Warum beschäftigt mich Focko eigentlich?, dachte Frida. Er umwirbt Katrine, und zu meinen Plänen passt er nicht. Schluss jetzt!

Frida verließ die Fähre mit erhobenem Kopf und ließ sich vom Strom der Menschen mitziehen. Mal scherte eine Gruppe von Männern nach rechts aus, mal ein paar Frauen nach links. Ein großer Teil aber schob sich zu den Hallen der Fischfabrik, die man allein des Gestanks wegen nie verfehlen konnte.

Ihre Arbeit verrichtete Frida mechanisch. Inzwischen hatte sie eine Routine im Arbeitsablauf, trotzdem musste sie achtgeben, keinen Fehler zu machen. Es war wichtig, dass die Blechdosen korrekt gepackt waren, sonst passte später der Deckel nicht darauf.

Und so legte Frida schweigsam einen Hering nach dem anderen in die Dose. Rechts, links, rechts, links. Wie immer tat nach zwei Stunden der Rücken weh, wogegen ein bisschen Treten auf der Stelle und ein heimliches Durchdrücken der Wirbelsäule etwas Linderung verschaffte.

»Mist«, hörte Frida plötzlich und sah, dass Magda sich an einer der Blechdosen geschnitten hatte. Das Blut lief ihr vom Zeigefinger über den Daumenballen.

Sie wurde augenblicklich sehr blass, es musste ziemlich wehtun. Magda trat einen Schritt zurück, um die anderen Konserven nicht mit ihrem Blut zu beschmutzen. »Die ist kaputt«, sagte sie. »Guckt mal, da ist das Blech nicht in Ordnung!«

»Das muss verbunden werden!«, meinte Sanja, die rechts neben Magda verpackte. Sie unterbrach ihre Tätigkeit und griff nach Magdas Unterarm, aber die schüttelte sie ab. »Ach was, so eine kleine Wunde, das tut nichts machen. Ich will keinen unnützen Ärger haben.« Sie ließ die Hand in der Schürze verschwinden, wo sie ein Taschentuch herauszog und es um die blutende Stelle wickelte. Und dann machte sie einfach weiter, als wäre nichts geschehen.

Frida sah ihr aber an, dass die Hand schmerzte. Weil das Taschentuch schon kurz darauf blutdurchtränkt war, reichte Sanja ihr ein Tuch aus der eigenen Tasche.

»Wasch die Wunde aus«, sagte sie. »Nicht, dass Blut auf den Fisch kommt.«

Magda verschwand, blieb eine Weile fort und kam mit einem Pflaster am Zeigefinger zurück, um das sie wieder ein Tuch wickelte.

»Tut nicht mehr bluten.«

»Magda, du musst zum Arzt«, konnte sich Frida nicht verkneifen zu sagen. »Wir arbeiten hier mit Fisch. Was ist, wenn sich deine Wunde infiziert?« Das hatte ihr Vater ihnen immer wieder gepredigt. Wenn man sich verletzte, musste man mit den Wunden sehr sorgfältig umgehen. »Mit einer Blutvergiftung ist nicht zu spaßen. Da sind schon viele dran gestorben.«

»Die tut sich nicht infizieren.«

Frida blieb weiter skeptisch, war aber froh, als die Werksirene eine halbe Stunde später den Feierabend ankündigte.

Obwohl Frida es eilig hatte, sprach sie Magda in der Umkleide doch noch einmal an. »Du, ich meinte das eben ernst. Bitte geh zum Arzt, und lass die Wunde versorgen oder dir sogar ein Antibiotikum geben. Damit sollte man nicht leichtfertig umgehen.«

»Das tut auch keiner«, sagte Magda. Sie band sich ihr Kopftuch um und deutete zum Eingang, wo sich Johann Habekost mit einem anderen, sehr gut aussehenden Mann unterhielt.

»Wer ist das?«, fragte Frida sofort, denn der Mann im grauen Anzug und mit dem dunklen Haar, auf dem er einen Hut trug, weckte ihr Interesse.

»Das ist Horst Hinrichs. Er tut eine Ladenkette haben«, erklärte Magda. »Guter Kunde von Habekost.« Sie stieß Frida in die Seite. »Nun tu du mal nicht so große Augen machen. Der Mann ist ein Schwerenöter. Dem tun alle Mädchen verfallen, und er nutzt das aus.«

Frida seufzte. Sie hatte noch nie einen Menschen gesehen, den sie auf Anhieb und ohne ihn zu kennen, als schön bezeichnet hätte. Auf Horst Hinrichs aber traf das zu.

Er unterbrach das Gespräch und musterte alle Arbeiterinnen, die an ihm vorbeiliefen. Bei einigen glitt ein anerkennendes Schmunzeln über sein Gesicht, bei anderen schaute er weg. Frida bemerkte durchaus, dass es ein paar der Frauen darauf anlegten, ihn zum Lächeln zu bringen. Das waren die, die ihren Kopf leicht schief legten oder genau vor ihm ihr Haar aufschüttelten.

»Komm, wir müssen auch los«, sagte Magda. »Dann kannst du ihn anlächeln. Aber Obacht, mehr nicht. Der tut dich ins Unglück stürzen.«

Frida setzte ihren kleinen Hut auf, den Erna ihr geschenkt hatte, und folgte Magda. Als sie an Horst Hinrichs vorbeikam, wollte sie eigentlich verlegen den Blick senken, denn Magdas warnende Worte nahm sie durchaus ernst, nur gelang es ihr nicht. Sie tat, was die meisten jungen Frauen vor ihr getan hatten: Sie lächelte.

Horst Hinrichs schaute sie eine Spur zu lange an. Frida wurde abwechselnd heiß und kalt. Verdammt, was passierte hier? Dieser Mann war unerreichbar für sie, und ihr fehlte im Übrigen jegliche Lust, das Spielpüppchen eines Mannes zu sein und am Ende womöglich Ernas Schicksal teilen zu müssen.

»Nimm dich vor dem in Acht. Der hat keinen guten Ruf. Viele Frauengeschichten«, wurde sie nun auch von Sanja gewarnt, die den Blick durchaus bemerkt hatte.

»Ich hab ohnehin kein Interesse«, log Frida.

»Dann ist es ja gut.« Sanja rauschte ab.

Frida lief mit Magda zur Fähre. Ihre Mitarbeiterin war ungewöhnlich schweigsam, und als sie sich in Blexen trennten, hatte Frida kein gutes Gefühl.

*

Ernas hohes Fieber war noch immer nicht gesunken, als Frida aus der Fabrik zurückkam. Ihre Mutter hatte den ganzen Tag versucht, es mit Wadenwickeln zu senken, war jetzt aber auch am Ende ihres Lateins.

»Wir müssen den Arzt rufen, daran führt kein Weg mehr vorbei«, sagte sie hilflos, während Ernas Husten wie das dumpfe Bellen eines Hundes durch die Kate hallte.

»Ich laufe nach Eckwarden und hole Doktor Fakt«, sagte Frida.

»Du bist doch eben erst nach Hause gekommen, du wirst noch selbst krank, wenn du dich kein bisschen ausruhst. Außerdem ist es stockdunkel«, meinte ihre Mutter, aber Frida winkte ab. »Es geht um Erna!«

»Es geht bei dir immer um Erna«, herrschte Margret

Frida unvermittelt an. »Schluss jetzt! Du gehst in die Küche und isst erst einmal was, und wenn Vater zurück ist, mache ich mich auf den Weg.«

Frida sah ihre Mutter erstaunt an, ehe sie in einem versöhnlichen Ton sagte: »Pass auf, ich mache eine kurze Pause, und dann geh ich los. Du bist doch genauso müde. Den ganzen Tag hast du im Stall und im Haus geschuftet. Ich bin noch jung, und es ist *meine* Freundin!«

Ihre Mutter gab widerstrebend nach, bestand aber darauf, dass Frida zuvor wirklich erst etwas aß.

Dann reichte sie ihr die Petroleumlampe. »Ist mir lieber, wenn du sie bei dir hast. Heute hat sich ja wenigstens der Nebel verzogen. Und zurück darfst du sicher auf dem Gespann des Doktors mitfahren.«

»Das wäre gut.« Frida blieb in der Tür stehen. »Es ist schon so spät. Wo arbeitet Vater denn?«

»Südlicher, bei Augustgroden«, gab ihre Mutter Auskunft. »Hier in der näheren Umgebung hat er ja dank Herrn von Geest keinen guten Ruf mehr, und keiner gibt ihm Arbeit.«

»Das ändert sich bestimmt wieder. Es wird sich bald herumsprechen, dass Vater kein Kommunist ist.« Frida gab sich optimistisch. Sie konnte keine weitere Katastrophe brauchen.

Kaum war sie draußen, legte sie ein zügiges Tempo vor. Sie durfte keine Zeit verlieren. Auf diesem dunklen und schmalen Weg, wo es links und rechts raschelte und aus den Gräben gluckste. Hier, wo sie mutterseelenallein unterwegs war, um mal wieder ihre Freundin zu retten, überfiel sie die Angst.

Was war, wenn Erna nie mehr gesund und Sanne dann doch von den Meyerhoffs adoptiert wurde und ihre Mutter gar nicht richtig kennenlernen durfte? Der dicke

Klumpen in Fridas Hals wurde enger und enger, je weiter sie sich von der schützenden Kate entfernte.

Sie atmete langsam ein und aus, und dann begann sie leise zu summen. In Gedanken flogen ihre Finger dabei über die schwarz-weißen Tasten ihres Klaviers und entlockten ihm die schönsten Töne.

Frida lief und lief, bis sie endlich die Lichter des Dörfchens Eckwarden erblickte. Hoffentlich war Dr. Fakt zu Hause und konnte sie gleich begleiten. Nicht dass sie umsonst den Weg auf sich genommen hatte.

Kapitel 20

Fast hätte Frida verschlafen und den Zug nicht mehr bekommen. Die letzten vier Nächte waren viel zu kurz gewesen.

Dr. Fakt war an dem Abend sofort mit dem Einspänner zur Kate fahren. Sein besorgtes Gesicht, als er Erna abgehört hatte, stand Frida noch immer vor Augen.

»Dat is nicht moi«, sagte der Arzt ein ums andere Mal. Am Ende hatte er Medikamente dagelassen und bestimmt, dass sie weiter inhalieren und viel trinken sollte.

Ob Erna davon etwas mitbekommen hatte, wusste Frida nicht, weil ihre Freundin die Augen geschlossen hielt, so als interessiere sie die Welt um sich herum nicht mehr. Die nächsten Tage war Erna etwas ruhiger gewesen, aber gestern Abend hatte sich ihr Zustand wieder verschlimmert. Frida war deswegen sehr in Sorge. Dieses Mal tat sie sich schwer mit ihrem Optimismus. Sie waren schon so oft am Rand einer Katastrophe vorbeigeschlittert, immer würde es sicher nicht gut gehen.

Frida stieg in Blexen aus, fuhr mit der Fähre über die Weser und schlurfte zur Fischfabrik. Obwohl sie noch gar nicht so lange hier arbeitete, hatte sich schon in der kurzen Zeit eine Gleichförmigkeit in den Tagesablauf geschlichen. Aufstehen in aller Frühe, nach Eckwarden zum Butjenter laufen, nach Nordenham fahren, umsteigen, auf die Fähre. Stumpf die Heringe verpacken und den ganzen Weg wieder zurück. Zu Hause was essen und ins Bett fallen.

Auch jetzt zog sie sich die Schürze an, ging zum Tisch und begann sofort mit der Arbeit. Magda war seit ihrer Verletzung nicht mehr zur Arbeit erschienen, und Frida hoffte inständig, dass sie Vernunft angenommen hatte und zum Arzt gegangen war. Der hatte ihr das Arbeiten sicher vorerst verboten.

Sie stieß Sanja an. »Weißt du, was mit Magda ist? Hast du was gehört?«

Sanja zuckte mit den Schultern und arbeitete weiter.

»Weißt du, wo sie wohnt? Vielleicht braucht sie Hilfe?«

»Keine Ahnung. Wir arbeiten hier, und gut ist. Keine Kontakte sonst.«

Frida konzentrierte sich wieder auf den Fisch. Rechts. Links. Rechts. Links. Ständig schaute sie verstohlen zum Eingang, ob Magda dort auftauchte, aber sie erschien auch an diesem Tag nicht.

Gegen fünfzehn Uhr betraten Horst Hinrichs und Johann Habekost die Halle. Während Habekost wie immer in seiner Fischerkleidung herumlief, trug Hinrichs wie beim letzten Mal einen grauen Anzug mit Hut.

Obwohl beide kein einziges Wort sagten, verstummten sämtliche Gespräche, und unwillkürlich nahmen alle Haltung an. Von den beiden ging eine natürliche Autorität aus, aber die Belegschaft spürte auch, dass sie etwas mitteilen wollten. Die finsteren Gesichter sprachen für sich.

»Moin an alle«, tönte nun Habekosts Stimme laut durch die Halle. Sein Blick schweifte über die Tische und blieb dort hängen, wo Sanja und Frida mit ihren Kolleginnen arbeiteten. »Hier war Magda Frerichs beschäftigt, stimmt's?«

War, durchzuckte es Frida. Warum zum Teufel sagt er *war*?

Habekost und Hinrichs näherten sich. »Zeigen Sie uns bitte, wie Sie vorgehen, wenn Sie nach den Büchsen greifen und sie füllen!«, befahl Horst Hinrichs, doch seine Stimme klang freundlich, und sein Blick war warm. »Ich möchte es sehen und nicht erklärt bekommen. Schließlich muss ich wissen, wie meine Ware befüllt wird. Außerdem bat mich Herr Habekost, einen zweiten Blick auf die Arbeitsweise zu werfen. Ich möchte herausfinden, warum sich eine Arbeiterin so verletzen konnte.«

Habekost nickte zustimmend, und die Frauen machten sich sofort an die Arbeit.

»Die eine Dose war doch defekt, was soll das Theater?«, hörte Frida eine Stimme, aber die beiden Männer ließen sich nicht davon beeindrucken, sondern umrundeten die Tische mit hinter dem Rücken verschränkten Händen.

Jeder Griff bei den Frauen saß, auch bei Frida. Rechts, links, rechts, links, immer im Wechsel. War die Büchse voll, ergriffen sie die nächste, und wieder rechts, links, rechts, links.

Die beiden Männer beobachteten den Vorgang eine Weile und schienen zufrieden mit dem, was sie sahen.

»Gut, das reicht«, sagte Habekost. »Haben Sie noch Fragen, Herr Hinrichs?«

Der spitzte die Lippen. »Es wird wirklich sauber und akkurat gearbeitet. Trotzdem hat sich Frau Frerichs verletzt. Dann war es keine Nachlässigkeit, sondern ein dummer Unfall«, sagte er. »Gibt es die Büchse noch?«

Habekost verneinte.

»Dann nicht, aber ich habe gesehen, was ich als Kunde der Fischfabrik sehen wollte.« Sein Blick blieb an Frida hängen, die leicht errötete.

»Wie geht es Magda denn?«, wagte sie zu fragen.

Horst Hinrichs sah sie weiterhin mit einem eigenartigen Blick an. Seine Augen hatten ein warmes Dunkelbraun, die Lippen waren voll und geschwungen, die Wangenknochen standen etwas höher, und er besaß eine hohe die Stirn. Sein Haar hatte die Farbe von Ebenholz und war leicht gewellt.

Frida biss sich auf die Unterlippe, um nicht aufzulachen. Hier stand sie, stinkend wie die Heringe, die sie in ovale Blechdosen verpackte, bekleidet mit einer fettigen, grauen Schürze und einem Kopftuch, das man auch hätte im Gefängnis tragen können, an einem Tisch voller toter Fische und dachte darüber nach, dass der Freund vom Chef ein schöner Mann war. Absurder ging es kaum.

»Sie wissen es also nicht?«, fragte Herr Hinrichs, der ihr Mienenspiel aufmerksam betrachtet hatte.

»Nein, was soll ich wissen?« Plötzlich wurde Frida der Ernst der Lage bewusst. Ihr Bauch krampfte sich fast schmerzhaft zusammen. Magda lag nicht krank zu Hause. Ihr war auch nicht gekündigt worden. Aber das andere, nein, das wagte sie nicht zu Ende zu denken.

Horst Hinrichs zog die Brauen hoch, was ihn noch ein bisschen attraktiver machte. Die Strenge stand ihm gut.

»Ziehen Sie sich bitte Ihre schmutzige Schürze aus, Fräulein, nehmen Sie das Kopftuch ab, und kommen Sie zu mir ins Büro von Herrn Habekost«, sagte er mit ernster Stimme. »Ich habe zum Ablauf des Unfalls doch noch ein paar Fragen.« Er wandte sich an seinen Freund. »Klärst du das mit den Deerns?«

»So mok wi dat«, antwortete Habekost.

Frida tat wie ihr geheißen. Sie wusch die Finger unter fast heißem Wasser und schrubbte sie mit Kernseife, doch sie bekam den Geruch kaum ab. Was wollte Horst Hinrichs wohl von ihr? Sie hoffte, endlich eine ausführliche Antwort darauf zu erhalten, was mit Magda passiert war.

Mit klopfendem Herzen durchquerte sie die Hallen, bis sie am Bürogebäude angekommen war. Sie musste sich einen Augenblick konzentrieren, weil sie sich nicht auf Anhieb daran erinnern konnte, welche Tür die richtige war. Doch sie hatte Glück und fand das Büro schneller als erwartet.

Horst Hinrichs saß schon hinterm Schreibtisch und blickte freundlich, aber ernst auf, als Frida eintrat.

»Nehmen Sie doch bitte Platz, und dann verraten Sie mir, wer Sie sind und was Sie ausgerechnet nach Bremerhaven in die Fischfabrik verschlagen hat.«

»Ich bin Frida Köhle«, begann sie und fasste mit wenigen Worten zusammen, woher sie kam, was sie bislang getan hatte und weshalb sie hier arbeitete. Obwohl es ihr unter den Nägeln brannte, nach Magda zu fragen. Horst Hinrichs hörte sich alles an, unterbrach sie nur selten und lächelte noch immer, als sie fertig war.

Frida rutschte unruhig auf dem Stuhl hin und her.

Herr Hinrichs bemerkte ihre Unruhe und fragte: »Was bedrückt Sie?«

»Ich möchte wirklich nicht unhöflich sein, aber Sie haben vorhin so merkwürdig reagiert, als ich nach Magda gefragt habe. Was ist mit ihr? Wissen Sie, sie hat sich fast mütterlich um mich gekümmert, als ich hier neu war. Sie liegt mir am Herzen …«

Horst Hinrichs' Blick veränderte sich. Er nahm einen Füller und klopfte damit auf den Schreibtisch, während er mit ruhiger Stimme sagte: »Da gibt es eine traurige Mitteilung. Leider ist Frau Frerichs heute Mittag im Krankenhaus verstorben. Sie hat sich bei ihrer Verletzung eine Blutvergiftung zugezogen. Es ging ziemlich rasant. Da Herr Habekost an der Sicherheit der Mitarbeiter interessiert ist, haben wir die Arbeitsvorgänge eben noch einmal überprüft. Wir wollten uns nicht ungesehen darauf verlassen, dass wirklich eine kaputte Blechbüchse die Ursache für die Verletzung war.«

Frida hörte die Stimme wie durch eine Glocke. Magda war tot? Die liebe, freundliche Magda mit dem lustigen Satzbau?

»Sie kann doch nicht einfach gestorben sein!«, rief Frida und sprang auf. Der Schmerz um den Tod der Kollegin überfiel sie hinterrücks, auch wenn sie sich kaum gekannt hatten. Erst die Sorge um Erna und dann… Magda.

»Ich habe ihr doch noch gesagt, dass sie zum Arzt gehen soll!«, jammerte sie und lief mit großen Schritten im Büro auf und ab. Frida wusste einfach nicht, wohin mit ihrem Schmerz.

Herr Hinrichs ließ ihr eine Weile Zeit, bevor er sagte: »Bitte setzen Sie sich wieder, Fräulein Köhle. Es tut mir wirklich leid. Haben Sie denn gesehen, wie es genau passiert ist?«

Frida ließ sich erneut auf den Stuhl fallen. »Nein, ich habe nur mitbekommen, dass sie plötzlich furchtbar geblutet hat. Es ist so schrecklich.« Sie legte ihr Gesicht in die Hände und begann zu weinen.

Wieder ließ Horst Hinrichs ihr Zeit. Nach einer Weile reichte er Frida ein Taschentuch. Sie nahm es, und dabei berührten sich kurz die Fingerspitzen. Es war ein anderes Glühen als bei Focko. Da hatte sie es wie einen Funken empfunden, der kurz aufglomm und zwischen ihnen stand, bevor er verglühte. Doch jetzt schien es ihr, als hätte Horst Hinrichs sie in Brand gesetzt. Und zugleich schämte sie sich. Sie weinte, weil ihre Kollegin gestorben war, doch sie konnte sich nicht gegen das Charisma dieses Mannes wehren und fühlte ein Begehren, das angesichts der Situation völlig unangemessen war.

Frida tupfte Nase und Augen länger ab als nötig. »Entschuldigen Sie, dass ich mich habe gehen lassen«, sagte sie schließlich mit gefasster Stimme. »Ich bin einfach so erschrocken. Obwohl ich Frau Frerichs kaum kannte, geht es mir sehr nahe.«

»Das ist doch verständlich, Fräulein Köhle, und es macht Sie sehr sympathisch, wenn ich das sagen darf. So vielen Menschen ist in und nach dem Krieg das Gefühl abhandengekommen, aber ich sehe: Ihr Herz befindet sich am rechten Fleck.«

Nun war Frida doch erstaunt. Alle hatten sie vor Horst Hinrichs gewarnt. Er aber wirkte nicht wie ein Schwerenöter oder ein Mann, der nur daran interessiert war, eine Frau schnell herumzubekommen. Vielmehr machte er auf sie einen umsichtigen und verständnisvollen Eindruck.

Vielleicht hätten es ein paar der Frauen gern gehabt, dass er sich für sie interessiert, und weil er nicht darauf angesprungen ist, dichten sie ihm nun schlimme Dinge an, dachte Frida, der auch Sanjas schmachtender Blick nicht entgangen war.

»Hat Magda, äh, Frau Frerichs, denn Angehörige?«, fragte Frida, um wieder zu dem eigentlichen Thema zurückzukommen. Es war schließlich gleichgültig, ob Herr Hinrichs ein netter Mensch war oder nicht.

»Sie hinterlässt zwei Kinder, die ins Waisenhaus nach Varel gebracht wurden. Vielleicht findet sich ja eine Pflegestelle.«

Frida seufzte. Überall nur Leid und Elend. Sie konnte es kaum noch ertragen. Lass es nicht zu nah an dich herankommen, dachte sie. Du hast genug eigene Probleme. Denk an Erna und Sanne. Nein, sie konnte für Magda und ihre Kinder nichts tun, außer sie in ihr Gebet einzuschließen.

»Geht es wieder?«, riss Herr Hinrichs sie aus ihren Überlegungen.

»Ja, danke, es war nur ein ziemlicher Schock«, antwortete Frida. »Das Leben kann so grausam sein.«

»Da haben Sie recht. Aber ein paar Weichen können wir dennoch neu stellen«, sagte er, und kurz glaubte Frida, er hätte ihr zugezwinkert. Fragend sah sie ihn an.

»Nun«, fuhr er in geschäftigem Tonfall fort. »Ich schlussfolgere aus Ihren anfänglichen Worten, dass Sie nicht ganz freiwillig in der Fabrik arbeiten, sondern es aus einer wirtschaftlichen Notwendigkeit heraus tun?«

»Das ist richtig, ich muss meine Familie unterstützen«, beeilte sich Frida zu sagen.

Herr Hinrichs schürzte die Lippen. »Ich hätte da noch eine andere Idee.«

»Eine andere Idee?«

»Ja. In Nordenham befindet sich das Verwaltungsbüro für meine Läden, und ich könnte dort eine Bürokraft brauchen. Dann wäre Ihr Anfahrtsweg zur Arbeit nicht so weit, und Sie hätten mehr Zeit für Ihre Musik. Sie sprachen doch eingangs vom Konservatorium.«

Frida sah ihn ungläubig an. »Aber … aber …«

»Ich weiß, bis eben kannten wir uns noch gar nicht, und ich gebe zu, dass ich Sie nur deshalb hergebeten habe, weil ich neugierig auf Sie war. Nun, ich habe mich nicht getäuscht. Sie sind genau der Typ Frau, den ich in meinem Geschäft brauche. Sie sind durchsetzungsfähig, gebildet – und wunderschön«, setzte er nach.

Frida glaubte ihren Ohren nicht zu trauen. »Sie bieten mir tatsächlich eine Stelle an? Ich hab aber doch gar nichts gelernt, kann nicht Schreibmaschine schreiben – und Flüchtling bin ich auch noch!«

Herr Hinrichs ließ sich nicht aus der Ruhe bringen. »Liebes Fräulein Köhle, Schreibmaschine schreiben werden Sie schnell lernen. Und dass Sie aus Stettin kommen – wen stört es? Mich stört viel mehr, wenn Sie in der Fischfabrik verkümmern und womöglich ein Ende nehmen wie Frau Frerichs.«

Frida wusste gar nicht, ob sie sich freuen sollte oder weinen. Magda war tot, aber ihr, ihr stand plötzlich eine völlig neue Welt offen!

»Ich soll wirklich einfach so bei Ihnen im Büro arbeiten?«

»Ich glaube, ich habe mich klar ausgedrückt, oder?« Herr Hinrichs reichte ihr über den Tisch die Hand. »Schlagen Sie ein!«

Vorsichtig hob Frida die ihre, aber so ganz traute sie der Sache noch nicht. Außerdem fürchtete sie die neuerliche Berührung. Ihr Herz klopfte doch schon so zum Zerspringen. Sie würde oft in seiner Nähe sein. Nicht mehr nach Fisch stinken, und ihr blieb Zeit zum Klavierspielen … Irgendwo musste es einen Haken geben.

Horst Hinrichs sah sie noch immer auffordernd an.

Mein Gott, er hielt sie bestimmt für ziemlich einfältig, wenn sie zögerte, ein solches Angebot anzunehmen.

»Herr Hinrichs, eine Frage habe ich noch.« Frida ließ die Hand wieder sinken.

»Und die wäre?«

»Mein Verdienst …«

Horst Hinrichs lachte auf. »Da machen Sie sich mal keine Sorgen. Das wird mehr sein, als Sie bei dem alten

Habekost verdienen.« Er nannte ihr eine Summe, die für Frida schwindelerregend hoch war.

»Aber … ich habe in der Fabrik doch zugesagt, dass ich hier arbeite«, stotterte sie weiter.

»Darum kümmere ich mich. Ich beichte Herrn Habekost gleich, dass ich Sie abgeworben habe. Schlagen Sie nun endlich ein?«

Frida strahlte und schob die Hand über den Tisch. »Gerne.«

Ihre Handflächen berührten sich. Horst Hinrichs hielt Frida länger fest als nötig. Wie lange sie so verharrten, wusste sie nicht, aber irgendwann ließ er sie los.

»Gut, ich freue mich auf die Zusammenarbeit. Sie glauben gar nicht, wie sehr.«

Frida spürte, dass sie rot anlief. »Wann soll ich denn beginnen?«

»Morgen früh um acht in Nordenham.« Horst Hinrichs kritzelte ihr die Adresse auf einen Zettel. »Bitte seien Sie pünktlich, Fräulein Köhle!«

Frida stand auf und knickste. »Das werde ich sein, Herr Hinrichs. Ganz sicher.«

Er schaute sie eindringlich an. »Sie sollten sich jetzt beeilen, die Fähre bekommen Sie noch, wenn Sie loslaufen. Es zieht ein Sturm auf, und wenn ein Baum die Gleise blockiert, werden Sie nur schwerlich nach Eckwarden kommen.«

Frida nickte. Es war ihr momentan gleichgültig, ob ein Sturm oder ein Gewitter aufzog. Sie hatte Arbeit im Büro! Konnte weg von dieser schrecklichen Fischfabrik! Sie war frei! Endlich.

Nun musste nur noch Erna gesund werden.

Als sie aus dem Büro trat, legte sie den Kopf in den Nacken und betrachtete die kleinen, gezupften Wölkchen am Himmel. »Danke, Magda. Für dein Abschiedsgeschenk!«

Doch dann drehte sie sich nach Südwest und sah die dunkle Wolkenwand. Herr Hinrichs hatte recht, sie sollte sehen, dass sie so schnell wie möglich nach Nordenham gelangte, damit sie den Butjenter noch erreichte. Ein Sturm an der Küste war stets heftiger, als man ihn in Binnenland kannte, und sicher brauchte ihre Mutter Hilfe bei den Tieren. Frida war dankbar, dass Herr Hinrichs ihre Kündigung weitergeben würde. Sie verspürte nicht einmal Lust, sich von den anderen Arbeiterinnen zu verabschieden. Dieses Kapitel war beendet.

*

Erna wachte auf und versuchte sich zu orientieren. Sie schaute sich um, fasste sich an den Kopf und stöhnte, denn er schmerzte sehr. Ihre Lunge tat ebenfalls weh, und jeder Atemzug war eine Qual. Außerdem hatte sie Durst.

Sie erinnerte sich an den undurchdringlichen Nebel. An Nässe und diesen furchtbaren Salzgeschmack im Mund. Danach wusste sie nicht mehr viel, außer dass sie unglaublich gefroren hatte.

Mühsam kämpften sich weitere Erinnerungen hoch. Wie Frida ihre Hand hielt. Wie ein Mann sie abgehorcht hatte und sie nachfolgend bittere Tropfen und dicke Tabletten schlucken musste.

Erna schob sich mit dem Oberkörper ein Stückchen hoch. Nun wusste sie endlich, wo sie war. In ihrem Dachzimmer, das Fridas Vater eigens für sie ausgebaut hatte. Sie fuhr zusammen, als eine mächtige Böe das Haus erzittern ließ. Die Dachbalken ächzten, und das Reetdach knirschte, während der Kaminabzug ein eigentümliches und schauriges Lied sang. Danach war wieder Ruhe, doch kurz darauf klang es, als rase ein Zug auf die kleine Kate zu. Erna glaubte sogar ein durchdringendes Pfeifen zu hören. Dann schepperte es erneut, und auf dem Hof knallte etwas.

»Mutter?«

Das war Frida.

»Mutter, wo steckst du denn?«

Erna hörte Schritte, und einen Augenblick später steckte Frida ihren Kopf in die Dachkammer. »Erna!«, rief sie erfreut aus. »Du bist ja wach, und es scheint dir besser zu gehen!«

»Ein bisschen. Ich kann mich allerdings kaum erinnern, was passiert ist.«

Frida schaute sie sorgenvoll an. »Darüber sprechen wir später. Ich will jetzt erst meine Mutter finden. Draußen braut sich ordentlich was zusammen, ich bin froh, gerade noch rechtzeitig zurück zu sein. Aber nun muss ich bestimmt helfen, alles abzusichern.«

Erna nickte. »Mach das, ich bin ohnehin schon wieder müde.« Sie schloss die Augen und hoffte, dass Sanne nichts geschehen würde, aber ihre neuen Eltern hatten ein großes und stabiles Haus.

Erna kamen die Tränen.

*

Frida fand ihre Mutter in der behelfsmäßigen kleinen Scheune, wo das Dach noch undicht war und der Wind durch die breiten Holzritzen fegte. Margret hockte im Schein der Petroleumlampe auf einem Strohballen. Sie hatte einen Schuh ausgezogen und rieb sich den Spann, der merklich angeschwollen war.

»Ich bin umgeknickt. Gut, dass du nun da bist. Die Schafe müssen rein und die anderen Tiere gefüttert werden.«

Frida tätschelte ihrer Mutter nur kurz die Schulter. »Vater ist noch auf der Arbeit?«

»Ja, wieder bei Augustgroden auf dem Hof«, antwortete Margret.

Frida betrachtete den Knöchel. »Das sieht zwar schlimm aus, aber ich kümmere mich jetzt erst um die Tiere. Wenn die in Panik geraten, wird es gefährlich. Ich habe später übrigens gute Neuigkeiten!«

Dann stürzte Frida hinaus. Derweil war der Himmel grauschwarz, und der Sturm stöhnte und brummte sein unheilvolles Lied mit jeder Böe, die er über das Land trieb. Kaum war eine vorüber, rollte gleich die nächste an – bedrohlicher und wütender als die zuvor. Frida mochte den Sturm von allen Wetterlagen am allerwenigsten, und doch besuchte er die Küste in den Wintermonaten viel zu oft, fegte mit seinem wütenden Atem über die Marsch, deckte Dächer ab, warf Bäume um wie ein Riese, der Lust auf ein destruktives Spiel hatte, oder brachte bei ungünstiger Windrichtung schlimme Sturmfluten.

Frida trieb rasch die Schafe in den Stall und verschloss das Gatter mit dem Riegel. Dann überprüfte sie, ob die Hühner eingesperrt waren, warf ihnen noch eine Handvoll Körner hin und schaute nach dem Schwein, das ganz ruhig in der Ecke lag und grunzte, und fütterte die Kuh.

Nachdem sie die Schafe mit Heu versorgt hatte, kämpfte sie sich gegen den Wind zurück in die Scheune, die bei den heftigeren Böen erzitterte. Frida bezweifelte, dass sie dem Sturm standhalten würde. Umso wichtiger war es nun, ihre Mutter ins Haus zu bringen. Frida hoffte, dass sie ein wenig laufen konnte.

Sie stand schon aufrecht, als Frida eintrat. »Alle gut versorgt? Ich bin aber auch ungeschickt«, sagte Margret.

Wieder ließ eine Böe den Holzschuppen erschüttern, und er hob vorn ein wenig ab.

»Ich glaube, wir sollten hier, so rasch es geht, verschwinden. Nicht dass uns gleich die Balken um die Ohren fliegen«, sagte Frida besorgt.

Ihre Mutter wusste sofort, wovon ihre Tochter sprach. »Das geht schon eine ganze Weile so«, sagte sie. »Wenn das Ding zerstört wird, haben wir weder Heu noch Stroh für die Tiere.«

»Ich weiß, aber da hilft jetzt nur beten. Zum Glück dauert es ja nicht mehr so lange, bis das Vieh wieder Tag und Nacht auf die Weide kann.« Frida stützte ihre Mutter und begleitete sie aus dem Schuppen, der weiterhin ächzte und knackte.

Sie brauchten eine Weile, ehe sie den Eingang der Kate erreicht hatten, denn sie mussten ständig stehen bleiben, wenn ein besonders heftiger Windstoß daherkam.

»Ich brühe dir einen Tee«, sagte Frida, als sie die Küche betraten, und war froh, dass ihre Mutter noch vor dem Sturm Wasser aus der Pumpe geholt hatte. »Erna ist auch wach. Ich bringe ihr dann ebenfalls eine Tasse.« Sie schob ihrer Mutter einen zweiten Stuhl hin, damit sie den dicken Fuß darauf betten konnte. »Und danach mache ich dir einen feuchten Umschlag.«

Ihre Mutter nickte müde.

Frida eilte geschäftig hin und her, brachte Erna den Tee und versorgte auch den Fuß der Mutter.

Dann endlich ließ sie sich auf einen der Stühle fallen.

»Weißt du, wann Vater kommt?«, fragte sie.

»Vielleicht haben sie ihm bei dem Sturm eine Kammer gegeben.« Ihre Mutter schluchzte auf. »Wie ich die von Geests hasse! Jetzt muss Ulrich jeden Tag die vielen Kilometer nach Augustgroden zum Hof der Donkers laufen. Wie schön war es, als er noch bei den umliegenden Landwirten arbeiten konnte und es nicht ständig so weit hatte. Er steht schon vor Sonnenaufgang auf, kommt zurück, wenn es stockdunkel ist, und er wird immer blasser und dünner, weil er sich fast tot schuftet. Und das nur, weil dieser Teufel von Mann böse Gerüchte gestreut hat!« Sie saugte die Lippen nach innen. »Was bilden sich einige Menschen eigentlich ein?«, fuhr sie dann mit leiser Stimme fort. »Da hat jemand Geld und Beziehungen, schlängelt sich wie ein Aal durchs Leben, vernichtet dabei Existenzen und kommt immer dort an, wo er hinwill. So als hätte er keine Fressfeinde, die ihm auch einmal gefährlich werden könnten.« Sie deutete mit dem Finger nach oben.

Frida nahm die Hand ihrer Mutter. »Du hast ja recht, aber es hilft uns nicht, dagegen aufzubegehren. Hör dir stattdessen lieber meine Neuigkeiten an.«

Erstaunt schaute Margret zu ihr. Frida erzählte erst von Magdas Tod. Dann musste sie sich kurz sammeln, ehe sie von ihrer neuen Stelle berichtete.

Allerdings freute sich ihre Mutter wider Erwarten kein bisschen, sondern schaute skeptisch drein. »Der Mann hat dich in deiner Arbeiterinnenkluft gesehen und dann zu sich ins Büro geholt?«

»Ja, er wollte wissen, ob ich was zur Verletzung von Magda sagen kann.«

»Und nun kannst du bei ihm einfach so im Büro anfangen, obwohl du keinerlei Ahnung hast?«, hakte Margret weiter nach.

»Ja, Mutter, ist das nicht fantastisch?«

»Nein, ist es nicht. Ich möchte, dass du in der Fabrik

bleibst«, sagte sie barsch. »Der Mann will dir nur an die Wäsche. Der hat unlautere Absichten, wenn er dir ein solches Angebot macht.«

»Wie kommst du denn auf so etwas?«, fragte Frida empört. »Ich will dort arbeiten, sonst nichts!«

»Erfahrung, meine Liebe. Glaub deiner Mutter! Wir älteren Frauen wissen, wie der Hase läuft.«

Frida pustete laut die Luft aus. Was ihre Mutter immer gleich dachte! Aber die steigerte sich weiter in ihre düsteren Prophezeiungen hinein und sagte: »Und wenn du den gleichen Fehler wie Erna begehst: Denke immer daran, du musst das Dilemma allein ausbaden. Das verspreche ich dir hiermit fest in die Hand.«

»Erna hast du doch auch geholfen«, wagte Frida einzuwenden, aber ihre Mutter winkte ab. »Du bist meine Tochter, und ich will nicht, dass du Schande über die Familie bringst. Wir haben es als Geflüchtete schwer genug!«

Frida sah ihre Mutter mit befremdlichem Blick an und wiederholte: »Das siehst du alles völlig falsch! Er meint, ich wäre perfekt für die Stelle geeignet.«

»Das glaube ich ihm aufs Wort. Du hast die richtigen Maße, um einen Mann verrückt zu machen. Dazu deine feinen Lippen und die ausgefallenen grünen Augen. Geh besser morgen wieder in die Fabrik.«

Tränen verschleierten Fridas Blick. »Ich dachte, du freust dich!«

Das Gesicht ihrer Mutter wurde hart. »Dass meine Tochter zur Hure werden soll?«

»Mutter!«, entfuhr es Frida, aber Margret blieb unnachgiebig. »Glaub mir einfach: Männer sind, wie sie sind, und es gibt nur wenige Ausnahmen. Erna sollte dir ein negatives Beispiel sein.«

Es knallte und schepperte furchtbar, und dann sahen beide, wie ihre provisorische Holzscheune in Einzelteilen am Fenster vorbeiflog.

Kapitel 21

Ulrich war unruhig. Er hatte seine Arbeit fast fertig, die neuen Boxen standen. Nun gab es ab morgen nichts mehr für ihn auf dem Hof der Familie Donker zu tun. Sie waren gute Menschen, vor allem die Tochter Fenna hatte ein großes Herz. Immer wieder ließ sie ihm eine Stulle mehr zukommen, oder sie steckte ihm ein Stück Speck zu. Mit ihren roten Haaren fiel das junge Mädchen auf.

Ulrich trat vor die Tür und zog zweifelnd die Brauen hoch. Es stürmte tatsächlich so stark, wie er es im Stall bei der Arbeit schon vermutet hatte. Hinzu kam ein heftiger Regen, der seine Kleidung binnen kürzester Zeit durchnässen, und ein kilometerlanger Fußmarsch, der ihn nach dem langen Arbeitstag an seine Grenze bringen würde, zumal es schon sehr spät war. Er seufzte.

Hinter ihm klackte die Tür, die vom Stall zum Haupthaus führte. Es war Fenna.

»Sie können heute nicht mehr nach Hause gehen«, sagte sie. »Es wäre viel zu gefährlich. Ich glaube, es ist besser, Sie bleiben hier.«

Ulrich hätte das Angebot liebend gern angenommen, aber er schreckte davor zurück, seine Familie bei diesem Wetter allein zu lassen. Außerdem war auch Frida noch unterwegs, er musste wissen, ob sie den Zug nach Eckwarderhörne bekommen hatte. Dann die kranke Erna. Und Margret allein mit all diesen Sorgen. Denen wollte er keinen weiteren Kummer um ihn selbst hinzufügen.

»Sie zaudern«, stellte Fenna fest.

Ulrich fasste seine Bedenken mit wenigen Worten zusammen. »Das verstehe ich sehr gut. Aber Sie können wirklich nicht los. Was hat Ihre Familie davon, wenn Sie von einem Baum oder einem dicken Ast erschlagen werden?«

Ulrich wusste, dass Fenna recht hatte. »Dann muss ich tatsächlich bleiben und kann nur beten, dass alles gut geht.«

»Ich richte die Gesindekammer her. Mutter hat schon Abendessen gemacht und Ihnen einen Teller hingestellt.«

Ulrich war unwohl bei alldem, aber er wusste, dass ihm keine Wahl blieb. Der Sturm ächzte und wütete, sang mit furchtbarem Jaulen sein unheilvolles Lied.

Er setzte sich mit an den Tisch und hatte ein schrecklich schlechtes Gewissen, weil er in der warmen Küche saß und reichlich zu essen bekam, während er keine Ahnung hatte, wie es zu Hause aussah.

Fenna wirkte, als hätte sie etwas auf dem Herzen, und so war es dann auch. »Sie haben am Nachmittag von einer Erna erzählt, die bei Ihnen lebt.«

Fragend sahen ihre Eltern sie an, aber Fenna winkte ab.

Ulrich kaute zu Ende und antwortete: »Es ist die Freundin meiner Tochter Frida. Sie hat ihr Kind letztes Jahr im August bekommen, durfte es aber nicht behalten, weil sie keinen Mann an ihrer Seite hat.«

»Man hat es ihr weggenommen?«, fragte Fenna entsetzt.

»Ja, wir wollten die Vormundschaft übernehmen, aber

Ernas Eltern hatten andere Pläne, und man hat uns beschieden, wir wären zu alt.«

Nun mischte sich auch Fennas Mutter ein. »Das ist für die junge Frau schlimm, oder?«

Ulrich biss noch einmal ab und stimmte ihr kopfnickend zu. »Es geht ihr sehr schlecht. Sie darf das Kind nur einmal in der Woche sehen. Ich weiß auch nicht, was wir tun können. Wir haben weder Geld noch Möglichkeiten, an der Situation etwas zu verändern.«

»Wie können Eltern so grausam sein?«, echauffierte sich Fenna. »Sie ist bestimmt wegen ihnen damals aus Varel weggelaufen, oder?«

»Woher weißt du das?«, fuhr ihr Vater sie an.

Fenna senkte den Blick, fasste sich ein Herz und erzählte ihm und ihren Eltern nun doch, was sich damals in der Nacht zugetragen hatte.

Erst schaute der Vater ein bisschen entsetzt drein, dann tanzte Wut über sein Gesicht, und schließlich folgte ein stolzes Lächeln. »Das ist meine Fenna. Dat is moi. Gut hast du das gemacht, mien Deern. Sehr gut.«

Fenna atmete erleichtert aus und strahlte ebenfalls. »Ich konnte sie doch nicht da draußen lassen, aber ich wusste auch, wie ihr zu Flüchtlingen steht, und …«

»Schon gut«, beschwichtigte ihre Mutter sie. »Im letzten Jahr hätten wir womöglich wirklich härter reagiert. Aber wie geht es der jungen Frau jetzt? Und können wir Ihnen und Ihrer Familie helfen?«

Überrascht sah Fenna zu ihrer Mutter.

Auch Ulrich war erstaunt über das unerwartete Hilfsangebot. Dann überlegte er, ob er das Thema wirklich vertiefen sollte, denn es erschien ihm heikel. Konnten die Donkers ihm denn überhaupt in dieser vertrackten Situation Beistand leisten? Andererseits kannten sie die anderen Bauern, und mit etwas Glück hatte Herrn Donkers' Stimme doch größeres Gewicht, zumal er mit Ulrichs Arbeit überaus zufrieden war.

»Sie könnten tatsächlich etwas tun«, begann er vorsichtig und berichtete dann, welch böse Gerüchte Herr von Geest über ihn in die Welt gesetzt hatte.

»Ich will politische Gesinnungen gar nicht bewerten«, schloss er. »Aber ich bin in keiner Partei, und ich unterstütze auch niemanden. Ich muss nur Geld verdienen oder etwas zu essen nach Hause bringen. Und genau das hat Herr von Geest mit seiner Intervention zunichtegemacht. Meine Tochter schuftet in der Fischfabrik, meine Frau versucht, Gemüse anzubauen und irgendwie das Vieh anständig zu versorgen, oder ackert nebenbei auf den Höfen. Und nun kümmern wir uns auch noch um die kranke Erna. Es ist manchmal etwas viel.«

Herr Donker kratzte sich am Kinn, ehe er mit gefasster Stimme sagte: »Ich kenne Herrn von Geest flüchtig. Er treibt sich ja auf allen möglichen politischen Veranstaltungen herum und macht sich wichtig. Ein unangenehmer Mann. Sein Verhalten wundert mich nicht. Wie grausam, gegen sein eigenes Kind zu arbeiten. Ich kenne fast alle Landwirte in Butjadingen, und glauben Sie mir eins, Herr Köhle: Zukünftig werden Sie sich keine Sorgen mehr darüber machen müssen, Arbeit zu bekommen. Sie sind ein fleißiger Mann und tun sehr viel für Ihre Mitmenschen. So etwas sollte belohnt und nicht bestraft werden.«

Er presste die Lippen zusammen. »Und ich leiste Abbitte, weil ich Flüchtlingen gegenüber tatsächlich Vorurteile hatte. Wissen Sie, wir hatten kein großes Glück mit ihnen. Ein paar haben uns bestohlen und waren nicht rechtschaffen. Man sollte aber nicht alle Menschen über einen Kamm scheren.«

»Vermutlich hatten sie einfach Hunger«, warf Fenna ein. »Denk doch nur daran, was für armselige Gestalten nach dem Krieg hier angekommen sind!«

»Da magst du recht haben, mien Deern«, gab ihr Vater zu.

Ulrich aß bedächtig weiter und schwieg. Er glaubte, seinen Ohren nicht zu trauen. Veränderte sich in den Köpfen einiger Leute langsam etwas?

»Danke«, sagte er schließlich. »Ich möchte auch keine Almosen. Meine Frau und ich, wir betteln nicht. Wir wollen arbeiten und dafür entlohnt werden. Nur, dafür muss ich ausreichend Aufträge bekommen.«

»Dafür sorge ich!«, sagte Herr Donker und reichte Ulrich die Hand.

Fenna aber nagte an ihrer Unterlippe. »An welchem Tag darf Erna ihre Tochter immer besuchen?«, fragte sie.

Ulrich schaute sie bei dieser merkwürdigen Frage erstaunt an. »Mittwochs. Sie geht immer mittwochs hin. Warum?«

Fenna hieb mit der Hand so heftig auf den Tisch, dass die Teetassen schepperten. »Wo lebt denn Ernas Kind jetzt? Und wie heißt es?«

Auch ihre Mutter horchte auf, denn sie schien zu ahnen, was Fenna mit ihrer Frage bezweckte.

»Es ist ein Mädchen, es heißt Susanne und lebt in Stollhamm bei der Familie Meyerhoff«, gab Ulrich Auskunft. »Warum fragen Sie das, Fenna?«

Über das Gesicht der jungen Frau glitt ein Strahlen, das der Mittagssonne glich. »Weil ich diese Familie kenne! *Ich* passe nämlich ab und zu auf die Kleine auf und verdiene mir so etwas dazu. Bis Stollhamm kann ich von hier ja gut mit der Kutsche fahren. Ich soll dreimal in der Woche kommen, nur mittwochs nicht. Da habe ich sogar eine ganz scharfe Ansage bekommen: ›Mittwochs lassen Sie sich bitte niemals hier blicken, Fräulein Donker.‹«

Ulrich sog schwer die Luft ein. »Erna darf Sanne besuchen, aber die Meyerhoffs haben die Vormundschaft.«

Fenna spitzte die Lippen. »Karla Meyerhoff ist mit dem Kind völlig überfordert und hat es nur auf Drängen ihres Mannes angenommen, deshalb haben sie das Kind auch nicht adoptiert. Sie möchte sich vermutlich eine Tür offen halten, um im Zweifelsfall alles rückgängig machen zu können. Eine furchtbare Situation, und sie hatten wohl auf einen Jungen gehofft, der ihr Erbe antreten könnte. Sanne entspricht jedenfalls nicht ihren Vorstellungen. Hab das mit eigenen Ohren gehört. Deshalb muss ich so oft kommen. Ihr ist es allerdings gleichgültig, was ich an den Tagen mache, wenn ich auf Sanne achtgebe.« Sie lächelte verschmitzt. »Ich kann doch sagen, dass ich meine Eltern mit ihr besuche, damit sie die Tiere auf dem Bauernhof kennenlernt. Und ein Besuch in Eckwardersiel ist schließlich auch wunderschön. Ein bisschen am Meer spielen. Dass ich dort ständig auf Erna treffe – dafür kann ich ja nichts.«

Ulrich musste schlucken. Er war tief gerührt über die Hilfsbereitschaft dieser Familie. »Danke, herzlichen Dank! Gott segne Sie alle drei«, sagte er.

*

Heinz und Stine saßen im Kaminzimmer. Heinz hatte sich hinter der Zeitung verschanzt und studierte die Aktienkurse, und er hätte sich gefreut, wenn Stine den Mund gehalten hätte. Den Gefallen tat sie ihm allerdings nicht.

»Ich hasse diesen Wind«, maulte sie. »Er verursacht mir Kopfschmerzen.«

»Kopfschmerzen hast du von deinem Brandy«, erwiderte ihr Mann.

»Außerdem vermisse ich Erna. Wir haben einen Fehler gemacht!«

»Haben wir nicht«, brummte Heinz und faltete seufzend die Zeitung zusammen. »Ich habe mich mal in der kommunistischen Szene umgehört und die Frau ins Visier genommen, mit der der Liebhaber unserer Tochter zusammen war. Sie lebt jetzt im Osten! Gut, dass wir Erna vor diesem Stefan bewahrt haben.«

»Trotzdem ist unsere Tochter weg!«, sagte Stine weinerlich. »Was interessiert mich diese Frau?«

»Sie ist eine Kommunistenbraut!«, brachte Heinz hervor. »Und jetzt grummelt es auch in unserem schönen Stettin!«

Nun wurde Stine doch neugierig. »Inwiefern? Was hat Valerie Klaafs mit unserer alten Heimatstadt zu schaffen?«

»Da drüben tut sich so einiges. Ich sag dir eins, Stine: Es wird zwei Staaten geben, und dann ist auch Stettin in roter Hand!« Heinz schnaubte wütend. Es konnte diesen Gedanken nur schwer ertragen.«

»Das können wir nicht mehr ändern«, maulte Stine weiter. »Aber ich will mein Kind wiederhaben!«

»Deine Tochter ist eine gefallene Frau.«

Stine schmollte. »Von Herold wird auch so bald kein Brief mehr kommen.«

Heinz warf die Zeitung auf den Tisch. »Er wird von den Kommunistenschweinen im Lager festgehalten, Stine! Und unsere Tochter hat sich mit denen gemeingemacht. Schluss jetzt. Ich will kein Wort mehr hören. Kein Wort!«

»Wegen denen können wir nicht mehr in die Heimat zurück.«

Heinz ging das Gejammer seiner Frau auf die Nerven. »Jetzt hör mir mal zu: Wir sind echte Deutsche, waren immer vaterlandstreu und werden es immer sein. Deshalb ist es jetzt unsere Pflicht, ich betone, *Pflicht*, dass wir das neue Deutschland mit all unserer Kraft aufbauen und gegen den bolschewistischen Feind schützen. Du musst eine tapfere deutsche Frau sein und deshalb auf deine Tochter verzichten. Das weißt du doch!« Heinz war stolz, wie gut und scharf er noch den Ton des Führers traf, wenn er Stine einen Vortrag hielt. Auf diese Art zu reden reagierte sie immer, und so war es auch jetzt.

»Gut, Heinz. Du hast ja recht.«

Er atmete einmal schwer und sagte in etwas versöhnlicherem Tonfall: »Aber pass auf: Kann ich deine Laune heben, wenn ich dir einen VW Käfer kaufe? Du bist doch schon in Stettin immer gern mit dem Auto unterwegs gewesen! Dann kannst du dir die Gegend ansehen, vielleicht mal nach Nordenham zum Einkaufen fahren …«

Stine schaute ihn erfreut an, schob dann aber die Unterlippe vor. »Den gibt es doch nur mit einem Bezugsschein.«

Heinz winkte ab. »Wenn *ich* etwas will, dann bekomme ich es auch. Wozu kennt man immer einen, der jemanden anders kennt? Nächste Woche hast du ihn. Ich werde ihn in Beige bestellen.«

Zufrieden mit sich nahm er die Zeitung wieder in die Hand. Mit dem neuen Auto würde Stine erst einmal beschäftigt und zufriedengestellt sein.

*

Margret hatte nicht gut geschlafen, weil Ulrich am Abend nicht nach Hause gekommen war. Sie hoffte, dass er tatsächlich auf dem Hof übernachtet hatte und ihm nichts zugestoßen war. Nur müsste er doch inzwischen endlich wieder hier sein! Ulrich hatte ja angekündigt, gestern mit der Arbeit bei den Donkers fertig zu werden. Es war furchtbar, wenn man immer nur warten musste.

Zum Glück war der Sturm am frühen Morgen abgeflaut, und die Sonne kämpfte sich schon wieder hinter den Wolken hervor. Der Himmel zeigte immer häufiger sein Blau.

Erna ging es gesundheitlich tatsächlich besser, aber sie saß schon wieder tief betrübt am Küchentisch. Gestern war Mittwoch gewesen, und sie hatte Sanne nicht besuchen können.

Margret schob ihr ein Schmalzbrot hin, denn Erna hatte immer noch nicht gefrühstückt, und es war fast Mittagszeit. Margret wollte erst am Abend kochen. »Nun iss was, sonst kippst du noch um, und dann wird es auch nächste Woche nichts mit deinem Besuch.«

Gehorsam nahm Erna das Stück Brot und biss vorsichtig ab.

Margret seufzte. Was hatten sie sich da bloß angetan? Als ob sie nicht selbst genug Probleme hatten!

»Ist Frida schon in der Fabrik?«, fragte Erna.

»Nein, sie arbeitet seit heute im Büro in Nordenham«, erwiderte Margret scharf. Dann biss sie sich auf die Zunge. Sie sollte Erna nicht so anfahren, schließlich konnte sie nichts dafür, dass Frida sich über ihre Warnung hinweggesetzt und diese Stelle angenommen hatte.

»Ach ja, hat sie gesagt«, antwortete Erna mit dünner Stimme. Sie wirkte schon wieder völlig abwesend.

Wenn es so weitergeht, muss sie in eine Anstalt, dachte Margret. Wir können die Verantwortung nicht mehr übernehmen. Nicht dass sie noch einmal so einen Blödsinn macht und dass es Absicht gewesen war.

Plötzlich hörten sie Hufgetrappel. Margret sprang auf und eilte zur Tür. Auf der Straße hielt eine Kutsche, von der Ulrich herunterkletterte. Neben ihm saß eine rothaarige Frau. Sie beugte sich nach hinten und ergriff einen Weidenkorb, den sie Ulrich reichte. Daraus lugte ein Kinderkopf hervor, und um die Seite krallten sich kleine Händchen.

Ulrich lief auf Margret zu und gab ihr einen Kuss auf die Wange.

»Was ist das?«, fragte sie konsterniert und zeigte zu der Kutsche.

Inzwischen war auch die junge Frau heruntergeklettert und streckte Margret die Hand hin. »Moin, wir kennen uns.«

Margret nickte, denn sie erinnerte sich, die Frau tatsächlich schon einmal gesehen zu haben. »Ich habe Ihnen die Anziehsachen zurückgebracht, die Sie Erna geliehen hatten, stimmt's?«

»Genau!«, antwortete die junge Frau. »Ich bin Fenna Donker.«

»Moin.« Margret nahm zwar deren Hand, schaute aber fragend zu ihrem Mann. Warum brachte der eine junge Frau samt Kind mit nach Hause? Die Freundin ihrer Tochter reichte doch wahrlich.

»Wir dachten, auf diese Weise können wir Erna vielleicht von ihrer Schwermut heilen«, sagte er lächelnd und deutete zu dem Korb. »Ich erkläre es dir später in Ruhe, aber es wäre nett, wenn du die Kleine begrüßen würdest.«

Margret verstand noch immer nicht, was das alles sollte, aber sie warf trotzdem einen Blick in den Korb, aus dem sie zwei strahlend blaue Augen anblickten. Das Mädchen war Erna wie aus dem Gesicht geschnitten. Wider Erwarten schmolz Margret für einen Moment dahin. Das also war Ernas Tochter Sanne. Wie auch immer ihr Mann und dieses Fräulein Donker es fertiggebracht hatten, sie zu ihrer Mutter zu bringen.

»Dann kommt mal rein«, sagte sie und bemerkte mit einem Anflug von Freude, dass Ulrich nicht nur ein Kind, sondern auch einen Schinken und einen Kohlkopf nebst einem Sack Kartoffeln mitgebracht hatte.

»Ich habe noch mehr«, sagte er strahlend. »Einen ganzen Sack Koks!«

Margret wusste gerade nicht, was sie denken und fühlen sollte. Also folgte sie dem jungen Fräulein erst einmal ins Haus. Erna saß nicht mehr am Tisch und war offenbar schon wieder in ihrem Zimmer verschwunden.

Fenna hatte den Weidenkorb auf dem Küchentisch abgestellt und zog dem kleinen Mädchen Jacke und Mütze aus. Es greinte ein wenig, aber als es die dicken Sachen nicht mehr anhatte, glitt ein zahnloses Lächeln über sein Gesicht.

Plötzlich polterten Tritte auf den Stufen, und Erna stürzte in die Küche. Sie stutzte kurz, stürmte dann aber sofort auf ihr Kind zu, nahm es in den Arm und herzte und küsste es. »Hab ich doch richtig gehört. Mein Kind würde ich überall erkennen!«

Sie hatte nur Augen für Sanne und nahm weder Fenna noch Fridas Eltern wahr. Der stumpfe Blick war von einer Sekunde zur anderen verschwunden. Ihre Gesichtsfarbe wechselte von fahl zu rosig, und sogar ihre Haare schienen plötzlich im einfallenden Sonnenlicht zu glänzen. Erna vergrub ihre Nase an der Wange ihrer Tochter und schien einfach nur glücklich.

Margret zupfte Fenna und ihren Mann am Ärmel. »Ich glaube, wir sollten Mutter und Kind allein lassen und ihnen diese kostbaren Momente schenken. Lasst uns in die Stube gehen.«

Zur Feier des Tages spendierte Ulrich etwas von dem Kartoffelschnaps, den er von Bauer Donker als Dreingabe erhalten hatte.

Dann erfuhr Margret endlich die ganze Geschichte. Und sie hatte seit Langem das Gefühl, es könnte doch noch alles gut werden.

*

Frida war erst unsicher gewesen, weil sie nicht wusste, ob sie die Arbeit im Büro von Horst Hinrichs überhaupt bewältigen konnte, aber nach dieser ersten Woche wusste sie, dass sie sich richtig entschieden hatte.

Hinrichs war Inhaber einer Gemischtwarenhandelskette, der mehrere Geschäfte in der Wesermarsch angehörten. In seinen Filialen konnten die Menschen alles erstehen, was sie zum Leben brauchten. Dank der Währungsreform im vergangenen Jahr florierte sein Geschäft. Frida sollte sich um den Einkauf kümmern und musste dazu die Daten der verschiedenen Läden abgleichen.

»Es ist wichtig, dass wir von allem genug, aber niemals einen zu großen Vorrat haben«, hatte Horst Hinrichs ihr erklärt. Er hatte sich sehr viel Zeit genommen, sie in ihren Aufgabenbereich einzuführen. Dabei war er herzlich und umsichtig, berührte Frida hin und wieder flüchtig, kam ihr aber nie so zu nahe, dass es unschicklich gewesen wäre.

Doch je öfter es zu ihren scheinbar beiläufigen Begegnungen kam, desto mehr hoffte Frida auf eine Wiederholung. Sie sehnte sich geradezu danach, dass ihr Chef das Büro wieder betrat und sie mit seinen unvergleichlich schönen Augen ansah. Sie ertrank förmlich darin. Dann seine Stimme, die sie umspülte wie ein warmes Schaumbad, seine Lippen, die so verführerisch lächeln konnten …

Frida wusste nun endgültig, dass es gut war, Focko keine Hoffnungen gemacht zu haben. Es tat ihr zwar leid für ihn, immerhin war er ein sehr angenehmer und lieber Mann, nur passten sie einfach nicht zusammen. Katrine war bestimmt besser für ihn. Trotzdem erinnerte sie sich nur ungern daran, dass sie die beiden zusammen gesehen hatte.

Nur sollte sie das jetzt nicht mehr bekümmern, denn jetzt gab es Horst. Horst mit seinem Charme, mit seiner liebevollen Art, sie zu umgarnen. Und vielleicht einer Zukunft, die ihr ganz andere Möglichkeiten bot. Ein bisschen erschrak Frida, dass sie schon solche Gedanken hegte. Aber ihr Herz klopfte bei jeder Begegnung heftig, und sie freute sich allzu sehr, wenn Horst in ihrer Nähe war.

Mit großem Eifer stürzte Frida sich in die Arbeit. Sie hatte mit ganz anderen Aufgaben gerechnet und war froh, dass sie gar keine Schreibmaschine bedienen musste. Bilanzen und Kalkulationen waren für sie greifbarer, als das Geheimnis der Schreibmaschinentastatur zu ergründen.

»Na, kommen Sie zurecht?«

Fridas Herz setzte für einen Schlag aus, als sie Horst Hinrichs' Stimme hörte. Er stellte sich hinter ihren Stuhl.

»Ich hoffe es«, gab sie zurück. »Es ist zwar Neuland für mich, aber es erinnert mich an die Abrechnungen des Fischfangs in Stettin oder die Überlegungen, wie viel Saatgut und Futter wir für den kleinen Hof einkaufen müssen.«

Horst Hinrichs lachte auf und legte seine Hand auf ihre Schulter. Frida zuckte zusammen. Da hatte sie wohl etwas sehr Dummes gesagt!

»Ich glaube, Sie sind hier genau richtig«, meinte Herr Hinrichs. Die Wärme seiner Haut brannte sich durch den Stoff.

In Frida kribbelte alles, aber sie hatte die warnenden Worte ihrer Mutter im Ohr. *Der will dir doch bloß an die Wäsche.* Sie rückte ein Stück weg, schenkte ihrem Chef aber ein freundliches Lächeln, das er zurückgab.

»Haben Sie eigentlich im Flur das schicke Klavier gesehen?«, fragte er.

»Natürlich«, antwortete Frida. »Es ist ein Schmuckstück.«

»Ein echtes Blüthner-Klavier. Ich konnte es vom Hof meines Großvaters retten und habe es sogar stimmen lassen. Wollen Sie vielleicht mal spielen?« Seine Stimme klang schmeichelnd.

Frida bekam weiche Knie und war froh, dass sie saß. »Ich … ich habe hier noch zu tun«, wand sie sich, obwohl sie am liebsten gleich aufgesprungen wäre, um den Deckel des Klaviers anzuheben und ihre Finger über die Tasten gleiten zu lassen.

Herr Hinrichs drängte sie nicht, sondern nickte verständig. »Es ist sehr lobenswert, dass Sie der Arbeit Vorrang geben. Dennoch würde ich Sie sehr gern spielen hören, Fräulein Köhle. In einer halben Stunde?«

»Mit Vergnügen.« Frida konnte ihre Aufregung kaum zügeln. Sie durfte nicht nur eine Arbeit verrichten, die ihr Freude bereitete, sie sollte auch Klavier spielen! Auf einem Instrument, das gestimmt war und dem sie wirklich wunderbare Töne entlocken konnte. Ihr eigenes Klavier war zwar auch fabelhaft, nur kam sie nach wie vor so selten zum Spielen, und es war seit dem Winter wieder grässlich verstimmt.

Frida beeilte sich, ihre Listen abzuarbeiten, und war rechtzeitig fertig, sodass sie ihre leicht klammen Finger noch etwas massieren und wärmen konnte. Sie bemerkte gar nicht, dass Horst Hinrichs offenbar schon eine ganze Weile im Büro stand und sie beobachtete.

»Ist Ihnen kalt?«, fragte er besorgt.

»Ach nein. Ich möchte mich gleich nur nicht blamieren.«

Er streckte ihr die Hand entgegen und zog sie von ihrem Stuhl hoch. »Doch, Ihnen ist kalt. Ihre Finger sind ganz kühl. Ich werde das Büro morgen mehr heizen.«

Frida war es unangenehm, und niemals hätte sie ihren Chef darum gebeten, aber seine Besorgnis rührte sie zutiefst.

»Danke. Ich kann mich auch wärmer ankleiden«, sagte sie bescheiden, aber davon wollte Herr Hinrichs nichts wissen.

»Nun kommen Sie und bereiten mir eine wunderbare halbe Stunde, bevor Sie zur Bahn müssen.«

Er zog sie in den Flur. Frida setzte sich auf den Hocker, hob mit zittrigen Fingern den Deckel an und schaute auf die Klaviatur. Sie glänzte im Licht der Flurlampe. Vorsichtig schlug Frida einen Ton an. Dann schaute sie zu Herrn Hinrichs, der die Arme vor der Brust verschränkt hatte und in lässiger Haltung am Türrahmen lehnte.

»Nur zu!«, forderte er sie mit seinem unwiderstehlichen Lächeln auf.

Sie überlegte, welches Stück sie auch ohne Noten spielen konnte, weil sie es oft genug geübt hatte. »Ihr müsst die Töne spüren, nicht ablesen. Man verinnerlicht sie, und dann muss es fließen«, hatte ihre Lehrerin immer gesagt, aber natürlich funktionierte das nicht einfach so, weil viele Stücke zu kompliziert waren und man die Noten brauchte. Doch die Sonata facile in C-Dur von Mozart, die konnte Frida in- und auswendig, weil sie das Stück liebte wie kein anderes.

Noch immer stand Herr Hinrichs ruhig und abwartend da, und Frida konzentrierte sich. Versuchte, sich die Töne zu vergegenwärtigen, sie vorab im Kopf zu singen, um sie dann in ihrer Perfektion auf die Tasten zu zaubern. Sie fürchtete, dass sie es nicht mehr hinbekam.

Mit einem Mal aber war alles wieder da. Sie saß im Saal des Konservatoriums, atmete die einzigartige Luft des Raumes, hörte das leise Rascheln von Papier, ein wenig Räuspern. Und dann schlug sie den ersten Ton an.

Wie von selbst schwebten und tanzten ihre Finger über die Tasten, mal kräftiger, mal leichter, machten dann Pause, wenn die Musik es verlangte, um kurz darauf die Töne erneut mit aller Kraft in die Welt zu schicken.

Frida war völlig erschöpft, als sie geendet hatte. Sie hob ihre Hände langsam und schaute Horst an.

»Das war wundervoll, Fräulein Köhle«, sagte er. »Ich habe noch keine Pianistin von Ihrem Format spielen gehört. Der Herrgott hat Ihnen in der Tat eine besondere Begabung geschenkt.«

»Danke.« Frida spürte, dass sie feuerrot anlief.

Horst näherte sich, griff nach ihrer Hand, und sie stand auf. Sie schauten sich tief in die Augen.

Dann schob Frida ihn sacht von sich. »Könnte ich auf mein Gehalt verzichten, und Sie schicken mir dafür den Klavierstimmer für mein eigenes Instrument? Ich habe gar nicht mehr gewusst, wie schön es ist, wenn die Töne sauber kommen.«

»Fräulein Köhle, ich schenke Ihnen den Stimmer«,

sagte Herr Hinrichs. »Ich möchte, dass Sie spielen. Immer wieder spielen. Bei sich zu Hause und jeden Tag hier bei mir. Ich werde Noten besorgen, weil ich Ihnen jetzt schon restlos verfallen bin.«

Fridas Widerstand schmolz immer mehr. Von der ersten Sekunde an hatte dieser Mann in ihr Flammen entzündet, und nun stand sie hoffnungslos in Brand. Die Stimme der Mutter wurde leiser, wurde von diesem Feuer völlig verdrängt. Frida hingegen wurde von einer Wärme erfasst, die erst den Kopf, dann den Bauch flutete und die schließlich dazu führte, dass sie gar nicht anders konnte, als sich diesen wunderschönen Lippen zu nähern.

»Ich bin Horst«, flüsterte er. »Und du bist die schönste und faszinierendste Frau, die mir je begegnet ist, Frida Köhle.«

Erst berührten sich ihre Lippen nur leicht. Ein wenig vorsichtig, tastend. Dann aber zog Horst Frida an sich, sie öffnete ihren Mund, spürte seine weichen, vollen Lippen auf ihren, hatte das Bedürfnis, ihm noch näher zu sein – und dann verschmolzen sie miteinander.

Erst als Horst ihre Bluse aufknöpfte, schob Frida ihn ein Stück fort. »Nicht. Ich … ich …«

Er lächelte sie warm an. »Ich verstehe schon. Es ist in Ordnung. Wir haben alle Zeit der Welt, und ich kann warten – solange du mir versprichst, mich mit deinem Klavierspiel zu erfreuen.«

»Das mache ich gern – Horst.«

Er küsste sie noch einmal. Dieses Mal zärtlich und nicht fordernd.

Fridas Herz klopfte, sie tastete sich immer wieder über die Lippen und spürte seinen Küssen nach. Jetzt ahnte sie, warum Erna Stefan nicht widerstanden und ihm sämtliche Versprechen geglaubt hatte.

»Ich muss los zum Butjenter«, sagte Frida und rückte ihren Haarknoten zurecht.

»Ja, lauf nur. Ich freue mich, wenn ich dich morgen wiedersehe.« Horst brachte sie noch zur Tür und drückte zum Abschied ihren Unterarm.

Kaum stand sie auf der Straße, presste sie die Hand vor den Mund. Herrgott, was hatte sie getan? Den eigenen Chef geküsst! Alles war genauso gekommen, wie ihre Mutter es vorausgesagt hatte.

Und doch wusste Frida, dass sie es morgen wieder tun würde. Sie hatte sich verliebt.

*

Focko fuhr mit dem Rad nach Nordenham, weil er dort einen Arzttermin hatte. Der Frühling hatte vom ganzen Land Besitz ergriffen, und der herannahende Sommer war an manchen Tagen schon zu erahnen. Doch dann zeigte sich der Mai wieder launisch und legte den Rückwärtsgang ein. Heute war wieder so ein Tag.

Seitdem Focko Frida nur noch selten sah, plagte ihn häufig ein grässlicher Kopfschmerz, dem er gern mit frischer Luft begegnete, nur half das nicht immer.

Er traf sich oft mit Katrine. Sie sehnte sich danach, dass er ihr einen Antrag machte, das wusste er, aber er hatte das letzte Fünkchen Hoffnung noch nicht aufgegeben, dass es mit ihm und Frida doch noch etwas würde. Er war sogar noch einmal bei ihr gewesen und hatte sie gebeten, ihm etwas vorzuspielen, aber das war ein Fehler gewesen. Ihre Anmut beim Musizieren, ihr entrückter Gesichtsausdruck … Zwar hatte ihn die Musik berührt, aber er hatte nicht gewagt, ihr zu sagen, was er spürte, und so war ihm nur ein »Das war schön« über die Lippen gekommen.

Nicht das, was er wirklich gefühlt hatte. Die Wassertropfen, die über die Haut perlten. Die Sonne, die sie weggeküsst hatte. Der aufkommende Sturm, der die Liebenden erst vertrieb und dann wieder zusammenbrachte.

All das hatte er nicht gesagt, weil es ihm albern vorgekommen war.

Danach hatte dieser Kopfschmerz begonnen. Stechend und aus dem Nichts entstehend.

Focko fuhr durch Nordenham Richtung Hafenstraße, wo sich die Praxis des Spezialisten befand. Er stellte das Rad ab und wollte eben das Gebäude betreten, als er sich umdrehte, weil er eine Stimme hörte, die ihm sehr bekannt vorkam. Obwohl er es am liebsten unterlassen hätte, wandte er doch den Kopf und sah Frida im Arm eines jungen Mannes. Sie lachte glücklich, scherzte – und war Focko mit einem Mal unglaublich fremd. Ihn durchfuhr ein furchtbarer Schmerz, als er sah, wie der Mann ihr am Ende die Hand küsste, während er Frida mit seinen Augen förmlich verschlang. Er kannte ihn. Es war Horst Hinrichs, ein stadtbekannter Filou!

Focko war wie gelähmt. Er konnte jetzt nicht zu diesem Arzt gehen, er musste hier weg. Mechanisch schloss er das Fahrrad wieder auf, schwang sich in den Sattel und fuhr die zwanzig Kilometer zurück nach Fedderwardersiel. Er bekam von seiner Umgebung nichts mit. Sah nicht die stolzen Schwäne am Wegrand sitzen. Bemerkte nicht die schwarz-weißen Kühe und auch nicht die Schafe auf den Weiden. Er beachtete weder die farbig blühenden Büsche noch den fröhlichen Gesang der Vögel, denn er war wie von Watte umgeben. Obwohl er vom hastigen Tritt in die Pedale schwitzte, war ihm kalt – und dann schoss es ihm wie ein Blitz durch den Kopf. Er brauchte Wärme. Weiche Lippen und das Gefühl, geliebt zu werden. Irgendwie. Er fuhr an Fedderwardersiel vorbei und kam vollkommen ausgepumpt bei Katrine in Tossens an. Sie fegte gerade den Hof.

»Focko?«, rief sie erfreut aus und stellte den Besen ab. »Was machst denn du um diese Zeit hier?«

»Ich hatte Sehnsucht nach dir«, brachte er fast atemlos hervor. Er warf das Rad gegen die Mauer und nahm Katrine fest in den Arm.

»Du bist ja völlig verschwitzt«, sagte sie lachend.

»Ich wollte so schnell wie möglich zu dir.«

Katrine schob ihn erstaunt ein Stück weg. Focko aber riss sie an sich und begann sie zu küssen. Wild, verzweifelt und auf der Suche nach dem, was ihn an Frida fesselte. Das stellte sich nicht ein, aber als Katrine sich an ihm rieb, seinen Kuss erwiderte und er ihren Körper spürte, kam zumindest das Verlangen.

»Meine Eltern sind nicht da, Focko. Komm, wir gehen in mein Zimmer«, flüsterte Katrine, als er kurz von ihr abließ. »Aber erst wäschst du dich!« Sie kicherte. »Ich helfe dir auch!«

Er folgte ihr ins Haus, und dabei küssten sie sich wieder und wieder. Katrine zog ihn ins Badezimmer und zog ihm spielerisch die Sachen aus, bis er nackt vor ihr stand. Sie füllte das Waschbecken mit Wasser und schaute zu, wie er sich langsam wusch.

Immer wieder stupste sie ihn an, was ihn fast wahnsinnig machte. So hatte er es sich immer mit Frida vorgestellt. Er hatte *ihr* Lachen im Ohr, nicht das von Katrine.

Er roch ihren frischen Duft. Nicht den süßen von Katrine.

Er hörte Fridas Worte. Nicht die von Katrine.

Doch als sie ihn in ihr Zimmer zog, riss er ihr die Sachen vom Leib, ergötzte sich an ihrer schmalen Taille und genoss den Blick auf die kleinen, festen Brüste. Focko hatte noch nie bei einer Frau gelegen, alles war fremd für ihn, aber er wollte trotzdem in diesem Augenblick nichts lieber als das hier.

»Nimm mich!«, flüsterte Katrine und zog ihn fest an sich.

Focko schloss die Augen, als er in sie eindrang. Katrine schien keinen Schmerz zu fühlen, und es war ihm auch gleichgültig, ob sie noch Jungfrau war oder nicht. Er hatte die ganze Zeit ohnehin nur ein Bild vor sich. Frida.

*

Frida war glücklich. Horst und sie, das war etwas ganz Besonderes. Insgeheim sah sie sich schon den Gang der Eckwarder Kirche entlang an seiner Seite zum Altar schreiten. Darüber gesprochen hatten sie allerdings noch nie. Aber es passte mit ihnen so wunderbar, dass Frida keinen Zweifel hegte, schon bald von Horst einen Antrag zu bekommen.

Mit den Frauen in der Fischfabrik war er sicherlich anders umgegangen, aber sie, Frida, sie liebte er. Es war nicht mit dem zu vergleichen, was Erna erlebt hatte, denn für Horst gab es nur sie, da war Frida sicher.

Sie schaute auf die Uhr. Gleich müsste er von seinem Termin zurückkommen. Bevor sie nach Hause fuhr, hatten sie noch etwas Zeit für sich, und die nutzten sie fast täglich bis zur letzten Sekunde aus. Allerdings war sie, was den letzten Schritt anging, bisher standhaft geblieben, hatte Frida doch noch immer die warnende Stimme ihrer Mutter im Ohr und Ernas Schicksal vor Augen. Trotzdem war ihr klar, dass sie ihm nicht mehr lange widerstehen würde. Zu reizvoll war die Aussicht auf mehr.

Kurz darauf hörte Frida Horsts Motorrad auf den Weg rollen. Sie richtete ihre Frisur, setzte sich aufrecht hin und wollte ihn mit einem Lächeln empfangen. Doch als Horst ins Büro trat, wirkte er nervös und – ein bisschen abweisend.

Frida stand auf und strich ihm durchs Haar. »Was ist los mit dir?«

Über sein Gesicht glitt ein flüchtiges Lächeln. Dann riss er Frida an sich und begann sie zu küssen. Ihr wurde schwindelig, aber sie widersetzte sich nicht. »Ich will nicht mehr warten«, flüsterte er und knabberte an Fridas Ohr. In ihren Schoß schoss eine Hitze, die sie kaum noch aushalten konnte, und sie ließ es geschehen, dass er sie überall dort berührte, wo es sie fast verrückt machte.

Frida wusste in Wahrheit nicht, ob es Liebe zwischen ihnen war oder ob sie eher der Faszination erlag, die von Horst ausging. Dem Wissen, dass er sie begehrte und so viele andere Frauen gern an ihrer Stelle wären. Der Sehnsucht danach, auf diese Weise der Bäuerlichkeit zu entfliehen und endlich ein Leben zu führen, das wenigstens annähernd dem glich, was sie sich einst erträumt hatte. Denn an Horsts Seite hatte sie Wohlstand zu erwarten und Freiheiten, die ein anderer Mann ihr vielleicht nicht zugestehen würde.

Seine Hände wanderten jetzt kundig auf ihrem Rücken auf und ab. Frida stöhnte leise auf. Sie wollte mehr von seinen Lippen kosten – den ganzen Horst besitzen. Er spürte das, und dann gab es kein Halten mehr.

Kapitel 22

Der Sommer war übers Land gezogen, hatte einige Badegäste an den Strand gespült und bei seinem Verschwinden wieder mitgenommen. Inzwischen hatte der September Einzug gehalten und verwies mit seinen Kapriolen schon so manches Mal auf den kommenden Herbst.

Ulrich und Margret saßen in ihrer Küche. Seit einem Monat hatten sie endlich fließendes Wasser und im ganzen Haus eine funktionierende Heizung, die aber vom Ofen in der Küche befeuert wurde.

Sie waren beide heute lange draußen gewesen und hatten geerntet. Morgen würde Margret den ganzen Tag über alles einkochen. Ulrich war es gelungen, alte Einweckgläser mit Gummis aufzutreiben. Die hatte seine Frau schon gestern ausgewaschen und ausgekocht, sodass sie sie nun wunderbar füllen konnten.

»Das war verdammt knapp«, sagte Ulrich und machte das Radio aus.

»Ist er nun Kanzler?«, fragte Margret. »Dieser Adenauer?«

»Ja, 202 Stimmen von 402.«

»Immerhin gibt es endlich einen Kanzler, und die BRD kann sich aufstellen«, sagte sie. »Jetzt, wo angesichts des geteilten Deutschlands alle Hoffnungen zunichtegemacht worden sind, dass wir je nach Stettin zurückkehren können.« Seine Frau klang bitter und maßlos enttäuscht. Ulrich hätte nicht gedacht, dass sie die Hoffnung auf eine Heimkehr auch nach der langen Zeit wohl nie aufgegeben hatte. Margret träumte noch immer von der Oder, von dem schönen Stettin, das erst wieder neu aufgebaut werden musste. Ulrich war sich nicht sicher, ob seine Frau je wirklich ganz in Eckwardersiel ankommen würde.

Bauer Donker hatte im Frühjahr Wort gehalten und mit den anderen Landwirten gesprochen, sodass Ulrich seither wieder überall Arbeit bekam. Der Fischfang war in diesem Sommer gut gewesen, sodass sie ein kleines Nebeneinkommen gehabt hatten. Der Kleiboden war sehr ergiebig, und sie würden bald eine gute Kartoffelernte einfahren. Auch das andere Gemüse war gut gewachsen. Sie hatten Rote Beete geerntet, Bohnen, Blumenkohl, Wurzeln und Kohlrabi.

Erna blühte förmlich auf, seitdem Fenna ständig mit der kleinen Sanne vorbeikam und sie sogar zum ersten Mal Mama zu ihr gesagt hatte. Eigentlich konnten sie zufrieden sein, denn Erna plante, sich ebenfalls Arbeit zu suchen.

»Ich möchte Sanne auch in der Nacht bei mir haben«, sagte sie oft, wohl wissend, dass das ausgeschlossen war. »Ihren Atem spüren, sie riechen.«

Ulrich hörte Erna geduldig zu, wenn sie davon sprach. Nur wagte er es nicht, ihre Hoffnungen zu schüren, denn er hegte die grausame Vermutung, dass Herr von Geest ihr weiterhin einen Strich durch die Rechnung machen würde. Es war verheerend, wie viel Einfluss die alten Nazigrößen teilweise noch besaßen. Aber nun hatte die junge Bundesrepublik einen demokratisch gewählten

Kanzler. So gesehen lief es immer besser. In der großen Politik, aber auch bei ihnen zu Hause.

Nur bei Frida, da musste er achtgeben. Anfangs hatte sie gestrahlt, nachdem sie bei Horst Hinrichs angefangen hatte, und Ulrich vermutete, dass sie sich nicht nur über die Arbeit freute. In den letzten Wochen wirkte sie aber merklich zurückhaltender und sehr nachdenklich.

Oder irrte er sich, und ihre Trauer lag daran, dass Focko Ewert sich mit Katrine verlobt hatte? Fridas Reaktion darauf war nicht eindeutig gewesen. »Schön für ihn. Ich freue mich«, war alles, was sie dazu gesagt hatte. Aber er kannte seine Tochter und nahm ihr den Gleichmut nicht ab. Ulrich hoffte, dass sie bald erzählen würde, was sie bedrückte.

In dem Moment hörte er Schritte, und Frida kam in die Kate. Sie lächelte ein bisschen gequält, sah dann aber das viele Obst und Gemüse auf dem Küchentisch liegen. »Das nenne ich ja mal eine gute Ernte! Wo wir doch im Sommer schon so viel hatten. Langsam geht es aufwärts.«

Ulrich sah sie mit schräg gelegtem Kopf an. Das klang nicht nach Frida. Es wirkte … aufgesetzt.

»Ist was?«, fragte er, aber seine Tochter winkte ab und verließ die Küche wieder. »Ich bin bei Erna!«

»Mit Frida stimmt in der letzten Zeit was nicht«, sagte da auch seine Frau. »Wenn das mal nicht mit diesem Hinrichs zusammenhängt. Dem trau ich keinen Meter über den Weg.«

*

Erna saß in ihrem Zimmer auf dem Stuhl und strickte eine Jacke für Sanne. Sie hatte dafür die graue Wolle von einem alten Strickpulli genommen. Sanne würde das Jäckchen nur auf dem Hof tragen, denn Klara Meyerhoff wollte nicht, dass die Kleine Geschenke von ihrer Mutter bekam.

»Das verwirrt die Lütte nur. Sie sind Erna, und ich bin ihre Mutter.«

Sie war fuchsteufelswild geworden, als sie bei einem der Besuche am Mittwoch bemerkt hatte, dass Sanne auch zu Erna Mama sagte. Allerdings hatte Erna den Eindruck, dass Frau Meyerhoff das Interesse an ihrer Ziehtochter zunehmend verlor und noch mehr überfordert war als zuvor. Und das, obwohl sie die Kleine doch schon so oft von Fenna hüten ließ.

»Das Kind ist eben keine Puppe, die sie beliebig in die Ecke setzen kann, wenn sie ein Kaffeekränzchen hat«, hatte Fenna mal wütend gesagt. »Sanne ist ihr ständig im Weg. Am Anfang war sie ein liebes Baby, das sie zur Schau stellen konnte, und alle fanden es entzückend. Jetzt ist Sanne mobil und anstrengend. Sie nimmt die Porzellanelefanten ihrer Freundinnen vom Regal oder spaziert mit der Kristallvase herum. Und ein Sohn, ein Stammhalter, ist sie eben auch nicht.«

Auf dem Hof der Kate war natürlich alles viel einfacher. Sanne durfte nach Herzenslust auf der Wiese krabbeln und den Schmetterlingen hinterhersehen oder im Dreck buddeln. Mittlerweile lief sie zwischendurch auch schon ein paar Schritte an der Hand.

Erna hörte Fridas Schritte auf der Treppe. »Komm rein!«

Ihre Freundin öffnete die Tür, und Erna legte das Strickzeug beiseite. Sie musterte ihre Freundin. »Du siehst schon seit ein paar Tagen aus, als wäre dir eine riesige Laus über die Leber gelaufen. Und ehrlich gesagt fand ich auch in den Wochen davor, dass du schon mal besser gelaunt warst.«

»Laus und Leber wären gut«, sagte Frida und ließ sich stöhnend hinterrücks aufs Bett fallen.

»Ist was mit Horst?«

Erna wusste als Einzige von der Liebesbeziehung der beiden. Horst wollte nicht, dass es publik wurde, weil es sich nicht schickte, wenn ein Chef eine Affäre mit der Angestellten hatte.

»Wie man es nimmt … Doch, ja, es ist was mit ihm.«

»Will er noch immer nicht, dass du es erzählst?«

»Eines Tages wird er es offiziell machen. Wir müssen schließlich nichts überstürzen«, wich Frida aus.

Erna hielt davon nichts, dazu hatte sie selbst viel zu schlechte Erfahrungen gemacht.

»Horst ist zärtlich und lieb wie eh und je«, gab Frida bereitwillig Auskunft.

Erna spitzte die Lippen. »Und *das* soll ich dir glauben, wo du eine solche Trauermiene aufsetzt?«

»Er hatte in den letzten Wochen nur wenig Zeit, weil er in Stollhamm eine weitere Filiale eröffnet. Da ist er sehr eingebunden. Dafür muss ich Verständnis haben«, rang sich Frida ab. »Immerhin darf ich weiterhin nach Feierabend Klavier spielen. Er hat mir sogar neue Noten besorgt. Ich habe jetzt auch das Rondo alla turca und die Fantasie d-Moll von Mozart. Er liebt diesen Komponisten so.«

Erna wiegte ihren Kopf hin und her. »Das ist ja in Ordnung, aber du wirkst trotzdem bedrückt.«

Unwillkürlich wanderte Fridas Hand zu ihrem Bauch. Erna schnellte von ihrem Stuhl so heftig hoch, dass sie sich den Kopf an der Schräge stieß. Das Strickzeug purzelte auf den Boden. »Nein!«, stieß sie hervor. »Nein!«

»Doch.«

»Puh«, sagte Erna. »Das muss ich erst einmal verdauen. Du hast dich schwängern lassen und bist folglich genauso dämlich wie ich.«

Frida hob beschwichtigend die Hand. »Nein, bei mir ist es etwas anderes. Er wird zu dem Kind stehen.«

Erna lachte auf. »Da bin ich ja beruhigt«, sagte sie, klang aber nicht wirklich überzeugt. Sie umarmte Frida. »Heiratet ihr?«

»Ich weiß es nicht.«

Erna fixierte ihre Freundin, die unruhig auf dem Bett hin- und herrutschte. »Sag, dass es nicht wahr ist!«

»Was?« Frida gab sich betont gleichgültig.

»Dass Horst Hinrichs überhaupt keine Ahnung davon hat, dass du schwanger bist!«

Frida setzte sich auf, wich Ernas Blick allerdings aus. »Nein, er weiß es noch nicht.«

»Und wann willst du es ihm sagen?«

Ihre Freundin zuckte resigniert mit den Schultern und seufzte. »Möglichst bald. Aber ich habe ihn letzte Woche immer nur kurz gesehen. Er ist beschäftigt, das weißt du doch.«

»Und mit wem?«, rutschte es Erna heraus. Die Bemerkung tat ihr gleich leid, denn Frida brach sofort in Tränen aus. Dann schluchzte sie auf. »Sie ist blond, hat kurze Haare und ist eher der burschikose Typ«, sagte sie. »Aber er muss mich heiraten! Ich bekomme ein Kind von ihm!«

»Ja, willst du ihn denn überhaupt noch?«

»Keine Ahnung.« Frida schluchzte erneut. »Ich dachte, es wäre ihm ernst. Er war immer so lieb und so verständnisvoll. Er hat mir erlaubt, auf seinem teuren Klavier zu spielen… ach, ich weiß auch nicht, was über mich gekommen ist, als ich ihm erlaubt habe, mich zur Frau zu machen. Und nachdem es einmal passiert war, konnte ich ihm danach noch weniger widerstehen.«

»Du musst ihn nicht heiraten, Frida. Deine Eltern werden, im Gegensatz zu meinen, zu dir stehen. Sieh mal, sie wollten sogar für meine Sanne die Vormundschaft übernehmen, damit ich sie bei mir haben kann.«

Frida aber presste die Lippen zusammen. »Sie haben die Vormundschaft aber nicht bekommen, weil das Jugendamt meinte, sie wären zu alt.«

»In deinem Fall aber sind sie die Großeltern. Das würde funktionieren, auch weil mein Vater nicht dazwischenfunken kann.« Erna setzte sich zu Frida auf die Bettkante und nahm sie in den Arm. »Deine Eltern lassen dich nicht im Stich, Frida!«

Ihre Freundin kuschelte sich dicht an sie. »Sei dir da nicht zu sicher. Mutter hat gleich gesagt, dass Horst mir nur an die Wäsche will, und wenn ich mich darauf einlasse, müsste ich das allein ausbaden.«

»Das hat sie bestimmt nur gesagt, weil sie dich warnen wollte. Nein, ich bleibe dabei, sie werden für dich da sein, genau wie ich.«

Frida wand sich aus der Umarmung. »Ich muss das selbst lösen. Und zuvor: kein Wort an die Eltern. Ich werde Horst davon überzeugen, dass er mich heiratet!«

»Frida! Er wird dich weiter betrügen, und du wirst mit deiner Würde dafür zahlen!«

»Lieber mit meiner Würde als mit meinem Kind. Morgen spreche ich mit ihm.«

Frida schlug die Hände vors Gesicht, und Erna hielt sie fest. So lange, bis ihre Schultern nicht mehr bebten.

*

Stine von Geest ging es nicht gut. Zwar besaß sie nun diesen VW Käfer, aber ihr kam es so vor, als hätte Heinz sich damit erkauft, dass sie nicht mehr mit ihrer Tochter sprach. Außerdem fuhren in Varel noch ein paar weitere Autos dieser Marke herum, so war es nicht die Attraktion, die sie sich davon erhofft hatte.

Sie vermisste ihre Tochter, die doch nur wenige Kilometer entfernt lebte und ihr als einziges Kind geblieben war. Heinz verstand das nicht. Er ging nach wie vor davon aus, dass Herold bald aus Sibirien zurückkommen würde, doch sie selbst teilte diese Hoffnung nicht, zumal er in seinen Briefen immer weniger Hoffnung zeigte. Auch gestern war wieder einer gekommen.

»Unser Herold ist ein harter Mann, und er wird zurückkehren«, hatte Heinz erst am Abend wieder gesagt. »Jetzt wird es mit Adenauer aufwärtsgehen. Wir werden keine Sklaven der Alliierten mehr sein, sondern ein freies Land. Und glaub mir, den Kommunisten werden wir es dann zeigen. Auch hier! Aber frag nicht, wie!«

Stine hatte zu wenig Ahnung von Politik, nur immer wieder mitbekommen, wie groß das Spannungsfeld zwischen Ost und West war und dass sogar schon wieder von einem neuen Krieg gesprochen wurde. Davon hatte sie allerdings nichts wissen wollen und sich deshalb nicht mehr für das Thema interessiert, zumal Heinz der Ansicht war, dass es ohnehin Männersache wäre, sich damit auseinanderzusetzen.

»Wenn die Welt von Frauen regiert würde, hätten wir das totale Chaos«, wiederholte er ständig.

»Aber dank der regierenden Männer hatten wir viel Krieg«, hatte Stine einmal eingewandt. Heinz' Lachen hallte ihr noch immer im Ohr. »Frauen an der Regierung? Stell dir vor, es gäbe eine Kanzlerin! Lächerlich. Absolut lächerlich.«

Stine griff nach dem Brief von Herold, um ihn ein weiteres Mal zu lesen. Es brachte nichts, über die deutsche Situation nachzudenken. Sie interessierte sich nur für ihr eigenes kleines Umfeld, und das war schwierig genug.

Liebe Mutter, lieber Vater, liebe Erna!
Ich liege hier auf meiner schmalen Pritsche und schreibe diese Zeilen beim Licht eines letzten Kerzenstummels. Ich muss mich beeilen, denn der Aufseher kann sehr grantig werden, wenn wir die Ruhezeiten nicht einhalten. Schließlich sollen wir am nächsten Tag wieder kraftvoll unserer Arbeit nachkommen, wobei es dann auch helfen würde, wenn die Suppe nicht ganz so dünn wäre.
Draußen bellen die Hunde. Sie sind scharf wie das Fleischmesser eines Kochs, und sollte jemand einen Fluchtversuch wagen, wird es ihn teuer zu stehen kommen. Ach, Mutter, sie bellen gerade so laut …
Ich glaube, irgendeiner hat den Versuch gewagt.
Ich mag euch gar nicht schreiben, was sie mit den armen Kerlen tun. Wahrscheinlich schwärzen sie es doch raus.
Vor drei Wochen hat mein Bettnachbar zur Linken, der dicke Udo, einen Fluchtversuch gewagt. Er hatte ein solches Heimweh nach seiner Familie, die in der Gegend von Garmisch lebt.
Der Hund hat ihm ein Stück vom Gesäß herausgerissen und verspeist. Udo haben sie einfach so zurück auf die Pritsche gelegt, bis er nach zwei Tagen grausam krepiert ist. Ich erspare euch die Details.
Ich werde also nicht fliehen, sondern weiter bei dünner Suppe abwarten, was der nächste Tag bringt, und irgendwie versuchen zu überleben.
Euer Herold

Stine faltete den Brief zusammen und weinte bitterlich. Ihr Kind, ihr armer Sohn. Nein, er sollte keinen Fluchtversuch unternehmen. Denn sie konnte sich denken, warum man diese grausame Schilderung nicht geschwärzt hatte. Als Warnung. Damit es keiner versuchte.

Heinz wollte den Brief zu Adenauer schicken, um deutlich zu machen, wie die Menschen behandelt wurden, aber Stine mochte ihn nicht abgeben. »Es kann doch sein, dass es das Letzte ist, was wir von unserem Sohn lesen!«, hatte sie laut gerufen.

Sie schloss schnell die Augen. »Haltet zusammen«, hatte Herold geschrieben. Genau das wollte sie von nun an tun. Sie würde zu Erna fahren. Ihr Mädchen wenigstens einmal in den Arm nehmen. Das hatte sie schon viel zu lange nicht mehr gemacht. »Gleich morgen«, flüsterte sie. »Gleich morgen.«

Stine wusste nicht, ob sie es dieses Mal wagen würde. Immerhin hatte sie schon dreimal im Käfer gesessen und sich dann doch nicht getraut. Nicht wegen Erna. Wegen Heinz.

Der war aber morgen in Bremen und würde nicht mitbekommen, wenn sie fortfuhr. Und schon gar nicht, wohin. Morgen, morgen wollte sie sich mit ihrem Mädchen aussöhnen. Es war doch egal, dass sie einen Kommunist geliebt hatte. Danach krähte kein Hahn mehr. Außerdem war er tot. Gestorben durch die Hand ihres Mannes.

Sie hatten sich nicht nur an ihrer Tochter versündigt, sondern auch an ihrem Enkelkind – und an diesem jungen Mann, der, von Fischen angefressen, aufgefunden worden war.

So ging es nicht mehr weiter. Sie brauchte endlich ihren Frieden, und wenn sie ihn nur heimlich mit Erna leben konnte. Heinz musste davon ja nichts erfahren. Stine war sicher, dass er ihr auch nicht alles erzählte.

*

Horst schlüpfte in seine Hose, warf erst einen Blick in den Spiegel und dann zu der Frau, die sich verschlafen in seinem Bett rekelte. Er musste kurz überlegen, wie sie hieß. Lara oder Laura? Er wusste es nicht mehr, und es war auch gleichgültig, denn er würde sie nicht wiedersehen. Es war eine heiße Nacht gewesen, und ab und zu brauchte er einfach die Jagd – und die Abwechslung.

Ich bin eben ein Genießer, dachte er wohlig und schaute noch einmal zum Bett. Lara oder Laura war eine hübsche langbeinige Blondine, die man aber rasch wieder vergaß, weil sie ein Typ wie viele andere war.

Frida hingegen war etwas anderes, nicht umsonst wollte er sie trotz seiner Eskapaden nicht aufgeben. Er musste nur aufpassen, dass sie von alldem nichts mitbekam. Vermutlich würde sie nicht nur ungehalten sein, sondern sich von ihm trennen, und das wollte er nicht.

In den letzten Wochen waren sie ohnehin öfter aneinandergeraten, weil er weniger Zeit für sie hatte. Er schob die viele Arbeit vor, in Wirklichkeit aber war er auf der Pirsch gewesen. Zuerst hatte er tatsächlich gedacht, er könnte Frida treu sein, aber auf Dauer erschien es ihm doch zu langweilig. Er war ein Lebemann und hatte nicht vor, jemals einer Frau gegenüber Rechenschaft über sein Tun abzulegen. Von daher machte er auch Frida keine Versprechungen.

»Willst du schon gehen?«, riss ihn die Blondine jetzt aus seinen Gedanken.

»Ja, du süße Maus, ich muss doch arbeiten«, gab er

liebevoll zurück. Es war ihm wichtig, dass er allen Frauen, die er beglückt hatte, das Gefühl gab, sie wären durchaus wichtig für ihn gewesen. Horst prüfte, ob er seine Kondome ganz unten in der Aktentasche versteckt hatte. Nicht dass Frida sie versehentlich fand.

»Sehen wir uns wieder?«, gurrte die Frau nun.

»Ich melde mich«, wich Horst aus. Lara oder Laura würde schon merken, dass es nicht so war, und sollten sie sich noch einmal begegnen, würde ihm gewiss eine Ausflucht einfallen. Notfalls zog immer die eifersüchtige Verlobte, auch wenn er nicht im Mindesten in Erwägung zog, Frida zu heiraten.

»Ich freu mich schon aufs nächste Mal«, schnurrte die Frau.

»Ich mich auch«, log Horst. Er strich sich durchs Haar. Alles wunderbar. So konnte er im Büro auftauchen.

Er winkte der Geliebten zu, nahm ihre Kusshand wahr und floh aus der Wohnung. Draußen warf er einen Blick auf das Klingelschild. Lara wäre richtig gewesen. Lara Engelbrecht.

Horst fuhr mit dem Motorrad erst nach Stollhamm und machte sich dort in seinem Haus frisch, bevor er nach Nordenham aufbrach. Wäre er so ins Büro gekommen, hätte Frida Laras Duft gerochen, denn das Parfüm war ziemlich auffällig.

Lara war zudem schon Geschichte – Wild gejagt und erlegt. Aber vermutlich würde ihm schon in der nächsten Woche eine andere Lara begegnen. Manchmal hinterließen diese Begegnungen einen schalen Nachgeschmack, aber manchmal auch ein Feuer, an das er gern zurückdachte. Er zündete es aber nie zweimal an. Das gab es nur bei Frida. So gesehen war sie etwas ganz Besonderes. Eine Frau, die er sich gern warmhalten würde.

Horst nahm die Rasierwasserflasche und wollte sich gerade damit einreiben, um Laras Duft vollends zu vertreiben, als er innehielt und sich erschrocken im Spiegel betrachtete. So ein Mist! Lara hatte im Eifer des Gefechts einen Knutschfleck hinterlassen! Hektisch zog Horst sich an und überlegte, wie er das verräterische Mal am besten überdecken konnte. Warum hatte er das nicht bemerkt?

Er öffnete die Kommodenschublade und fand einen dünnen Schal. Er hoffte, Frida würde nicht hinterfragen, warum er heute so etwas trug. Zur Witterung passte es ja nicht gerade.

Kapitel 23

Es würde ein strahlend schöner Septembertag werden, der aber mit Fridas angespannter Stimmung konform ging. Sie hatte vor Aufregung, weil sie hoffte, Horst gleich anzutreffen, nichts essen können.

Frida setzte sich auf die Bank im Butjenter und umklammerte die Griffe ihrer Handtasche. Ihre Kleidung war heute unauffällig. Ein grauer Faltenrock und eine karierte Bluse. Beides hatte sie gleich von ihrem ersten Gehalt gekauft, damit sie bei der Arbeit gut gekleidet war.

Sie entdeckte Horsts Motorrad vor der Tür des Büros in Nordenham. Bangen Herzens betrat sie das Gebäude. Ihr Geliebter saß eine Zigarette rauchend in seinem Büro und aschte in die Schale, während er ein paar Papiere durchging. Er blickte nur flüchtig auf, als Frida hereinkam.

»Wir müssen reden, Horst«, sagte sie mit zitternder Stimme.

»Ach, Liebes, das passt gerade nicht, ich muss arbeiten, das siehst du ja. Heute Abend, in Ordnung?«

Warum hatte Frida nur das Gefühl, er wolle sie im Augenblick nicht in seiner Nähe haben? Und warum zum Teufel trug er einen Schal? Das würde sie später klären. Sie musste erst loswerden, was sie bedrückte. »Nein, jetzt. Ich will jetzt reden.«

Horst schien über ihren harschen Ton erstaunt und legte den Stift beiseite. »Nun denn, wenn es brennt, dann habe ich natürlich Zeit. Obwohl«, er sah auf die Uhr, »in einer halben Stunde muss ich leider los zu einem Zulieferer.«

»Bis dahin sollte alles geklärt sein.« Frida schlüpfte aus dem leichten Trenchcoat und hängte ihn im Flur an die Garderobe, den weißen Seidenschal platzierte sie darüber. Vorsichtig nahm sie auch das kleine Hütchen ab.

Erst dann kehrte sie ins Büro zurück und setzte sich Horst gegenüber, der schon wieder in seine Akten vertieft war. Er schaute nicht auf, sondern arbeitete konzentriert weiter und rauchte seine Zigarette.

Frida betrachtete ihn derweil und war fast drauf und dran, doch zu verschwinden und ihn im Ungewissen zu lassen. So behandelte man einfach keine Frau, die man liebte. Sie hatte Erna angelogen. Das anfängliche Feuer, das die ersten beiden Monate zwischen ihnen hoch gelodert hatte, war nach und nach kleiner geworden, und inzwischen suchte Frida verzweifelt nach einem Rest der Glut. Horst machte sich oft rar und reagierte unwirsch, wenn sie Nähe suchte. Dann wieder war er umgänglich und zuvorkommend, sodass sie sich ständig einredete, sie bilde sich alles nur ein. Trotzdem hatten sich ihre Gefühle aufgrund dieser Situation deutlich verändert.

»Gut, dann gehe ich halt an die Arbeit«, sagte sie und stand auf.

Leicht genervt schenkte Horst ihr endlich Aufmerksamkeit. »Warum bist du so ungeduldig? Ich habe Verantwortung, und bloß, weil du ein kleines Problem hast, kann ich nicht alles andere nach hinten schieben.« Seine

Stimme wurde weicher, als er an ihrer Mimik merkte, dass er zu weit gegangen war. Er lächelte sie freundlich an. »Dann sag, was dich bedrückt.«

Frida setzte sich wieder hin und versuchte, ihrer Stimme einen festen Klang zu geben. »Erstens: Nicht ich habe ein Problem, sondern wir.«

»Moment, wenn du darauf hinauswillst, dass ich weniger Zeit habe…«, unterbrach er sie, aber Frida hob die Hand.

Er drückte die Zigarette aus, schaute sie freundlich an, und Frida schmolz bei diesem Blick wieder dahin wie Schokolade in der Sonne. »Guck nicht so!«, sagte sie, aber es klang freundlich und nicht unwirsch.

»Ich muss dich aber so ansehen, weil du hübsch bist, wenn du versuchst, so richtig böse zu mir zu sein!« Horst grinste breit, stand auf, umrundete den Schreibtisch und zog Frida an sich. Erst wollte sie sich wehren, aber als er ihr in den Nacken blies, verging ihr Widerstand. Dann aber zuckte sie zusammen, weil der Schal um seinen Hals verrutschte und sie den Knutschfleck entdeckte.

Sie stieß Horst weg. »Du kannst das Ding abbinden, ich habe gesehen, was du vor mir verbergen wolltest.«

Er schaute kurz leicht verunsichert, hatte sich aber erstaunlich schnell wieder in der Gewalt. »Das war nichts Ernstes«, sagte er ausweichend.

Frida schmerzte es mehr, als sie zugeben wollte, aber sie hatte keine Wahl, als erst einmal darüber hinwegzusehen.

»Das klären wir später«, sagte sie.

»Genau«, nahm Horst den Faden wieder auf, »du wolltest mir ja was Wichtiges erzählen. Sag, brauchst du ein neues Hütchen?«

Frida stieß wütend die Luft aus. So war es immer, wenn

es um bedeutende Dinge ging. Horst zog alles ins Lächerliche, und wenn sie gegen seine Art aufbegehrte, wickelte er sie kurzerhand wieder mit seinem Charme ein. »Ich wüsste nicht, was ein Hütchen mit uns beiden zu tun haben sollte«, sagte sie mit betont kühler Stimme, denn sonst hätte sie losgeheult. »Nein, ich brauche erstens kein Hütchen, zweitens bedrückt mich nichts, sieht man mal von diesem Fleck an deinem Hals ab, und drittens bin ich schwanger!«

Horst zuckte zurück und ließ Frida los. Er war plötzlich weiß wie die Wand. »Du bist was?«

»Schwanger.«

»Das kann doch nicht …«

»Wir haben nicht immer aufgepasst.«

Horst klopfte nervös mit den Fingern auf der Schreibtischplatte herum, stand dann auf und schaute aus dem Fenster. »Und jetzt?«

Frida schnappte nach Luft. So reagierte doch kein Mann, der Vater wurde, wenn er die Frau liebte oder wenigstens ein bisschen mochte!

»Ich wollte es dir nur sagen«, schoss es aus ihr heraus. Es war sinnlos, von Horst etwas zu erwarten. Doch dann sah sie Erna mit ihrem verzweifelten Blick.

Frida stand langsam auf und trat hinter Horst, der noch immer aus dem Fenster starrte und mit dem Kiefer malmte.

Sie wollte ihn von hinten umarmen, zuckte aber zurück, als er sagte: »Kann man es fortmachen?«

Frida blieb fast die Luft weg. »Nein, kann man nicht. Es ist strafbar, und es könnte mein Leben kosten. Und bevor du die nächste Frage stellst und auf eine Fehlgeburt spekulierst: Diese Gefahr besteht wohl nicht mehr. Ich bin im dritten Monat.«

Das Schweigen zwischen ihnen war fast schmerzhaft. Frida unterdrückte den Impuls, ihn anzufallen und ihm mit ihren Fäusten in sein schönes Gesicht zu schlagen. Diese Lippen bluten zu sehen, weil sie längst eine andere küssten, die auch noch sichtbare Spuren hinterließ. Kurz war sie versucht, ihn doch stehen zu lassen, aber dann schob sich wieder Ernas Schicksal vor ihr inneres Auge. All der Streit, der nicht nur an ihrer Freundin, sondern auch an dem Kind zehrte. Nein, das wollte sie nicht. Sie brauchte einen Vater für das kleine Wesen. Unwillkürlich wanderte ihre Hand wieder zu ihrem Bauch.

»Ich bin kein Unmensch«, begann Horst schließlich schleppend und sichtlich überfordert.

»Du wirst Vater!«, sagte Frida und fand ihren Ton viel zu bittend. Sie war hin- und hergerissen zwischen Wut, Hoffnung, Enttäuschung.

»Du möchtest die Ehe«, stellte Horst schließlich fest.

Frida schwieg. Wartete ab. Die Entscheidung über die Zukunft ihres Kindes lag nun ganz bei Horst. Und der rang sichtlich mit sich, bis er die erlösenden Worte sagte. »Also werde ich dich heiraten, damit unser Nachwuchs meinen Namen trägt. Dann wird auch keiner tratschen, das ist uns beiden ja wichtig. Du wirst zu mir nach Stollhamm ins Haus ziehen, und wir werden eine Familie sein, so wie es sich für einen Geschäftsmann gehört.«

Frida fröstelte bei den kühlen Worten. Horst sprach, als regelte er einen Verkauf, bei dem er alle Widrigkeiten in Betracht zog. Dachte an alles. Aber ein Wort war nicht gefallen: Liebe.

Frida atmete schwer. »Du wirst also zu uns stehen?«

»Ja.«

Frida wartete, ob Horst sie in den Arm nehmen würde, aber sie standen voreinander wie zwei völlig unbeteiligte

Menschen. Obwohl sie ihm gerade offenbart hatte, dass sie sein Kind erwartete – eine Tatsache, die sie von nun an ihr Leben lang miteinander verbinden würde –, waren sie sich in diesem Augenblick so fremd wie nie zuvor.

»Und das da?«, fragte Frida schließlich. »Am Hals?«

Horst tastete vorsichtig über die Stelle. »Sagte ich doch schon. Eine belanglose Sache. Du bist mir wichtig, Frida. Und das Kind auch. Aber ich bin ein freier Mensch und werde daran nichts ändern. Natürlich werde ich für unseren Sprössling aufkommen. Du kannst ihm eine gute Mutter sein und ihm alles bieten, was nötig ist.«

Frida senkte den Kopf. Sie war wie betäubt und konnte noch immer nicht einordnen, ob und wie tief sie das alles verletzte. Sie hatte sich zu Beginn ihrer Beziehung so viel mehr erhofft, sich als Prinzessin gesehen. Und jetzt? Jetzt stand sie vor diesem Mann, dem sie eben die Maske fortgerissen hatte und der nicht einmal versuchte, sie vor der Schmach seines Betruges zu schützen. Ja, der es sogar als selbstverständlich erachtete, dass er sie betrogen hatte und es auch weiterhin tun durfte, selbst als ihr Ehemann.

Aber Frida blieb nichts anderes übrig, als diesen Weg mit Horst zu gehen. Immerhin würde sie sich selbst um ihr Kind kümmern dürfen, es musste in keine Pflegefamilie, keiner musste etwas für sie regeln. Niemand würde auf sie und das Kind mit dem Finger zeigen, weil es unehelich oder ein Heimkind war, denn es trug einen guten Namen. Und sie würde Klavier spielen können, weil auch in Horsts Haus eines stand.

Damit gab es für sie einen Weg, ihre traurigen Gedanken fliegen zu lassen. Frida schluckte. Sie richtete sich auf, sah Horst mit kühlem Blick an, zupfte den Schal zurecht, damit sie diesen blöden Fleck nicht mehr sah, und sagte: »Ist gut. Dann halte bitte heute Abend bei meinem Vater um meine Hand an. Ich möchte, so bald es geht, heiraten, damit keine Gerüchte aufkommen.« Frida war selbst erstaunt über ihre Distanziertheit, aber hätte sie nicht so reagiert, wäre sie Gefahr gelaufen, in Tränen auszubrechen.

»Ich werde heute Abend mit dem Motorrad kommen. Zuvor habe ich noch etwas zu erledigen.«

»Dann wisch dir, bevor du unser Haus betrittst, den Lippenstift anständig ab«, gab Frida spitz zurück. »Ich gehe jetzt arbeiten.«

Sie floh regelrecht aus Horsts Büro an ihren Schreibtisch und schloss die Tür.

Kurz darauf hörte sie ihn davonfahren. Mit seiner Horex, dem heißen Ofen.

Frida nahm den ersten Ordner und versuchte gleichzeitig, in sich hineinzuspüren. Doch da war nicht viel. Ein kleines bisschen Erleichterung – mehr nicht. Aber in ihrem Inneren baute sich ein anderes Gefühl auf. Und das war düster und bedrohlich. Horst hatte auf ganzer Linie gewonnen. Er bekam mit etwas Glück seinen Stammhalter, den er stolz präsentieren konnte. Und dazu eine Frau, die ihren Mund halten musste, weil sie es zugesagt hatte.

Frida streichelte ihren Bauch. »Ich mache das für dich. Damit du nicht so hin- und hergerissen wirst wie Sanne. Ein solches Leben sollst du auf keinen Fall haben«, flüsterte sie.

Doch egal, wie sie es sich schönredete: Sie hatte sich und ihre Seele verkauft.

*

Stine hatte Herolds Brief versteckt, als sie in den Käfer stieg und Richtung Eckwarden fuhr. Erst raus aus Varel, dann an der Gaststätte links abbiegen und immer dem Deich nach. Rechts lagen kleine Gehöfte, meist mit Reet gedeckt, links erstreckte sich der Deich wie ein langer, grüner Hügel. Schafe grasten auf der Krone und schauten dem Auto neugierig hinterher.

In Eckwarden bog Stine vor der Kirche links Richtung Eckwardersiel ab und folgte dem schmalen Weg, bis sie die Kate erreicht hatte, wo ihre Tochter nun lebte.

Sie war angenehm überrascht, als sie sah, wie hübsch sich das alte Haus in die Landschaft einfügte. Aus dem Kamin qualmte es, in den Beeten blühten Phlox und die letzten Margeriten. Die Obstbäume waren voll mit Äpfeln und Birnen. Einzig die graue Farbe störte das Gesamtbild.

Vor dem Haus stand eine zweirädrige Kutsche, das braune Pferd hatte sein Maul in einem umgehängten Futtersack versenkt und malmte genüsslich.

Auf der Wiese spielte ein kleines Kind auf einer Decke, daneben saßen eine rothaarige Frau und – Erna.

Ihre Tochter sah gut aus. Sie hatte zugenommen, und ihre Wangen waren leicht gerötet. Es schien ihr bei den Köhles gut zu gehen.

Nun hatten die beiden jungen Frauen Stine bemerkt, und Ernas Gesicht versteinerte sichtlich. Trotzdem kam sie auf ihre Mutter zu, hielt aber Abstand. Stine versuchte ein aufmunterndes Lächeln, das ihre Tochter allerdings nicht erwiderte.

Unsicher verlangsamte Stine den Schritt. »Hallo, Erna«, sagte sie.

»Mutter«, gab ihre Tochter knapp zurück.

Stine wies zu dem kleinen Kind. »Susanne?«

»Ja, *meine Tochter*!«

Sie hatte *meine Tochter*, nicht *deine Enkelin* gesagt. Stine wurde mulmig und war sich plötzlich sicher, einen

Fehler gemacht zu haben, indem sie ohne Ankündigung einfach so hier auftauchte. Es war, als stünde sie einer Fremden gegenüber.

Das Kind krabbelte um die rothaarige Frau herum und zog sich zum Stehen hoch. Plötzlich ließ es los, machte drei Schritte und plumpste wieder ins Gras.

»O sieh nur, Sanne kann laufen!«, rief die Rothaarige aus, und Stine blieb fast das Herz stehen. Dieses süße, blond gelockte Wesen mit den dicken Stampfbeinen war ihre Enkeltochter, die sie so abgelehnt hatte!

Erna wandte sich nur kurz um. Sie schien unsicher, ob sie sich nun um das Kind oder um ihre Mutter kümmern sollte. Offenbar entschied sie sich für Letzteres.

»Was möchtest du?«

Stine zögerte, weil sie die Antwort selbst nicht kannte.

»Herold hat geschrieben. Er ist noch in Sibirien«, sagte sie.

Erna reagierte darauf nicht. »Und warum kommst du wirklich ausgerechnet jetzt zu mir?«

»Ich wollte dich sehen.«

»Weiß Vater davon?«

Stine schüttelte heftig den Kopf. »Er würde sehr, sehr böse sein.«

Erna zuckte mit den Schultern. »Gut, Mutter, dann hast du mich gesehen. Du hast mich und Sanne verstoßen, weil wir eine Schande für die Familie sind. Du kannst es Vater petzen oder es lassen. Ich darf mein eigenes Kind nur einmal die Woche sehen, obwohl die Stiefmutter sie jeden Tag von Fenna betreuen lässt, weil ihr Sanne im Weg ist – sie hätte lieber einen Sohn gehabt. Folglich habt ihr die falsche Lieferung abgegeben. Das ist also das wunderbare Leben, das ihr euch für die Kleine vorgestellt habt. Fenna aber ist sehr lieb und kommt oft mit ihr her.«

Stine wollte etwas erwidern, sich wehren, aber ihre Tochter hob die Hand und gebot ihr zu schweigen. »Du hast mich hinausgeworfen, obwohl du deinen anderen Sohn im Bombenhagel verloren hast und Herold vielleicht nie wiederkommt. Du weißt, dass Vater Stefan getötet hat, und ich weiß es auch. Nur kann ich es nicht beweisen. Ich bin mir aber sicher, dass du dazu in der Lage wärst, Mutter. Aber nein, du deckst diesen Mann, bist feige und lässt dein Kind allein, damit nur ja keiner an deinem Luxusleben kratzt!«

Ernas Stimme wurde immer schärfer, fast so, als hätten der ganze angestaute Frust, ihre Wut, Trauer und Enttäuschung endlich ein Ventil gefunden. Am Ende schrie sie Stine nur noch an. »Macht eine Mutter so etwas, Frau von Geest? Macht eine Mutter das? Tut sie das ihrem Kind an?«

Stine wich zurück. Sie glaubte sich von den Worten ihrer Tochter zurückgedrängt, so als käme plötzlich eine meterhohe Wand auf sie zu.

»Hau ab! Mutter werde ich dich nie mehr nennen«, spie Erna nun aus. »Du warst nicht für mich da, als es mir schlecht ging. Fridas Eltern haben mich gerettet, in jeder Hinsicht. Also, bitte geh!«

Erna drehte sich um, nahm ihr Kind auf den Arm und rannte in die Kate, die jetzt ihr Zuhause war.

*

Ulrich hatte ein paar Boxen neu gezimmert und gestrichen. Nun konnten die Kälber im Herbst wieder einziehen. Er machte sich auf den Weg zurück nach Eckwardersiel und marschierte gerade strammen Schrittes den Landwirtschaftsweg entlang, als er ein Auto brummen hörte. Es klang, als würde jemand übermäßig aufs Gaspedal drücken. Kurz darauf quietschten Bremsen, und es schepperte laut. Ulrich bog rasch um die nächste Kurve und sah einen VW Käfer an einem Baum kleben. Der Wagen qualmte noch.

Er rannte los und entdeckte eine Frau, deren blutüberströmter Kopf über dem Lenkrad hing. Hastig bemühte er sich, die Tür zu öffnen, doch sie klemmte. Er nahm sein Werkzeug, machte sich am Metall zu schaffen und versuchte, die Tür irgendwie aufzubiegen.

Auch die Beifahrerseite war völlig verkeilt. Allein würde er die Frau niemals aus dem lädierten Fahrzeug bekommen, denn die Türen waren verzogen und die Scheiben zersplittert, sodass sie sich zusätzlich verletzen würde, sollte er versuchen, sie aus dem Frontfenster zu ziehen.

Ulrich klopfte an die Scheibe, doch die Frau rührte sich nicht. Er umrundete das Auto noch einmal, und dann erkannte er das Gesicht. Als er sah, um wen es sich handelte, zuckte er erschrocken zusammen.

Es war Frau von Geest!

Sie musste mit voller Wucht gegen den Baum gefahren sein. Hatte sie zuvor das Bewusstsein verloren oder es gar mit Absicht gemacht?

Ulrich schaute sich hektisch um und überlegte, wie er am schnellsten den Rettungsdienst und die Feuerwehr erreichen konnte. Am besten war es, zum Nachbarhof zu laufen, wo es ein Telefon gab. »Ich komme zurück!«, rief er und stürzte los. Nach ungefähr 500 Metern hatte er den Hof erreicht und erzählte mit wenigen Worten von dem Unglück.

»Ich rufe den Rettungsdienst«, versprach die Bäuerin.

»Gut, dann warte ich am Unfallort und versuche,

ob ich doch irgendwie helfen kann.« Ulrich lief wieder davon. An der Unglücksstelle standen inzwischen zwei Frauen, die auf den umliegenden Höfen arbeiteten.

»Ist die schon dod?«, fragte die eine und wandte sich angeekelt ab.

Die andere klopfte immer wieder aufs Dach, um zu sehen, ob Frau von Geest sich nicht doch regte. »Kann sein«, sagte sie. »Die rührt sich nicht.«

»Ich habe schon Hilfe angefordert«, sagte Ulrich. »Treten Sie doch bitte beiseite!«

Als die Martinshörner erklangen, war es eine Erleichterung. Ulrich konnte den Rettungssanitätern und dem Notarzt zumindest den Namen und die Anschrift von Frau von Geest nennen. Die Helfer schnitten Stine von Geest mit schwerem Gerät aus dem Wagen.

»Immerhin lebt sie«, sagte der Krankenwagenfahrer in gewohnt norddeutscher Art. Knapp und unverblümt. »Aber hopentlich is see nich lohm wurn.«

»Gelähmt?«, hakte Ulrich nach, denn inzwischen verstand er das Platt hier sehr gut. Egal, wie sehr er diese Familie verabscheute, das hatte Frau von Geest nicht verdient.

Ulrich blieb noch, bis Ernas Mutter im Inneren des Krankenwagens angekommen war, und lief dann mit gesenktem Kopf nach Hause. Er hatte Erna eine traurige Mitteilung zu machen.

Doch als er die Kate erreichte, stand nicht nur Fennas Kutsche, sondern auch eine Horex vor dem Haus.

Er ahnte, wem die gehörte.

Mit einem unguten Gefühl ging er hinein. Erna war zum Glück oben, sodass er später mit ihr sprechen konnte.

Seine Tochter hingegen gefiel ihm überhaupt nicht. Sie war bleich, die Augen lagen in tiefen Höhlen, und ihre

Hände zitterten heftig. Horst Hinrichs hingegen strahlte, allerdings wirkte auch er verunsichert.

»Da bist du ja, wo hast du denn so lange gesteckt?«, fragte Margret ihn zur Begrüßung, bevor er etwas zu Frida und dem jungen Mann sagen konnte.

»Das erzähle ich später«, gab Ulrich zurück und wandte sich an seine Tochter und ihren Begleiter. »Guten Tag. Schön, dass wir Sie endlich kennenlernen. Ich nehme an, Sie sind Herr Hinrichs?«

»Jo, das bin ich. Nett haben Sie es hier.«

Ulrich musterte den jungen Mann, und er fand ihn auf Anhieb unsympathisch. Ein Lackaffe, der viel zu viel auf sich hielt. Es war dieser Blick, das Auftreten, das Siegessichere, das ihn zu diesem Urteil veranlasste.

»Ich bin gekommen, weil Frida und ich mit Ihnen etwas zu bereden haben«, begann Horst Hinrichs, offenbar gewohnt, das Zepter in der Hand zu behalten. Ulrich ahnte, was kam.

»Nun, Frida und ich sind schon länger ein Paar, und wir haben uns offiziell verlobt. Wir möchten schnell heiraten, das gebieten auch die Umstände. Sie verstehen sicher, was ich meine.« Horst Hinrichs lächelte selbstgefällig, und in Ulrich schrie alles: »Nein!« Nicht dieser Mann! Frida würde an seiner Seite in ihr Unglück laufen.

»Frida«, hob er sofort an. »Du musst das nicht tun, du hast Familie, und wir sind für dich da …«

Doch dann fiel ihm seine Frau ins Wort. Sie hatte bisher geschwiegen und dabei das Geschirrhandtuch geknetet. »O doch, Ulrich, sie muss das tun. Ich habe sie gewarnt. Aber sie wusste alles besser. Frida wird ihn heiraten, damit keine Schande über die Köhles kommt. Keine Schande! Das halte ich nicht auch noch aus.«

Ulrich sackte in sich zusammen. Am liebsten hätte er

seine Tochter in den Arm genommen, denn er sah ja, dass sie unglücklich war. Aber er hatte stark zu sein. Er war das Familienoberhaupt!

»Jeder wird wissen, dass sie schon vorher schwanger war. Sie ist ja bestimmt schon im dritten Monat!«, lamentierte Margret weiter.

»Aber sie hat einen Mann«, versuchte Ulrich sie zu beruhigen. »Wenn es dann so ist, gebe ich meinen Segen«, quetschte er schließlich zwischen zusammengepressten Lippen hervor. »Und jetzt muss ich zu Erna. Ihre Mutter hatte einen schweren Unfall.«

Er verließ die Küche mit nach vorn gebeugtem Oberkörper und kam sich vor wie ein alter Mann.

1950

Kapitel 24

Frida saß an diesem sonnigen Junitag in dem modern eingerichteten Wohnzimmer der Villa in Stollhamm auf einem Sessel, der neben einem Nierentisch stand, und streichelte ihrer kleinen Tochter Meike über das flauschige blonde Haar. Die Geburt Mitte April war zum Glück leicht gewesen, und Frida war zudem in der Lage, das Kind zu stillen. Seit ihrer Hochzeit im Oktober letzten Jahres wohnte sie nun zusammen mit Horst hier in der Nähe der großen Kirche. Es funktionierte wider Erwarten recht gut mit ihnen, Horst gab sich wirklich Mühe, mit ihr auszukommen, wenngleich sie an jeder seiner Gesten spürte, dass er sie nicht liebte, sondern nur gernhatte. Mit ihrem wachsenden Bauch hatte Horst sie nicht mehr angerührt. Wo er seine Bedürfnisse gestillt hatte oder noch immer stillte, wusste Frida nicht, und sie hütete sich nachzuhaken, denn es hätte sie unnötig verletzt.

Erst in der letzten Woche aber waren sie sich wieder nähergekommen, und in Frida war die Hoffnung gekeimt, dass sie vielleicht doch wie ein echtes Ehepaar zusammenleben könnten. Doch schon zwei Tage später hatte Horst nach dem Parfüm einer fremden Frau gerochen.

Immerhin ging es ansonsten mit allem aufwärts, und die

Situation im Land verbesserte sich von Monat zu Monat. Die bisher üblichen Pferdefuhrwerke wurden immer mehr von Motorrädern und Autos verdrängt, wenngleich sie das Straßenbild in der ländlichen Region noch beherrschten. Seit Ende Mai gab es außerdem keine Lebensmittelrationierungen mehr.

Die kleine Meike greinte, und Frida legte sie rasch an, denn sie mochte es nicht, wenn ihre Tochter weinte. Sie war so von Liebe erfüllt und wusste, dass sie die Kälte ihrer Ehe ertragen würde – für ihr Kind.

Sie wollte kein Leben wie Erna führen. Im Winter, als das Wetter schlecht war, hatte sie Sanne manchmal drei Wochen lang nicht gesehen, weil sie wegen der teuren Bahnkarte nicht nach Stollhamm fahren konnte oder Fenna nicht mit der Kutsche durchkam. Da war ihre Lösung wahrlich die bessere – zumindest für den Augenblick.

Gleich wollte Erna sie besuchen kommen. Später, wenn sie bei Sanne gewesen war. Erna arbeitete seit vier Wochen in Nordenham in einem neuen Bekleidungsgeschäft. Es war allerdings schwer gewesen, eine Stelle zu finden. Für sie als ungelernte Flüchtlingsfrau war es ein Segen, dass es am Ende doch noch geklappt hatte.

Frida vernahm Schritte auf dem Weg, und kurz darauf ging die Türglocke. Horst hatte eine Frau eingestellt, die sich um den Haushalt kümmerte, und so hörte Frida, wie sie zur Tür ging und ihre Freundin einließ.

Im nächsten Moment stürmte Erna herein. Sie sah wie immer in letzter Zeit abgehetzt aus und ein bisschen müde.

»Moin, Erna!«, begrüßte Frida sie.

»Moin«, antwortete auch Erna mit dem norddeutschen Gruß, an den sie sich inzwischen gewöhnt hatten, und beugte sich über die an der Brust nuckelnden Meike. »Sie ist genauso süß, wie meine Sanne war. Ich hoffe sehr, dass die beiden später ebenfalls so gute Freundinnen werden wie wir.«

»Schön wäre es«, sagte Frida. Sie und Erna, das war wirklich etwas ganz Besonderes.

»Wie geht es dir?«, fragte Erna nun und schaute sich wie immer kritisch um. Sie krauste die Nase. »Tut mir echt leid, aber mir kommt es immer so vor, als hätte man dich hier in einen goldenen Käfig gesperrt. Es ist düster, es ist ungemütlich …«

»Dafür habe ich Meike«, gab Frida lapidar zurück. »Sie beschäftigt mich den ganzen Tag. Aber du hast recht – mir fehlt unsere kleine Kate so sehr! Mir fehlt das Rauschen des Meeres, das Kreischen der Möwen und auch das Grün der Marschwiesen.«

Erna lächelte. »Und das Bunte der Blumen in eurem Garten, der unvergleichliche Duft, wenn deine Mutter den Ofen befeuert, und …«

Frida hob die freie Hand. »Hör auf. Ja, ich vermisse es, aber ich weiß, wofür ich das tue.«

Erna setzte sich. »Eigentlich bin ich voller Neid. Für Sanne würde ich auch freiwillig mit einem Mann zusammenleben, der mir die Garantie gibt, dass sie Tag und Nacht bei mir sein kann.«

Meike hatte die eine Seite leer getrunken, und Frida legte sie an die andere Brust. »Hat deine Mutter denn trotz allem nicht eingelenkt? Ich meine, sie wollte sich umbringen, weil sie keine Kinder mehr hat, und dann tut sie absolut nichts, damit sie wenigstens dich zurückgewinnt?« Frida hatte die Familie von Geest nie verstanden, aber das Verhalten von Ernas Mutter fand sie besonders befremdlich.

»Meine Mutter ist viel zu sehr auf sich selbst fixiert«,

erklärte Erna mit harter Stimme. »Nun sitzt sie im Rollstuhl und weiß mit sich nichts anzufangen.«

Erna war nach dem schweren Unfall einmal bei ihr im Krankenhaus gewesen und hatte sich auch danach noch ein paarmal nach ihr erkundigt. Aber es war zu viel zwischen ihnen zerbrochen, als dass sie sich je wieder hätten näherkommen können.

»Sie wird sich genauso wenig ändern wie mein Vater. Außerdem ist meine Mutter eine der schwächsten Personen, die ich kenne. Sie hat keine Kraft, sich auch nur im Geringsten gegen meinen Vater durchzusetzen.« Über Ernas Gesicht glitt ein Strahlen. »Aber wenn ich nun dank meiner Arbeit genug Geld beisammenhabe, suche ich mir eine eigene Wohnung hier in Stollhamm, dann bin ich Sanne näher. Und einen Antrag stelle ich auch noch mal. Frau Meyerhoff kümmert sich doch gar nicht um Sanne, und sie ist so streng mit ihr. Ganz anders, als man mit Kindern umgehen sollte. Es fehlt die Liebe. Spielen ist nur in ihrem Zimmer erlaubt, und was diese Frau darunter versteht, ist ein stupides Hin-und-her-Rücken von Püppchen. Bloß keine Unordnung, bloß keinen Dreck!« Erna biss sich auf die Unterlippe. »Ich steigere mich schon wieder in das Thema rein.«

»Zu Recht«, sagte Frida. »Es ist grausam, was man mit dir macht.«

Erna traten Tränen in die Augen. »Ich habe so oft das Gefühl, einen großen Fehler begangen zu haben!«

»Warum?«

»Weil ich Frau Meyerhoff nicht zur Adoption gedrängt habe. Vielleicht würde sie Sanne ja ein bisschen mehr lieb haben, wenn sie mich nicht als Konkurrentin sehen müsste. Ich glaube, ich habe vollkommen egoistisch gehandelt. Meine Kleine ist sicherlich völlig zerrissen.«

Sie holte ein Taschentuch aus dem Ärmel und tupfte sich die Tränen ab.

Frida spitzte die Lippen. »Ich finde, dass alle anderen um dich herum Egoisten sind. Es ist doch normal, dass eine Mutter bei ihrem Kind sein will.«

»Meinst du?« Erna schniefte.

Frida nahm Meike von der Brust und legte sie mit einem Spucktuch über die Schulter, damit sie ein Bäuerchen machen konnte. »Ja, das meine ich. Was wäre das für ein Signal für Sanne, wenn sie später als erwachsene Frau feststellen muss, dass du kein bisschen um sie gekämpft hast?«

»So siehst du das?«, fragte Erna nach.

»Ja, so sehe ich das.«

Meike machte ein Bäuerchen und schlief danach sofort ein. Frida legte sie zurück in ihren Stubenwagen, der aus einem Weidenkorb mit Rädern bestand, für den sie einen hübschen karierten Bezug genäht hatte.

»Wie gern hätte ich das alles genauso gemacht wie du«, sagte Erna. »Ja, ich beneide dich wirklich.«

Frida brach es das Herz, wenn sie ihre Freundin ansah. Sie vermisste die kleine Sanne so unglaublich.

Sie stand auf und bat die Haushilfe um Tee. Ihr war eine Idee gekommen, aber die musste sie erst mit ihrem Mann besprechen. Einfach würde es nicht sein, aber Frida fand, dass Horst ihr einiges schuldig war. Immerhin führte er einen für sie sehr verletzenden Lebenswandel und betrog sie nach Strich und Faden. Erna erzählte sie allerdings noch nichts von ihrem Plan, um keine unnötigen Hoffnungen zu wecken.

*

Stine von Geest starrte aus dem Fenster. Selbst der strahlende Sonnenschein konnte an ihrer trübsinnigen Stimmung nichts ändern. Heinz hatte eine Pflegekraft engagiert, aber sie mochte die grobschlächtige Frau mit den kräftigen Oberarmen nicht. Von ihr ging ein penetrant säuerlicher Geruch aus, den Stine nicht einmal aus der Nase bekam, wenn Frau Martens Feierabend hatte und sie ihrem Mann überließ, der die pflegerischen Verrichtungen eher lustlos hinter sich brachte. Die Frau im Rollstuhl, die diesen Umstand zudem selbst verschuldet hatte, weil sie in ihrer Verzweiflung gegen einen Baum gefahren war, passte nicht in sein Weltbild. Eine Frau von Geest musste Klasse haben, ein Herr von Geest Haltung und Stolz.

Manchmal dachte Stine, dass es für Toni vielleicht ein Glück war, niemals vor diesem harten Vater bestehen zu müssen. Und wer wusste schon, in welcher körperlichen und seelischen Verfassung Herold zurückkehren würde und ob Heinz ihn noch anerkennen konnte, wenn er kein »richtiger« von Geest mehr war. Sie hatte von vielen gehört, dass sie die Männer und Söhne nach ihrer Rückkehr aus dem Krieg und der Gefangenschaft nicht wiedererkannten, weil ihre Seelen zerbrochen waren.

Dann schalt sie sich ihrer dunklen Gedanken. Der Tod war immer die schlechteste Variante. Und doch hatte sie sich nach ihrem Gespräch mit Erna danach gesehnt, sich endlich in seine Arme legen und davonschweben zu dürfen. Frei sein von der Schuld, die auf ihr lastete, die sie aber nicht zugeben konnte.

Und eine Scheidung? Das kam nicht infrage. Sie wäre geächtet, und Heinz würde Sorge dafür tragen, dass sie kein Bein mehr auf die Erde bekam, ganz abgesehen davon, dass Stine gar nicht wusste, wovon sie dann leben sollte. Sie hatte doch nichts gelernt, konnte keinen Acker bestellen oder eine Kuh melken wie die tüchtige Frau Köhle. Sie wusste lediglich, wie man ein Dienstmädchen herumkommandierte und einen großen Haushalt organisierte, und seit dem Krieg war sie zudem in der Lage, einfache Gerichte zu kochen. Nun saß sie allerdings im Rollstuhl und konnte nicht einmal mehr das tun. Ihr Tag bestand aus Warten.

Warten, dass Frau Martens das Frühstück zubereitet hatte und es ihr lustlos auf den Tisch stellte. Warten, dass sie sie wusch und das Haar kämmte, warten, bis es Mittag war und sie auch dann etwas zu essen bekam. Und so ging es Tag für Tag immer im selben Rhythmus. Was sollte sie in diesem Zustand arbeiten, womit sich den Lebensunterhalt verdienen?

Die stolze Frau von Geest, geschwächt und verdonnert zum Nichtstun an der Seite des erfolgreichen Juristen, den alle bewunderten, weil er sie nicht zum Teufel jagte. Sie, die Selbstmörderin, für die nur ein armseliger Heimplatz bleiben würde.

Nein, Stine brauchte wenigstens ihre eigenen vier Wände, die einerseits ein Gefängnis waren, ihr aber andererseits auch den nötigen Schutz boten.

Sie schloss die Augen. Wenn doch nur Herold zurückkäme! Letzten Monat hatte in London eine Außenministerkonferenz der Westmächte stattgefunden. Dort war die Forderung des französischen Außenministers Schuman, die deutschen Kriegsgefangenen endlich in ihre Heimat zurückzuschicken, ausdrücklich begrüßt worden.

Ob etwas passieren würde? Stine betete jeden Tag dafür. Und sie betete für den Frieden, denn inzwischen braute sich in Korea etwas zusammen. Die Menschen waren einfach unfähig, friedlich miteinander zu leben. Es fing schon im Kleinen an, und sie selbst, die von Geests, waren das beste Beispiel, wie schwierig es war, wenn es auch nur einen im Gefüge gab, der nur sich selbst und nicht die anderen sah.

*

Der Sommer war im Juli ins Land gezogen – ein typischer Sommer, wie man ihn im Norden kannte. Mal warm, mal kühl, ein bisschen unbeständig, und doch brachte er sämtliche Farben mit, die diese Jahreszeit ausmachte.

Frida hatte Meike eben gestillt und saß nun mit Horst im Wohnzimmer. Das Röhrenradio spielte Lale Andersen, die von Horst sehr verehrt wurde. Frida hatte heute selbst gekocht, es würde trotz der Hitze Rouladen geben, weil Horst es sich gewünscht hatte. Er liebte das Gericht ganz klassisch mit Klößen und Rotkohl.

Frida trug einen hellblauen Faltenrock zu ihren schmalen Schuhen und darüber eine gut gestärkte Schürze.

Sie hatte sich lange auf das Gespräch vorbereitet, denn heute wollte sie endlich ansprechen, was ihr wegen Erna und Sanne schon so lange auf der Seele brannte.

»Schön, dass du dich darum bemühst, mir ein Zuhause zu bieten«, sagte Horst, der sich bisher hinter der Tageszeitung verschanzt hatte. Er warf sie nun ärgerlich auf den Nierentisch. »Jetzt wollen sie den alten Globke zum Personalchef vom Kanzleramt bestimmen. Man wird den Nazi-Mief doch nicht los, wenn man ihm weiterhin Macht gibt!«, schimpfte er. »Wie soll sich die junge Bundesrepublik denn neu aufstellen, wenn diese zähe braune Masse noch immer überall mitmischt? Ich fasse es nicht. Diese ausgestellten ›Unschuldsscheine‹, also, ich rede von den Entnazifizierungsurkunden, sind doch größtenteils ein Witz!«

Frida dachte an Heinz von Geest und an das, was Erna ihr von ihrem Vater erzählt hatte. Sie fand, dass dies jetzt ein guter Aufhänger war, und räusperte sich. »Mit Ernas Vater war es ähnlich«, begann sie. »Er hat wohl auch schlimme Dinge getan und ist heil aus allem rausgekommen. Erna leidet sehr unter ihm.«

Horst ging darauf jedoch nicht ein.

»Ich habe einen Mordshunger, und wir sollten die Zeit nutzen, in der unser Kind schläft und wir Ruhe zum Essen haben.«

Er hat *unser Kind* gesagt, frohlockte Frida. Ansonsten aber hatte Horst den gewohnt neutral-freundlichen Tonfall.

»Ich hole das Essen, es ist ja alles fertig.« Frida stand auf, um in die Küche zu gehen. Dort füllte sie den Kohl und die Kartoffeln in Schalen, gab die Soße in die Sauciere und legte die Rouladen auf die Platte. Dann balancierte sie alles ins Esszimmer, wo Horst schon am Tisch saß, sich eine Serviette ins Revers gesteckt hatte und in seinem Notizbuch blätterte. Er wirkte, als würde er an einem Geschäftsessen teilnehmen.

»Das sieht gut aus«, sagte er beiläufig, und er hatte nicht einmal hingeschaut. Wie anders war es früher gewesen, als er sie noch umworben und ihr das Gefühl gegeben hatte, sie wäre etwas Besonderes. Nun kam er zwar allabendlich, wenn auch oft erst spät, zu ihr nach Hause, was sie von seinen Liebschaften unterschied, aber als Ehefrau wünschte sie sich doch etwas anderes.

Frida lag eine bittere Bemerkung auf den Lippen, aber sie sagte nichts, denn sie wollte ihn nicht verärgern, damit sie Erna helfen konnte. Trotzdem hätte sie die Schüsseln am liebsten fallen lassen, den Inhalt auf dem dicken Perserteppich verteilt und wäre mit Meike auf Nimmerwiedersehen verschwunden. Vermissen würde Horst nur das Essen und den Stolz, bei wichtigen Terminen die schöne Vorzeigefrau an seiner Seite zu wissen. So wie es sich für einen Geschäftsmann gehörte. Wieder hatte sie den penetranten Parfümgeruch der anderen Frauen in der Nase. Sie stellte die Schüsseln auf den Tisch und setzte sich.

»Mann, das duftet gut!«, lobte Horst sie und lächelte sein altbekanntes, gewinnendes Lächeln.

»Ich hoffe, es schmeckt dir«, gab Frida höflich zurück.

Sie wartete, bis ihr Mann den größten Hunger gestillt hatte, bevor sie mit dem rausrückte, was sie sich überlegt hatte.

»Ich wollte mit dir über Erna reden.«

Horst zog die Brauen hoch. Er mochte Fridas Freundin nicht, weil er Herrn von Geest nicht schätzte, denn natürlich zählte er auch ihn zum »braunen Gesocks«.

»Was ist mit ihr?«

»Du kennst die grausame Geschichte mit Sanne. Erna bekommt einfach die Vormundschaft nicht, und sie kann die Kleine nur selten sehen.«

Horst stöhnte genervt. »Ja, das weiß ich doch. Was haben wir damit zu tun?«

Frida tat sich schwer damit, auszusprechen, worüber sie seit vier Wochen ununterbrochen nachdachte. Aber Ernas neuerlicher Antrag auf Vormundschaft war gestern schon wieder vom Jugendamt abgelehnt worden. Abermals mit der Begründung, dass eine alleinstehende Frau nicht in der Lage wäre, sich um ein Kind zu kümmern. Auch dass Erna jetzt volljährig war, zählte nicht.

»Sanne könnte Meikes Schwester werden. Frau Meyerhoff hat an dem Kind nur wenig Interesse. Fenna sagt, sie spricht immer häufiger davon, die Kleine abzugeben. Ich denke, sie würde einwilligen.«

»Du willst *was*?« Horst schmetterte das Besteck auf den Teller, woraufhin sich die Bratensoße in kleinen Sprenkeln auf dem weißen Tischtuch verteilte. »Du willst das Kind mit den braunen Wurzeln in unsere Familie holen?«

»Horst!«, erboste sich Frida. »Erna hat diese Gesinnung nicht. Die hat einzig ihr Vater, und daran ist sie unschuldig.«

»Du bist schön, wenn du dich so aufregst«, sagte er völlig unvermittelt und stand auf. »Das hat mich schon immer fasziniert.« Er stellte sich hinter sie, und Frida spürte, wie sein Zeigefinger langsam über ihren Rücken nach unten strich. Gegen ihren Willen überkam sie eine wohlige Gänsehaut. Sie hasste sich selbst dafür, dass Horst trotz allem noch immer solche Gefühle in ihr auslöste.

Frida rückte ein Stück weg, aber das stachelte ihn nur noch mehr an. Er beugte sich nach vorn und blies ihr in den Nacken, während er zugleich mit beiden Händen sachte ihre Brüste umfasste.

Und wieder empfand Frida ihren Körper als Verräter, denn er reagierte auf die Berührungen. Ihr entfuhr ein leises Stöhnen.

»Siehst du, du willst es doch auch.« Horst knabberte an ihrem Ohrläppchen. Dann zog er sie hoch, und Frida folgte ihm wie eine Marionette ins Schlafzimmer. Ihr Herz pochte, sie wollte mit Horst schlafen, und zugleich wehrte sich alles in ihr dagegen.

Ich tu es für Erna, dachte sie noch, als er sie auszog und Stück für Stück ihres Körpers mit seinen Küssen bedeckte. Dann ist er bestimmt zugänglicher. Aber schon bald gab es nur noch sie und ihren Mann. Sie liebten sich wie früher intensiv und wild, und wie damals gab Horst ihr in diesem Moment das Gefühl, doch einzigartig zu sein.

Das Aufwachen erfolgte jedoch abrupt und schmerzhaft, als er gleich darauf wieder zur Tagesordnung überging und aus dem Bett sprang. »Na komm, lass uns den Nachtisch essen. Die Rouladen sind sicher schon kalt.« Er schlüpfte in seine Anziehsachen, pfiff ein Lied und schaute Frida gar nicht mehr an. »Ich habe heute Abend noch einen Termin. Es wird spät.«

Frida hätte in diesem Augenblick am liebsten laut aufgeschrien, denn was das bedeutete, wusste sie. Ihr wurde übel, und sie musste sich beherrschen, sich nicht zu übergeben.

Mit zitternden Fingern zog sie sich an und ordnete ihr Haar. Sie sah in den Spiegel über der Kommode und streckte sich selbst die Zunge raus. Warum fiel sie immer wieder auf Horst rein, und warum genoss sie dann auch noch das, was sie taten, bloß um anschließend jedes Mal hart aufzuschlagen?

Sie glaubte mit einem Mal, dieses Leben an Horsts Seite nicht länger ertragen zu können.

Im Flur blieb sie kurz stehen und atmete einmal tief durch. Vor ihr geistiges Auge schob sich mal wieder das Bild von Focko und Katrine. Letzte Woche waren sie ihr in Nordenham begegnet. Sie waren Hand in Hand durch die Karlstraße flaniert, und es hatte Frida mehr wehgetan, als sie es sich eingestehen wollte. Katrine hatte sie angelächelt, und in ihrem Blick war ein klarer Triumph zu erkennen gewesen. Fockos Lächeln hingegen war verrutscht. Er hatte einen kurzen Blick auf den Kinderwagen geworfen, und dabei war eine Mischung aus Neid, Wärme und Fassungslosigkeit über sein Gesicht getanzt. Als er aufblickte, waren seine Augen an Fridas hängen geblieben, und in dem Augenblick hatte sie gewusst, dass er sie noch immer liebte.

Seitdem ertappte sie sich in den langen, einsamen Stunden, die sie mit Meike verbrachte, viel zu oft dabei, dass sie an ihn dachte. Dass sie die Gespräche mit ihm vermisste. Die unglaubliche Achtung, die er ihr stets entgegenbrachte. Seine stille Anwesenheit, wie er instinktiv stets zur rechten Zeit bei ihr gewesen war. Sie aber hatte diese Liebe mit Füßen getreten und war nun keinen Deut besser dran. Vielleicht wäre es an Fockos Seite sogar doch möglich gewesen, ihre Pläne zur Pianistin wieder aufzunehmen, weil er sie alles hätte machen lassen, wenn sie nur glücklich war.

Stattdessen hockte sie nun in einem goldenen Käfig, durfte zum Spaß ein bisschen auf den Tasten klimpern und wurde ganz bestimmt nicht geliebt.

Ihr traten Tränen in die Augen. Sie wischte sie mit dem Unterarm fort, Hadern half schließlich nichts. Sie hatte es so gewollt, und sie tat es für Meike. Und sie würde von dieser Position aus auch für Erna kämpfen. Für sie und Focko war es zu spät, selbst wenn sie inzwischen ahnte, dass sie doch so etwas wie Liebe für ihn empfunden hatte.

Mit einem gekünstelten Lächeln auf den Lippen betrat sie das Esszimmer und räumte den Tisch ab. »Soll ich den Nachtisch holen? Es gibt Quarkspeise mit frischen Erdbeeren, die ich von meinen Eltern mitgebracht habe.«

Horst nickte und war schon wieder in sein Notizbuch versunken. Als Frida mit der Nachspeise zurückkam, sah er auf.

»Du hast mir noch keine Antwort auf meine Frage eben gegeben«, stellte Frida fest. »Ich warte noch immer.«

»Ja, wir hatten Besseres zu tun«, gab er mit säuselnder

Stimme zurück, aber dieses Mal wollte Frida sich nicht beirren lassen.

»Und was sagst du zu meinem Vorschlag?«, hakte sie nach.

Horst aß erst genüsslich auf und wischte sich dann den Mund mit der Serviette ab. »Frida, das ist eine Schnapsidee! Das kann nicht funktionieren. Typisch Frau.« Er schüttelte den Kopf.

»Aber wir könnten es doch wenigstens versuchen!«, beharrte Frida.

»Ich will aber kein weiteres Kind und schon gar keins, das nicht von mir ist. Das Leben mit Meike finde ich anstrengend genug. Windeln hier, stillen da. Keine Ruhe in der Nacht… Dann die ewige Wäsche, weil du alles auskochst. Bald fliegt hier Spielzeug herum… Nein!«

»Es ist so ungerecht«, sagte Frida. »Ernas Eltern wollen Sanne nicht, weil sie einen angeblichen Kommunist zum Vater hat, und du willst sie nicht, weil ihr Großvater ein Nazi war. Und wo, bitte schön, bleibt dabei das arme Ding?«

Horst zuckte nur mit den Schultern. »Das Tischtuch musst du wohl auch gleich waschen«, sagte er und griff nach der Schüssel mit dem Erdbeerquark, um sich noch etwas ins Schälchen zu füllen. »Es schmeckt sehr gut, meine Liebe. Kochen kannst du.«

Frida wollte erst etwas darauf erwidern, verbiss es sich dann aber. Für Horst war das Thema Erna und Sanne offenbar abgeschlossen. Sie wusste, dass sie nie wieder davon anzufangen brauchte.

Plötzlich war ihr Mann ihr noch fremder als zuvor. Ihnen fehlte die Basis, das Verstehen ohne große Worte.

Das, was sie mit Focko verband.

Frida war der Appetit vergangen, und sie schob die

Schale mit der Nachspeise ruckartig fort, ohne auch nur davon probiert zu haben.

Horst tat, als bemerke er ihre Betroffenheit nicht. Er kaute genüsslich, lehnte sich zurück und sagte: »Wir haben es doch wirklich gut, oder nicht?«

Kapitel 25

Heinz hatte gute Laune.

Gestern war zwar dieses vermaledeite Görlitzer Abkommen zwischen der DDR und der Volksrepublik Polen beschlossen worden, bei dem sie die Oder-Neiße-Linie als neue polnische Westgrenze festgelegt hatten, aber heute war sein Freund Hans Globke, den er vor zwei Jahren bei einem Bankett kennengelernt hatte, zum Personalchef im Kanzleramt ernannt worden. Er und Hans waren sich schnell einig gewesen, was die politische Linie anging, und Hans hatte in seinen Augen auch unter Hitler auf der richtigen Seite gestanden. Schon vor dem Dritten Reich hatte er deutlich gemacht, was er von den Juden hielt. Er hatte zum Beispiel 1936 zusammen mit dem Obergruppenführer Stuckart einen Kommentar zu den Nürnberger Rassegesetzen verfasst, wo er durchaus der Ansicht war, dass alle Menschen fremden Blutes als rassistisch minderwertig anzusehen waren, was vor allem für die Juden galt. Heinz fand es sehr erfreulich, dass ein solcher Mann nun Einfluss auf den Kanzler nehmen konnte. Denn schließlich war Hans Globke auch ein gläubiger Katholik, hatte der Zentrumspartei angehört und war nie in der NSDAP gewesen, das musste man doch berücksichtigen!, fand Heinz. So gesehen war Globkes Entnazifizierung in seinen Augen korrekt, denn Hans hatte sich, genau wie er, nie selbst die Hände schmutzig gemacht. Sie hatten alle nur getan, was man von ihnen verlangte. Und schließlich wehrten sich die Juden ja auch. Er hatte gehört, dass sie einen Zentralrat gründen wollten. Hauptsache, keiner hörte dann auf sie.

Das hatte er gestern auch gegenüber seiner Frau fallen lassen. Sie war danach aus dem Wohnzimmer gefahren und hatte die Tür hinter sich zugeschlagen. »Du lernst es nicht, Heinz von Geest«, hatte sie gekeift. »Es gibt kein Nazi-Deutschland mehr. Wir leben in einer Demokratie, und ich hoffe und bete, dass solche furchtbaren Dinge wie unter Hitler nie mehr geschehen. Nie mehr, hörst du?«

Er konnte ihren Anblick mit den dünnen Beinen in diesem Rollstuhl kaum ertragen. Und dann ihre Naivität!

Im letzten Monat hatte der Korea-Krieg begonnen. Es würde immer wieder Auseinandersetzungen auf der Welt geben, und nur der Starke hatte eine Chance zu gewinnen. Es wäre gut, wenn Stine das endlich verstünde, schließlich hatte er vor, immer auf der Gewinnerseite zu stehen. Und weil sie seine Frau war – wenn auch jetzt ein Krüppel –, konnte sie sich glücklich schätzen, dass er gedachte, sie auf seiner Reise mitzunehmen.

Heinz rieb sich die Hände. Zum Glück empfanden noch viele so wie er. Und sein Freund Hans Globke hatte nun einen wunderbaren Einfluss auf die Geschicke in diesem Land. Darauf goss er sich erst einmal einen Cognac ein.

Er waren auch noch andere Dinge geschehen, die speziell ihre Region nach vorn bringen würden. Die Weserflughallen in Nordenham waren wieder bezogen, nachdem die Amerikaner ihr Depot geräumt hatten. Und endlich war zudem das Trinkwasserproblem gelöst. Der Oldenburgisch-Ostfriesische Wasserverband belieferte nun auch Nordenham mit dem berühmten »Feldhauser Sprudel«.

In beide Ereignisse wäre Heinz gern involviert gewesen, sodass er sich hätte damit brüsten können. Aber leider war es nicht so, man hatte einen anderen Anwalt für die Unterzeichnung der Verträge beauftragt.

Heinz glaubte an diesen Staat, weil genug Menschen aus alten Zeiten daran mitwirkten. Nicht mehr lange, und Deutschland würde sich auch wiederbewaffnen und endlich zu alter Größe auflaufen. Die Zeit arbeitete für ihn.

*

Frida hatte gestern rasch den Tisch abgeräumt, und Horst war aufgebrochen, ohne sich zu verabschieden. Sie hatten sich nichts mehr zu sagen gehabt.

Was wäre schon dabei gewesen, wenn sie zusammen die Vormundschaft für Sanne übernommen hätten? Erna war die Mutter, und sie hätte sich um ihr Kind gekümmert, gleichgültig, wer offiziell das Sagen hatte. Endlich wäre die lästige Sache mit den Besuchszeiten vorbei gewesen. Aber Horst war seine Ruhe wichtiger. Er wollte nichts Gutes für andere tun, wenn es seinen bequemen Lebensstil beeinflusste.

Deshalb beschloss Frida beim Frühstück, nach Hause zu fahren.

»Ich werde ein paar Tage bei meinen Eltern verbringen«, sagte sie zu ihrem Mann, während sie ein Stück Brot mit Butter bestrich. »Dann kann ich mit Meike am Deich spazieren oder zum Strand gehen.«

»Mach das«, antwortete Horst. »Das tut euch sicher gut.« Niemals legte er seinen freundlichen Tonfall ab, sodass seine Gleichgültigkeit keineswegs böse wirkte. Und doch ärgerte es Frida, dass er so tat, als mache es ihm nichts aus, wenn seine Frau und Tochter weggingen.

»Ich kann dann auch meiner Mutter zur Hand gehen«, fuhr sie fort, aber auch das interessierte Horst nicht.

Für mich ist das Nachhausekommen ein bisschen wie früher, dachte Frida. Sie hätte nie geglaubt, dass sie dieses armselige Haus tatsächlich einmal als wirkliches Heim empfinden würde. »Gut, dann packe ich gleich. Ich weiß noch nicht, wann ich zurückkomme.«

»Amüsiere dich gut, Liebes. Und wenn ihr wieder da seid, machen wir es uns schön.«

Wieder diese aufgesetzte Freundlichkeit, die Frida ihrem Mann nicht abnahm.

Als sie in der Küche das Geschirr abwusch, stand Horst plötzlich hinter ihr und nahm sie in den Arm. Doch jetzt wollte sie das nicht und stieß ihn weg. »Lass mich.«

Horst ignorierte ihren Widerstand, presste seine Lippen in ihr Haar und nuschelte: »Ich werde euch vermissen. Mit Meikes Geburt hast du mich zu einem sehr glücklichen Mann gemacht.«

Frida erstarrte. Seit Monaten wartete sie auf eine solche Aussage, doch nun, da sie endlich kam, berührte es sie nicht mehr. »Tut mir leid, Horst, aber das klingt unehrlich.«

Er lächelte unergründlich wie immer, wenn er sich ertappt sah. »Du bist nur böse wegen Erna. Aber das kann ich nicht tun, und sieh doch ein, dass ein solcher Versuch kaum von Erfolg gekrönt wäre. Die Kleine hat bei den Meyerhoffs ein Zuhause, warum sollte das Jugendamt das Mädchen dort herausreißen?«

»Weil Klara Meyerhoff Sanne nicht liebt, sondern sie zu Fenna abschiebt«, gab Frida trotzig zurück. »Und sie mit dem Kind überfordert ist. Sie braucht eine Puppe, aber keine Tochter. Oder einen Sohn.«

Horst winkte müde ab. »Das mag ja sein, aber ganz ehrlich: Alle gut situierten Familien leisten sich ein Kindermädchen. Daran ist nichts verwerflich.«

Frida wusste zwar, dass ihr Mann recht hatte, aber hätten sie nicht wenigstens einen Versuch wagen können?

Sie wusch die letzte Tasse ab und griff dann zum Geschirrhandtuch. »Nun lass mich bitte meine Arbeit machen, damit ich später den Butjenter noch bekomme.«

»Meine kleine Kratzbürste«, sagte Horst lächelnd. »Ich werde euch trotzdem vermissen, ob du es glaubst oder nicht.« Er griff nach der Aktentasche, nahm den Hut von der Garderobe und verließ das Haus.

Als Frida ihn auf dem Gehweg davoneilen sah, war ihr schwer ums Herz.

*

Focko freute sich auf den Arbeitstag bei den Köhles. Ulrich hatte Probleme mit der Bandscheibe und ihn gebeten zu helfen. Focko liebte aber auch die Wattfischerei. Diese Art des Fischens hatte etwas Ursprüngliches, und so hatte auch seine Familie früher gearbeitet. Deshalb war er heute Morgen, bevor er sich auf den Weg zu Ulrich gemacht hatte, mit den Fischern von Fedderwardersiel aus mit dem Kutter rausgefahren und mit einem guten Fang für Ulrich vom Jadebusen zurückgekommen, wo er und sein Vater in der Butjadinger Fischereigenossenschaft organisiert waren, die sich aus der ehemaligen Granatverwertungsgesellschaft gebildet hatte. Für die Fischer war das ein Segen.

Wegen Ulrichs Hexenschuss hatte Focko ihm angeboten, die Butt- und Granatfischerei ein paar Tage ganz für ihn zu übernehmen. Margret trocknete die Garnelen weiterhin hinter dem Haus auf einer Betonplatte und verkaufte sie später für die Futtergewinnung. In Fedderwardersiel hatten sie Darren, aber für die geringe Menge lohnte es nicht, welche anzuschaffen.

Der getrocknete Granat war als Verwendung von Viehfutter in den letzten Jahren zu einem wichtigen Wirtschaftsgut geworden. Durch die Bahnanbindung war es ein Leichtes, die getrockneten Tiere ins Binnenland zu bringen.

Focko pfiff ein Liedchen, als er aus dem Butjenter stieg und zur Kate marschierte. Doch er verlangsamte den Schritt, als er ein Stück vor sich Frida erkannte, die mit ihm im Zug, aber in einem anderen Waggon gesessen haben musste. Sie schob den Kinderwagen mit Meike vor sich her und wirkte bedrückt.

»Moin, auch mal wieder zu Vaddern und Muddern?«, begrüßte Focko sie, als er sie erreicht hatte. Sein Herz klopfte noch immer eine Spur schneller, wenn er sie sah, und seit sie sich in Nordenham über den Weg gelaufen waren, fragte er sich Tag für Tag, ob es richtig gewesen war, dass er sich für Katrine entschieden hatte und sie schon übers Heiraten sprachen. Aber da er mit ihr schlief, musste er wohl oder übel die Verantwortung übernehmen, auch wenn sein Herz nach wie vor für Frida schlug.

Sie nickte und schaute ihn mit ihren wunderschönen grünen Katzenaugen viel zu lange an. Ihre Blicke verschmolzen miteinander und sprachen dieselbe Sprache, auch wenn ihnen kein Wort über die Lippen kam. Focko las in Fridas Augen dasselbe Sehnen, das auch ihn umtrieb. Er entdeckte den tiefen See der Gefühle, der bislang unter einer Felsplatte verborgen gewesen war.

Sie liebt mich auch, schoss es ihm durch den Kopf. Sie liebt mich auch!

»Du bist schön«, entwich es ihm. Danach hätte er sich am liebsten die Hand vor den Mund geschlagen.

Aber Frida zuckte wider Erwarten nicht zurück, sondern lächelte. »Danke«, sagte sie mit ihrer vollen und melodischen Stimme, die er auch so gern singen hörte. Frida war Musik. Sie war aber nicht nur *eine* Melodie. Sie bestand aus so vielen Weisen, dass man sie in einem einzigen Leben sicher nie kennenlernen konnte.

»Ich wollte dir nicht zu nah treten«, entschuldigte Focko sich trotzdem. Er hatte Angst, dass der magische Moment durch seine unbedachten Worte, die doch nur die eines einfachen Fischers waren, zerstört wurde.

»Bist du nicht«, winkte Frida ab, ohne den Blick zu senken. »Es ist schön, mal etwas ehrlich Nettes zu hören und keine dahingesagten Floskeln, die mich nicht erreichen.«

»Das klingt nicht gut«, sagte Focko. »Was ich sage, meine ich auch.«

»Ich weiß.«

Wieder schauten sie sich an. Es war eine intimere Situation, als er sie je mit Katrine erlebt hatte, obwohl sie sich gar nicht berührten. Zwischen Frida und ihm hatte sich über all die Jahre ein Band geflochten, das sie brutal zerrissen hatten – und nun langsam wieder zusammenknoteten.

»Ich bin froh, zu Hause zu sein«, sagte Frida nach einer Weile. »Gehen wir weiter? Ich nehme an, dass du zu uns willst.«

»Jo. Ich muss nachher für deinen Vadder mit dem Schlitten die Granatkörbe holen.«

»Kann er das nicht selbst?«

»Hexenschuss.«

»Dann ist es ja erst recht gut, dass ich mit anpacken kann. Ich bleibe länger«, fügte sie hinzu, weil Focko sie erstaunt angesehen hatte.

»Vielleicht hast du ja mal Zeit. Falls du wen zum Reden brauchst.« Fockos Herz raste bei der Frage.

Frida blieb wieder stehen, und erneut trafen sich ihre Blicke. »Das nehme ich gern an. Manchmal hilft die Sicht eines Außenstehenden. Und es gibt neben Erna kaum einen Menschen, dem ich so sehr vertraue wie dir.«

Focko senkte den Blick, weil er die Spannung nicht mehr aushielt. Frida wollte ihn allein sehen. Ihm nah sein.

Das darfst du nicht. Du hast Katrine, und Frida ist verheiratet, warnte ihn eine innere Stimme. Doch er schlug sie in den Wind.

Ich will doch nur reden. Ihr nah sein. Wenigstens das will ich haben, dachte er trotzig. Es ist das Einzige, was geblieben ist.

»Gut, dann sehen wir uns später!« Frida winkte und lief mit dem Kinderwagen ein bisschen schneller.

Focko hingegen verlangsamte seinen Schritt. Er tanzte gerade auf verdammt dünnem Eis. Er wollte Abstand zwischen sich und Frida bringen. Sonst würden sie sich beide in einem Meer aus Gefühlen verlieren, aus dem sie so schnell nicht wieder auftauchen konnten und womöglich ertranken.

Bis heute Abend musste er sich besser im Griff haben.

*

Margret sah erst Frida mit dem Kinderwagen auf die Kate zueilen. Ihr folgte Focko mit etwas Abstand. Trotzdem war Margret nicht entgangen, dass sie sich miteinander unterhalten hatten. Sie kniff die Lippen zusammen und zog skeptisch die Brauen hoch. Diese Blicke, die die beiden sich zugeworfen hatten … Sie musste dringend verhindern, dass sie sich allein über den Weg liefen!

Sie war genau wie Ulrich der Ansicht gewesen, dass die Ehe zwischen Frida und Horst keine gute Basis hatte, denn dass die beiden sich nicht liebten, war offensichtlich. Und um wie vieles lieber hätte sie Focko zum Schwiegersohn gehabt! Nur war dieser Wunsch durch die Schwangerschaft zunichtegemacht worden. Frida musste sich in ihr selbst gewähltes Schicksal fügen, daran führte kein Weg vorbei.

Immerhin war Horst Hinrichs wohlhabend und konnte Frida und Meike ein gutes Leben bieten. Aber Margret merkte ihrer Tochter durchaus an, wie unglücklich sie war. Da hätte ein stattlicher Fischer mit diesen warmen Augen und der muskulösen Figur jetzt vielleicht ein leichtes Spiel, zumal Focko sie seit Jahren vergötterte und Frida dagegen nicht immun war, auch wenn sie so tat. Dass sich Focko nur aus Verzweiflung für Katrine entschieden hatte, war für Margret offensichtlich. Doch galt es zu verhindern, dass er und Frida Trost beieinander fanden und nicht nur andere Menschen, sondern auch sie selbst damit in den Abgrund rissen.

Warum nur waren die jungen Dinger so leichtfertig und gingen mit den Burschen ins Bett, wenn sie noch nicht verheiratet waren? Warum glaubten sie allen Versprechungen oder legten sämtliche Worte der Männer zum Positiven so aus?

Margret schlug mit der flachen Hand auf die Fensterbank. Sie hatte Frida vor Horst gewarnt! Und was hatte ihre Tochter gemacht? Sich umgarnen lassen, bis sie im Spinnennetz gefangen war.

Aber da musste sie durch, verdammt. Es schickte sich

nicht, Focko den Kopf weiter zu verdrehen. Sie hatte bei Horst zu bleiben, ob es ihr gefiel oder nicht! Und Focko sollte Katrine, so schnell es ging, heiraten. Dann waren klare Verhältnisse geschaffen.

Frida hatte das Haus am Deich erreicht. Margret ging ihr entgegen und stürzte sich sofort auf Meike. Ihr Enkelkind entfachte bei ihr stets überschwängliche Gefühle, wie sie sie nicht einmal für Frida empfunden hatte.

Erst dann begrüßte sie ihre Tochter, die müde und erschöpft wirkte. Sie schaute schon wieder zu Focko, der ebenfalls angekommen war und geradewegs auf Ulrich zusteuerte, der auf der Bank im Schatten saß und sich ausruhte. Er konnte momentan nur auf einen Stock gestützt laufen.

»Da gibt es nichts zu gucken. Der Mann ist Fischer und arbeitet für deinen Vater. Dass du verheiratet bist und er verlobt, muss ich dir ja wohl nicht sagen«, fuhr Margret ihre Tochter an.

Frida zuckte erschrocken zusammen. »Nein, Mutter, ich weiß, dass ich jetzt Hinrichs heiße und wo mein Platz ist. Du kannst ganz beruhigt sein, ich werde allein Meikes wegen kein Risiko eingehen. Sonst könnte es mir ergehen wie Erna, und das will ich nicht.«

Margret sah ihre Tochter missbilligend an. Das alles klang ihr zu abgespult. So, als hätte sie diese Sätze auswendig gelernt, weil sie sich selbst unbedingt von all diesen Dingen überzeugen musste.

Margret sah, dass Ulrich aufgestanden war und sich schwerfällig hinter Focko herbewegte.

»Nun bleib in Gottes Namen sitzen!«, rief sie ihrem Mann zu.

»Ich kann Focko schlecht allein ins Watt lassen«, erwiderte Ulrich.

»O doch, das kannst du. Er ist schließlich erfahren genug.« Margret stemmte die Fäuste in die Hüften. »Komm lieber rein zu deiner Tochter und Enkelin, und lass Focko seine Arbeit machen.«

»Ich kann ihm helfen«, sagte Frida. »Ich war doch mit Vater schon draußen und weiß, was getan werden muss. Zu zweit geht es schneller.«

»Auf keinen Fall«, schoss es aus Margret heraus. »Du wirst nicht ins Watt gehen. Das schickt sich nicht.«

»Weil ich eine Frau bin?«, fragte Frida lachend, und in dem Augenblick strahlte sie so, wie Margret es von ihrer Tochter kannte.

»Weil du als verheiratete Frau schlecht mit einem Kerl allein da rumlaufen kannst«, widersprach Margret. »Das macht man einfach nicht!«

Ulrich griff nach ihrem Unterarm. »Frida hat kein Rendezvous, sie soll nur die Granatkörbe leeren und den Butt einsammeln.«

Frida nickte eifrig. »Ich stille Meike noch kurz, und dann nichts wie los.«

Sie verschwand in Windeseile in der Stube und versorgte die Kleine. Margret sandte ein Stoßgebet zum Himmel. Hoffentlich ging das gut und Frida machte kein zweites Mal einen riesengroßen Fehler.

*

Die Sonne ließ das Wattenmeer funkeln. Focko trug den Jöck mit den beiden Eimern und lief in leicht gebeugter Haltung neben Frida her.

Noch immer spürte sie die Spannung zwischen ihnen, und sie verschaffte ihr ein wohliges Gefühl. Es war so selbstverständlich, wie sie miteinander arbeiteten und umgingen. Jede Bewegung schien fließend, viele Worte überflüssig.

»Danke, dass du mir hilfst«, sagte Focko. »So geht es viel schneller.«

»Früher mochte ich das nicht«, sagte Frida lachend. »Aber wenn man es nicht mehr hat, dann merkt man erst, wie wertvoll einige Dinge sind.«

Focko zupfte sich die Schiebermütze etwas tiefer über die Augen. »Du vermisst das hier, obwohl du alles hast, was du dir wünschst?«

Frida schluckte und hielt an. Focko blieb ebenfalls stehen. »Ich habe nicht alles, was ich mir wünsche.« Ihre Worte schwangen zwischen ihnen, und Focko schien genau zu spüren, was sie damit sagen wollte. »Und deine Ehe? Liebst du deinen Mann?«

Frida zuckte zusammen. Durfte sie ihm davon erzählen? Ja, beschloss sie. Focko war schon so viele Jahre ein guter Freund.

»Ach, Mann«, seufzte sie. »Horst und ich … es ist nun mal passiert, und … na ja, dann heiratet man eben. Und was ist mit dir und Katrine?«

»Frida, du warst plötzlich weg. Bei diesem anderen Mann«, flüsterte Focko. »Ich war verzweifelt und allein. Und dann war sie da.«

Mehr musste er nicht sagen.

»Es ist zu spät für uns«, stellte Frida leise fest.

»Ja, das ist es.«

Focko stampfte weiter durchs seichte Wasser, hielt jetzt aber den Kopf gesenkt. Frida folgte ihm und war froh, dass die kleinen Wellen ihre Waden umspülten und ihr Gemüt auf diese Weise ein bisschen kühlten.

Nach einiger Zeit hatten sie die Granatkörbe erreicht. Möwen kreischten über ihren Köpfen in der Hoffnung, einen Fang zu machen. Immer wieder stießen sie herab und wollten sich beim Leeren der Fangkörbe eine Garnele greifen. Nicht selten waren sie erfolgreich.

»Scheuch sie weg!«, sagte Focko lachend. »Die werden immer frecher.« Er richtete die Körbe neu aus, und Frida bemühte sich derweil, die Möwen in Schach zu halten.

Dann liefen sie durchs Watt zu den Netzen, wo der Butt schon im Watt zappelte. Sie sammelten die Fische rasch ein und legten sie in die Körbe, die Focko nach Hause tragen wollte.

»Wir müssen uns jetzt sputen«, sagte Focko, doch er nahm kurz Fridas Hand, bevor sie sich auf den Rückweg machten. Er strich mit dem Daumen darüber. »Schaffst du es?«

»Natürlich«, antwortete Frida forscher, als ihr zumute war.

Sie mochten die Hand des anderen nicht loslassen. Es gab hier nur das Meer und sie beide. Sie befanden sich in einer anderen Welt, die keiner von ihnen gern verlassen wollte.

»Sehen wir uns heute Abend am Deich?«, durchbrach Focko schließlich den Zauber, denn sie mussten nun wirklich rasch los, weil die Natur mit den Gezeiten das Tempo vorgab.

»Um acht?«, schlug Frida vor.

Focko nickte, gab ihre Hand frei und ging voran. Frida verspürte ein Reißen in den Oberschenkeln, denn der Weg war doch sehr anstrengend gewesen. Kurz bevor sie die Küste erreicht hatten, blieb Focko stehen. Sein Kiefer malmte. Er schien plötzlich unglaublich wütend zu sein.

Frida schaute auf das Watt und beobachtete einen Krebs, der mit flinken Seitwärtsbewegungen über die Riffelmarken krabbelte.

»Ich kenne deinen Mann«, brach es aus Focko heraus. »Ich kenne ihn, weil er bei der Genossenschaft den Fisch kauft. Und ich weiß, dass er mit anderen Frauen schläft. Ich denke, das solltest du wissen, Frida.«

Sie schluckte. Ihr war nicht klar gewesen, dass Horst bei seinen Affären offenbar sehr indiskret vorging. Wenn Focko davon wusste, dann war es stadtbekannt.

»Ich weiß davon«, gab sie schließlich zu. »Wir sind nicht glücklich, Focko. Aber ich habe keine Wahl, wenn ich mein Kind nicht verlieren will. Ich muss bei ihm bleiben, sonst passiert mir dasselbe wie Erna.«

»Man hat immer eine Wahl, Frida. Merk dir das.«

»In dem Fall nicht, Focko. In dem Fall nicht«, erwiderte Frida. Sie keuchte, weil sie noch immer nicht wieder ganz bei Puste war.

»Aber trotzdem darf der Kerl nicht alles tun, wonach ihn gelüstet! Das hast du nicht verdient.«

Focko hob das Jöck auf seine kräftigen Schultern und schleppte es weiter. Frida folgte ihm nachdenklich. Focko war ein besonderer Mann. Wortkarg wie alle Menschen hier, attraktiv, weil er gut gebaut war und sie mit dem unvergleichlich warmen Focko-Blick gerade um den Verstand brachte. Er hatte mit den wenigen Worten ausgedrückt, was Frida seit Langem durch den Kopf ging.

Am Deich erwartete sie ihre Mutter. Frida lächelte sie unbefangen an. Sie sollte bloß nichts Falsches denken!

Focko warf Frida noch einen kurzen Blick zu und machte sich dann daran, die Fische zur Kate zu bringen.

Heute Abend um acht, dachte Frida. Heute Abend um acht.

*

Focko wusste gar nicht, wie er den Rest des Tages rumbringen sollte, so nervös war er. Er fieberte dem Zusammentreffen mit Frida entgegen. Es musste heimlich stattfinden, Margrets Blick hatte eindeutig gezeigt, was sie davon hielt, dass Frida und er gemeinsam ins Watt gegangen waren. Trotz der harten Arbeit war es so schön gewesen, Frida auf diese Weise nah zu sein!

Schon eine halbe Stunde vor ihrer Verabredung machte er sich auf den Weg. Focko setzte sich an den Deichfuß und schaute den Möwen zu, die am blauen Himmel ihre Kreise zogen und nichts mehr von der Aufdringlichkeit am Morgen hatten.

Kurz darauf hörte er Schritte und sah Frida in einem blau-weiß gestreiften Kleid den Deich hinunterlaufen. Es war bis zur Hüfte eng anliegend und zeigte ihren schlanken Körper, dem auch die Schwangerschaft nicht viel hatte anhaben können. Der Faltenrock war leicht ausgestellt und schwang um ihre Waden. An den Füßen trug sie schmale Schnürschuhe. Ihr Haar schimmerte im Licht der Abendsonne wieder golden, und weil Frida es offen trug, wirkte es wie flüssiger Honig.

»Hallo!« Sie strahlte ihn an. »Da bin ich. Ich musste mich rausschleichen, es ist ja besser, wenn uns keiner zusammen sieht.«

»Gehen wir ein Stück?«, schlug Focko vor.

Frida war das ganz recht. »Meike ist bei Erna«, erklärte sie. »Ich hoffe, meine Eltern schauen nicht nach, ob ich in meinem Zimmer bin, aber das tun sie sonst auch nicht.«

Sie wandten sich nach Süden und bogen dann ins Binnenland ab, bis sie an einen Feldweg kamen, der nirgendwo hinzuführen schien. Sie gingen auf ein Weidegatter zu, und Frida lehnte sich mit dem Rücken dagegen. Über ihnen tirilierte eine Lerche, die Sonne versank hinter dem Deich wie ein roter Ball. Es roch süßlich nach Heu, hinter ihnen rupften die schwarz gefleckten Kühe das Gras, und eine Krähe balgte sich mit einem Mäusebussard.

Focko trat vor Frida. »Wir sind hier ganz allein.«

»Bis auf die Tiere«, widersprach sie.

Wieder war da dieses Kribbeln. Dieses unwiderstehliche Gefühl, sie müssten sich endlich so nahe sein, wie ihre beiden Seelen es herbeisehnten. Focko schien noch zögerlich zu sein, ob er tun durfte, was er sich so sehr wünschte.

»Küss mich, Focko. Bitte küss mich. Nur heute und nur dieses eine Mal, damit ich in mein graues Leben eine Erinnerung mitnehmen kann, die mir bleibt. Damit ich die Zukunft aushalte. Bitte!«

Und dann fanden sich ihre Lippen.

Kapitel 26

Der Sommer hatte der Bundesrepublik einige Überraschungen beschert. Erst hatte es im August die Veröffentlichung der Charta der Heimatvertriebenen gegeben, was Heinz sehr begrüßte, denn nun waren sie keine Flüchtlinge mehr, sondern galten als Vertriebene. Das klang doch schon viel besser, wobei er sich ohnehin nie als Flüchtling gesehen hatte. Schließlich war er selbst dank seiner Kontakte darum herumgekommen, in elendigen Lagern oder Unterkünften hausen zu müssen. »Jeder ist seines Glückes Schmied«, war sein Lebensmotto, und wenn er all das zu erreichen vermocht hatte, hätte es auch den anderen freigestanden.

Heinz war froh, dass es in dem jungen Land weiterging und, wie er fand, auch meist in eine gute Richtung, wobei er sich bei manchen Dingen sehr viel mehr Strenge gewünscht hätte.

Immerhin gab es schon Forderungen nach der Bildung einer europäischen Armee, gestellt vom Europarat. Der Korea-Krieg hatte die Welt erschüttert und deutlich gemacht, wie wichtig eine Verteidigung war. Adenauer war damit einverstanden, aber dieser Gustav Heinemann kritisierte die geplante Wiederbewaffnung Deutschlands. Und nun war der Kerl genau deshalb zurückgetreten.

Reisende soll man nicht aufhalten, dachte Heinz und zündete sich eine Zigarre an, obwohl seine Frau noch aß. Adenauer machte es schon richtig, vor allem, als er mit seinem Erlass letzte Woche alle Mitglieder von verfassungsfeindlichen Organisationen aus dem öffentlichen Dienst entlassen hatte. Seiner Ansicht nach war der Kanzler da aber noch viel zu lasch, auch wenn wenigstens ein Anfang gemacht worden war.

Heinz klappte die Zeitung zu. Seine Frau saß ihm gegenüber und stocherte im Essen. Wie er das hasste.

»Bitte iss vernünftig, oder speise das nächste Mal in der Küche.« Er pustete ihr den Qualm ins Gesicht.

»Ich bin heute mit Frau Andres verabredet«, sagte Stine, ohne sich provozieren zu lassen. »Sie holt mich nachher ab, und wir gehen am Hafen spazieren.«

Heinz interessierte das nicht. Frau Andres war die gelangweilte Gattin des Kriminalkommissars, und sie hatte sich inzwischen enger mit Stine angefreundet.

Er würde sich gleich in die Kanzlei begeben und dort seiner Arbeit nachgehen. Sollte seine Frau doch faulenzen.

»Erna arbeitet«, sagte Stine jetzt.

»Erna, wer ist Erna?« Heinz lachte auf. »Wir haben nur noch einen Sohn, und das ist Herold. Er wird bald zurückkommen. Warte es nur ab! Adenauer kümmert sich.«

Stine überging seinen Einwand. »Ich habe in Varel Frau Meyerhoff mit Sanne getroffen. Sie schaut aus wie unsere Erna.«

Jetzt reichte es Heinz. Er hieb mit der Hand auf den Tisch. »Schweig! Wir haben weder eine Tochter noch eine Enkelin! Und dieser Kommunist, der …« Heinz winkte ab. Er hatte damals das Richtige getan. Bald wäre Herold zurück, und alles im Hause von Geest wäre wieder in Ordnung.

»Ich wollte es ja nur gesagt haben«, sagte Stine mit zittriger Stimme. Sie wurde immer wehleidiger und war für Heinz längst ein Klotz am Bein. Früher hätte er Möglichkeiten gehabt, sich eines Krüppels zu entledigen, aber das ging heutzutage leider nicht mehr. Er versuchte, das Beste draus zu machen. Immerhin bewunderten und bemitleideten ihn alle.

»Wirklich so wunderbar, wie du das mit deiner Frau so wunderbar machst.«

»Andere hätten sie längst verlassen, aber du bist ein integrer Mann.«

So gesehen nützte Stine ihm. Er musste das tägliche Zusammensein mit ihr ja nicht in die Länge ziehen. Heinz küsste seine Frau flüchtig auf die Stirn, auch wenn ihn sogar diese Berührung anwiderte.

»Schreib doch Herold mal wieder. Er freut sich bestimmt über deine Post«, schlug er vor.

»Das tue ich. Und wenn ich mit Frau Andres unterwegs bin, werfe ich ihn in den Postkasten.«

»So machst du das.« Er kam sich vor, als ob er mit einem Kind sprechen würde. Wie er seine Situation hasste!

Heinz verließ die Villa und war froh zu entkommen.

*

Frida war mit Meike nach Nordenham gefahren, weil sie Erna in ihrem Geschäft besuchen wollte. Die Lage ihrer Freundin war den Sommer über schlimmer geworden, weil Frau Meyerhoff Fenna entlassen hatte. Leider war sie dahintergekommen, dass sie für Sanne und Erna heimliche Treffen vereinbart hatte. Nun kümmerte sich eine mürrisch aussehende, ältere Frau um die Kleine, und Erna durfte ihr Kind wieder nur einmal wöchentlich sehen. Oft genug schob Frau Meyerhoff Gründe vor, damit auch diese Treffen platzten.

Natürlich hatte Frida einen weiteren Versuch unternommen, Horst von ihrem Plan zu überzeugen, aber am Ende war ihr Streit derart eskaliert, dass sie seit Wochen nur das Nötigste miteinander sprachen und Frida sich meist in Eckwardersiel aufhielt. Horst hatte nichts dagegen, denn so konnte er seinen Eskapaden besser ausleben, auch wenn sie noch immer ab und zu miteinander schliefen, wenn er es wollte.

Ging es ihr schlecht, dachte sie an den wunderschönen Sommerabend in der Marsch mit Focko. Sie hatten sich die ganze Zeit geküsst, mit Lippen und Zunge das Gesicht des anderen erkundet. Aber es war dabei geblieben. Auch wenn Horst ihr nicht treu war, so scheute Frida den letzten Schritt, auch von ihrer Seite aus, die Ehe zu brechen. Focko hatte ebenfalls Angst vor einem vollständigen Verrat Katrine gegenüber.

»Noch ist nicht mehr passiert«, hatte er gesagt, als sie am Ende atemlos voneinander ließen.

Sie wussten beide, dass es eine verdammte Lüge war und sie sich selbst etwas vormachten. Trotzdem hatten sie sich vorsichtshalber kein zweites Mal allein gesehen. Aber jeder Blick, den sie sich seitdem zuwarfen, sprach Bände und versöhnte sie mit ihrem alltäglichen Leben, das so anders war, als es hätte sein können.

Frida floh aus Stollhamm oft nach Hause, aber sie fand bei ihrer Mutter nach wie vor nur wenig Verständnis für ihre Lage. »Ich habe dir immer gesagt, der Mann will dir nur an die Wäsche, doch du wusstest es besser. Nun musst du es ausbaden, Frida. Eine Ehe kann man nicht auflösen, und Meike braucht einen Vater. Sieh es so: Du hättest es schlechter treffen können. Immerhin kannst du dir so einige Dinge leisten, von denen andere nur träumen.«

Ihr Vater schwieg stets zu allem. Zum Glück waren seine Rückenschmerzen inzwischen weniger geworden, sodass er wieder seiner Arbeit nachgehen konnte.

Der Zug hatte Nordenham erreicht, und Frida wurde aus ihren Gedanken gerissen. Sie stieg mit Meike aus und bedankte sich bei dem Mann, der ihr half, den Kinderwagen aus dem Waggon zu heben.

Rasch lief sie zur Hansingstraße, wo sich das Geschäft befand, in dem ihre Freundin arbeitete. Sie war im letzten Monat aus der Kate ausgezogen und hatte sich in Nordenham ein Zimmer zur Untermiete gesucht.

Erna sah gut aus und wirkte selbstsicher, wie sie eine Kundin modisch beriet. Frida wartete geduldig, bis sie ihr am Ende eine geblümte Bluse aus der Hausschneiderei verkaufte, die dem Teint der Frau wirklich schmeichelte.

Ein bisschen beneidete Frida ihre Freundin, denn trotz des Kummers um Sanne schien sie ihre Berufung gefunden zu haben. Endlich hatte die Kundin den Laden verlassen, und Erna konnte sich um Frida kümmern.

»Schön, dass du da bist. Ich habe jetzt Pause, komm, wir gehen in ein Café und klönen ein wenig.«

Da Meike unruhig wurde, war Frida froh, wenn sie ein Stück laufen konnten, denn das beruhigte die Kleine erfahrungsgemäß.

Nordenham hatte sich seit Fridas letztem Besuch verändert. Es war bunter geworden. Fröhlicher. Der Krieg trat immer stärker in den Hintergrund und machte dem neuen Leben mit allen Möglichkeiten und Facetten Platz.

»Ich habe bei meinem ersten Besuch so schlechte Erfahrungen in dieser Stadt gemacht, aber inzwischen ist es hier so schön, dass ich mich jetzt doch damit anfreunden kann«, meinte Frida.

»Nichts ist vergleichbar mit unserem wunderbaren Stettin«, hielt Erna dagegen. »Aber wir haben gelernt, aus allem das Beste zu machen. Was anderes bleibt uns schließlich nicht übrig.«

Sie spazierten durch die Hansingstraße in südliche Richtung aus der Innenstadt hinaus zum Schützenfelder Weg. Es war zwar kein besonders sonniger Septembertag, aber die Luft wirkte klar und frisch, sodass sie beschlossen, Ernas Pause im Freien zu verbringen.

»Wie läuft es eigentlich mit Horst?«, fragte Erna.

»Schwierig. Also – eher gar nicht«, gab Frida zu.

»Gut, dass du immer nach Hause fahren kannst.« Erna drückte kurz ihre Hand.

»Das stimmt. Das ist ein Privileg. Aber eines Tages wirst auch du Sanne an deiner Seite haben, und dann geht es dir ebenfalls besser«, machte Frida ihrer Freundin Hoffnung.

Wie immer legte sich bei diesem Thema ein kurzer Schatten über Ernas Gesicht, aber es dauerte nie lange, da strahlte sie schon wieder.

Plötzlich blieb Frida stehen und umklammerte Ernas Unterarm. »Schau nur!«

»Oje«, brachte Erna hervor, als sie sah, was ihre Freundin meinte. »Das ist nicht gut.«

»Nicht gut ist gar kein Ausdruck!«

Frida wurde schwindelig.

Aus einem Hotel kam nicht nur Horst, nein, er hatte den Arm um eine hübsche, rothaarige Frau gelegt, die sowohl Erna als auch Frida sehr gut kannten. Ihren Hals zierte ein Knutschfleck, und auch sonst sah man instinktiv, was die beiden im Hotel getrieben hatten.

»Das geht jetzt doch zu weit«, zischte Frida und stürzte auf das Paar zu, das sie noch gar nicht bemerkt hatte. Sie verstellte den beiden den Weg.

Fenna erblasste merklich. »Frida! Was tust du hier?«

»Ich sollte wohl besser fragen, was *du* hier tust! Du bist Ernas und meine Freundin und machst mit meinem Mann rum?«

Horst nagte an der Unterlippe. »Frida«, versuchte er sie zu beschwichtigen, »es ist nicht so, wie es aussieht …«

»Ach, halt doch deinen Mund!«, fuhr sie ihn an. »Woher kennt ihr euch überhaupt?«

»Aus Stollhamm«, sagte Fenna nervös. »Dort sind wir uns über den Weg gelaufen, als ich auf Sanne aufgepasst habe.«

Frida hob die Brauen. »Aber du wusstest schon, dass ich mit Horst verheiratet bin?«

»Ja.« Verlegen senkte Fenna den Blick.

Frida wandte sich nun wieder an ihren Mann. »Mir reicht es endgültig. Ich ziehe noch heute zu meinen Eltern. Dann hast du mit Fenna und deinen anderen Damen freie Bahn.« Sie wollte eben zu Erna zurücklaufen, als Horst sie festhielt und ein Stück zur Seite zog. »Es ist nichts Ernstes mit ihr«, flüsterte er. »Bitte! Ich beende es gleich, und es kommt nicht wieder vor.«

Frida musterte ihren Mann mit abfälligem Blick. »Horst Hinrichs, ich bin deine Frau, weil du der Vater von Meike bist. Ich habe mir nie etwas zuschulden kommen lassen.«

»Pass jetzt bitte auf, was du sagst, Frida«, unterbrach Horst sie ruhig. Wie immer mit seiner sanften Stimme, die keinen Widerspruch duldete, weil sie so überaus zuvorkommend klang. »Wenn du mich verlässt, werde ich um Meike kämpfen. Ich weiß, dass dieser Focko dir schöne Augen macht, und ich weiß, dass dir das nicht gleichgültig ist. Du müsstest dir nur einmal selbst zuhören.« Horst äffte Frida nach. »Focko hier und Focko da. Focko hat dies gesagt und das getan …«

»Du bist so gemein!«, entfuhr es Frida, aber Horst hob beschwichtigend die Hand.

»Ich würde dafür sorgen, dass du schuldig geschieden wirst. Du weißt, dass ich über einen ausgezeichneten Leumund verfüge, und im Gegensatz zu dir habe ich auch einen guten Anwalt. Mir ist da nämlich bei einer Versammlung der nette Herr von Geest über den Weg gelaufen, und er hat mir geflüstert, dass er auf die Köhles nicht gut zu sprechen ist.«

»Du hast doch gar keine Beziehung zu Meike«, fauchte Frida ihn an. »Und Herr von Geest ist ein schlechter Mensch! Bislang warst du auch genau dieser Ansicht. Deshalb durften wir Sanne schließlich nicht zu uns holen. Interessant, wie schnell du umschwenkst, wenn es deinem Vorteil dient!«

Horst ließ sich nicht aus der Ruhe bringen. »Frida, sei vorsichtig mit solchen Anschuldigungen, die du doch nicht beweisen kannst. Herr von Geest hat höchste Verbindungen bis ins Kanzleramt.«

»Er hatte auch höchste Verbindungen zum Gauleiter«, unterbrach Frida ihn wütend.

Horst lächelte nur siegesgewiss. Wie hatte sie sich so in diesem Mann täuschen können? Warum hatte sie nicht auf ihre Mutter gehört, die vermutlich die bessere Menschenkenntnis besaß?

»Nun, was ich dir sagen will: Ich lasse mir wegen meiner kleinen Eskapaden von dir nicht meinen Ruf zerstören. Ein geschiedener Mann – das ist nicht gut. Also halte deine Füße still, spiel bitte weiterhin das liebe kleine Frauchen, und ich lasse dich mit Meike laufen, wohin du willst. Aber diesen Fischer, den wirst du nicht treffen. Ist das klar? Sonst…«

Frida verstand, was Horst ihr sagen wollte. Sie war gefangen in der Mausefalle, die sie selbst zum Zuschnappen gebracht hatte.

*

Stine war sehr froh, dass ihre neue Freundin Elsa-Maria Andres sie hin und wieder zum Spaziergang abholte. So konnte sie Frau Martens mit ihrer ewigen schlechten Laune aus dem Weg gehen.

»Stellen Sie sich vor, Frau von Geest, nun haben sie in der Jade tatsächlich eine Waffe gefunden! Es scheint die zu sein, mit der man damals diesen jungen Mann erschossen hat. Das Kaliber stimmt«, erzählte Frau Andres. »Eigentlich darf ich Ihnen das ja gar nicht sagen, aber ich finde es immer wieder aufregend, wie gut man heutzutage doch ermittelt.«

Stine war froh, dass ihre Freundin ihr Gesicht nicht erkennen konnte, weil sie bestimmt leichenblass war.

»Weiß man denn, wem die Waffe gehört hat?«

»Ist eine typische tschechische Beutepistole. So was hat man im Volkssturm verwendet, zur Verteidigung der Oderlinie, hat mein Mann gesagt. Die kann fast jedem Mann gehört haben, der eingezogen wurde.«

»Hm.«

»Er geht allerdings davon aus, dass sie von einem Flüchtling stammt. Also einem von denen, die aus den Ostgebieten kamen und dort zuvor eingesetzt waren.«

»Man nennt uns jetzt Vertriebene«, rutschte es Stine heraus. Dann schlug sie entsetzt die Hand vor den Mund, denn ob Frau Andres wusste, dass sie geflüchtet waren, wusste sie gar nicht. Sie und Heinz hatten beschlossen, in Gesellschaft lieber nicht darüber zu sprechen, weil es vielerorts als Makel galt.

»Ach, Sie sind doch nicht so eine«, wiegelte Frau Andres lächelnd ab. »Sie haben Klasse. Sie und Ihr charmanter Mann.«

Stine atmete erleichtert aus, aber dann wollte sie noch mehr wissen. »Gibt es denn eine Möglichkeit herauszufinden, wem die Waffe gehört hat?«

»Die Wahrscheinlichkeit ist gering. Die Pistole hat zwar eine kleine Macke am Abzug. Nur kann die natürlich auch später dorthin gelangt sein.«

Stine schluckte. Sie hatten also die Waffe von Heinz gefunden.

Sie ließ Frau Andres reden und beteiligte sich kaum noch an dem Gespräch. Ihre Gedanken schwirrten, tanzten Polka, dann wieder Walzer. Dabei versuchte sie, ausgeglichen zu wirken.

Sie spazierten noch ein wenig am Hafenbecken auf und ab, beobachteten die Fischer, wie sie ihre Netze flickten und das Deck der Kutter schrubbten.

Stine war froh, als Frau Andres sie wieder nach Hause brachte. »Danke, es war ein schöner Spaziergang, aber nun wurde mir langsam kühl.«

»Da nicht für, Frau von Geest. Ich komme morgen gern wieder.«

Stine rollte ins Esszimmer und wartete auf Heinz. Sie lauschte dem monotonen Klicken der Standuhr, nahm zur Kenntnis, wenn sie wieder schlug und ihr kundtat, dass eine weitere Stunde verstrichen war. Sie beobachtete die Staubkörner, die fröhlich im Licht der untergehenden Sonne tanzten, und dann endlich hörte sie ihren Mann nach Hause kommen.

»Warum sitzt du hier so rum? Keine Handarbeit, kein Buch?«

»Sie haben die Waffe gefunden, Heinz. Und sie wissen, dass damit Stefan Müller erschossen wurde«, fiel Stine gleich mit der Tür ins Haus. Auch wenn es schon dämmrig war, erkannte sie, wie sehr ihr Mann um Fassung rang. »Ich weiß, dass es deine ist. Sie hat diese Macke am Abzug.« Stine wunderte sich selbst über ihre ruhige Stimme, aber das hier durfte sie jetzt nicht versauen.

»Was willst du?«

»Meine Tochter zurück. Und ich will, dass Erna ihre Sanne bekommt.«

Heinz war leichenblass. »Und wenn nicht?«

»Dann werde ich alles Herrn Andres erzählen.«

*

Focko war enttäuscht, dass Frida heute nicht da war, aber ihre Mutter hatte ihm erzählt, dass sie sich bei Erna in Nordenham aufhielt. Er hatte sie ein paar Tage nicht gesehen und vermisste sie mehr, als er durfte. Katrine spürte seine Veränderung, aber sie war klug genug, das Ganze nicht zu thematisieren, sie ahnte wohl, dass sie dann Gefahr lief, ihn zu vertreiben. Also schlichen beide umeinander herum, bemühten sich um Freundlichkeit, und wenn Focko es nicht mehr aushielt, schlief er mit ihr, weil danach die Qual der Sehnsucht für eine Weile geringer war.

Als er zum Schuppen lief, um den Jöck herauszunehmen, entdeckte er dort Fridas Vater, der hilflos auf dem Boden lag. »Was ist denn mit dir passiert?«, rief er erschrocken aus.

»Mein Rücken! Nun geht gar nichts mehr!« Ulrich stöhnte.

»Du musst ins Krankenhaus«, bestimmte Focko. »Keine Widerrede. Ich laufe rasch zum Nachbarhof und rufe den Krankenwagen.«

Er schaute nicht erst nach, ob Margret Köhle da war, sondern rannte sofort los, denn gewiss war höchste Eile geboten. Zum Glück erreichte er die Bäuerin in der Küche und konnte den Anruf schnell absetzen. Dann stürmte er wieder hinaus und lief zur Kate.

»Mein Gott!«, rief Margret, als er ihr erzählt hatte, was geschehen war. »Ich fahre mit!« Schon war sie auf dem Weg zum Schuppen, als sie noch einmal innehielt. »Ich werde heute Abend den Butjenter bestimmt nicht mehr bekommen und mir deshalb in Nordenham ein Zimmer nehmen. Also sorgt euch nicht, wenn ich ausbleibe.«

»Ist gut, ich sag Frida Bescheid. Wo steckt sie denn?«

Margret lief mit Focko zum Schuppen, wo sie sich neben ihren Mann kniete. »Was machst du nur für Sachen!« Immer wieder strich sie ihm übers Haar. Focko war sehr erstaunt, weil er Margret sonst eher distanziert kannte. Sie schien wirklich in großer Sorge zu sein.

Kurz darauf ertönten die Martinshörner.

»Was machen wir denn jetzt?«, fragte Margret. »Es liegt noch so viel Arbeit an und …«

»Ich kümmere mich um die Tiere und um die Körbe. Du kannst wirklich beruhigt mitfahren, Margret!«, sagte Focko sofort. Es war das Mindeste, was er tun konnte.

Ulrich wurde auf der Trage in den Krankenwagen geschoben, und Margret durfte neben ihrem Mann sitzen. Dann schloss sich die Tür, und das Fahrzeug fuhr los.

Focko kratzte sich am Kopf und machte sich dann an die Arbeit. Raus ins Watt, die Garnelen abkochen, die Tiere füttern … Und immer war er mit den Gedanken bei Frida.

Inzwischen war es spät geworden. Doch plötzlich hielt er inne.

Aus dem Haus erklangen Klaviertöne. Schöner, als er sie je gehört hatte. Sie tanzten aus dem Gemäuer in den Garten, umschwirrten ihn und – machten ihn froh.

Es kannte nur einen Menschen, der dazu in der Lage war, einem Klavier solche Zaubertöne zu entlocken. Frida. Sie war wieder da. Und er hatte keine guten Nachrichten für sie.

*

Frida schrak zusammen, als Focko im Halbdunkel hinter ihr auftauchte. »Moin, Frida!«

Seine Stimme war warm und umschmeichelte sie.

»Du spielst noch immer wie eine Göttin.«

»Ich habe das Klavier letzte Woche stimmen lassen, weil ich ja nun doch öfter hier bin als zu Hause.« Sie stand auf. »Meike schläft, aber weißt du, wo meine Eltern sind?«

Focko erzählte, was passiert war, und auch, dass Margret in Nordenham bleiben wollte.

Frida erschrak mächtig. »Aber gefährlich sah es nicht aus?«

Focko schüttelte entschieden den Kopf.

»Gut, dann ist die Hauptsache, dass er wieder gesund wird.«

»Jo, tut natürlich weh. Aber so einen Hexenschuss hat Vadder auch schon mal gehabt, und nun hüpft er wieder wie ein Fohlen herum.«

Frida lächelte erleichtert. »Ich werde gleich morgen zum Krankenhaus fahren. Aber dann ist es ja gut, dass ich jetzt hier bin und mit anpacken kann. Ich gehe nicht mehr nach Stollhamm zurück.«

Frida sah, dass ein Leuchten über Fockos Gesicht huschte.

Sie kam ihm entgegen und nahm seine warme, schwielige Hand. Sie fühlte sich ganz anders an als Horsts Hände, die stets gepflegt und weich waren.

»Danke für deine Hilfe. Das ist nicht selbstverständlich.«

»Für mich schon«, antwortete Focko knapp.

»Lass uns rausgehen«, schlug Frida sanft und mit einem unglaublichen Sehnen in der Stimme vor. »Ich brauche frische Luft.«

Sie setzten sich hinter dem Haus auf die Gartenbank. Die letzten Grillen zirpten, eine Amsel flötete ihr trauriges Abendlied, und ein paar Möwen zogen kreischend ihre Kreise.

Über dem Jadebusen prangte der Vollmond und tauchte die Landschaft in ein silbriges Grau.

»Ich habe damals gedacht, dass es nichts Schlimmeres gibt, als die Heimat zu verlassen. Und doch haben wir hier eine neue gefunden. Ich liebe Eckwardersiel inzwischen sehr«, sagte Frida.

»Und ich kenne gar nichts anderes.« Focko legte seine Hand auf ihre, und sie ließ es geschehen, weil es sich richtig anfühlte. »Außer der Front, aber daran denke ich nicht gern.«

Frida kuschelte sich näher an ihn heran.

»Ist dir kalt?«

Sie nickte.

»Warte, ich hole was zum Wärmen.« Focko verschwand und brachte die gestrickte Decke aus der Stube mit. Er stopfte sie um Fridas Beine. »Besser?«

Sie nickte wieder und legte ihren Kopf auf seine Schulter.

Seine Lippen wanderten über ihre Haare zu ihrem Ohr. Frida hob den Kopf und sah in seine Augen. Sie konnte gar nicht anders, als ihm mit ihrem Mund entgegenzukommen, und schon küssten sie sich wieder mit einer Intensität, die Frida die Sinne raubte. Sie umschlang seinen Hals, öffnete ihren Mund und spürte dem Verlangen nach, das beide nicht zähmen konnten. Es kam Frida vor, als würde sich ein Kreis schließen. Wie die Erfüllung eines Sehnens, vor dem sie ohnehin nicht davonzulaufen vermochte.

Focko trug sie die Treppen hinauf in ihr Zimmer, kleidete sie Stück für Stück aus, und schließlich wurden sie so sehr eins miteinander, wie es Liebende nur sein konnten. Es gab kein Wenn und kein Aber. Keine Zweifel, dass sie genau das taten, was man tun musste, wenn man den Menschen liebte und ihm nah sein wollte. Kein Gedanken daran, was für Folgen es haben könnte, sich einfach so aufeinander einzulassen. Sie liebten sich wieder und wieder, bis Meike schrie und die Flasche brauchte, denn Frida hatte inzwischen abgestillt.

Sie legten das Kind zwischen sich, jeder nahm eine Hand, und so schliefen sie, bis Focko am nächsten Tag von einem Sonnenstrahl geweckt wurde.

»Moin, schöne Frau!« Er strich Frida sanft eine Strähne aus dem Gesicht.

Sie fuhr erschrocken hoch. Blickte von ihm zu Meike, sprang dann auf.

»Was ist los?«, fragte er.

»Was haben wir nur getan?«, antwortete sie entsetzt.

»Uns geliebt«, gab Focko mit einem Lächeln zurück und zog Frida wieder aufs Bett. »Es war wunderschön. Das Beste, was ich je in meinem Leben gemacht habe.«

»Aber es geht nicht«, stieß Frida traurig hervor. »Es geht einfach nicht. Sosehr ich es mir auch wünsche!«

»Warum nicht? Du liebst mich, ich liebe dich. Dein Mann betrügt dich, also werden wir zusammen mit Meike leben. Lass dich scheiden, wir stehen das gemeinsam durch!«

Frida hob abwehrend die Hände. »Das wird er nicht zulassen, Focko. Er hat mir schon im Vorfeld gedroht. Für uns gibt es keine Chance!« Sie umarmte ihn und brach in Tränen aus. »Bitte, du musst es verstehen. Er wird mir Meike wegnehmen, und das würde ich nicht ertragen.«

Focko schob Frida langsam von sich. Sein Blick wirkte plötzlich trüb, viel zu dunkel. »Ich habe noch nie eine Frau so geliebt wie dich, Frida Köhle. Ich kenne keine, die so bezaubernd ist, die so wunderschön Klavier spielt und zugleich mit anfasst wie ein Kerl. Und es ist so schön, wie sehr du Meike liebst.« Er küsste sie auf den Scheitel. »Ich weiß nun, was ich tun muss, denn ich bin mir sicher, dass ich dich nicht umstimmen kann. Wir leben beide in unterschiedlichen Welten, das war uns schon immer klar. Aber noch einmal: Ich bereue keine Sekunde der letzten Nacht.«

Fridas Hals wurde trocken. »Ich liebe dich auch. Und wie! Diese Nacht … ich nehme sie mit in die Zukunft, die auf mich wartet.«

Focko stand auf und schlüpfte in seine Hose.

»Was wirst du tun? Willst du zu Katrine?« Diese Vorstellung erschien Frida plötzlich unerträglich.

Aber Focko verneinte. »Anheuern. Auf große Fahrt gehen, damit ich dich nicht wiedersehen muss. Ich will nicht erleben, wie du weiter an Horsts Seite lebst. Nicht einmal, wenn ich weiß, dass es keine gute Ehe ist. Aber dieses Unerreichbare tut so weh, dass ich es nicht ertragen kann.«

Focko hauchte ihr noch einen Kuss auf die Wange und

schlurfte dann mit schweren Schritten die Treppe hinab. Die Tür fiel scheppernd ins Schloss, und trotz Meike war Frida sich noch nie so einsam vorgekommen.

Sie drückte ihre Kleine an sich und küsste sie ab. Sie tat es für sie. Für ihr Kind. Damit es bei ihr, der Mutter, bleiben durfte.

Dann aber schrak Frida zusammen. Sie begann zu rechnen. Einmal und noch einmal. Entsetzt schlug sie die Hände vor dem Gesicht zusammen. Ihrer Rechnung nach konnte sie empfangen haben.

»Lieber Herrgott«, betete sie. »Bitte lass mich nicht schwanger sein.«

Nachwort

Herzlichen Dank, dass Sie mich bis zum Ende der Geschichte begleitet haben!

Ich bin für diesen Roman von der Familiengeschichte meines Mannes inspiriert worden, die es nach dem Krieg nach Eckwarden verschlagen hat. Wobei die Geschichte von Frida und Erna trotzdem fiktiv ist.

Für weitere Recherchen habe ich auch das Waisenstift Varel aufgesucht, wo man mir Einblick in die Arbeit in der Nachkriegszeit gab. Darauf wird im zweiten Band dieser Trilogie ein größerer Fokus gelegt. Interessant ist in diesem Zusammenhang die Rolle der ledigen Mütter, denen in der Regel die Vormundschaft abgesprochen wurde. Ein uneheliches Kind zu haben galt als Schande, die Kinder wurden als Hurenkinder beschimpft. Die Mutter besaß keine elterlichen Rechte, und oft landeten die Kinder in Heimen oder Pflegestellen.

Bei meinen Nachforschungen für die Ausgestaltung der Familie von Geest bin ich auf viele Beispiele dafür gestoßen, wie sich etliche Menschen, die während der Zeit des Nationalsozialismus das Regime unterstützten, später aus ihrer Verantwortung gestohlen haben.

Interessant war, dass sich ein umstrittener Mann wie Hans Globke zum Ministerialdirigent des damaligen

Kanzlers Adenauer hocharbeiten konnte, obwohl seine antisemitische Einstellung und seine Verantwortung im Zusammenhang mit der Verfolgung der Juden nie angezweifelt wurde. Er ist ebenso wie Adenauer eine reale politische Figur.

Ich habe viele, viele Bücher über die damalige Zeit gelesen, Stadtführer studiert und bin natürlich um den Jadebusen herum nach Butjadingen gefahren (ich habe es ja nicht weit), um die Gegend um Eckwarden zu erkunden.

Vielleicht haben Sie ja Lust, mir auch in die folgende Geschichte von Frida und Erna zu folgen.

Ich würde mich freuen!

Mein Dank für dieses Buch geht

an meinen Schwiegervater Eckhard Kölpin, der mich mit seinen lebendigen Schilderungen an dem damaligen Alltag hat teilhaben lassen und mich mit seinen übersichtlichen Excel-Dateien wirklich wunderbar unterstützt hat. Ich bin sehr dankbar über alle Ausführungen zum Nachkriegsleben und für die vielen Telefonate, bei denen ich ihn löchern durfte, wenn mir doch wieder etwas unklar war.

an Vera Pilkahn, die mir wertvolle Informationen zum Konservatorium, der Flucht und ihren Erlebnissen in der neuen Heimat in Butjadingen gegeben hat und mit der ich wunderbare und berührende Gespräche geführt habe.

an Frau Preuss vom Waisenstift Varel. Ihre Informationen waren schon jetzt sehr wertvoll, und ich werde weitere in den nächsten Bänden noch sehr benötigen.

an Hinrich Janßen, Ausrufer aus Neustadtgödens und Mitglied unseres Musical-Ensembles für seine Hilfe beim Plattdeutsch.

an meine Agentin Anna Mechler, die mich wie immer von Beginn an auch bei diesem Projekt wunderbar unterstützt hat.

an Dr. Andrea Müller, Julia Stolz und das gesamte Team

von Piper Taschenbuch für die wunderbare Zusammenarbeit.

an Gisela Klemt, die es immer wieder schafft, mit mir gemeinsam das Beste aus dem Manuskript herauszuholen.

an meine Tochter Inga, die mich mit vielen tollen Ideen sehr kreativ im Marketing unterstützt.

und an meine gesamte Familie, die mich wie immer grandios unterstützt. Allen voran mein Mann, der beste Koch der Welt. Und der allerbeste Ratgeber, wenn es um Bankenfragen und Wirtschaft geht!

Literaturverzeichnis

Berg, Eugenie. *Frauenleben in der Wesermarsch im 19. und frühen 20. Jahrhundert*, Band 5. Isensee Verlag, Oldenburg 1994

Buss, Oliver. Galileo Magazin SPECIAL HISTORY. Die 50er-Jahre. Teil 1. 50er-Jahre in Deutschland. bpa media GmbH, Hameln 2019

Dede, Klaus. *Wesermarsch. Ein Heimatbuch von Klaus Dede*. Verlag Atelier im Bauernhaus, Fischerhude 1982

Dummann, Kurt. *Von der Oder an die Eider. Ein Lebensbericht*. Druck- und Verlagsgesellschaft, Husum 2004

Dummann Kurt. *Das zweite Stolzenhagen-Buch*. Verlags- und Offsetdruckerei, Olde 1989

Dummann Kurt. *Stettin-Stolzenhagen. Kratzwieck und Gotzlow. Ein Heimat- und Lesebuch*. Verlags-und Offsetdruckerei, Olde 1986

Hardinghaus, Christian. *Die verdammte Generation. Gespräche mit den letzten Soldaten des Zweiten Weltkriegs*. Europa Verlage, München 2020

Hardinghaus, Christian. *Die verratene Generation. Gespräche mit den letzten Zeitzeuginnen des Zweiten Weltkriegs*. Europa Verlage, München 2020

Hütt, Hans. *Die 50er. Ein Jahrzehnt in Worten.* Dudenverlag, Berlin 2019

Kuna, Edwin. *Kleiner Stadtführer durch die Altstadt von Stettin.* Haff Verlag, Grambin 2013

Lemo. Lebendiges Museum Online (https://www.hdg.de/lemo/biografie/hans-globke.html)

Scheffer, Sabine. *Wir Mädchen der 50er und 60er Jahre.* Wartberg Verlag, Gudensberg 2010

Schmidt, Norbert: *Landleben in den 50er und 60er Jahren.* Wartberg Verlag, Gudensberg 2010

Stadt Nordenham (Hrsg.). *Nordenham gestern und heute. 100 Jahre Stadtgeschichte. 1908–2008.* Müller Ditzen Druckerei AG, Bremerhaven 2008

T-Online (https://www.t-online.de/nachrichten/wissen/geschichte/id_85094626/hans-globke-portraet-von-ns-schreibtischtaeter-haengt-im-kanzleramt.html)

Vollbrecht, Georg. Stettin in 144 Bildern. Verlagshaus Würzburg-Rautenberg, Würzburg 2011

Wikipedia – Hans Globke (https://de.wikipedia.org/wiki/Hans_Globke)

Wodarz, Corinna: *Mutters ganzer Stolz! Unser Haushalt in den 50er und 60er Jahren.* Wartberg Verlag, Gudensberg 2016

Zwei Kugeln Erdbeere mit Glück, bitte!

*Cover- und Preisänderungen vorbehalten

Anna Jonas

Der Eissalon

Roman

Piper Taschenbuch, 368 Seiten

€ 11,00 [D], € 11,40 [A]*

ISBN 978-3-492-31559-3

Nach einer Affäre verliert Karina von Oedinghof ihre Ausbildungsstelle und muss allein zurechtkommen. Sie mietet ein Zimmer und gerät prompt mit dem zweiten Untermieter aneinander, dem Italiener Ricardo. Karina verliebt sich in ihn, doch er will von ihr nichts wissen. Nur eines eint sie: ihr Traum vom Eissalon! Ricardo weiß um die Kunst des Eismachens, Karina kennt die Sehnsüchte der Menschen. Alles läuft gut, bis Ricardos Vergangenheit ihn einholt. Und Karinas Vater vor der Tür steht.

Leseproben, E-Books und mehr unter **www.piper.de**